M000229785

A la caza de marido

TERCIOPELO

A la caza de marido

Victoria Alexander

Traducción de Denise Despeyroux

TERCIOPELO

Título original: *The Pursuit of Marriage*
Copyright © 2004 by Cheryl Griffin

Primera edición: junio de 2010

© de la traducción: Denise Despeyroux
© de esta edición: Libros del Atril, S. L.
Marquès de l'Argentera, 17. Pral.
08003 Barcelona
correo@terciopelo.net
www.terciopelo.net

Impreso por Litografía Roses, S. A.
Energía 11-27
08850 Gavá (Barcelona)

ISBN: 978-84-92617-47-0
Depósito legal: B. 21.400-2010

Este libro es para Alex,
porque cada día me sorprendes
de un modo agradable.
Mi corazón te pertenece
y no te cambiaría por nada del mundo.
Debes saberlo.

Prólogo

El poder de las mujeres para influir en un rey, en un país y en toda la humanidad no puede ser subestimado. Y es un poder aún superior cuando es ejercido con sutileza, de una manera clandestina y alcanza sus propósitos aun antes de que su existencia sea ni tan siquiera sospechada.

T. Higgins

Primavera de 1821

—Debo decir que estoy profundamente decepcionada. —La duquesa de Roxborough miró fijamente a las damas que se hallaban reunidas en el salón de Effington House y dejó escapar un suspiro exageradamente dramático—. Estamos fracasando en nuestras responsabilidades, damas, y simplemente debemos hacerlo mejor. En el año transcurrido desde la formación de La Sociedad de Damas para la Mejora del Futuro de Inglaterra, nuestros miembros han contribuido, por así decirlo, únicamente en la formación de tres uniones.

Marian, la vizcondesa Berkley, lanzó una mirada a su íntima amiga, Helena, la condesa de Pennington... o en realidad ahora, gracias al matrimonio de su hijo, la condesa viuda.

—La de lord Pennington...

Helena sonrió de una manera tan gentil que no podía parecer ni por asomo engreída, a menos, naturalmente, que alguien la conociera tan bien como Marian la conocía. Marian era, además, muy consciente de lo tremendamente satisfecha que se sentía Helena por el resultado de sus maquinaciones, ya que aquel último año su hijo por fin había sido conducido al altar. Sin duda eso había tenido que ver en parte con el engaño de Helena, un engaño de medidas colosales según se mirara, pero ella estaba firmemente convencida —y siendo su mejor amiga, era el deber de Marian pensar lo mismo— que simplemente se había limitado a conducir los acontecimientos en la dirección correcta. Helena sostenía que lo que había ocurrido podía ser atribuido sencillamente al destino.

—… la de la señorita Heaton…

Lady Heaton, madre de la mencionada señorita Heaton, sonrió del todo satisfecha por este logro.

—Gracias a una dote de lo más impresionante y a la amenaza de desatar un escándalo —comentó Helena por lo bajo a Marian.

—Creo que el escándalo está subestimado como una herramienta que puede conducir al matrimonio —le susurró Marian—. Deberíamos emplearla más a menudo.

—… y la de la señorita Putnam.

Lady Putnam sonrió débilmente. Si alguien era consciente del papel desempeñado por el escándalo como aliciente para el éxtasis del matrimonio, ésta era lady Putnam, cuya hija Althea se había visto involucrada en un incidente bastante comprometido con un joven lord que dio lugar a una rápida expedición hasta Gretna Green y a un matrimonio apresurado.

—No estoy segura de que lady Putnam merezca que se le atribuya el mérito de esta unión —murmuró Marian—, o la culpa.

Helena reprimió una sonrisa, y Marian sonrió para sí misma. No es que la propia Marian hubiese vacilado ni un solo momento en usar la amenaza del escándalo para forzar a su hijo a casarse con la mujer adecuada. El problema estaba en lo difícil que era encontrar a esa mujer.

—Tal vez, damas, hayamos olvidado las verdaderas razones de estas reuniones. —Las cejas de la duquesa se alzaron de una forma de lo más reprobatoria—. Estamos aquí por el expreso propósito de ayudar a nuestros hijos en edad de matrimonio a encontrar las parejas adecuadas, sin que ellos lo sepan, naturalmente. Como todas sabemos muy bien, los jóvenes de hoy en día no suelen perseguir el matrimonio tan activamente como deberían. De hecho —la mirada de la duquesa fue a parar a su cuñada, Georgina Effington, lady William—, algunos parecen desear cualquier otra cosa antes que el matrimonio.

Lady William se puso rígida y sonrió nerviosa a la concurrencia.

—Como muchas de ustedes probablemente saben, mi hija Cassandra ha desarrollado el talento de amueblar y redecorar casas.

—Lo hace maravillosamente bien —susurró una dama detrás de Marian.

—Y aunque confío en que desea casarse, temo que este pasatiempo suyo…

—Difícilmente puede llamársele pasatiempo con los honorarios que cobra… —murmuró otra mujer—. Aunque merece la pena decir que tu diseñadora pertenece a la familia Effington.

—… temo que este pasatiempo suyo la mantenga demasiado ocupada como para ver buenas posibilidades de pareja que se le puedan presentar. En resumen, si bien he alentado a mis hijas para que tengan cierto grado de independencia, temo por su futuro. De hecho, pienso que sus acciones tal vez se opongan a los designios de las estrellas. Por tanto —lady William dejó escapar un profundo suspiro—, estoy más que dispuesta a recibir cualquier propuesta o sugerencia.

—Estupendo, Georgina. —Su excelencia sonrió satisfecha a su cuñada—. Cassandra merece una buena pareja, y me atrevería a decir que hay varias posibilidades representadas en esta misma habitación.

Una ola de murmullos entusiastas recorrió la sala.

—Marian. —Helena miró a su amiga con actitud pensativa—. A pesar de la empresa en la que está envuelta, Cassandra Effington es una pareja excepcional para cualquier joven.

—En efecto lo es —murmuró Marian—. Y, dada su herencia, también una excelente vizcondesa.

Sin duda, nada que Marian y sus amigas pudiesen hacer

aseguraría tal unión. No existen garantías en las tentativas del corazón. Siendo así, ¿qué puede haber de malo en el hecho de urdir tramas con la pretensión de echarle una mano al destino?

—Lady William. —Marian se puso en pie con actitud decidida—. Tengo una casa que necesita urgentemente ser reamueblada. Y lo que es mejor —lanzó a las damas presentes su sonrisa más luminosa—, tengo un hijo.

Capítulo uno

Una mujer independiente y testaruda es sin duda una
venganza de Dios sobre el confiado género humano.

L. EFFINGTON

Primavera de 1821

—¿Ya los has visto? —La señorita Cassandra Effington hizo
un escudo con sus manos para protegerse los ojos de la luz del
sol de la mañana y trató de divisar algo a lo lejos.

—No. —Anthony, el vizconde Saint Stephens, negó con la
cabeza—. Estarán a punto de llegar. Según entendí, el recorrido no era demasiado largo.

—¿Y apostaste una suma muy alta? —preguntó con frialdad su esposa, la anteriormente llamada señorita Philadelphia
Effington, Delia para sus amigos.

—No era mucho. —Él soltó una risita y le dirigió una mirada divertida—. ¿Y tú?

—Nada significativo —dijo Delia, sonriendo—. Y sólo con
Cassie, lo cual apenas cuenta.

—Desde luego que cuenta —dijo Cassie con firmeza—.
Espero que pagues inmediatamente en cuanto pierdas.

Saint Stephens se rio.

—¿Puedo preguntar quién de vosotras escogió a vuestro
hermano y quién apostó por lord Berkley?

—Yo, desde luego, nunca apostaría en contra de un miembro de mi familia. —La voz de Delia sonaba firme—. Más allá

de eso, Christian es un jinete excelente, con mucho ojo para los caballos.

—Christian es demasiado arrogante, aunque me atrevería a decir que no más que Leo o que Drew. —Cassie alzó los ojos al cielo—. Es un rasgo común entre los hombres Effington, y especialmente entre nuestros hermanos.

Saint Stephens levantó una ceja.

—Entonces, ¿tú apostaste por Berkley?

—Desde luego —asintió Cassie—. Le haría bien a Christian perder al menos en algo. Además, por lo que he oído decir de ese tal lord Berkley, es imprudente, temerario y tiene algo de calavera. Aunque ésas no son cualidades que me atraigan especialmente, me parece que en una apuesta de esta naturaleza, tal tipo de atributos indeseables pueden ser beneficiosos.

—Christian es imprudente, temerario y tiene algo de calavera —murmuró Delia.

—Sí, pero conozco muy bien a Christian y no podría soportar lo pretencioso que se mostraría si llegara a ganar. Dado que no conozco a lord Berkley, no me importa en absoluto el efecto que la victoria pueda causar en su carácter.

Saint Stephens se rio.

—Bien dicho.

Cassie le sonrió.

Delia alzó ambas cejas.

—Si estás de acuerdo con ella, Tony, ¿por qué apostaste a favor de Christian?

—Ahora estás haciendo suposiciones, mi amor. —Saint Stephen sonrió abiertamente.

—Ya veo. Tú también has faltado a la lealtad familiar. Muy bien. —Delia entrecerró los ojos—. ¿Quizás no te importaría hacer otra apuesta después del resultado?

—En efecto lo haría. —Un brillo malévolo iluminó sus ojos—. Si pudiera decidir yo la apuesta.

Delia alzó la vista hacia su marido con una sonrisa traviesa y Cassie suspiró para sus adentros, apartándose discretamente de la pareja. No es que ellos lo notasen. En esos momentos, Delia y Saint Stephens se adentraban firmemente en su propio mundo. Era encantador y a la vez irritante. Cassie se alegraba de que su hermana hubiera encontrado el amor, pero ¿tanto tenía que durar el amor? Al fin y al cabo, Delia y Saint Stephens llevaban casados casi un año. En efecto, estaban allí, en parte, para servir a Cassie de acompañantes, y esas miradas anhelantes, ansiosas y pícaras que la pareja se lanzaba constantemente eran completamente inapropiadas, aunque Cassie reconocía que su propia reacción podía deberse simplemente a una cuestión de celos. Después de todo, de las dos hermanas, Delia no era la que perseguía especialmente el matrimonio y, sin embargo, ahí estaba: casada, enamorada y maravillosamente feliz.

Mientras que su hermana gemela, de veinticuatro años, corría el peligro de quedarse para vestir santos, sin ninguna posibilidad de pareja a la vista.

Cassie se alejó unos pocos pasos, ignorando las carcajadas de su hermana e ignorando también cuál sería la apuesta que Saint Stephens tendría en mente. Por mucho que Cassie odiara admitirlo, realmente estaba celosa. Desde luego no desearía que la felicidad de Delia se viese empañada nunca. Simplemente, ella también quería ser feliz. Y en aquel momento no había ninguna posibilidad de que eso ocurriese.

Tal vez era la hora de bajar su nivel de exigencia.

Cassie examinó inútilmente la multitud que se agrupaba en una pendiente para poder mirar la carretera. Los reunidos charlaban excitados y llenos de expectativas ante la inminente llegada de los jinetes que participaban en la carrera. Era una interesante reunión de los miembros más jóvenes de la alta sociedad; en realidad, toda una colección. Sin embargo, la mayoría de los presentes eran parejas casadas que actuaban ostensiblemente de acompañantes o carabinas de los que todavía permanecían solteros. Todo era de lo más correcto, incluso si no hubiera habido una matrona ya entrada en años supervisándolo todo con actitud de desaprobación, claramente en contra de cualquier signo de aventura prohibida que pudiera quedar allí.

La carrera y consiguiente apuesta entre Christian y lord Berkley se había convertido en el tema de interés durante las últimas dos semanas. Hasta tal punto que lord Warren había organizado tanto la competición como la excursión para ir a verla en su finca a las afueras de Londres. Su señoría también había invitado personalmente a Cassie al evento, aunque ella no tenía la menor intención de perdérselo.

Su mirada se dirigió hacia lord Warren, que charlaba con un pequeño grupo y evidentemente tenía encantadas a cada una de las damas presentes. No podía dejar de preguntarse cuántas de aquellas damas habrían recibido también invitaciones personales. Aquel hombre tenía un atractivo incuestionable, acompañado de un excelente título y una buena fortuna. Era ingenioso, apuesto y tenía fama de cometer excesos en todos los ámbitos, incluido el de las mujeres. No era el tipo de hombres que le gustaban a Cassie. Puede que lord Warren estuviera interesado en ella, pero ella desde luego no tenía el menor interés en él. Era una lástima, en realidad, ya que él era un excelente partido.

—Tal vez es hora de que bajes tu nivel de exigencia. —La voz irónica de su hermano mayor, Leo, sonó tras ella.

—Precisamente estaba pensando eso, aunque yo diría que tú no eres el más indicado para dar consejos de este tipo —le dijo Cassie con suavidad al tiempo que se volvía hacia él—. No te veo corriendo de cabeza hacia el altar.

Leopold Effington le sonrió con la atractiva sonrisa que había vuelto locas a muchas jóvenes, aunque ninguna de ellas había conseguido que él se comprometiera.

—Mi nivel de exigencia por lo visto es tan alto como el tuyo.

—Es una pena, ¿no crees? A estas alturas por lo menos uno de nosotros debería estar casado. —Cassie lanzó una mirada a su hermana y a Saint Stephens—. Al menos Delia ha alcanzado la felicidad.

—Yo diría que Delia se la ha ganado. —Leo le ofreció el brazo a Cassie. Hermana y hermano pasearon sin rumbo fijo durante un rato—. Tal vez nosotros no hemos sufrido lo bastante para alcanzar la felicidad.

Cassie alzó la mirada hacia él, aliviada al advertir una expresión burlona en sus ojos.

—Yo estaría encantada de hacerte sufrir con una buena patada en el trasero, si es que ése es tu deseo.

Leo se rio.

—Si no te importa, lo dejaremos correr. Además, apenas tengo veintinueve años y mucho tiempo para disfrutar antes de que realmente me apremie la necesidad de atarme a una esposa. —Se puso serio—. En cambio tú…

—No lo digas, Leo —le advirtió Cassie con firmeza—. O me veré obligada a darte esa patada y unas cuantas más.

Leo no le hizo caso.

—Hablo en serio, Cass, ya es hora de que te cases.

—Tú no estás casado. Y tampoco lo están Drew ni Christian.

—Eso no tiene nada que ver. Nosotros somos hombres y…

—No quiero oír ni una sola palabra más acerca de esto. Ya lo he oído antes y me parece que es completamente injusto. Nadie ve nada extraño en el hecho de que tú no estés casado y, sin embargo, tú eres mucho mayor que yo.

—En efecto, soy un anciano —dijo Leo con una sonrisa.

—Pues sí, lo eres. —Cassie suspiró con resignación—. No es que yo no tenga ganas de casarme, lo sabes. Siempre he deseado tener una buena pareja.

—Has tenido oportunidades de sobra.

—¿Oportunidades de sobra? Por lo visto no has examinado con mucha atención los acontecimientos de mi vida, querido hermano. —Soltó un bufido lleno de desdén—. Por alguna razón, Delia siempre ha atraído a hombres con intención de casarse, aunque solían ser mortalmente aburridos. Con excepción de Saint Stephens, naturalmente. En cambio, yo siempre he llamado la atención a hombres de dudosa reputación cuyo interés en mí no tenía nada que ver con el matrimonio. Ese tipo de hombres mujeriegos. Hombres no muy dignos de confianza, como mis hermanos.

—Cass, eso no es justo. —Leo frunció el cejo con arrepentimiento—. Preciso tal vez, pero no del todo justo.

—Nada es del todo justo cuando tiene que ver con hombres y mujeres y todo ese asunto del matrimonio. —Cassie miró a su hermano con curiosidad—. ¿Por qué demuestras este repentino interés en cuestiones que tienen que ver con el matrimonio?

—No es repentino. Siempre me he preocupado por tu futuro —dijo Leo con altivez—. Y ahora que Delia está casada y feliz…

—¿Toda tu atención está concentrada en mí? —Cassie negó con la cabeza—. No te creo ni por un momento. Además, tú, Drew y Christian siempre me habéis estado vigilando de un modo de lo más irritante, con la creencia, equivocada, de que iba a meterme en un escándalo.

—Bueno, siempre has tenido pinta de estar a punto de hacerlo.

—Y, sin embargo, aquí me tienes, con una reputación casi intachable…

Leo alzó una ceja.

—He dicho «casi», pero incluso tú debes reconocerlo, aparte de mi tendencia a decir exactamente lo que pienso…

Leo abrió la boca dispuesto a hablar.

Cassie lo hizo callar agitando la mano para evitar su comentario.

—No tengo ninguna intención de cambiar ese rasgo. Por otra parte, mi comportamiento siempre se ha mantenido dentro de los límites de lo respetable.

Él entrecerró los ojos.

—Tal vez tus oportunidades de matrimonio aumentarían si al menos trataras de parecer un poco más dócil.

—No me haré pasar por quien no soy para atraer a una pareja, y además no quiero a un hombre que prefiera a una mujer de ese estilo.

—Aun así, hay un gran número de posibilidades. —Leo hizo un gesto con la cabeza en dirección a lord Warren—. ¿Qué me dices de Warren? Sé de buena mano que le gustas bastante.

—Mi querido hermano, lord Warren es exactamente lo que no quiero en un marido. Es el tipo de hombre que podría hacerse con una amante antes de que nuestros votos de matrimonio saliesen de nuestros labios. No, como mínimo exigiría de un esposo fidelidad, y hombres como Warren no tienen ni un solo hueso fiel dentro de sus cuerpos.

—Vamos, Cass, puedes darle al menos el beneficio de la duda. Yo mismo tengo cierta mala reputación y, sin embargo, pretendo ser completamente fiel a mi esposa cuando llegue el momento. —Sonrió burlón—. Si es que llega alguna vez.

Ella no le hizo caso.

—Los hombres Effington siempre han sido un poco diferentes en ese aspecto. Sospecho que es porque el amor suele jugar un papel. Tal vez cuando encuentre a un hombre en quien pueda no sólo confiar, sino también amar…

—Tal vez deberías bajar tu nivel de exigencia.

—Ya lo has dicho antes, Leo, y no hace falta que vuelvas a repetirlo. No tengo intenciones de… —Se detuvo en seco y estudió a su hermano cuidadosamente—. No has respondido mi pregunta. ¿Por qué estás tan preocupado por mi futuro?

—Ya te he dicho que…

—¿Leo?

Él alzó ambas cejas.

—Maldita sea, Cass, es ese… ese pasatiempo tuyo. Deberías estar casada. Tener hijos y ese tipo de cosas. En lugar de ser una especie de… empleada.

—Ya veo. Debí imaginármelo. —Reprimió una sonrisa—. Lo primero que he de aclararte, querido hermano, es que no soy una empleada. Yo me he procurado un empleo a mí misma. Eso me da una independencia y me hace sentirme competente. Y eso me gusta. Y en segundo lugar, no se trata de un pasatiempo, sino de un negocio.

—Un negocio —refunfuñó Leo—. Eso es aún peor.

—La verdad es que es maravilloso. —Cassie se inclinó hacia él en actitud confidencial—. Y estoy reuniendo una importante cantidad de dinero.

Leo alzó una ceja, sorprendido.

—¿Reamueblando casas? Me cuesta creerlo.

—Pues créetelo. Soy muy selecta, y muy rica. Los clientes que me contratan para que decida cómo pintar, empapelar y amueblar sus casas consideran que yo soy muy apropiada para sus lujosos hogares.

—¿Y te pagan por eso? —Él la observaba atónito, incapaz de comprender que hubiera alguien dispuesto a pagar una buena cantidad de dinero por una cosa así. Era una mirada tan masculina que ella no pudo evitar reírse.

—Así es. La verdad es que mis honorarios son exorbitantes, y mi trabajo lo merece. Tengo un gusto excelente y un don natural para la decoración y el diseño. —Cassie había descubierto ese don el año pasado, cuando ayudó a Delia a redecorar la casa que heredó de su primer marido, y lo había afinado algo más tarde al hacer lo mismo con la casa que Delia compartía ahora con Saint Stephens—. La mayoría de mis clientes son mujeres, y para serte sincera, una de las razones que las hace estar tan ilusionadas por contratar mis servicios es que soy una Effington. Adoran tener el consejo de una Effington y están dispuestas a pagar cantidades escandalosas por ese privilegio. De hecho… —lanzó a su hermano una mirada satisfecha—, podría decirse que soy yo quien las escoge a ellas y no ellas quienes me contratan a mí.

—Aun así, eres tú la que haces el negocio.

—No seas tan estrecho de miras. Mis servicios pueden ser caros, pero no hay nada vergonzoso en todo esto. Estoy segura de que podría estar haciendo cosas muchísimo peores.

—Podrías estar haciendo bordados —murmuró él.

Ella le lanzó una mirada mordaz.

Él se la devolvió.

—Sea como sea, Cassandra, no olvides que eres una Effington…

—Y tú harías bien en recordar que no nos separan más que unas pocas generaciones de los matones y piratas que hacían sus fortunas de maneras mucho más desagradables que escogiendo alfombras y el empapelado de las paredes.

Él la miró fijamente, luego suspiró dándose por vencido.

—Tienes razón, desde luego. —Sin embargo, no estaba dispuesto a claudicar del todo—. ¿No podrías seguir haciendo lo que haces simplemente para divertirte? —Su expresión se iluminó—. Eso es, Cassie, hazlo por diversión, niégate a aceptar ni un penique de nadie y yo no tendré ni una palabra que objetar.

—No seas ridículo. Ésa es la cosa más estúpida que te he oído decir nunca —se burló Cassie—. No tengo intención de perder el tiempo rehaciendo las casas de la gente a cambio de nada. Casas de personas que son capaces de apostar y de perder más dinero en una noche del que otra gente sería capaz de ganar trabajando duramente toda su vida. Puede que mucha gente arrugue la nariz ante la idea de ganar dinero de un modo legítimo, pero a la vez miden el valor de las cosas en términos monetarios. Si ofreciera mis servicios por nada, estos perderían su valor. Parte del atractivo de tener una habitación diseñada por Cassandra Effington es que muy pocos pueden realmente permitírselo. Yo soy un lujo, querido hermano.

—Pero tú no necesitas dinero.

—Uno siempre puede gastar más dinero —dijo ella con aire altivo. Cassie no quería confesar a su hermano mayor que tenía la intención de donar todo el dinero que había hecho a una buena causa. Simplemente aún no había decidido cuál, pero confiaba en que ésta se presentaría cuando llegara el momento—. Además, con esta ocupación aprovecho mi tiempo de una manera útil y…

—Sea como sea, yo no lo apruebo. —Apretó los labios con firmeza—. Y no me gusta.

—No hace falta que te guste a ti, basta con que a mí me guste. —Ella le obsequió con la más dulce de sus sonrisas, y fue reconfortante ver que él se ablandaba, al menos un poco—. Y ahora, Leo, ¿podemos hablar de tu vida? ¿Cuáles son tus propias perspectivas de matrimonio? ¿Cuál es la naturaleza de tus propias tentativas de negocios?

—Yo no los llamaría negocios exactamente —dijo él inquieto—. En realidad, se trata más bien…

Se oyó un grito y todos los ojos se dirigieron hacia la carretera y la súbita aparición de los jinetes: Christian con su caballo bayo favorito y Berkley sobre un corcel alazán, ambos animales con un aspecto magnífico. El rítmico ruido sordo de las pezuñas bien protegidas golpeando el suelo y las crecientes ovaciones de la multitud que aumentaban a medida que los jinetes se acercaban. Los contrincantes iban a la par, cogidos con tanta fuerza a sus monturas que era difícil distinguir al hombre de la bestia. Los hombres hacían buena pareja con sus caballos.

Christian iba del lado más alejado de la carretera, pero incluso desde allí, Cassie podía ver la intensidad de su esfuerzo por la línea de su cuerpo y las arrugas de su frente.

—Dios, va a perder. —Un sentimiento de temor sonó en la voz de Leo. No era sorprendente. Por lo que recordaba Cassie, Christian nunca había perdido en nada.

—¿Por qué dices eso? A mí me parece que van a la par.

Leo entrecerró los ojos y negó con la cabeza.

—Todavía queda un kilómetro, y Christian se está agotando. Puedo verlo desde aquí. Mientras que Berkley…

—¿Berkley parece más relajado, verdad?

—Me temo que sí.

Ella estudió al otro hombre detenidamente. La diferencia entre Berkley y Christian sólo se notaba si uno los examina atentamente, pero en efecto, si uno se fijaba, su señoría parecía mucho menos tenso, mucho más relajado, como si todavía no hubiera alcanzado su tope de resistencia, mientras que Christian ya estaba en su límite. Incluso mientras ella miraba, Berkley se había adelantado unos centímetros.

Los hombres atravesaron de una estampida la línea de llegada, Berkley le ganaba a Christian más de medio caballo. La multitud estalló en ovaciones y gritos simpáticos. La mitad de los reunidos acudieron en tropel para saludar al vencedor y consolar al vencido, y la otra mitad se dirigieron hacia las mesas con manteles y el banquete que llevaba tiempo servido sin ser notado.

Cassie y Leo se dirigieron hacia los jinetes. Christian se bajó del caballo, su expresión era una mezcla de disgusto, asombro y aceptación. Siendo un hombre acostumbrado a ganar, parecía poseer un don innato para perder con dignidad. Cassie trató de ignorar una ligera sensación de culpa por haber apostado en contra de su hermano y dirigió su atención hacia el caballero que acababa de contribuir a aumentar sus ahorros.

Berkley continuaba sentado sobre el caballo alazán con aire confiado y simpático. Alguien le había dado una jarra para beber y vació su contenido de un largo trago, luego se rio con la alegría de la victoria. Y tal vez con la alegría de la vida misma. Era una risa sorprendentemente contagiosa, y ella se descubrió sonriendo en respuesta.

—Berkley está soltero —le dijo Leo distraídamente—. Y tengo entendido que no es reacio al matrimonio.

—Por lo que he oído acerca de lord Berkley, él no es mejor que lord Warren o que tú. —Sacudió la cabeza con firmeza—. No tengo deseos de reformar a un mujeriego, Leo.

No le cabía la menor duda de que Berkley era, en efecto, un mujeriego. No únicamente por los rumores y las habladurías, sino sobre todo por la forma en que se movía, esa seguridad con la que se sentaba sobre el caballo y hasta por su mirada misma.

Berkley examinó la multitud, probablemente buscando a alguna mujer. Era bastante guapo, y por su forma de comportarse era bastante evidente que lo sabía. Era alto, de cabello castaño, despeinado de una manera encantadora y se hallaba todavía demasiado lejos para distinguir el color de sus ojos. Su mirada pasó distraídamente por encima de ella, y luego retrocedió para posarse sobre sus ojos. Su sonrisa se ensanchó, luego se hizo más profunda y algo inquietante, como si compartieran algo todavía no reconocido pero, sin embargo, muy personal. Era de lo más fascinante, pero a la vez completamente inapropiado. Ella se apresuró a apartar la mirada. No tenía la menor intención de alentar a un hombre como Berkley.

Claro que no estaba del todo segura de cuál era el tipo de hombre al que quería alentar. Sabía que quería alguien respetable, pero no aburrido. Excitante, pero no peligroso. Fuerte, pero no autoritario. Leal y de confianza, pero no un perrito faldero. Y estaba dispuesta a amar ese modelo mítico durante el resto de su vida. En resumen, el hombre de sus sueños era casi perfecto, y probablemente no existía.

Leo dijo algo que ella no logró oír, pero sonrió y asintió con la cabeza de todas formas. Tal vez él tenía razón en eso de que debía bajar su nivel de exigencia si realmente deseaba casarse. Y sí quería casarse, pero el matrimonio por sí solo no era suficiente. Y si había alguien con quien tenía que ser sincera era consigo misma. Si eso significaba no casarse nunca, tendría que afrontarlo. No era una perspectiva agradable. No le entusiasmaba la idea de ser algún día la excéntrica tía entrada en años de los hijos de Delia. ¿Tal vez la causa en la que pensaba invertir sus ahorros sería su propio futuro? Si su destino era convertirse en la extraña tía solterona de la familia, al menos sería agradable no depender enteramente del apoyo financiero de los Effington.

Por mucho que estuviera acostumbrada a decir a su hermano y a su hermana y a todo aquel que quisiera oírla que deseaba conservar su independencia, labrarse su propio camino y hacer su voluntad, en su interior no se lo creía en absoluto. O al menos no se lo creía del todo.

En realidad, sería capaz de renunciar a todo eso por estar en el lugar de su hermana. Para ser feliz, tener un buen matrimonio y estar enamorada. Pero prefería estar sola que atrapada por el resto de su vida con el hombre equivocado.

Cassie Effington no estaba en absoluto dispuesta a bajar su nivel de exigencia No importaba lo alto que fuese el precio.

El vizconde Berkley, Reginald Berkley —Reggie para los amigos— se bajó del caballo y no hizo caso al dolor que le atravesó el tobillo al colocar mal el pie en el suelo. No le fue difícil hacerlo. Su sangre hervía con el júbilo de la victoria, y le era difícil sentir algo más allá del triunfo en aquel momento.

Excepto, naturalmente, una fascinante curiosidad.

Inmediatamente fue asediado por admiradores y conocidos rebosantes de felicidad. Su euforia estaba en directa proporción con las apuestas que habían hecho. Finalmente la multitud se disolvió, dirigiéndose tal vez hacia el banquete que se ofrecía, o, lo más probable, a cobrar sus apuestas.

—¿Apostaste contra mí? —preguntó Reggie, examinando la multitud en busca de otro destello de la fascinante mujer cuya mirada se había topado brevemente con la de él.

Marcus ahogó un gemido fingiendo consternación.

—Nunca haría una cosa así. —Le sonrió abiertamente—. Sin embargo, era bastante tentador. Effington es bien conocido por su habilidad en la silla de montar y su exitosa reputación. Aun así, tú también…

—¿Quién es ésa? —La mirada de Reggie topó con la dama y señaló con la cabeza en su dirección.

Marcus siguió la mirada de su amigo y soltó una risita.

—Ésa, mi querido Reginald, es la hermana del hombre a quien acabas de derrotar.

—Eso es demasiado…

Sin duda Reggie había visto antes a las dos hijas gemelas de lord William, el hermano del duque de Roxborough. En un baile, o en un parque, o en alguna salida a alguna parte. Por la edad que tenían debían de llevar por lo menos media docena de temporadas siendo presentadas en público. En efecto, el primo de ellas, Thomas, marqués de Helmsey, se hallaba entre sus más íntimos amigos. Seguramente, en algún año anterior incluso le habrían presentado a esa mujer, aunque era incapaz de acordarse. Y desde luego debería acordarse. No simplemente porque esa mujer, que fingía no haberse fijado en él, fuera preciosa —podría nombrar un gran número de mujeres incluso más hermosas— pero pudo advertir algo especial en ella cuando sus miradas se encontraron. Algo intenso y atractivo. Algo que lo había dejado sin aliento.

—Pero ¿cuál de las dos es ella?

Pennington miró a la dama, luego señaló a una pareja que se hallaba a cierta distancia.

—Dado que lord Saint Stephens va en compañía de una mujer que tiene el mismo aspecto de la dama en cuestión, sospecho que aquélla debe de ser su esposa y la hermana que ha llamado tu atención debe de ser la señorita Effington. Creo que se llama Cassandra.

—Cassandra —murmuró Reggie, disfrutando el sonido del nombre en sus labios. «Cassandra.»

—Oh, no, no lo hagas. —Marcus sacudió la cabeza con firmeza—. Otra vez no.

—¿Otra vez no qué? —Reggie dirigió la pregunta a su amigo, pero su mirada continuaba detenida fijamente en la señorita Effington. Cassandra. Ella se movió entre la multitud con naturalidad, relajada y llena de elegancia.

Marcus gruñó.

—Creí que tu tendencia a perder la cabeza por asuntos del corazón había sido superada. Recuerdo muy bien que juraste ser más comedido con tus emociones.

—Sí, por supuesto —murmuró Reggie. Si la señorita Effington se volviera hacia él...—. Me pregunto de qué color tendrá los ojos.

—Eso no importa. Reggie. —Marcus se inclinó hacia delante y bajó el tono de voz—. Esa promesa era una parte de... ¿cómo lo llamaste?

—Un esfuerzo coordinado para controlar los caprichos de mi vida. —Probablemente tendría los ojos azules. Con su pelo rubio, unos ojos azules le sentarían maravillosamente.

—Dicho esfuerzo incluía evitar damiselas en apuros...

—Ella no parece estar en apuros. —A Reggie le encantaban las rubias de ojos azules—. De hecho, parece muy serena.

—Lo que parece es que te está ignorando por completo.

—Seguramente no es más que una estratagema...

—Reggie. —La voz de Marcus tenía el tono implacable de un padre—. Tenía entendido que la ridícula escena que tú, yo y otros compañeros protagonizamos hace medio año tenía el expreso propósito de salvarte a ti de ti mismo. Creí que habías decidido que si tu reputación era... —se aclaró la garganta— realzada, y conseguías parecer, usando tus propias palabras, oscuro y peligroso —Marcus alzó su mirada al cielo—, las mujeres caerían a tus pies.

—Vamos, Marcus. —Reggie se esforzó por apartar la mirada de la señorita Effington y le sonrió a su amigo—. Debes admitir que te divertiste mucho inventando rumores acerca de mis escandalosas aventuras. Mis exorbitantes apuestas...

—Lástima que la mayoría fueran conmigo —murmuró Marcus—. Y para nada exorbitantes.

—Mis proezas ahora legendarias con las mujeres...

Marcus soltó un bufido.

—Y los duelos. Esa idea fue toda tuya, según recuerdo.

—Daban un buen toque —reconoció Marcus engreído—. Una idea brillante. No hay nada como un duelo para dar a un hombre el atractivo de lo ilícito.

—Así es, aunque me atrevería a decir que yo también he contribuido a la causa —dijo Reggie sonriendo.

—Por la arrogancia de tu comportamiento y tu manera de pavonearte tal vez. —Marcus lo examinó con curiosidad—. La verdad es que no sabía que tenías esa habilidad.

Reggie se encogió de hombros con modestia.

—Uno hace lo que puede.

—Lástima que esta campaña tuya no parece haber dado muchos frutos en términos de multitudes de mujeres arrojándose a tus pies.

—¿Eso has notado? —Reggie sacudió la cabeza, fingiendo desesperación—. Sin embargo, la temporada acaba de empezar, es demasiado pronto para abandonar las esperanzas. Tal vez una victoria en público, como la de hoy, pueda ayudar.

—Hablando de eso… —Marcus miró por encima de Reggie y éste se volvió.

Christian Effington avanzaba hacia ellos a grandes zancadas.

—Una actuación excelente, milord. —Effington hizo una reverencia y sonrió—. Un trabajo realmente fino, a pesar de que fuera a mi costa.

—Mis disculpas —dijo Reggie, con una sonrisa que reflejaba su completa falta de sinceridad.

Effington se rio.

—No es nada. Debo decir que hacía tiempo que no era vencido por alguien que no fuera de mi familia. Mis hermanos mayores han convertido en un propósito de su vida el hecho de darme una lección de humildad desafiándome en una gran variedad de asuntos de una manera regular.

—¿Y funciona? —Marcus alzó una ceja con curiosidad.

—¿Para que yo sea humilde? —Effington sonrió—. Ni lo más mínimo.

La risa de Effington era contagiosa. Reggie se preguntó si su hermana tendría también ese atractivo.

—Tengo que confesarle algo un poco incómodo, milord. Me encuentro en la difícil posición de tener que pedirle un favor. —Effington miró a Marcus, que murmuró una excusa educada y se apartó unos pasos. Effington bajó la voz en un tono confidencial—. Por lo visto he calculado mal el estado de mis finanzas, y por eso no… es decir, soy incapaz… lo que intento decir es que…

—¿Que anda un poco escaso de fondos, Effington? —dijo Reggie despreocupadamente.

27

—Sí, eso es exactamente. —Effington soltó un suspiro de alivio—. Es muy duro tener que reconocerlo. No sé cómo me he metido en todo este lío, pero en definitiva parece que ahora mismo no tengo a mi disposición el dinero para hacerme cargo de la apuesta. Si usted fuera tan amable de…

—¿De tomar nota? —Reggie se encogió de hombros graciosamente—. No veo por qué no. Después de todo, la apuesta asciende a la ínfima cantidad de ciento cincuenta libras. —Reggie habló como si ganar esa enorme suma en una apuesta no fuese nada inusual para él. Como si aquélla no fuera la primera vez que había hecho una apuesta tan alta.

—Sí, bueno, lo que parecía una cantidad ínfima hace unos días se ha vuelto bastante más significativa a día de hoy. —Una sonrisa triste asomó a los labios de Effington—. Sin embargo, confío en que pueda pagarle como muy tarde dentro de un mes, incluso puede que dentro de quince días. Le agradezco que lo entienda.

—No es nada, Effington.

—Si hay algo que pueda hacer por usted…

Reggie vaciló, pero la oportunidad era demasiado buena como para dejarla escapar.

—Puede presentarme a su hermana.

—¿Cassandra? ¿Quiere conocer a Cassandra? Qué interesante. —Effington lo examinó cuidadosamente—. ¿Por qué?

—¿Por qué? —se sorprendió Reggie—. No estoy muy seguro de poder responder a eso. —«Quiero saber de qué color tiene los ojos.»—. Ella es preciosa, por supuesto.

—Por supuesto. Y supongo que esa razón es suficiente. Yo mismo he buscado conocer a un gran número de damas motivado por su atractivo físico. Sin embargo, no se trata de cualquier dama, sino de mi propia hermana. —Effington entrecerró los ojos—. ¿Sus intenciones son honestas?

—Francamente, Effington, no sé cuáles son mis intenciones. Vi a su hermana entre la multitud y me gustaría conocerla. No es más que eso. —Reggie alzó las cejas algo molesto—. En este momento en particular, mis intenciones no van más allá de una simple presentación. —Reggie ignoró un remordimiento de conciencia, aunque aquello no era exactamente una mentira. Era verdad que no tenía ni idea de cuáles eran sus intenciones reales. Dichas intenciones dependerían mucho de la dama en cuestión.

—Discúlpeme, milord. —Effington soltó un largo suspiro—. ¿Usted tiene hermanas?

Reggie asintió.

—Una.

—¿Ya ha sido presentada en sociedad?

—No. Es un poco joven.

—¿Más joven que usted, verdad? —Effington asintió con actitud sabia—. Considere esto como una advertencia, entonces; no hay nada más latoso que vigilar a una hermana menor navegando por las peligrosas aguas del mundo. Es un sitio peligroso lleno de hombres como… —sonrió— hombres como yo, vaya. Sin embargo… —la mirada asesina de Effington recorrió a Reggie—, usted parece bastante decente. Tiene cierta mala reputación, pero no hay nada realmente alarmante.

—Tenía que haberlo hecho mejor —murmuró Reggie.

—¿Mejor? —Effington alzó ambas cejas confundido, luego su expresión se aclaró—. Ah, sí, mejor. Ya entiendo. Reformarse y todo eso. Excelente idea. Especialmente con relación a Cassandra. No lo sospechaba de ella, pero por lo último que he descubierto es un poco remilgada en sus preferencias respecto a los hombres.

—Debe entender que no estoy buscando más que una presentación —dijo Reggie con cautela.

—Sí, por supuesto. De nuevo le pido mis disculpas. —Effington hizo una mueca—. Es cuestión de hábito, sospecho. Verá, mis hermanos y yo siempre hemos creído que Cassandra era de nuestras dos hermanas la que más necesitaba ser vigilada. Hay en ella algo que la hace parecer propensa a meterse en escándalos. Probablemente porque es demasiado independiente y tiene tendencia a decir lo que piensa y a actuar sin tener muy en cuenta las consecuencias de sus actos. De hecho, sus recientes actividades pueden parecer un poco excéntricas.

—Intente no hacer que me resulte tan atractiva —dijo Reggie por lo bajo.

Effington se estremeció.

—¿Estoy complicando un poco las cosas, verdad?

—Bastante.

—Por lo visto mi hermana no es la única que habla sin pensar. Intente ignorar lo que he dicho.

—Quizás lo mejor sería que lord Berkley pudiera conocer a la señorita Effington —dijo Marcus suavemente.

Reggie se preguntó qué punto de la conversación exactamente había llamado la atención del conde, aunque conociendo a Marcus, probablemente había escuchado cada palabra.

—Sí, desde luego. La traeré inmediatamente. —Effington se inclinó hacia Reggie en actitud confidencial—. No lo lamentará. —Sonrió, asintió con la cabeza y se marchó.

—Tal vez lo lamentes. —La mirada pensativa de Marcus siguió a Effington en su trayecto—. Tengo la clara impresión de que Effington está ansioso por ver a su hermana casada. Y además creo que él piensa que eres una excelente pareja.

—Sólo le he pedido una presentación, no su mano.

—No estoy muy seguro de que Effington vea la diferencia. —Marcus estudió a su amigo—. ¿Tendrás cuidado, verdad?

Reggie se rio.

—No tengo intenciones de caer en la trampa del matrimonio simplemente para aliviar la responsabilidad de los hermanos de alguien.

—No me refería a eso. —Marcus hizo una pausa—. Lo que intento decirte es que tú ya estás fascinado por esa dama. Puedo verte otra vez perdiendo la cabeza. Y puedo verte también con el corazón roto. Otra vez.

—No, Marcus. Nunca más. Me ha llevado demasiados años aprender la lección, pero la he aprendido. Si hay un corazón que pueda romperse —Reggie lanzó a su amigo una mirada malévola—, esta vez no va a ser el mío.

—Ya veremos —dijo Marcus por lo bajo, nada convencido.

—Así es, lo veremos. —La voz de Reggie sonaba firme y confiada.

Aun así, al observar a Effington conduciendo a su hermana a través de la multitud, supo muy bien, a pesar de sus propias palabras, que efectivamente podría perder la cabeza por Cassandra Effington. Lo sabía con sólo mirarla.

Pero se había adentrado por ese camino demasiadas veces antes, y no estaba dispuesto a hacerlo otra vez. Estaba decidido a no entregar su afecto a una mujer hasta no estar seguro de ser correspondido.

Había sido el matrimonio feliz de Marcus y el amor que claramente compartía con su esposa lo que había llevado a Reggie a examinar su vida. Y lo que había visto al hacerlo era un hombre que una y otra vez entregaba libre y despreocupadamente su corazón y lo único que conseguía era que se lo devolvieran roto. Es cierto que nunca había sufrido una devastación tan grande que no pudiera curarse en unos pocos días con la ayuda de la bebida. Sí, su corazón herido solía reponerse en unas cuatro noches, generalmente menos. Y tal vez muchas veces había sido su orgullo, más que su corazón, lo que había estado en juego.

Aun así, no volvería a pasar.

Por una vez en su vida deseaba ser amado antes de ofrecer amor. Quería una mujer que lo deseara tanto como él a ella. Y estaba firmemente decidido a no declararse antes de estar seguro de que su afecto sería correspondido.

No, se mantendría a distancia de la señorita Effington. Ella era peligrosa. Extremadamente peligrosa. Y no importaba lo que tuviera en mente al comenzar su campaña para atraer al bello sexo.

Además, ella no parecía en absoluto a punto de caer rendida a sus pies.

Capítulo dos

Los hombres por los que las mujeres parecen sentirse
más atraídas son aquellos que yo no dejaría a solas en
una habitación con mi hermana, ni siquiera durante el
tiempo que dura un pestañeo. En una habitación llena de
gente.

REGINALD, VIZCONDE BERKLEY

—Me gustaría felicitarle por su victoria, milord. —Cassie
miró con frialdad los fascinantes ojos grises de lord Berkley y
trató de ignorar precisamente lo fascinantes que eran.

—¿Y ha ganado usted una buena suma, señorita Effington? —Lord Berkley se llevó la mano de ella a los labios, sin
dejar de mirarla a los ojos, de un modo que era desconcertante
pero a la vez lleno de elegancia. No había duda de que tenía
mucha práctica.

—Si en efecto hubiera apostado, ¿por qué pensaría que he
apostado por usted? —Se resistió a la urgencia de apartar su
mano de la suya. Hacerlo supondría reconocer que esa intimidad le resultaba un poco incómoda, y darse cuenta de eso sólo
contribuiría a aumentar el brillo engreído que había en sus
ojos. Aquel hombre era obviamente de lo más arrogante—. Al
fin y al cabo, usted competía con mi hermano.

—En realidad, señorita Effington, no sé si ha apostado usted por mí. —Su mirada atrapó la de ella, y a ella la sobresaltó
la molesta idea de que él era capaz de ver más allá de lo que
veía otra gente. Como si sus ojos grises, esos ojos grises de lo
más fascinantes, vieran más allá de la superficie de sus pala-

bras hasta sus pensamientos más privados—. Sólo puedo tener esa esperanza.

—Sus palabras están tan ensayadas como sus modales, milord. —Retiró su mano de la de él de un modo de lo más calculado—. Me atrevería a decir, por lo que he oído acerca del infame vizconde Berkley, que tiene usted muchísima experiencia.

Christian gruñó.

—Cassandra.

—¿Infame? —Berkley alzó una ceja aparentando sorpresa, luego se rio—. Creo que nadie me había llamado nunca infame. —Sonrió a lord Pennington—. ¿Qué piensas tú, Pennington? ¿Soy infame?

—Te estás volviendo cada vez más infame por momentos —dijo Pennington fríamente.

Berkley rio de nuevo, y ella ignoró la urgente necesidad de reír junto a él. No había duda de que esa risa contagiosa era parte de su encanto. Fuera infame o no.

—Permítame preguntarle, señorita Effington, si usted encuentra interesantes a los hombres de naturaleza infame.

—Ni lo más mínimo. De hecho, pienso que deben ser evitados. —Trató de no encogerse ante su tono de voz excesivamente remilgado. No había querido sonar tan mojigata.

—¿Todos ellos? —Sus ojos se abrieron con sorpresa.

—Todos y cada uno de ellos.

—Pero no debe de haber conocido a ninguno.

—He conocido suficientes.

—No me ha conocido a mí.

—Aun así, creo que…

—Creo que debería darme la oportunidad de convencerla de que detrás de esta fachada infame hay un delicioso y realmente encantador…

—No tengo ninguna duda de sus encantos, milord —dijo ella con firmeza—. Tampoco dudo que les saca partido siempre que le es posible.

El se encogió de hombros con fingida humildad.

—Cuando uno tiene un don, encuentra necesario compartirlo.

—Cuando uno se topa con algo desagradable en la calle, encuentra necesario evitarlo —dijo ella con tono amable, mirándolo con una inocencia tan artificial como artificial era la modestia de él.

Christian gruñó otra vez. Pennington resopló.

Berkley se sorprendió durante un momento, luego sonrió lentamente. Fue una sonrisa que arrugó el rabillo de sus ojos y provocó en el estómago de Cassandra una sensación de lo más extraña.

—Excelente, señorita Effington. Realmente muy bueno. Estoy de lo más impresionado.

—Me alegra que disfrute —murmuró ella, tratando de ignorar el calor que sentía subir a su rostro. ¿Qué la había poseído? Aunque normalmente hablaba de un modo franco, no acostumbraba a ser grosera. Hasta aquel momento.

—Disfruto. Y mucho. —Berkley soltó una risita—. Ahora, ¿me concedería usted el privilegio de acompañarla hasta las mesas del almuerzo? La verdad es que estoy muerto de hambre, y seguramente la naturaleza severa de sus observaciones ha afilado también su apetito tanto como sus palabras.

Esa vez fue Pennington quien gruñó, y Christian sin duda hizo una mueca, a pesar de que ella no le vio. De hecho, todo el resto del mundo parecía haberse desvanecido.

Berkley la miraba a los ojos con una actitud claramente desafiante. Cassie levantó la barbilla y lo miró fijamente sin inmutarse. Aquel momento entre ellos se estiró, alargándose como un silencioso duelo de voluntades. El corazón de ella se agitó en su pecho, y al tiempo que era intensamente consciente de todas esas sensaciones físicas, era también consciente de una peculiar conexión con aquel hombre, aquel extraño. Un entendimiento de sus mentes, tal vez. Un reconocimiento de una fuerza no muy diferente a la suya. Por un lado le resultaba aterrador, pero a la vez era lo más excitante que nunca había experimentado.

Lord Berkley podría ser cualquier cosa, pero desde luego no era tonto. ¿Qué daño podía haber en intercambiar bromas con él? No tenía intenciones de involucrarse en nada más, pero entablar con él una batalla de ingenio podría ser de lo más divertido.

—Puede usted acompañarme, milord, si acepta usted mis

disculpas. —Le ofreció una sonrisa arrepentida—. Temo que he sido un poco maleducada.

—Un tanto —dijo él al tiempo que le ofrecía un brazo.

Cassie lanzó una mirada a su hermano.

—¿Vienes?

—Enseguida. —La voz de Christian sonaba excesivamente jovial—. Primero tengo que hablar con lord Pennington sobre una cuestión de mutuo interés, si a él no le importa. Adelantaos.

—¿Qué cuestión? —Pennington alzó las cejas. Christian le lanzó una mirada de advertencia, luego señaló con la cabeza a su hermana y a Berkley.

Pennington miró entonces a Berkley y la confusión de su rostro se disipó.

—Oh, sí, por supuesto. Una cuestión de mutuo interés. Desde luego. Ya imagino lo que es.

Berkley se inclinó hacia ella y le habló en voz baja.

—Los dos están locos, ya sabes.

Ella se rio a pesar de sí misma.

—Hace tiempo que sospecho eso de todos mis hermanos.

Lo cogió del brazo, tratando de ignorar los duros músculos que notaba bajo la tela de su abrigo y la desconcertante forma en que sentía el calor de su piel a través de las distintas prendas, y se dirigieron hacia las mesas.

—Debo disculparme por mi hermano tanto como por mí —dijo ella suavemente—. No es demasiado sutil, ¿verdad?

Berkley se rio.

—No, no demasiado.

Ella dejó escapar un largo y sufrido suspiro.

—Piensa que usted podría ser una buena pareja para mí, y tanto él como mis otros dos hermanos desean que me case. Lo que más les preocupa no es con quién lo haga, sino que lo haga. Preferirían que fuese con alguien que tuviera una renta y un título aceptable, pero creo que los únicos requisitos realmente indispensables que según ellos debe tener mi marido es habilidad para caminar hacia delante y para hablar en lugar de gruñir. Si cumple con esos dos, creo que sería posible cualquier negociación.

—Me agrada saber que alcanzo sus estándares mínimos —dijo Berkley con ironía.

—Eso todavía está por ver. —Se rio y negó con la cabeza—. Oh Dios, probablemente tendré que volver a disculparme. Tengo una irritante tendencia a pensar en voz alta. A decir exactamente lo que pienso. En ocasiones, resulta de lo más incómodo, y produce consecuencias imprevistas.

—Puedo imaginármelo.

—Sin embargo, ésta es mi naturaleza, y no veo necesidad de cambiarla.

—Ni debería hacerlo.

—¿De verdad lo piensa? —Ella alzó la mirada hacia él.

—Desde luego.

—La mayoría de hombres que conozco me aconsejan que controle mi lengua, o que al menos, modere mis palabras.

—Pero todavía no me había conocido a mí. —Su voz sonaba divertida—. Aunque yo le aconsejaría que evitara expresar en voz alta sus opiniones acerca del comportamiento de la mayoría de los hombres o de los hombres infames. No todos somos iguales.

—Sin embargo, raramente me equivoco.

Él se rio, y ella se dio cuenta de lo pomposa que sonaba. Era extraño, no recordaba haber sido pomposa antes.

—Se lo advierto, creo firmemente en la honestidad. —Ella hizo una pausa, y un sorprendente número de incidentes del pasado, la mayoría protagonizados junto con su hermana, acudieron a su mente—. En la mayoría de circunstancias.

—La honestidad es una cualidad excelente. —Él reprimió una sonrisa—. En la mayoría de circunstancias.

—Por tanto, me siento obligada a ser sincera con usted. No quiero que me haga compañía haciéndose falsas esperanzas.

—Simplemente la estoy acompañando a almorzar —dijo él con suavidad—. Difícilmente puede llamarse una declaración de intenciones.

—Por supuesto que no. —Llegaron hasta las mesas, que ofrecían muchas cosas apetitosas, incluyendo una atractiva colección de dulces. Cassie apenas se dio cuenta—. No quería decir... sea como sea... —Le soltó el brazo y se volvió para mirarlo a los ojos—. Lord Berkley, estoy tratando de explicarle que a pesar de que al presentarnos mi hermano estaba pensando en una futura unión, debo aclararle que yo no estoy… en fin… no estoy interesada.

—¿Interesada? —Él entrecerró los ojos, confundido—. ¿A qué se refiere con «interesada»?

—Interesada en usted. —Se interrumpió—. Oh, no me refiero a usted como individuo, hablo en un sentido amplio. El tipo de hombre que es usted. Simplemente, no tengo interés en hombres con una reputación como la suya.

—¿Infame? —dijo él lentamente.

—Exacto. —Ella asintió y le ofreció una agradable sonrisa.

Él la estudió detenidamente.

—La mayoría de mujeres que conozco encuentran que los hombres de naturaleza oscura y misteriosa son de lo más excitantes.

—No me cabe duda de que las mujeres que conoce piensan eso, y es exactamente por eso que las conoce. —Lo miró a los ojos—. Sin embargo, yo no soy así. Un hombre con reputación de jugador y bebedor y que se junta con innumerables mujeres inadecuadas…

—¿Innumerables?

Su voz sonaba sorprendida, y de hecho parecía complacerse ante lo que oía.

Ella alzó ambas cejas.

—Sin duda no le sorprende oír esto.

—No, no, por supuesto que no. —Intentó, sin éxito, reprimir una sonrisa de deleite—. Yo estaba allí, al fin y al cabo.

Ella hizo un gesto de desdén.

—En cualquier caso, milord, no estoy interesada en ningún hombre cuya vida es tan rápida y desenfrenada como la suya. No encuentro el más mínimo atractivo en los mujeriegos y sinvergüenzas. Además, no tengo ninguna intención de reformar ni modelar a ningún hombre para que se adapte a lo que deseo. No, quiero un hombre que ya sea…

—Perfecto. —Berkley entrecerró los ojos—. Eso es lo que está diciendo.

—Tonterías, no existe un hombre perfecto. —Reflexionó

durante un momento—. Aunque supongo que es eso lo que estaba diciendo.

—Entiendo. —Su tono era sereno y poco comprometido.

—Sabía que lo haría. Y aunque usted es un poco más agradable de lo que esperaba… —respiró profundamente— simplemente usted y yo no encajamos.

—Entiendo —volvió a decir él.

—¿Eso es todo lo que sabe decir?

Por un momento, ella tuvo la extraña esperanza de que él protestaría ante sus palabras. Creyó que pediría una oportunidad para ganarse su mano. Para ganarse su corazón. Era una idea ridícula, por supuesto. Él no tenía nada de lo que ella podía desear en un marido. Probablemente no había sido más que esa risa contagiosa o esos fascinantes ojos grises lo que había traído aquella absurda idea a su cabeza.

—Mi querida señorita Effington —escogió las palabras cuidadosamente—, me temo que usted y su hermano han llegado a una conclusión demasiado precipitada basada únicamente en el hecho de que yo haya solicitado una presentación y un paseo inocente en medio de una reunión de gente.

—Oh, no, yo no pensé que…

—Sí lo pensó. —Su voz era fría, como si estuviera hablando de algo sin ninguna importancia—. Y dado que usted defiende la honestidad, en la mayoría de circunstancias, siento que yo debería ser completamente honesto con usted.

—Por supuesto —dijo ella débilmente. Por mucho que prefiriera la honestidad, no estaba del todo segura de querer oír lo que la honestidad le impulsara a decir.

—Usted es sin duda inteligente y confía en su propia naturaleza, cualidades que admiro mucho en una mujer. Además, es usted muy franca y no tiene pelos en la lengua. Aunque su tendencia a decir lo que piensa tal vez no sea tan preferible como su inclinación por la honestidad, al menos uno nunca tendrá que adivinar en qué lugar se encuentra ante usted. Y eso es de lo más beneficioso. Haciendo honor a ese espíritu, por lo tanto, debo confesarle lo que usted en realidad ya sabe.

Su mirada era calmada y firme, y su tono el de quien expone una cuestión de hecho. La única prueba que podía indicar algo en sentido contrario era el brillo de sus ojos entrecerrados, ojos que ahora parecían más plateados que grises.

—Del mismo modo que usted no desea casarse con un hombre para tener que... —se aclaró la garganta— reformarlo, yo no deseo una esposa con una manera inflexible de ver el mundo y aquellos que lo habitan. No soy perfecto, señorita Effington, ni deseo serlo. Francamente, no puedo imaginar nada más espantosamente aburrido que la perfección. Usted es inteligente y hermosa y tal vez perfecta en muchos sentidos. De hecho, sospecho que hay en usted mucho más de lo que deja apreciar a primera vista. Lamento no tener la fortaleza ni la resistencia que se necesita para conocerla mejor. Por tanto, señorita Effington, debo reconocer que estoy de acuerdo con usted. Usted y yo no encajamos. Sin embargo, le deseo suerte en su búsqueda de... de «lord Perfecto». —Hizo una pequeña reverencia, se dio la vuelta y se dispuso a marcharse.

De inmediato una oleada de arrepentimiento la recorrió, acompañada de la extraña sensación de que tal vez, sólo por esa vez, había cometido un terrible error. Sin pensar, le gritó.

—Cuarenta libras, milord.

Él se volvió y alzó una ceja.

—¿Cuarenta libras?

Ella respiró profundamente.

—Eso es lo que he ganado.

Él la estudió durante un momento, y el ligero amago de una sonrisa torció las comisuras de sus labios. Asintió con la cabeza, se dio la vuelta y se alejó a grandes pasos colina abajo.

Ella lo miraba fijamente. Realmente tenía un buen porte, ese infame lord Berkley. Alto y guapo, con unos ojos capaces de ver en el interior de su alma y una risa que le removía la sangre.

—Maldita sea, Cassandra, ¿no podías haber sido un poco menos desagradable con él? —dijo Christian detrás de ella—. Berkley es un excelente partido.

—Fui agradable. Yo siempre soy agradable. Perfectamente cortés.

Lord Pennington se unió a lord Berkley, y ella hubiera dado cualquier cosa por saber exactamente qué estaban diciendo. Qué estaba diciendo él acerca de ella. Es cierto que ella había sido honesta, tal vez incluso demasiado franca, pero ella no calificaría sus modales de desagradables. Un enorme peso se instaló en la boca de su estómago.

Tal vez sí había sido un poco desagradable.

—No hay duda. —Una nota de resignación sonó en la voz de Christian. Se volvió para examinar la comida servida en las mesas, y Cassie envió una silenciosa plegaria de gracias al cielo por el hecho de que él hubiera dirigido su atención hacia otro sitio.

—Está claro que no tiene el aspecto de un hombre que acaba de terminar una conversación agradable —dijo Christian distraídamente.

Ella retiró la plegaria, cogió un trozo de queso de un plato y obligó a su hermano a comérselo.

—Parece bueno.

—En efecto, lo es. —Christian sonrió y dio un bocado—. Yo diría que tiene el aspecto de un hombre que acaba de escapar de un estrecho agujero. Un hombre peleando por su vida.

—Simplemente se ha dado cuenta de que no encajamos.

Se esforzó para que su voz sonase ligera como si no le importara. Y no le importaba, por supuesto. Él no tenía nada de lo que deseaba en un marido.

—¿Llegó a esa conclusión en apenas unos minutos? —Christian alzó una ceja con escepticismo—. Tal vez debas repetirme otra vez lo agradable que fuiste.

—Perfectamente cortés —murmuró ella.

Christian resopló con incredulidad.

—A pesar de lo que puedas haber oído acerca de él, Berkley es un excelente partido.

—Te he oído la primera vez que lo has dicho, y aunque lo digas cien veces más continuaré estando en desacuerdo. Sabes muy bien que no tengo intenciones de casarme con un mujeriego al que tenga que reformar.

—Te he oído decirlo cien veces, y apuesto que volveré a oírtelo decir. —Christian se rio—. Y continuaré estando en desacuerdo. —Se comió el trozo de queso que le quedaba.

—La forma en que tú, Leo y Drew persistís en ignorar mis opiniones y deseos acerca de con quién me casaré se está volviendo de lo más tediosa. —Respiró profundamente llena de frustración—. ¿Por qué estáis empeñados en creer que soy tan débil de mente como para no poder tomar mis propias decisiones respecto a algo que va a ser tan importante durante el resto de mi vida?

—Todo lo contrario, querida hermana, pensamos que eres más inteligente de lo que te conviene. Creemos que tienes demasiadas opiniones, y muchas de ellas son del todo equivocadas. Por ejemplo, Cass, todo el mundo menos tú acepta que los mujeriegos reformados son los mejores maridos. Es prácticamente una verdad del Evangelio. Yo mismo seré un marido excelente en algún momento futuro. Un momento lejano, aún muy lejano.

Exhibió la misma irresistible sonrisa que los tres hermanos compartían. La sonrisa que, según decía su madre, estaba escrita en las estrellas. La misma sonrisa que hacía temblar las rodillas de damas inocentes y débiles y estaba repartida entre un gran número de hombres de reputación cuestionable.

Cassie era cualquier cosa menos inocente.

—No envidio para nada el trabajo que alguna tonta mujer pueda tomarse en reformarte —dijo firmemente, pero sin poder reprimir una cariñosa sonrisa.

En realidad le gustaban sus hermanos, los tres; eran de lo más divertidos, aunque ella no siempre aprobara su comportamiento. Cuando reflexionaba sobre ello, y últimamente lo hacía a menudo, se daba cuenta de que ellos tenían mucho que ver con el hecho de que no tuviera interés en hombres de mala fama. Oh, sin duda Leo, Drew y Christian no eran realmente malas personas, pero Cassie los había visto a través de los años abriéndose paso en la sociedad y dejando una estela de corazones rotos a su paso. Aun así, sentía poca lástima por esas pobres criaturas que se dejaban embaucar por sus hermanos. Su naturaleza no era un secreto, y por tanto cualquier mujer que se enredara con ellos merecía las consecuencias.

Sólo una tonta se involucraría en un asunto con hombres como sus hermanos. Su mirada se desvió hacia Berkley. O con un hombre como ése. Cassandra Effington no era una tonta. Conocía a ese tipo de hombres tan bien como se conocía a sí misma.

Durante mucho tiempo había sospechado, en algún rincón de su mente, que su declarada aversión por los hombres de mala fama, los hombres infames, era una estratagema. Que en realidad los hombres que realmente la atraían eran aquellos que estaban siempre a punto de traspasar el límite del escándalo. Hombres que, como sus hermanos, vivían la vida de acuerdo a sus propias reglas. Hombres que fueran tan encantadores como de poca confianza. Hombres que le romperían el corazón.

Hombres exactamente como lord Berkley. Él era peligroso. Muy peligroso, y haría bien en evitarlo en un futuro... no sería nada difícil, dado que lo había tratado de forma tan... agradable.

Era por su propio bien. El hombre que ella deseaba, el hombre perfecto para ella, don Perfecto, la estaba esperando en alguna parte en el futuro. Y ella confiaba en que algún día se conocerían. ¿Acaso no había predicho su madre que tal encuentro estaba escrito en las estrellas?

Y sin duda ese hombre borraría cualquier recuerdo de esa mirada plateada y cómplice y de esa seductora risa.

—¿He sido un poco estúpido, no? —murmuró Reggie mientras bajaba la colina con paso airado, acompañado de Marcus.

—Un poco. —Marcus arrugó la frente con curiosidad—. ¿Tenías en mente algún incidente en particular?

Reggie le lanzó una mirada de enfado.

—¿Por qué no me dijiste que ese plan mío era absurdo?

—Te lo dije. Varias veces, de hecho.

Por supuesto que Marcus había tratado de disuadirlo. Por mucho que Reggie odiara tener que admitirlo ahora, recordaba claramente los argumentos de Marcus. Argumentos que le parecían mucho más válidos en aquel momento que seis meses atrás.

—Pero no hiciste un buen trabajo.

—Hice un excelente trabajo. Después de escuchar los aspectos más ridículos de tu propuesta, creo que te señalé que si bien las mujeres no caían rendidas a tus pies, eras considerado un excelente partido y siempre ha habido damas interesadas en conocerte.

Reggie hizo un gesto con la mano para interrumpirlo.

—¿Por qué no me detuviste?

—Ni las fuerzas de la naturaleza podrían haberte detenido. —Marcus sacudió la cabeza—. En los pasados años de nuestra juventud, cuando te metías en líos de los que yo trataba de protegerte y me arrastrabas a mí contigo, aprendí que cuando se te mete una cosa en la cabeza, disuadirte de hacerla es prácticamente imposible. En efecto, siempre he considerado tu terca determinación algo con tanto poder como una fuerza de la naturaleza.

—Aun así…

—Más allá de eso… —El tono de Marcus era reticente—. Por absurdo que pueda sonar, pensé que podía ser bastante divertido y posiblemente… tal vez… existía la ligera posibilidad… —Suspiró con resignación—. De que realmente funcionara.

Reggie soltó un bufido.

—Hasta ahora no ha funcionado.

—Me equivocaba. —Marcus se encogió de hombros, luego sonrió—. Aunque al menos ha sido divertido.

Reggie no le hizo caso.

—No acabo de entender qué es lo que ha sucedido. El plan parecía infalible. Las mujeres aman el tipo de hombre que hemos hecho de mí. Deberían estar arrojándose a mis brazos. Sin embargo, ahora no me va mejor que antes.

Marcus dejó escapar un largo y sufrido suspiro.

—Vuelvo a recordarte que no estabas en una situación desesperada antes de que empezáramos con esto. Las mujeres…

—Nunca se fijó en mí la mujer adecuada —dijo Reggie, apretando la mandíbula—. Nunca, la mujer adecuada.

Nunca había habido una mujer adecuada, o al menos una mujer con el potencial para convertirse en la mujer adecuada, que mostrara un interés de naturaleza afectiva por él. Siempre era él quien se enamoraba. Y siempre era él quien se quedaba solo.

Marcus habló con serenidad.

—Supongo que la señorita Effington se ha negado a arrojarse a tus brazos.

—La señorita Effington es una mujer extremadamente fascinante que sabe precisamente lo que quiere y se niega a conformarse con menos. Además, no ha vacilado en expresar su deseo en voz alta y con claridad.

—No suena muy prometedor —murmuró Marcus.

—No, ¿verdad? —Reggie sonrió a su amigo con tristeza—. Sobre todo porque no le interesan los hombres infames.

—Ése es el problema.

—Resulta de lo más irónico. —Reggie hizo una pausa, sobrecogido por el recuerdo de aquel fascinante momento en que se habían mirado a los ojos—. Sucedió algo entre nosotros al conocernos...

—Ya te he oído decir eso otras veces —se apresuró a recordarle Marcus—. Muchas otras veces. Ése es el momento en que me doy cuenta de que estás a punto de perder la cabeza...

—Esta vez es diferente, Marcus.

—También has dicho eso antes.

Reggie contuvo las ganas de discutir con su amigo. Marcus tenía razón: Reggie había hecho declaraciones parecidas cada vez que conocía a una mujer encantadora. Pero aquella vez era completamente distinto, Reggie no sabía exactamente por qué, pero estaba muy seguro de eso. Había una chispa en los hermosos ojos azules de la señorita Effington cuando sus miradas se encontraron, una especie de conexión, un reconocimiento tácito de que podía existir algo especial entre ellos. Como si en aquel momento, el alma de ella le hubiera reconocido. Había perdido la cuenta de las veces que se había enamorado, pero jamás había experimentado nada ni remotamente parecido a esa especie de reconocimiento mutuo.

Era una idea ridícula, por supuesto. A ella, él ni siquiera le gustaba. O mejor dicho, a ella no le gustaba lo que él fingía ser.

—Bueno, lo hecho, hecho está.

—Lo mismo digo. —Marcus hizo una mueca—. No hay manera de cambiar lo que ya está hecho. Tú sabes tan bien como yo que el tipo de cotilleo al que dimos lugar se alimenta por sí mismo y va creciendo. Tu victoria de hoy no contribuye más que a aumentar la fama que nos ocupamos de crear en torno a ti. Felicidades, Reggie. —Se echó a reír—. Te guste o no, eres efectivamente el infame vizconde Berkley.

—Podría reformarme —dijo Reggie con actitud esperanzada.

Marcus negó con la cabeza.

—Nadie se lo creería. Y mucho menos la señorita Effington.

—Supongo que en realidad no importa. A ella no le gusta lo que cree que soy, y es posible que le gustase aún menos si supiese la verdad. —Por un momento consideró la posibilidad de explicar a la señorita Effington que la mala fama creada en torno a él se debía simplemente al deseo de atraer a las mujeres para que éstas cayeran rendidas a sus pies. Sin duda, ella encontraría la idea tan absurda como patética.

—Pero a ti ella te gusta.

—No, Marcus. Bueno, puede que me guste. Y mucho. Pero no me permitiré a mí mismo caer en sus redes. Aunque mi método de cambiar la actitud hacia el bello sexo no parezca haber tenido éxito, tengo muy claro que no quiero volver a mi actitud de antes. Caer de rodillas ante una dama que no me da ni la más mínima señal de correspondencia no sería más que volver a los viejos hábitos.

—Pero la señorita Effington…

—No tiene sentido seguir con este tema. —Reggie ignoró la punzada de dolor que sentía—. Ella hará su camino, y yo el mío. Si en el futuro éstos vuelven a cruzarse, me mostraré educado. Y nada más.

Marcus lo estudió pensativo, y luego asintió.

—Admito que estoy impresionado.

—¿Por qué?

—A pesar de la estúpida naturaleza de tu plan original, estás en efecto decidido a cambiar. Es francamente admirable. —Marcus le dio unos golpecitos en la espalda—. Lo menos que puedo hacer es ofrecerte mi ayuda para reparar lo que hemos logrado, a menos, por supuesto, que prefieras continuar por el mismo camino. ¿Otro duelo, tal vez?

—Creo que no, pero aprecio la oferta.

Marcus sonrió con modestia.

—Uno hace lo que puede por los amigos.

Ellos eran el vivo ejemplo de esta afirmación, pues desde que Reggie era capaz de recordar, Marcus había sido su amigo más íntimo. De hecho eran como hermanos. Ninguno había abandonado nunca al otro, y eso jamás ocurriría.

Es cierto que tras el matrimonio de Marcus había habido un sutil cambio en su relación. Pero Reggie no sentía que había perdido a un amigo. Más bien, había ganado una amiga, Gwen, la esposa de Marcus. Era una ironía que Marcus, quien nunca había buscado especialmente el amor, lo hubiera encontrado, y en cambio Reggie, que se había pasado la mayor parte de su vida enamorándose y, desgraciadamente, teniendo que desenamorarse, no hubiera encontrado todavía un amor confiable y duradero, una mujer que correspondiera su afecto. La mujer adecuada.

Tal vez debería bajar su nivel de exigencia.

Tal vez debería descartar la idea de casarse por amor y simplemente debería limitarse a buscar una esposa correcta. Había un buen número de posibilidades. Marcus tenía razón; Reggie era considerado un excelente partido. Sin embargo, había algo que le resultaba chocante y un poco desagradable en la idea de casarse únicamente porque el matrimonio en sí mismo, sin nada parecido al afecto o, mejor aún, al amor. Él deseaba lo que había visto en el feliz matrimonio de sus padres. Su padre había fallecido hacía ya doce años y, sin embargo, Reggie aún podía recordar la relación que sus padres compartían. Las sonrisas secretas, las miradas íntimas, el claro afecto que sentían el uno por el otro y el dolor devastador que su madre había tenido que soportar tras la muerte de su padre.

Él deseaba lo mismo que tenía su amigo. Marcus y su esposa no habían comenzado su relación en las mejores condiciones. De hecho, su unión había sido impulsada por la amenaza de un desastre financiero, pero el amor se presentó rápidamente. O estaba también el caso de su amigo el marqués de Helmsey, quien sin tener ninguna intención de casarse, había sido engañado de una original manera que lo había llevado a unirse con la dama que ahora poseía su corazón.

¿Acaso pedir la felicidad dentro del matrimonio era pedir mucho?

Tal vez sí, al menos en su caso. Tal vez, simplemente, debería contentarse con lo que era alcanzable. Sin duda podría procurarse una esposa durante esa misma estación. Había unas cuantas jóvenes entre las que podría escoger. El afecto, y tal vez el amor, podrían llegar con el tiempo.

—Disculpa que interrumpa tu reflexión —dijo Marcus—, ¿pero dónde vamos exactamente?

—¿Dónde? —Reggie se detuvo en seco y miró a su alrededor. Habían llegado a la carretera y no se había dado ni cuenta.

—No pongo en duda que recorrer un largo y serpenteante camino a través del campo para resolver los múltiples problemas de tu vida podría ayudarte, pero sospecho que no sería suficiente con una mañana. —Marcus lo observó de manera reflexiva—. Reconozco que esos momentos tuyos de introspección me resultan de lo más enervantes. No pegan con tu carácter.

—Te pido disculpas —dijo Reggie con ironía.

—No es nada. —Marcus se encogió de hombros con un gesto excesivamente cortés, luego se puso serio—. Me gustaría que pudieras verte a ti mismo como otros te ven, viejo amigo. Nunca lo haces.

Reggie examinó al conde durante un largo momento. Marcus lo conocía mejor que nadie, pero en eso estaba equivocado. Reggie tenía una visión muy realista de quién era y cómo era. Tenía un buen título, una buena fortuna y no le faltaba atractivo. Pero más allá de eso, no había nada extraordinario en él.

En una ópera, no sería más que una de las tantas voces de un coro. En un escenario, un figurante. En una novela, un personaje secundario. Ese era el papel que le había tocado en la vida, esa era su naturaleza.

Y su naturaleza no era dada a la melancolía.

Sonrió lentamente.

—Siempre has tenido tendencia a pronunciaciones de tipo analítico, Marcus, pero nunca a esta hora tan temprana del día.

Marcus lo miró fijamente durante un momento, como escogiendo sus próximas palabras, luego sonrió.

—No sé qué me ha pasado. Me controlaré más en el futuro. En cuanto a ahora… —Marcus señaló con la cabeza la reunión que dejaban atrás. La multitud se concentraba en torno a las mesas, las risas y el sonido de la alegría eran arrastradas por la brisa—. Yo, al menos, estoy hambriento y tengo curiosidad por saber dónde está mi mujer. Sugiero que nos volvamos a unir a la fiesta. Además —sonrió con picardía—, debe de haber un gran número de jóvenes damas ansiando caer a los pies del victorioso lord Berkley.

—El victorioso e infame lord Berkley, si no te importa.

Reggie se rio y Marcus lo imitó. Se dirigieron de vuelta a la reunión, el uno junto al otro, como siempre habían estado durante su vida.

¿Por qué no saborear aquel momento de triunfo? Después de todo, Reggie había ganado la carrera, y merecía sentir algún placer por ello. Lo llenó una curiosa sensación de satisfacción. Tal vez era un hombre de lo más corriente, pero puede que él fuese el único en saberlo.

Al menos, por el momento, era el infame lord Berkley, y tenía la oportunidad de disfrutarlo.

Capítulo tres

Las madres son quienes nos dan la vida, las portado-
ras de nuestra herencia, y por todo eso deben ser valora-
das y veneradas. También puede decirse que son, muy a
menudo, un mal necesario.

MARCUS, CONDE DE PENNINGTON

—¿Por qué diablos has tardado tanto? Creí que estarías en
casa hace horas.

—¿Ah, sí? —Reggie entregó distraídamente el sombrero y
los guantes al mayordomo, Higgins, que llevaba trabajando
con su familia, en distintos puestos, desde que Reggie tenía
uso de razón. Alzó la mirada hacia su hermana menor.

Lucy bajó corriendo la escalera en curva que dominaba el
vestíbulo de la casa Berkley con la dramática elegancia de una
experta actriz de dieciséis años, tambaleándose con excesivo
entusiasmo al borde de la feminidad adulta.

—No tienes ni idea de lo que se me ha pasado por la cabeza. —Lucy se apoyó contra la barandilla, dejando escapar
un suspiro teatral y colocando el dorso de su mano en la
frente—. Ha sido espantoso, sencillamente espantoso.

Reggie lanzó una mirada de reojo a Higgins, quien puso
los ojos en blanco pero mantuvo la boca cerrada.

Reggie reprimió una sonrisa.

—Sé que debo lamentarme, pero ¿quieres explicarme qué
espantosa calamidad se ha abatido hoy sobre ti? La semana
pasada fue que mamá se negó a presentarte en sociedad este
año.

Lucy alzó la barbilla.

—Tengo casi diecisiete años.

—No tienes más que dieciséis y tu comportamiento lo demuestra. Tengo entendido que ayer hubo cierto altercado en relación a un vestido que era decididamente inapropiado para una joven bien educada como tú.

—Soy muy madura para mi edad. —Echó hacia atrás su melena oscura—. Todo el mundo lo dice.

—Creo que eso es parte del problema —dijo Reggie por lo bajo—. Y precisamente anoche tuviste una especie de berrinche porque se te prohibió asistir a la carrera de hoy.

—Fue completamente injusto, y tú lo sabes. —Arrugó la frente—. ¿Ganaste?

—Así es.

—Estupendo. —Lanzó una sonrisa triunfal a Higgins.

Las comisuras de los labios del mayordomo se torcieron, como si estuviera tratando de no sonreír.

Reggie bajó la voz y se dirigió a él.

—¿Ha estado apostando de nuevo con los criados?

—Nunca le permitiría hacer tal cosa, milord —dijo Higgins con altivez.

Reggie estudió al mayordomo cuidadosamente.

—¿Apostaste tú en su lugar, verdad?

Higgins abrió los ojos con fingida inocencia.

—Vamos, Reggie —se apresuró a decir Lucy, colocándose junto a su hermano—. Una dama siempre puede usar un poco del dinero que tiene ahorrado. Además, en este momento apenas tiene importancia. Tenemos problemas mucho más grandes. —Dejó escapar un profundo suspiro—. Se trata de mamá.

—¿Qué pasa con mamá? —Reggie entrecerró los ojos.

—Lady Berkley se encuentra en la cama, milord —dijo Higgins en su habitual tono neutro.

—¿Por qué? —La mirada de Reggie se deslizó de Higgins a Lucy—. No puede estar enferma. Mamá no ha estado enferma en toda su vida.

—No sólo está enferma. Ella… ella…

El labio inferior de Lucy tembló.

—Lady Berkley afirma que está agonizando, milord —dijo Higgins.

—¿Agonizando? —Reggie sacudió la cabeza con escepticismo—. Eso es imposible. Estaba perfectamente bien ayer y completamente sana.

—Pero hoy se halla al borde de la muerte. —Los ojos de Lucy se llenaron de lágrimas—. Vamos a ser huérfanos.

—Tonterías. —Reggie se volvió hacia Higgins—. ¿Has llamado a un médico?

Higgins asintió.

—El doctor Hopwood ha venido y se ha marchado ya.

—¿Y?

—Y dice que no encuentra nada malo. Ese curandero incompetente —dijo Lucy con desdén—. Es obvio que mamá está terriblemente enferma. Hasta un tonto podría verlo.

Reggie alzó una ceja.

—¿Higgins?

—Es difícil saberlo con certeza, milord. —El mayordomo escogió sus palabras con cuidado—. Uno no puede discutir la opinión de un médico reputado y, sin embargo, ella parece un poco pálida, aunque no especialmente…

—¡Higgins! —Lucy le lanzó una mirada llena de rabia.

El mayordomo continuó.

—Si bien lady Berkley, hasta donde yo sé, no se ha puesto nunca enferma, también es cierto que jamás ha fingido estarlo. Creo que puede ser un grave error no prestar atención a lo que ella afirma en este momento respecto a su estado de salud.

—Entiendo —dijo Reggie lentamente. El juicio de Higgins era tan aleccionador como escalofriante.

Reggie nunca había pensado en la posibilidad de la muerte de su madre, y en aquel momento esa idea le produjo una punzada de dolor. Siempre había dado por supuesto que Marian Berkley estaría allí para siempre. Es cierto que, desde un punto de vista racional, él sabía que se estaba haciendo mayor y que algún día se reuniría con su padre en el más allá.

A decir verdad, a él le gustaba mucho su madre. Lady Berkley era cariñosa y divertida y estaba envuelta de un delicioso aire de encanto y confusión. Además, no se inmiscuía demasiado en su vida. Tenía sus amigas, sus actividades y debía ocuparse de Lucy; todo ello la mantenía demasiado ocupada para interferir en los asuntos de su hijo. Aunque compartían la gran casa de Portman Square en Londres y la finca de Berkley Park en el campo nunca se molestaban el uno al otro. De hecho, había días en que apenas se veían.

Aun así, hay algo reconfortante en el hecho de saber que un padre o una madre están allí, aunque no se tenga necesidad de consejo o ayuda de ellos. Saber que están proporciona un poco de agradable seguridad en este mundo incierto.

A Reggie no le gustaba la idea de perder a su madre, de convertirse en un huérfano. Le asustaba tanto como a su hermana.

—Debería verla. —Reggie se dirigió a las escaleras.

—Ha estado preguntando por ti. —Lucy lo siguió, pisándole los talones.

—Milord —dijo Higgins tras él—, antes de que suba debería mencionarle algo que dijo el doctor Hopwood.

Reggie se detuvo en seco y se volvió hacia el mayordomo.

—¿De qué se trata, Higgins?

—Sea cual sea la verdadera naturaleza de su enfermedad, el doctor dice que debería complacérsele, especialmente si expresa deseos o peticiones inusuales. Ha aconsejado que le proporcionemos todo lo que pida. Tales peticiones pueden ser el resultado de algún delirio o una disminución en sus capacidades, y contrariar sus deseos únicamente podría contribuir a empeorar su estado. Hay que evitar tal agravación por todos los medios posibles, al menos hasta que él pueda determinar qué es exactamente lo que le ocurre —añadió Higgins.

—Muy bien —asintió Reggie—. Tendrá todo lo que quiera.

Alcanzó la cima de las escaleras y se encaminó hacia el ala de la casa que compartían su madre y su hermana. Sus propias habitaciones se hallaban en el ala opuesta, otra concesión que contribuía a mantener sus vidas independientes.

La puerta del dormitorio de su madre estaba cerrada. Él dio unos golpecitos suaves y esperó.

Nada.

—Prueba de nuevo. —Lucy frunció el ceño—. Puede que esté dormida.

Reggie se detuvo, con el puño apoyado en la puerta.

—Entonces tal vez no deberíamos…

—Claro que deberíamos —se indignó Lucy—. Si está agonizando, no nos queda mucho tiempo. —Abrió la puerta de un empujón y entró en la habitación—. ¿Mamá?

Reggie y Higgins intercambiaron miradas, luego siguieron a Lucy.

Las cortinas estaban corridas para no dejar pasar la luz del temprano sol de la tarde. La habitación estaba oscura, y un escalofrío hizo estremecerse a Reggie. A su madre le encantaba la luz, y siempre insistía en que las ventanas estuvieran abiertas para que entrara la luz del sol. Que ahora no lo hiciera era muy mala señal.

—¿Mamá? —Dio unos pasos hacia la cama.

—¿Mi hijo, eres tú? —La débil voz de lady Berkley se oyó desde la cama.

—¿Qué es lo que ocurre, mamá?

Se acercó hasta la cama y la miró fijamente. Ella yacía apoyada sobre una gran pila de almohadas, que no hacían más que incrementar su sensación de pequeñez y fragilidad. A él nunca le había parecido que su madre fuese especialmente pequeña; no había duda de que la vitalidad de su carácter contribuía a aumentar la estatura ante sus ojos. Pero al verla ahora de aquel modo se daba cuenta de lo pequeña que era en realidad.

—¿Qué te pasa?

—Estoy bien, corazón, no debes preocuparte. —Lady Berkley suspiró y llevó la mano lentamente hasta la de él, como si el esfuerzo fuera desmesurado para ella—. De verdad, no es nada. —Su voz sonaba tan débil que él apenas era capaz de oírla.

Su reiterada negativa lo llenó de pavor. Se sentó suavemente en la cama y la miró fijamente con preocupación. La luz era demasiado escasa para verla con claridad, sin embargo, en efecto parecía pálida. Se esforzó por dar un tono confiado a su voz.

—El doctor dice que no encuentra nada malo.

—Y debemos confiar plenamente en el doctor. —Ella le lanzó

una sonrisa de aliento—. Estoy segura de que él sabe mucho más que yo.

—Por supuesto. Y te pondrás bien. —Sin embargo… los doctores a veces se equivocan—. ¿Hay algo que necesites?

—No, nada. —Se llevó la mano que tenía libre a los labios y tosió delicadamente—. Nada de nada.

Un sentimiento de completa impotencia lo embargó.

—Sin duda habrá algo que yo pueda hacer para que te sientas mejor.

—Eres un buen chico, un chico maravilloso, por sugerirlo, pero no necesito nada. Bueno… quizás… —Suspiró—. No, no podría… no.

—¿De qué se trata, mamá?

Ella volvió la cabeza hacia él.

—No, es demasiado pedir.

Reggie miró a Higgins, que asintió para animarlo.

—Pide lo que quieras, todo lo que quieras.

—Si insistes. De lo contrario, nunca me atrevería a hacerlo. —Lo miró a los ojos—. Antes de morir…

—Mamá, no va a pasarte nada. —Lucy alzó la voz desesperada.

—Por supuesto que no, querida. —Sonrió a su hija, luego volvió a mirar a su hijo—. Primero debes prometerme que cuidarás de tu hermana.

—Claro que sí, mamá.

La promesa se le encalló en la garganta, y tuvo que tragar saliva.

—Y en segundo lugar, antes de morir…

—Mamá —gimió Lucy.

Marian alzó una mano para hacer callar a su hija, en una sorprendente demostración de fuerza.

—Me gustaría verte establecido.

—¿Establecido? —Reggie alzó ambas cejas—. ¿Te refieres a que me case?

—Es mi más profundo deseo. Mi… —Apartó la mirada de él y la dejó fija en la distancia. Su voz era apenas audible—. Mi último deseo.

—Claro, mamá, veré qué puedo hacer, pero…

—Una buena unión. Con una buena familia. Pero sobre todo, con alguien a quien puedas querer. —Su voz sonaba como si estuviera delirando—. ¿Hay alguien…?

Unos luminosos ojos azules acudieron a su mente, pero él los apartó a un lado.

—No, no hay nadie de momento.

—Lástima. —Permaneció en silencio durante tanto tiempo que él se preguntó si se habría quedado dormida—. Entonces, antes de que me vaya, al menos quiero asegurarme de que estás preparado.

—No voy a prepararme para tu muerte porque no vas a morirte —dijo con más confianza de la que sentía.

—Eso tendrá que verse, pero me refería a que estés preparado para casarte. —De nuevo lo miró a los ojos—. Querido Reginald, he pensado mucho en esto, y ahora que el fin puede estar cerca…

—¡Mamá! —gimoteó Lucy.

Su madre la ignoró.

—Odiaría saber que vas a meter a una esposa en esta casa. Todo aquí está tan… tan…

—¿Pasado de moda, milady? —apuntó Higgins.

Ella obsequió al mayordomo con una sonrisa de agradecimiento.

—Eso es, exactamente.

—A mí me parece que la casa está bien —dijo Reggie.

—Le falta mucho para estar bien. Por lo menos los espacios públicos necesitan ser completamente redecorados. —La voz de su madre sonaba débil pero terminante—. Están completamente desvencijados.

—Los muebles están un poco desgastados, Reggie —dijo Lucy pensativa—. No consigo recordar cuándo fue la última vez que se pintaron o se empapelaron las paredes. Mamá no ha cambiado nada en años.

—Siempre he sido muy frugal —dijo su madre con tristeza, como si admitiera un crimen de lo más vil. Sin embargo, la frugalidad era una cualidad que a él jamás se le hubiera ocurrido atribuir a su madre.

—Yo desde luego no veo nada de malo en los muebles ni

en las paredes —dijo Reggie con firmeza—. No puedo creer que ése sea tu último deseo.

Higgins se aclaró la garganta y se inclinó hacia Reggie, señalándole en voz baja:

—Delirio, milord.

—Por supuesto —murmuró Reggie, y permaneció pensativo durante un momento.

No estaba del todo seguro de querer una esposa a la que le importaran este tipo de cosas, pero si comprar unos pocos muebles o pintar una o dos habitaciones podía aliviar la confusión mental de su madre, contribuir a hacerla feliz y, sobre todo, mejorar su estado de salud, ¿por qué diablos no iba a hacerlo? Parecía una petición bastante simple.

—Mamá, si eso es lo que quieres…

—Eres un santo, y yo soy una madre afortunada. Pasemos entonces a la acción. —Le apretó la mano—. Quiero las habitaciones públicas completamente reamuebladas. Desde las cortinas hasta las alfombras. Pintura, papel, muebles, todo. Lo haremos de forma que se adecuen a tu nueva novia.

—Me atrevería a decir que espero que la mujer que escoja para casarme no se preocupe por estas cosas —dijo Reggie con ironía.

—A mí desde luego sí me preocupan esas cosas —dijo Lucy por lo bajo.

—Corazón mío, sabes tan poco acerca de las mujeres. —Su madre le sonrió con afecto.

—Eso parece. —Por muy ridícula que fuera la petición de su madre, también parecía inofensiva. Además, no estaba seguro, pero le parecía que ya tenía mejor aspecto. Tal vez el doctor había dado en lo cierto con lo de complacer sus peticiones absurdas. Se puso en pie—. Me ocuparé de ello inmediatamente, aunque admito que no tengo ni idea de por dónde empezar.

—Querido muchacho, nunca dejaría estas decisiones en tus manos. —Lady Berkley abrió los ojos sorprendida, como si aquella idea fuera impensable.

—No puedo imaginarme lo que haría Reggie escogiendo solo el mobiliario, la pintura o el papel —resopló Lucy—. Apenas distingue un *chiffonier* de una cómoda, o un verde esmeralda de un azul cielo.

—No es que tenga dificultades para distinguir un color de otro, sino que sencillamente no me importa mucho la diferencia. —Reggie lanzó a su hermana una mirada dominante—. Y tampoco me importa la diferencia entre un mueble u otro.

—Por supuesto que no te importa, ni debería importarte. No será necesario. —Incluso la sonrisa de su madre parecía haber ganado más fuerza. Obviamente seguirle la corriente había sido una buena idea—. La hija de un viejo amigo mío tiene un gusto exquisito y se ha ocupado de redecorar las casas de varias damas que conozco con excelentes resultados. Oh, es cierto que es una excentricidad por su parte, ya que pertenece a una buena familia y cobra una suma exorbitante por hacer su trabajo, sin embargo, vale la pena.

Reggie entrecerró los ojos.

—¿Exorbitante?

—Mamá dice que vale lo que cuesta. —Lucy arrugó la frente y cruzó los brazos sobre su pecho—. Supongo que no te molestará concederle esto a mamá, a pesar del gasto. Después de todo, es su último deseo.

—No, no, Lucy. —Lady Berkley sonrió resignada como si fuera una mártir camino del coliseo y se desplomó sobre las almohadas como una vela a la que le falta el viento—. Si Reggie cree que es demasiado…

—No, no, para nada —se apresuró a decir Reggie—. Si es eso lo que tú quieres…

—Excelente. Pediré a Higgins que la mande a buscar para que venga esta misma tarde. Lo dejaré todo en sus manos. —Le sonrió con delicadeza—. Y en las tuyas.

—Por supuesto.

Reggie se esforzó por exhibir una sonrisa complacida y por evitar un tono de reticencia en su voz.

Lo último que deseaba hacer era perder el tiempo escuchando a una dama excéntrica dar monsergas acerca de los sofás y las telas. Sin embargo, si eso contribuía a mejorar la salud de su madre, podría soportar una tarde con una mujer que llenaba sus horas vacías redecorando las casas de otra gente.

Aprobaría sus planes fueran los que fuesen, pero se mantendría a la mayor distancia posible de esa mujer excéntrica.

—Ahora, muchachos, debéis retiraros. —Lady Berkley suspiró, como si la conversación hubiera agotado todas sus fuerzas—. Tengo algunas cosas que hablar con Higgins.

Reggie frunció el ceño.

—¿Crees que es conveniente? Las instrucciones para Higgins pueden esperar hasta que hayas descansado.

—Me llevará sólo un momento y me quitaré un peso de la cabeza. Me resulta muy difícil descansar sabiendo que la casa no está en orden. —Hizo un gesto débil con la mano señalando la puerta—. Vamos, marchad, y cerrad la puerta al salir.

—Muy bien. —Reggie le lanzó una mirada a Higgins—. Asegúrate de que no se esfuerza demasiado.

—Nunca lo permitiría, milord —dijo Higgins con firmeza.

Reggie se dirigió hacia la puerta, deteniéndose para dejar que su hermana saliera antes que él, luego la siguió y cerró la puerta.

—Reggie. —Lucy alzó sus grandes ojos grises hacia él con preocupación—. ¿Tú qué piensas?

—¿Sobre la enfermedad de mamá?

Lucy asintió.

—No sé qué pensar. —Reggie sacudió la cabeza—. No es el tipo de mujer que se mete en la cama sin tener una razón. No la recuerdo nunca indispuesta o quejándose de estarlo. Me temo que al menos ella cree que está al borde de la muerte.

—Tal vez simplemente quiera redecorar la casa pero sea reacia a gastarse el dinero necesario. —Había un tono esperanzado en la voz de Lucy.

—Tal vez. —Reggie consideró la idea—. Aunque nunca he advertido que mamá se preocupe mucho a la hora de gastarse el dinero. En realidad siempre le ha entusiasmado hacerlo, y cuanto más elevada sea la suma que se gasta más disfruta. Por otra parte, nunca se ha servido de nada tan serio como su estado de salud para tratar de obtener lo que quiere. Eso da a su enfermedad cierto nivel de veracidad.

Los ojos de Lucy se llenaron de lágrimas.

—Entonces ella realmente…

—No seas absurda —dijo él, al tiempo que pasaba un brazo por los hombros de su hermana para consolarla—. Estoy seguro de que a mamá le quedan todavía muchos años para estar con nosotros. Simplemente, tenemos que afrontar esta situación y complacer sus deseos, tal como aconsejó el doctor. Estoy seguro de que en poco tiempo volverá a ser la misma de antes.

Lucy se enjugó las lágrimas.

—¿Tú crees?

—Sin duda. —Había en la voz de Reggie una seguridad que en realidad no sentía—. Además, el mayor propósito de mamá en los últimos años ha sido verme casado. —Lanzó a Lucy una mirada de aliento—. No se permitiría a sí misma morir hasta no verme a salvo en el matrimonio.

—Entiendo. —Lucy se separó del abrazo y examinó a su hermano durante un momento—. Gracias, Reggie. Debo decirte que me has hecho sentir mucho mejor.

—¿De verdad? —Él alzó una ceja—. ¿Por qué?

—¿Por qué? Porque si es cierto lo que acabas de decir sobre tu matrimonio —Lucy sonrió satisfecha—, mamá podría vivir para siempre.

Cassie estaba encaramada en el borde de un sofá en el gran salón de Berkley House, mirando y valorando el estado de la habitación y su decoración. La impresión en conjunto hasta el momento era que se trataba del salón de una dama ya entrada en años, que había dejado atrás su juventud, pero la habitación tenía unas buenas dimensiones y un gran potencial, además de una preciosa ornamentación, aunque necesitaba algún arreglo. Cassie sentía el hormigueo de excitación que siempre le sobrevenía cuando estaba a punto de comenzar un nuevo proyecto, aunque en aquel momento iba mezclado con un matiz de inquietud. Por mucho que se sintiera orgullosa de su paciencia al tratar con las damas que aceptaba como clientes, le resultaba casi imposible seguir sentada allí, donde el mayordomo de los Berkley la había dejado, en espera de reunirse con quien fuera que estuviese esperando.

Rindiéndose a la agitación que la embargaba, se levantó y cruzó la habitación, con la esperanza de relajar sus nervios examinando la chimenea de Adam, tallada en mármol.

Era el colmo de la ironía que después de su rudo comportamiento con lord Berkley ahora se hallara en su casa, a punto de ser empleada por él, a petición nada menos que de su madre. Aun más extraña todavía había sido la insistencia de su propia madre en que aceptara el trabajo.

Su impulso inmediato tras recibir la nota de lady Berkley justo al llegar a casa de vuelta de la carrera había sido rechazar el encargo. Realmente no necesitaba el dinero; tenía varios proyectos igualmente estimulantes que considerar y no le hacía gracia la idea de tener continuos encuentros con lord Berkley. Si bien a su madre la ocupación de Cassie nunca la había escandalizado tanto como a sus hermanos, tampoco se había mostrado nunca demasiado entusiasta. Sin embargo, ahora había sido inflexible a la hora de afirmar que Cassie debía aceptar aquel proyecto en particular, alegando que lady Berkley no se encontraba nada bien últimamente y que reformar la casa podía contribuir a mejorar su salud.

También había dicho que consideraba a lady Berkley una buena amiga y que Cassie debía tomarse aquel proyecto como un favor personal. Eso también le sonó un poco extraño. Cassie no tenía ni idea de que su madre y lady Berkley se conocieran. Si bien es cierto que en muchos sentidos la alta sociedad de Londres era como un pueblo, todo el mundo había oído hablar de los demás y entraba dentro de lo probable que las dos mujeres se conocieran.

—Eres tú. —Una risa divertida sonó desde el umbral de la puerta.

Cassie respiró profundamente y se volvió, esforzándose por dar un matiz ligero a su voz.

—No esperaba volver a verle tan pronto, milord.

—Y sin embargo, está usted en mi propia casa. —Lord Berkley avanzó hacia ella a grandes pasos, tomó su mano y se la llevó a los labios—. Reconozco que estoy sorprendido, aunque supongo que no debería estarlo.

—¿Me esperaba usted entonces? —Miró sus ojos grises y

por segunda vez en el día se resistió a la urgencia de apartar la mano de la suya. Al tiempo que trataba de ignorar el sorprendente deseo de dejarla allí, envuelta para siempre en su calor—. Su madre debe de haberle mencionado nuestra cita.

Una sombra de preocupación cruzó el rostro de él, luego se desvaneció.

—Mi madre únicamente dijo que la dama que deseaba contratar era un poco… excéntrica.

Ella liberó su mano y alzó las cejas.

—¿Y por eso pensó usted en mí?

Él sonrió.

—Usted fue descrita ante mí como una excéntrica esta misma mañana.

—Por mi hermano, sin duda. —Sabía que debería mostrarse molesta, y desde luego Christian se enteraría de que lo estaba, pero la mirada risueña de Berkley era irresistible. Además, sospechaba que la impresión que le había causado aquella mañana no era demasiado favorable, «excéntrica» era tal vez el menos malo de los adjetivos que podía usar para describirla; desde luego era mucho mejor que pensar que era una excéntrica y no una auténtica arpía. Sonrió con ironía—. Podía haber sido peor, supongo. Podía haber dicho que soy una estúpida. —Una chispa de comprensión brilló en los ojos de Berkley—. O una loca. O incluso una enferma.

Él asintió.

—Una chiflada.

—Débil de mente —continuó ella.

—Tocada del ala.

Ella sonrió.

—Piradísima.

Él alzó una ceja.

—Un poco ida.

Ella pensó durante un momento.

—Mal de la azotea.

—Con algún tornillo de menos —dijo él sin detenerse.

—Medio tonta.

—Simplemente ingenua.

—Una cabeza de chorlito

—Descerebrada.

Ella rompió a reír.

—En fin, no es que sea la estrella más brillante del firmamento.

—Oh, sí lo es. —Su voz era fría, pero había un brillo cálido en sus ojos—. Yo no puedo imaginar ningún astro capaz de eclipsarla.

—Ah, el infame y encantador lord Berkley ha hecho su aparición —dijo ella con una ligereza que desmentía el golpe que había sentido en el corazón. Su cambio de registro la había pillado desprevenida, y la sorprendió el placer que sintió ante el piropo—. Sabe cómo aprovechar una frase, y no esperaba menos de usted, dada su reputación. Sin embargo, me impresiona que haya sido capaz de contenerse hasta ahora.

—La contención, señorita Effington, es una virtud que nunca me he jactado de poseer. Y tampoco le he dado nunca un gran valor.

—La contención, milord, es lo que separa lo civilizado de lo no civilizado —dijo ella, tratando de no estremecerse ante el tono mojigato de su voz.

—Nunca me he considerado especialmente incivilizado, pero tampoco me había visto nunca infame antes de conocerla. —Se cruzó de brazos y se apoyó sobre la repisa de la chimenea—. Usted, señorita Effington, me está enseñando cosas de lo más interesantes acerca de mí.

—Debería disculparme.

—¿Por qué? —Alzó una ceja—. ¿No quería decir lo que ha dicho?

—Oh, sí quería, pero simplemente no debería haberlo dicho.

—¿Por qué no?

—Porque ha sido una grosería. —Suspiró y sacudió la cabeza—. Usted se ha mostrado muy amable conmigo…

—¿Y encantador? —Movió las cejas con picardía.

Ella no pudo reprimir una risa.

—De lo más encantador, y yo no he hecho más que mostrar mi desaprobación y falta de educación. En realidad, casi no nos conocemos, y yo me he apresurado a juzgarle.

—Y me encuentra insuficiente.

—No insuficiente, exactamente. —Pensó durante un momento—. Más que no llegar... yo diría que se pasa, que es demasiado...

—¿Demasiado infame?

—Algo así —murmuró ella, tratando de ignorar el calor que sentía subir por su rostro. No podía recordar la última vez que se había ruborizado, sin embargo, aquel hombre había conseguido ruborizarla ya dos veces en el mismo día. Era de lo más incómodo.

—¿No hemos empezado con buen pie, verdad?

—Eso parece.

—Tal vez podamos remediarlo. —Reflexionó durante un momento—. Lo único que necesitamos hacer es empezar de nuevo. Necesitamos un comienzo fresco.

Ella entrecerró los ojos.

—¿A qué se refiere con «un comienzo fresco»?

—Mi querida señorita Effington, creo que no nos conocemos. Permítame que me presente. —Se cuadró de hombros y adoptó una actitud claramente formal—. Soy el vizconde Berkley, Reginald Berkley, Reggie para mis amigos cercanos, lo cual no me enorgullece mucho, ya que suena más parecido al nombre de un perro de caza que al de un caballero, sin embargo, lo soporto. Si pregunta a mis mencionados amigos cercanos, le dirán que tengo un carácter relativamente bueno, a menudo divertido, que soy un hijo excelente y un hermano considerado, un individuo completamente decente a pesar de lo que usted pueda haber oído decir en sentido contrario. Pago mis deudas con prontitud, me preocupo por aquellos que trabajan para mí o están bajo mi protección y siempre trato bien a los niños y a los animales domésticos.

—Olvidó mencionar que es usted infame.

—He olvidado mencionarlo porque hasta esta mañana nadie me había llamado así.

Ella lo estudió con escepticismo.

—¿Nunca?

Él asintió.

—Ni una sola vez. No obstante, quedo a su disposición, señorita Effington. —Hizo una exagerada reverencia—. Puede disponer de mi encanto, de mi infamia, de todo lo que usted quiera.

—¿Todo?

—Absolutamente.

Ella lo contempló durante un largo momento, y todo tipo de posibilidades acudieron a su mente. La mayoría de ellas del todo inadecuadas, completamente escandalosas y depravadas. Firmemente alejó de su mente todas y cada una de ellas.

—¿Y quién es usted? —apuntó él.

—Oh, sí, por supuesto. —Hizo una educada reverencia—. Soy la señorita Effington, Cassandra, Cassie para mis más, queridos amigos, nombre que me gusta bastante, probablemente porque no se parece en nada al de un perro de caza.

Él se echó a reír y ella le sonrió.

—Mi más íntima amiga es mi hermana gemela, lady Saint Stephens. Soy hija de lord y lady William, William y Georgina Effington. Mi tío es el duque de Roxborough lo cual significa que tengo un interminable número de parientes Effington, incluyendo tres hermanos, todos ellos empeñados en creer que debo ser vigilada muy de cerca.

Él alzó una ceja.

—¿Por qué?

—Porque siempre han creído que soy la hermana que va a meterse de cabeza en un escándalo —dijo sin pensar a la vez que deseaba poder desdecir sus palabras.

Los ojos de él se abrieron con curiosidad.

—¿Puedo preguntar por qué?

—Supongo que se trata de mi tendencia a hablar sin pelos en la lengua. —Era inútil tratar de evitar el tema que estúpidamente había sacado a colación. Suspiró profundamente—. Mis hermanos siempre han creído que una mujer que se niega a refrenar la impulsiva naturaleza de su lengua será incapaz de refrenar también otro tipo de impulsos.

—Entiendo. —Hizo una pausa—. ¿Y están en lo cierto?

—Ni por asomo. Jamás me he apartado de los límites de un comportamiento adecuado. —Pensó durante un momento—. Excepto por este detalle. —Señaló la habitación—. Mis hermanos encuentran que mi trabajo no es del todo escandaloso, pero tampoco del todo apropiado. Piensan que es un tanto…

—¿Excéntrico? —Él se rio.

—Exacto —respondió ella, sonriendo—. No se trata sólo de que disfrute redecorando las casas de otra gente, sino que… —bajó la voz y se inclinó hacia él como si estuviera conspirando— el hecho de que cobre por hacerlo coloca mi actividad en la escandalosa categoría de un negocio.

Él ahogó un grito y se puso una mano sobre el corazón.

—No me lo puedo creer.

—Es terrible, lo sé, pero es lo que hay. Añadiendo a esto el hecho de que aún permanezco soltera, sospecho que mis hermanos ven mi destino de lo más funesto. —Sacudió la cabeza con fingida consternación—. Me convertiré realmente en la excéntrica señorita Effington. La tía solterona que se ocupa de los niños, que hace cosas de lo más extrañas y que únicamente suscita cuchicheos en la familia. Todos moverán la cabeza y dirán «qué vergüenza, si por lo menos supiera mantener la boca cerrada, su vida habría sido muy diferente». —Cassie dejó escapar un dramático suspiro y sacudió las pestañas.

—Pero si su vida fuera diferente, no sería auténticamente suya.

—¿Qué quiere decir?

—Sólo que usted amolda su vida a sus propios deseos, y no a los deseos de los demás. Hace exactamente lo que quiere hacer. No hay muchas mujeres, y tampoco muchos hombres, que puedan decir eso. —Su voz dejaba notar una cierta admiración—. Hace falta para ello mucho valor.

—Hay quienes dirían que es estupidez, y no valor, lo que hace falta.

—Tal vez, pero yo no me hallo entre ellos. —Su mirada atrapó la de ella—. No consigo ver su futuro como funesto, sino más bien lleno de excitación y de aventura. Y sospecho que los cuchicheos de sus sobrinos y sobrinas tendrán que ver con cuánto les entusiasma la maravillosa vida de su tía y con lo mucho que les gustaría ser como ella al hacerse mayores.

—Qué extraordinario. ¿De verdad piensa eso?

—Así es, señorita Effington.

—Mis hermanos no estarían de acuerdo.

—Usted no está viviendo su vida para sus hermanos, sino para usted misma.

—Por supuesto —murmuró ella. Durante un largo momento miró fijamente sus ojos, profundos, grises y casi irresistibles, y pudo ver reflejados en ellos esa vida que él predecía y se preguntó si habría de vivirla sola. Se daba cuenta de por qué él tenía la reputación que tenía. Aquel hombre no era simplemente encantador, también era inteligente, amable y sabía hablar muy bien. Era, además, extremadamente peligroso. Ella no debía olvidar eso.

—Sí, bueno... ya veremos qué pasa con el futuro. —Le ofreció la más brillante e impersonal de sus sonrisas—. En este momento, milord, creo que deberíamos ocuparnos del asunto que nos concierne. —Hizo un gesto con la mano señalando el salón—. ¿Es ésta la única habitación que su madre desea redecorar?

—No estoy seguro. Creo que no. Creo que pretende que todas las habitaciones públicas de esta parte de la casa sean redecoradas. Los dos salones, el comedor, posiblemente el salón de baile y tal vez incluso la biblioteca, aunque ése es mi lugar favorito y me gustaría que se quedara tal como está. —Alzó las cejas pensativo—. Debo confesarle, señorita Effington, que esto es bastante nuevo para mí. Hace apenas unas horas no tenía ni idea de que mi madre pensara que esta casa estaba tan...

—¿Descuidada?

—¿De verdad lo cree? —Él observó la habitación como si la mirara por primera vez—. Quizá puede que le falte un toque de... —le lanzó una mirada de hombre indefenso y se encogió de hombros— ... de algo.

—Precisamente por eso estoy aquí, milord. Soy una experta en... —sonrió— en ese «algo». Manos a la obra. —Caminó hasta el sofá, cogió su cuaderno de dibujo y el lápiz que llevaba atado a un extremo con una cinta—. Estoy ansiosa de hablar con su madre sobre las ideas que tiene para la casa y cuál es el estilo que prefiere. ¿Se reunirá pronto con nosotros?

—Mi madre no se encuentra muy bien en este momento. Está guardando cama y... —se interrumpió de golpe y la contempló fijamente, como si ella fuera la respuesta a un acertijo.

Ella no estaba muy segura de que le gustara esa mirada.

—Espero que no se trate de nada serio.

Él reflexionó durante un momento.

—Debería haberme dado cuenta.

—¿Darse cuenta de qué?

—No es nada, señorita Effington, no es nada. —Una lenta sonrisa asomó a su rostro—. Confío en que recuperará su salud en cualquier momento.

—Tal vez sea mejor que vuelva en otro momento.

—Creo que eso contrariaría los planes de mi madre. —Soltó una risita.

—Es cierto que yo tuve la clara impresión de que quería que la redecoración se llevara a cabo inmediatamente.

—Ah, sí, los planes de la casa. —Él asintió—. En eso exactamente estaba pensando.

—Debería hablar con ella. ¿Cree que es oportuno ahora?

—Hoy no. —Negó con la cabeza, pensativo—. No, ella ha dejado este asunto enteramente en mis manos.

—¿De verdad? —Cassie arrugó la frente—. Qué curioso. Debo confesarle, milord, que estoy mucho más acostumbrada a trabajar con la señora de la casa que con caballeros. Los caballeros, al menos por lo que me dicen sus esposas, a lo que debo sumar mi propia experiencia con los hombres de mi familia, tienden a mostrarse reacios a hacer cambios en su entorno, ya sea por una cuestión de comodidad o por el coste económico.

—Usted no me encontrará nada reacio. De hecho, estoy ansioso por escuchar sus ideas sobre mi casa y sobre cómo puede mejorarse. —Se enderezó—. ¿Quiere ver el resto de la casa ahora? Al menos las habitaciones en cuestión.

—Sí, por supuesto.

Le ofreció el brazo y ella vaciló. Aquélla no era una ocasión social. Ella estaba allí para realizar un servicio. Sin embargo, sería grosero rechazar su brazo. Respiró profundamente y reunió fuerzas para afrontar la perturbadora sensación de sus músculos firmes bajo el ligero toque de su mano.

Él reprimió una sonrisa, como si le divirtiera su incomodidad y fuera muy consciente del extraño efecto que causaba en ella. ¿Acaso ella provocaba en él la misma sensación?

—Probablemente debería explicarle algo acerca de la casa. Fue construida hace medio siglo, según creo.

La condujo a una habitación, luego a otra y a otra.

La distribución de la casa era de lo más confusa, pero el año pasado ella ya había visto varias de la misma época, construidas con el mismo criterio: una habitación se abría hacia la siguiente, ésta a otra y así sucesivamente, de modo que si uno continuaba avanzando a través de ellas, en el sentido de las agujas del reloj, finalmente acababa por encontrarse de nuevo en el punto de partida. En total era algo más grande que la casa de su familia pero más pequeña que la de su tío. Efectivamente era necesario redecorarla, pero tenía unas proporciones excelentes... un buen esqueleto, como ella solía decir.

Acabaron su recorrido en el mismo salón por donde habían empezado.

—Esto es todo. —Lord Berkley alzó las cejas—. La verdad es que nunca me había fijado mucho en la casa ni en sus muebles, pero hoy la he visto con otros ojos. Debo confesarle que no me ha parecido del todo adecuada.

—Si lo fuera, milord, no me necesitaría. —Le dedicó su sonrisa más profesional.

—Y eso sería una verdadera lástima, señorita Effington. —Él le sonrió y ella notó una sensación de lo más extraña en el estómago—. Como ve, hay mucho trabajo que hacer. Mi querida señorita Effington, tiene usted un pasatiempo para toda la vida en Berkley House.

—¿Un pasatiempo para toda la vida? —Ella alzó la voz—. ¿Qué quiere decir con un pasatiempo para toda la vida?

—Quería decir que probablemente vamos a redecorar toda la casa. Y se trata de una casa extremadamente grande. —Las comisuras de sus labios se curvaron de una manera traviesa—. ¿A qué creía usted que me estaba refiriendo?

—A nada —se apresuró a responder—. Nada de nada. —Se esforzó por dar un tono enérgico a su voz y se dirigió hacia la puerta—. Por hoy ya he visto todo lo que necesitaba ver. Regresaré lo antes posible con algunos dibujos preliminares. Pasado mañana, creo, si a usted le va bien.

—Estoy a su completa disposición. —Su voz sonó detrás

de ella y ella sospechó que estaba sonriendo con satisfacción de un modo bastante irritante. Un pasatiempo para toda la vida…

Se volvió para mirarlo de frente.

—Y tal vez cuando vuelva, su madre ya se encuentre bien para poder hablar conmigo. Sería conveniente en este momento si voy a decorar la casa conforme a su gusto.

—En realidad… —Él negó con la cabeza lentamente—. No está haciendo esto para mi madre.

Ella alzó las cejas, confundida.

—¿Ah, no?

—No, la verdad es que no. —Su sonrisa se ensanchó—. Lo está haciendo para mi esposa.

Capítulo cuatro

Si bien la honestidad es en efecto lo más aconsejable, al
tratar con el bello sexo, en ocasiones es beneficioso simplemente no revelar demasiado. Es mejor la omisión que
una clara decepción. Aunque el engaño tiene su lugar...

ANTHONY, VIZCONDE SAINT STEPHENS

—¿Su esposa? —Sus ojos se abrieron con asombro—. Usted
no puede tener una esposa.

Él alzó una ceja.

—Su sorpresa es de lo más desalentadora, señorita Effington. Sé muy bien que ha declarado que usted y yo no pegamos
para nada, pero ¿de verdad le resulta inconcebible que yo pueda
tener una esposa? ¿Tanto le choca que una mujer esté dispuesta a casarse conmigo?

—En absoluto, milord. —Ella lo miraba con evidente incredulidad—. Pero yo, y la mayoría de gente que yo conozco,
creíamos que no estaba usted casado.

—Nunca he dicho que estuviera casado. —Sonrió con
calma y luchó por no echarse a reír. Para tratarse de una mujer que había declarado no tener interés en él, se mostraba demasiado alarmada ante la posibilidad de que él no estuviese
disponible.

Entrecerró los ojos con suspicacia.

—Usted ha dicho que tenía una esposa.

—¿Eso he dicho?

—Ha dicho que yo iba a decorar esta casa para su esposa. Por
tanto es lógico presuponer que existe efectivamente tal esposa.

—Mis disculpas, señorita Effington. Debería haber dicho para mi futura esposa.

Ella lo examinó durante un momento, luego negó con la cabeza.

—Usted tampoco está prometido. Sin duda yo hubiera oído hablar de su compromiso.

—¿Ah, sí?

—Por supuesto que sí. —Le lanzó una sonrisa arrogante—. Tengo una extensa familia y un buen número de conocidos. Hubiera oído hablar de su compromiso incluso antes de que la petición saliera de su boca.

Él se rio.

—No tenía ni idea de que estuviera usted tan bien informada. Tendré que recordarlo.

—Así pues, dado que yo no he oído nada acerca de su intención de casarse...

—¿Qué es lo que ha oído usted?

—¿Cómo?

—Acerca de mí. —La estudió con curiosidad—. ¿Qué es lo que ha oído?

—Vamos, milord, sin duda usted no querría...

—Sin duda quiero. De hecho estoy intrigado por saber qué es exactamente lo que ha oído.

—El tipo de cosas habituales en un hombre de su reputación. Un exceso en el juego, duelos ilegales, relaciones ilícitas...

—¿Relaciones ilícitas? —Él se rio.

Ella le lanzó una mirada de enfado.

—¿Cómo es posible, milord, que cada vez que le obligo a enfrentarse con alguno de sus pecados parezca usted tan sorprendido y a la vez satisfecho?

—No lo sé. —Su sonrisa se hizo más ancha—. Obviamente, se trata de otro defecto de mi carácter. Usted ya ha llegado a la conclusión de que no soy perfecto.

Ella alzó ambas cejas.

—Y creo que ya me he disculpado por esa observación.

—¿Lo ha hecho? —murmuró él—. No logro acordarme.

—Bueno, tal vez no ha sido de una manera explícita...

—No tiene importancia, no hacen falta disculpas acerca de

mi falta de perfección. Sin embargo, no estábamos hablando acerca de mis defectos...

—Entonces, ¿está usted prometido? —Su voz era fría, como si la respuesta no le importara lo más mínimo. Él se preguntó si realmente era así. Y por qué.

—No.

Ella sacudió la cabeza.

—Entonces me temo que no le entiendo.

—Es normal, yo acabo de empezar a entender algo. —El verdadero propósito de lo que su madre llamaba «su última voluntad» se estaba volviendo del todo claro—. Mi madre se halla convencida de que está a punto de morir...

—Oh, Dios. —Una genuina compasión sonó en la voz de la señorita Effington—. Mi madre me dijo que no se encontraba bien, pero no tenía ni idea de que fuera tan grave.

—Ha sido de lo más inesperado y una auténtica conmoción para mí.

Se resistió a la urgencia de confesar la sospecha de que la enfermedad de su madre era puro fingimiento y nada más que una estratagema para atraer hacia él una excelente perspectiva de matrimonio.

Lástima que su madre no tuviera ni idea de que la señorita Effington ya había decidido que no estaba interesada en convertirse en la próxima vizcondesa Berkley y que de hecho no tenía el más mínimo interés en él, a pesar de que había habido un momento o dos en que él se había preguntado si tal vez había cambiado de parecer.

Si así fuera, sería un tonto revelando sus sospechas. Estaba seguro de que a ella no le gustaría ser manipulada por su madre ni por nadie. Si bien a Reggie tampoco le agradaba especialmente el complot de su madre, si es que en efecto se trataba de un complot, la señorita Effington era una joven de lo más fascinante. A pesar de su afirmación de que no encajaban el uno con el otro, podía valer la pena tomarse el tiempo y el esfuerzo para conocerla mejor. Después de todo, ella podía estar equivocada.

—Mi madre lleva mucho tiempo deseando verme felizmente casado.

—En eso no es diferente de la mayoría de las madres —dijo la señorita Effington con ironía.

—Tiene la extraña idea de que para conseguir una pareja adecuada primero debería tener un hogar adecuado. —Sacudió la cabeza—. Por lo visto, ha renunciado a la idea de que pueda procurarme una buena esposa por mis propios méritos, y cree que sólo el lujo de una casa reamueblada a la última moda podrá atraer a una esposa adecuada.

La señorita Effington soltó un bufido.

—Eso es absurdo.

—Es lo que yo creo.

—Estoy segura de que tiene usted un buen número de excelentes cualidades que podrían atraer a una pareja adecuada.

—¿Eso cree? —Alzó una ceja—. Tenía entendido que usted me consideraba de lo menos apropiado.

—Para mí, sí. Pero yo soy bastante… —pensó durante un momento— refinada.

—Acaba de trastornarme, señorita Effington —dijo él con ironía.

—Vamos, milord, ya hemos hablado de esto. —Alzó la mirada hacia el cielo—. Es su pasado lo que yo objeto. No deseo un hombre que tenga cierto tipo de reputación.

—¿La de infame?

—Exacto —asintió ella—. Sin embargo, hay un buen número de damas muy convenientes que podrían ver en la idea de reformarle un buen desafío al cual lanzarse.

—Nunca había pensado en mí mismo como un desafío sobre el cual lanzarse.

—He dicho «al cual lanzarse», y no «sobre el cual lanzarse» —dijo ella con firmeza.

—Lástima. —Él sonrió—. Aun así, me gusta la idea de ser un desafío.

—No me sorprende —murmuró ella.

—¿Y cuáles son entonces mis excelentes cualidades?

—No tengo la menor duda de que es usted consciente de todas y cada una de ellas. —Su voz sonó tan remilgada como la de una institutriz.

—Complázcame, señorita Effington. —La miró pensativo—.

Además, no ha mostrado usted la menor reticencia a la hora de señalar mis faltas, ocasionando un fuerte daño a mi autoestima, debo añadir.

—¿A su autoestima o a su arrogancia?

—A ambas cosas, supongo. —Suspiró exageradamente—. Sea como sea, ha causado una herida en mi autoestima o en mi arrogancia o como quiera usted llamarle, y lo mínimo que podría hacer para enmendarlo es decirme cuáles son esas cualidades mías tan excelentes.

—Bueno, supongo que es lo justo. Muy bien. Para empezar —comenzó a enumerar las cualidades con los dedos—, tiene usted un título honorable, no le falta atractivo y tengo entendido que su fortuna es también respetable.

—Está muy bien informada —dijo él, burlón.

Ella no le hizo caso.

—Es usted un jinete excelente. Al menos a juzgar por lo que visto esta mañana.

—Fue una buena demostración —rio él.

—Tiene usted mucho encanto…

Él asintió con firmeza.

—En efecto, así es.

—Puede ser de lo más divertido.

—Debería haberme dedicado a las tablas. —Suspiró con arrepentimiento—. Me habría hecho famoso.

Ella lo miraba con incredulidad, claramente divertida.

—Sin embargo, no es usted demasiado humilde.

Él se encogió de hombros.

—¿Tendría sentido que lo fuese?

Ella le lanzó una sonrisa reticente.

—Es bueno con su madre.

—Y no se olvide de los niños y los animales domésticos.

Ella se rio.

—No podría olvidarme de los niños ni de los animales domésticos. En definitiva, milord, puede usted ser considerado un buen partido.

—Pero ¿no para usted?

—Ya hemos hablado de ese asunto.

—¿Es por mi infamia, verdad?

Ella asintió con una seriedad desmentida por el brillo de sus ojos.

—Ya me temía que era eso. —Dejó escapar un profundo suspiro—. Tendré que afrontarlo.

Ella alzó una ceja.

—¿Con valentía, verdad?

—Ésa es una cualidad que ha descuidado mencionar.

—Discúlpeme.

—Por supuesto. —Hizo un gesto con la mano como para restar importancia al asunto—. Sin embargo, me parece una pena que todas esas excelentes cualidades mías se desperdicien, señorita Effington.

Se acercó unos pasos a ella, cogió su mano antes de que pudiera protestar y la alzó hasta sus labios. Atrapó su mirada. Bajo la fría resolución de sus ojos azules, él estuvo seguro de percibir la llama de algo más. Tal vez dudaba de si se había apresurado demasiado al rechazarlo. Tal vez se preguntaba si después de todo no encajarían el uno con el otro.

—Si no podemos ser amantes… —dijo él en voz baja. Un atisbo de sorpresa asomó a los ojos de ella ante la escandalosa sugerencia, pero lo reprimió—. ¿Podríamos quizás ser amigos?

Ella lo miró fijamente durante un momento, oscilando entre la indecisión y el interés.

—Mis compañeros, incluyendo a su primo Helmsey, le dirán que soy un amigo muy leal. Un amigo con quien se puede contar en momentos de crisis.

—Yo tengo muchos amigos —murmuró ella, con su mirada todavía clavada en la de él.

—Nunca se tienen demasiados amigos, señorita Effington. Rozó con sus labios el dorso de su mano y ella sintió un escalofrío… muy agradable.

Respiró profundamente, apartó su mano de él y dio un paso atrás, como para dejar una distancia prudencial.

Realmente muy agradable.

—Tiene razón, milord, y acepto su amable ofrecimiento de amistad. Además, deberemos tener bastante trato por ese asunto de reamueblar su casa. Desde luego será mucho más agradable si nos llevamos bien. —Lo obsequió con una sonrisa demasiado luminosa. Una sonrisa que a él le sorprendió más por lo que ocultaba que por lo que revelaba—. Tal vez, a mi regreso, su madre ya se habrá recu…

—Lo dudo. —Su voz sonaba demasiado animada, y ella lo miró con extrañeza. Él se aclaró la garganta—. Lo que quiero decir es que aunque tengo plena confianza en que va a recuperarse no creo que lo haga tan deprisa como para estar fuera de la cama dentro de pocos días.

—Trasmítale mis mejores deseos. —Se volvió y se dirigió hacia el vestíbulo, caminando rápido, como si tuviera mucha prisa por salir.

—Por supuesto que lo haré.

Él se apresuró para adelantarla, alcanzó el vestíbulo un paso antes que ella e hizo señas a Higgins para que llamara a su coche. Sentada en un banco cercano a la puerta había una mujer de mediana edad que se levantó al verlos aparecer. Una criada, probablemente, y sin duda la carabina de la señorita Effington para la cita de aquel día.

—Entonces la veo pasado mañana.

—Buenos días. —La señorita Effington sonrió con amabilidad, le hizo un gesto a su criada, que se colocó tras ella y salió por la puerta que Higgins había abierto en el momento justo para que pasara. Reggie se quedó mirándola pensativo.

Higgins cerró la puerta y miró a Reggie.

—¿Desea algo más, milord?

—No estoy muy seguro. No estoy muy seguro de cuáles son mis deseos.

La señorita Effington era una confusa contradicción en un paquete de lo más atractivo. Era independiente y testaruda a la hora de hacer exactamente lo que le venía en gana, como evidenciaba esa aventura suya que denominaba negocio. No vigilaba mucho lo que decía. Era terca y crítica. Pero a pesar de todo eso, no parecía tomarse a la ligera las reglas sociales. No viajaba sin compañía y él había notado una tendencia un poco mojigata y hasta remilgada.

Pero era también adorable y divertida, con un agudo ingenio y un aire de inteligencia. Sería un desafío para cualquier hombre, y la vida con ella nunca podría ser aburrida. En efecto, la señorita Effington sería una aventura que podría llenar a un hombre durante el resto de su vida.

—Me temo que no le entiendo, señor.

—Yo tampoco me entiendo, Higgins. —Reggie sacudió la cabeza—. Las mujeres, en general, son de lo más curiosas. Me atrevería a decir… —Se detuvo y estudió al mayordomo—. Higgins, ¿crees que mi madre está realmente enferma?

—Que yo sepa, lady Berkley nunca ha fingido estar enferma, milord.

—Eso es exactamente lo mismo que dijiste esta mañana, debería haberlo pillado la primera vez. Que nunca lo haya hecho no significa que no pueda estar haciéndolo ahora. —Reggie sacudió la cabeza—. Puedes llegar a ser endemoniadamente evasivo, Higgins, pero te tengo pillado. Conflicto de lealtades y todo eso… Deja que te pregunte algo.

—¿Sí, señor?

—Hablando en términos estrictamente hipotéticos, ¿crees que el deseo de mi madre de verme casado podría llevarla a fingirse al borde de la muerte para conseguir que yo me aproxime a una dama de buena familia que sería una pareja excelente? ¿Podría llegar a ser tan retorcida? ¿Tú que crees?

—Sin duda, señor, aunque tal vez «retorcida» no sea la palabra adecuada. —Higgins arrugó ligeramente la frente. Reggie en pocas ocasiones lo veía tan expresivo—. Siempre he pensado que lady Berkley es mucho más inteligente y mucho menos frívola de lo que la mayoría de gente la considera.

Reggie lo examinó detenidamente.

—¿Sabes algo que yo no sepa?

—Creo que no, señor. —Higgins hizo una pausa—. Es decir, nada que sea mejor que usted conozca, lo cual es lo mismo que decir nada que usted deba saber.

Reggie alzó una ceja.

—¿Otra vez con un conflicto de lealtades, Higgins?

—Sólo tengo en consideración su propio bien, señor.

—Por supuesto. —Reggie reflexionó un momento—. ¿Crees que también mi madre tiene en consideración sólo mi propio bien?

—Sin duda, señor.

—Entonces sospecho que voy a verme envuelto en unos cuantos problemas. —Reggie suspiró con resignación—. Pero apostaría a que tú ya lo sabías.

—En efecto, señor. —La expresión de Higgins era completamente neutral, pero había una chispa de brillo en sus ojos—. Y eso también es algo que sería mejor que usted no supiera.

—Apenas era consciente de su existencia antes de nuestro encuentro en la carrera de esta mañana y, sin embargo, estoy convencida de que nunca he conocido a un hombre tan irritante como él. —Cassie daba vueltas en torno al salón bellamente decorado de su hermana—. O tan difícil de entender, lo cual lo hace todavía más irritante.

—Imagino que es una especie de experiencia nueva para ti —dijo Delia con suavidad. Se hallaba sentada en un sofá perfectamente adecuado al tamaño de la habitación, con una taza de té en las manos y una sonrisa divertida en los labios—. No consigo recordar a ningún hombre que te haya llevado ventaja.

—No me lleva ventaja —dijo Cassie con aspereza—. No me lleva ningún tipo de ventaja y nunca lo hará.

—Mis disculpas. He cometido el error de suponer que él te estaba ganando en ese juego que sueles jugar con los hombres.

Cassie se detuvo en seco y miró fijamente a su hermana.

—Yo no juego a ningún juego con los hombres.

—Por supuesto que no. El hecho de que tengas unas cuantas frases bien practicadas que recomiendas usar en ciertas situaciones no puede ser considerado parte de un juego. Como por ejemplo… —Delia adoptó un tono seductor—. Me temo, milord, que me hallo en desventaja. —Agitó las pestañas y suspiró dramáticamente.

—Oh, eso. —Cassie se encogió de hombros—. Eso no… —Vio la mirada divertida de su hermana—. Bueno, tal vez sí lo es, tal vez todo esto no sea más que un enorme e interminable juego, los hombres persiguiendo a las mujeres, las mujeres persiguiendo a los hombres, con el éxtasis del matrimonio como el último trofeo.

—No siempre —murmuró Delia.

—Siempre —dijo Cassie con firmeza—. Mírate a ti.

—Yo en tu lugar no me pondría a mí de ejemplo.

—Tonterías. —Cassie agitó la mano ante la objeción—. Eres la viva imagen de la felicidad en el matrimonio. Es cierto que no te fue especialmente fácil conseguirlo, y que éste es tu segundo intento, pero ha valido la pena. Si se trata efectivamente de un juego, podemos decir que tú has tenido una victoria definitiva. ¿Estás de acuerdo?

—Sí, supongo que sí, pero no estamos hablando de mí. —Delia dejó la taza sobre la mesa con lentitud—. Estamos hablando de ti y de lord Berkley y el juego que tú estás jugando con él.

—No estoy jugando a ningún juego con él. No tengo ningún interés en él. —Empujó a un lado la duda que le remordía la conciencia y continuó su deambular sin propósito a través de la habitación, siguiendo un camino a lo largo del borde de la alfombra Aubusson seleccionada especialmente como contrapunto de la alta y decoradísima chimenea—. Y además, se lo he dicho muy claramente.

Delia abrió los ojos con asombro.

—¿Qué es lo que le has dicho exactamente?

—Le he dicho que él y yo no encajamos. —Cassie enderezó una pintura de la pared apenas unos milímetros—. Y le he dicho que no tengo interés en un hombre de su infame reputación.

—¿Infame? —Delia se rio—. ¿Y cómo respondió ante eso?

—Parecía bastante satisfecho de saber que era considerado infame, aunque me cuesta creer que nadie se lo haya dicho nunca antes. —Cassie miró a su hermana por encima del hombro—. Además, él estaba de acuerdo. En eso de que no encajamos, quiero decir. Y la verdad es que no tengo nada claro por qué el hecho de que se mostrara de acuerdo en eso me resultaba tan endemoniadamente irritante.

Delia observó a su hermana con cuidado.

—¿Por qué crees que no encajáis?

—Porque no tengo ningún interés en reformar a un mujeriego. —Cassie había hecho tantas veces esa declaración que asomó a sus labios sin que fuera apenas consciente.

—¿Por qué no?

—¿Por qué no? —Cassie se volvió hacia su hermana—. Creo que es evidente.

—No lo es y nunca lo ha sido. ¿Por qué no, Cassie? Repites eso una y otra vez desde que comenzamos a aparecer en sociedad y siempre me he preguntado por qué te muestras tan inflexible con ese tema. De hecho, llevo tiempo considerando si no es una contradicción de la naturaleza misma que te muestres tan rigurosa con eso, especialmente dado que los hombres que normalmente van detrás de ti son precisamente de ese estilo que no te interesa.

—Quizás ahí está el porqué. —El tono ligero de su voz era desmentido por la agitación que la envolvía—. Los hombres siempre han dado por supuesto, nuestros hermanos incluidos, que de las dos yo era la más propensa a exhibir una conducta escandalosa. Por supuesto, los acontecimientos han demostrado que estaban en un error.

—Por supuesto —murmuró Delia.

A Delia no le agradaba especialmente que se hicieran referencias a sus indiscreciones del pasado, indiscreciones que la habían conducido no a uno sino a dos matrimonios, pero para Cassie era una continua fuente de satisfacción que de las dos gemelas fuera Delia quien había protagonizado un escándalo. Por otro lado, la vida de Delia se había convertido en algo muy bello, así que tal vez el escándalo era un precio muy pequeño que pagar.

—Además, la mayoría de hombres que me han pretendido no tenían en mente la intención del matrimonio…

—No es que les hayas dado la oportunidad de demostrar lo contrario.

—Lo reconozco, y creo que mi comportamiento siempre ha sido de lo más apropiado y sensato. Pero… —Cassie miró a su hermana a los ojos—… ¿qué pasaría si ellos tuvieran razón?

—¿Si quién tuviera razón sobre qué? —Delia la observaba confundida.

—Todo el mundo. Nuestros hermanos, los hombres en general, todo el mundo. —Cassie respiró profundamente—. ¿Y si tuvieran razón sobre mí? ¿Y si yo fuera la hermana más propensa al escándalo?

—«Más propensa» no es un término adecuado. «Igualmente propensa» sería más preciso. —Delia sonrió—. En ese caso te daré la bienvenida a la compañía.

—Es lo mínimo que podrías hacer, ya que toda la culpa es tuya.

—¿Que toda la culpa es mía?

Cassie asintió.

—Tus pasadas acciones y dificultades me han hecho reconsiderar mi propia vida.

—Me alegra poder servirte de ayuda —dijo Delia por lo bajo.

—Hablo completamente en serio. Me he preguntado por qué soy tan reacia a involucrarme con hombres de reputación cuestionable. Todo el mundo parece estar de acuerdo en que los mujeriegos reformados son maridos excelentes. Dios sabe que no me falta confianza en mí misma, y si alguien puede reformar a un hombre así, ésa soy yo.

Delia reprimió una risa.

Cassie le hizo caso omiso.

—Supongo que lo que me pasa tiene que ver con nuestros hermanos. Realmente me parece una lástima que una mujer sea tan tonta como para arriesgarse a que uno de ellos le rompa el corazón. Pero a veces sospecho que lo que realmente me da miedo no es tanto ser herida como… —miró a su hermana a los ojos— como el hecho de ver que yo soy igual.

—¿Igual que esas mujeres?

—No. —Cassie se dejó caer en un sillón cercano perfectamente a juego con el sofá de su hermana—. Igual que nuestros hermanos.

—Me cuesta creerlo…

—Temo ser efectivamente propensa a un comportamiento escandaloso. —Se inclinó hacia delante—. Temo que una vez me adentre en el camino de lo inapropiado y el escándalo y la ruina y el desastre ya no pueda volver atrás.

—Cassie…

Cassie alzó la voz. He luchado toda mi vida contra la urgencia de ser salvaje y libre y hacer lo que me dé la gana sin que me importen las consecuencias.

—Yo hasta ahora no había notado demasiado esa represión —dijo Delia con ironía.

—Oh, es cierto que siempre he dicho lo que pienso, y sí, ha habido algunos incidentes a través de los años —Cassie ignoró la mirada escéptica de su hermana—, no vale la pena ni mencionarlos, en realidad. Y es cierto que efectivamente estoy involucrada en una empresa de una naturaleza económica que puede considerarse mal vista, incluso inapropiada, pero la verdad es que lo tengo todo bajo control.

—Por Dios —murmuró Delia.

—Creo que en algún lugar muy dentro de mí quiero ser una libertina, una granuja, una sinvergüenza. Tal vez ése es exactamente el tipo de persona que en realidad soy. Y Dios se apiade de mí si, a pesar de lo que siempre he jurado —hizo una mueca de dolor al decir las palabras en voz alta—, ése es precisamente el tipo de hombre que deseo, aunque esté convencida hasta la médula de los huesos de que un hombre así me llevará por el camino de la perdición.

—¿El camino del escándalo y la falta de decoro?

—Y no olvides la ruina y el desastre.

—Nunca podría olvidar la ruina y el desastre. —Delia negó con la cabeza—. No tenía ni idea. Nunca me habías dicho ni una palabra de todo esto.

—Sí, bueno, tú tampoco me habías dicho ni una palabra acerca de tu deseo de aventura y excitación hasta que te fugaste con tu primer marido y regresaste convertida en viuda. —Cassie se hundió en el sillón—. Parece que hay secretos que no podemos compartir, ni siquiera siendo tan íntimas como nosotras.

—Eso parece. —Delia volvió a llenar su taza de una manera lenta y calculada, como si necesitara tiempo para escoger sus siguientes palabras.

—Entonces, ahora que has tenido esta revelación acerca de ti misma, ¿qué es lo que vas a hacer?

—¿Hacer? —Cassie negó con la cabeza—. Nada.

Delia alzó una ceja.

—¿Nada de nada?

—Nada de nada. —Cassie arrancó un hilo suelto de uno de

los brazos del sillón—. Continuaré viviendo mi vida exactamente como lo he hecho hasta ahora. En realidad no veo ninguna necesidad de cambiar nada.

—¿Ah, no?

—Desde luego que no —dijo Cassie con firmeza—. Entender mi naturaleza, aceptarla a través del mismo acto de confesártela, simplemente hace que sea más fácil de controlar.

—Entiendo.

—Además, no veo necesidad de cambiar mi opinión respecto al tipo de hombre con el que deseo casarme.

—¿Ese modelo mítico que posiblemente no exista más que en una novela romántica?

—No es necesario que…

—Déjame ver. ¿Qué era exactamente lo que querías? Ah, sí. —Delia pensó durante un momento y Cassie luchó por fortalecerse—. Quieres un hombre que sea respetable pero no demasiado respetable. Excitante pero no demasiado excitante. Un hombre ni muy fuerte ni muy débil. Tampoco aburrido ni peligroso.

—Suena muy estúpido dicho por ti.

Era extraño, Cassie nunca había pensado que los requerimientos que ella pedía en un marido fueran tontos, por el contrario, le parecían sólidos y prácticos. Sin embargo, al oír la lista de cualidades en labios de su hermana todo le sonaba de lo más absurdo.

—Siempre ha sonado estúpido. —Delia estudió a su hermana—. Pero supongo que es una buena señal que finalmente lo reconozcas. —Negó con la cabeza—. Buscas un hombre que sea simplemente perfecto, cariño, y ese hombre posiblemente no exista. Y si existiese, tu don Perfecto…

—Lord Perfecto, por favor —murmuró Cassie.

—Lord Perfecto te haría morir de aburrimiento antes de que pronunciaras tus votos. Es la naturaleza imperfecta de los hombres lo que los hace tan adorables. Si fueran perfectos, serían insoportables. —Sonrió con actitud confidencial—. Por supuesto, nunca debemos permitirles que sepan lo imperfectos que son.

—Creo que lo sospechan.

—Sin duda, pero no saben que nosotras lo sabemos. —Delia sonrió con malicia y Cassie no pudo evitar reírse—. Entonces... —Delia comenzó de nuevo—. ¿Qué es lo que vas a hacer?

—Voy a reamueblar Berkley House para... —Cassie intentó no atragantarse con las palabras— para la futura esposa de lord Berkley.

Delia abrió los ojos con asombro.

—No sabía que estuviera prometido.

—No lo está, pero su madre está enferma y desearía verlo casado antes de morirse. —Cassie arrugó la frente pensativa—. Es muy extraño. Él parece tenerle cariño y, sin embargo, no estaba excesivamente consternado ante la idea de su muerte.

—Tal vez porque confía en que se recuperará.

—Sí, sin duda. —Cassie había tenido la clara impresión de que dicha certeza había ido en aumento con cada palabra que habían intercambiado en la casa, pero seguramente estaba equivocada. Aun así, todo parecía de lo más extraño—. En cualquier caso, lady Berkley tiene la curiosa idea de que redecorar la casa le ayudará a atraer a una esposa adecuada.

—Qué extraño suena... —Delia sonrió—. Aunque no me extrañaría que nuestra propia madre fuera capaz de pensar una cosa así.

—De hecho mamá me ha animado a aceptar este encargo. Por la salud de lady Berkley.

—¿En serio? —Delia miró a su hermana pensativa—. Creía que estaba tan en desacuerdo con tu trabajo como nuestros hermanos. Me cuesta creer que pueda animarte.

—Dice que lady Berkley es una amiga muy querida y que considera un favor personal que yo la acepte como cliente. —Cassie arrugó la nariz—. Aunque lady Berkley está postrada en la cama y yo no trataré con ella, sino con su hijo.

—Otra vez vamos a parar a lord Berkley.

—Sí, eso parece...

Delia examinó a su hermana gemela durante un largo momento.

—¿Y qué es lo que te irrita tanto de ese hombre?

—Parece capaz de ver en mi interior. —Cassie dijo esas palabras sin pensar, luego inmediatamente se arrepintió—. ¿He hablado en voz alta?

Delia reprimió una sonrisa.

—Sí, así es.

—No quería decir eso. Es su arrogancia lo que me resulta de lo más irritante. Y su confianza. Sus modales excesivamente educados. Su ingenio. Su encanto. Su risa…

—¿Su risa te resulta irritante?

—Es contagiosa. —Cassie negó con la cabeza—. Me entran ganas de reír con él. Él me hace reír. Y sus ojos, Delia, tiene unos ojos grises de lo más fascinantes. Son inagotables. Quieres tirarte de cabeza dentro de ellos.

—¿Ah, sí?

—Sí, desde luego. Es de lo más inquietante. La verdad es que él es muy simpático. Y amable. Y bueno con… —pensó durante un momento—, con los niños y los animales domésticos.

—Y eso lo sabes porque…

—Porque él me lo ha dicho.

—Entonces, ¿también confías en su honestidad?

—Sí confío. Por lo menos en la mayoría de las circunstancias.

—A mí me parece… —dijo Delia, escogiendo las palabras con mucho cuidado—, que lo que te resulta tan irritante en ese hombre es que te gusta.

—Oh, por Dios. —Cassie lo comprendió de golpe, y esto la hizo hundirse aún más en la silla—. ¿Lo que digo suena a eso, verdad?

—De hecho suena a más que eso.

—No, no, rotundamente no. —Cassie se enderezó—. No permitiré que haya entre nosotros nada más que una amistad. Ya nos hemos puesto de acuerdo en ser amigos…

—¿Eso habéis hecho?

—No sonrías de esa forma. No tiene ninguna importancia. —Cassie agitó la mano, acallando el comentario de su hermana—. Vamos a pasar bastante tiempo juntos, y simplemente será más agradable si no estamos criticándonos todo el tiempo el uno al otro.

Delia se rio.

—No me habías dicho que él te critica.

—No lo hace. —Cassie hizo una mueca—. Lo hago yo. Pero de ahora en adelante vigilaré mis palabras.

—¿Porque es bueno con los niños?

—Sí. —La voz de Cassie cobró un tono firme—. Y porque ya he sido bastante grosera con él hasta el momento.

—¿Cuándo volverás a verlo?

—Mañana. Le llevaré algunos dibujos preliminares para poder decidir qué tipo de decoración podemos proporcionarle a la futura vizcondesa Berkley.

Delia sacudió la cabeza y soltó una risita que a Cassie le resultó tan molesta como cualquiera de lord Berkley.

—Delia, a pesar del hecho de que al parecer abrigo cierto cariño por lord Berkley, él no es una pareja adecuada para mí. No encajamos más que como amigos. No es el tipo de hombre con el que deseo pasar el resto de mi vida. No es mi lord Perfecto. —Cassie se inclinó hacia su hermana—. Y nunca lo será.

—Entonces, ¿hasta qué punto es excéntrica la señorita Effington? —Marcus le entregó a Reggie un vaso de brandy.

—Es testaruda, y tiene opiniones contundentes que no duda en expresar. —Reggie dio un sorbo de la excelente bebida y se reclinó pensativo en el sillón del cual se había apropiado hacía mucho tiempo en la espaciosa biblioteca de Pennington House.

A través de los años, los dos amigos habían discutido todo tipo de temas críticos o frívolos en aquella habitación, y a pesar de que ahora Marcus estuviese casado, la biblioteca Pennington continuaba siendo su santuario. Reggie agradecía a quienes quiera que fuesen los dioses de la fortuna —además de a la madre de Marcus, quien también había proporcionado su ayuda— la unión entre Gwendolyn Townsend, ahora lady Pennington, y Marcus. El conde podía haberse casado con una mujer que no se mostrase tan tolerante respecto a la frecuente presencia del más íntimo amigo de su esposo.

—La verdad, Marcus, es que me sorprendo a mí mismo con ganas de huir corriendo de ella o... —Reggie sonrió— o de besarla.

Marcus alzó una ceja.

—¿En serio? Creía que tú y la adorable señorita Effington habíais decidido que no encajáis.

—La señorita Effington decidió que no encajamos antes de que hubiéramos tenido una simple conversación. Recuerda que no desea a un hombre con... —se aclaró la garganta—, con mi mala fama. Sin embargo, no estoy muy seguro de que ahora esté tan convencida de eso como al principio, me refiero a ahora que empezamos a conocernos.

—¿Y tú cómo te sientes?

—Si vas a recordarme que juré no inclinar mi afecto hacia la señorita Effington, no necesitas hacerlo. Recuerdo exactamente lo que dije.

—Yo también. Dijiste que no volverías a perder la cabeza antes de ser correspondido por la dama en cuestión. —Marcus lo examinó por encima del borde del vaso—. ¿Ha habido por su parte alguna señal de correspondencia?

—No. —Reggie pensó durante un momento. El mero hecho de que esa mujer lo mirara con un extraño destello de ilusión en los ojos y pareciera contener la respiración cuando él simplemente la cogía del brazo no podía considerarse realmente como una señal de correspondencia—. Al menos nada que yo haya notado. Pero ha aceptado que seamos amigos.

—¿Amigos? —Marcus arrugó la frente—. ¿Tengo que entender que eso es bueno?

Reggie se rio.

—No lo sé, pero será interesante descubrirlo.

Marcus entrecerró los ojos.

—¿Cuáles son tus intenciones, Reggie?

—Eso tampoco lo tengo claro.

—Tú no...

—No, no, no seas absurdo. —Reggie hizo un gesto con la mano para ahuyentar la preocupación de su amigo—. Por el momento, mi única intención es proporcionar a la señorita Effington toda la ayuda que pueda para redecorar mi casa. Seré educado y amable y me comportaré con ella como me comporto con todas las mujeres que conozco. Como me comporto con tu esposa, por ejemplo.

—Oh, eso la impresionará —dijo Marcus con ironía—. Gwen te ve como el hermano que nunca tuvo.

—¿Ah, sí? —Una sensación de deleite invadió a Reggie. Le había gustado la nueva lady Pennington, Gwen, desde el primer momento en que la conoció, y saber que le correspondía su afecto amistoso era gratificante—. Debo decir que me siento muy halagado y complacido.

—Yo en tu caso no me sentiría así. Como cualquier buena hermana que tiene un hermano soltero, sospecho que muy pronto comenzará a obsesionarse con que te cases.

—¿Por qué sospechas eso?

Marcus se encogió de hombros.

—En comentarios que hace cada vez con más frecuencia, sobre lo felices que somos nosotros y lo solo que pareces estar tú.

—Por Dios. Primero mi madre, y ahora tu esposa. —Reggie dio un largo trago de brandy para juntar fuerzas contra las maquinaciones de las mujeres de su entorno. Todas ellas, en aquel momento, parecían tener en mente el mismo objetivo.

—¿Y cómo se encuentra tu madre? —La voz de Marcus sonaba preocupada—. ¿No habrá empeorado, verdad?

—No, pero no me extrañaría que fuese capaz de empeorar si hiciera falta. —Reggie negó con la cabeza—. No estoy del todo seguro, pero sospecho que todo este asunto del «me-estoy-muriendo-reamuebla-mi-casa-con-la-ayuda-de-la-señorita-Effington» tiene que ver con el único propósito de que la señorita Effington y yo acabemos por estar juntos.

—O puede que tu madre realmente esté agonizando. —Marcus dio un trago de brandy pensativo.

—Te digo, Marcus, que todos mis instintos me hacen pensar que se trata de un ardid. Mi madre y la tuya son íntimas amigas. Tu madre manipuló las circunstancias de tu matrimonio, y con mucho éxito, debo añadir. A raíz de tu destacado ejemplo, ¿no crees que mi madre sería capaz de hacer exactamente lo mismo?

—Un punto a tu favor. —Marcus levantó su vaso para brindar—. Pero también puede ser que esté agonizando.

Reggie se burló.

—Nunca en su vida ha estado enferma. Y es muy raro que una persona pase de encontrarse perfectamente sana el martes a hallarse en el lecho de muerte el miércoles, sin que un médico sea capaz de descubrir por qué. Me apuesto lo que sea a que se recuperaría inmediatamente si me comprometo.

—¿Con la señorita Effington?

—Con quien sea. No sé muy bien si prefiere a la señorita Effington antes que a cualquier otra joven, pero la señorita Effington mencionó que su madre había hecho un comentario sobre el estado de salud de la mía.

—Suena como una conspiración.

—No funcionará —dijo Reggie con tono amenazante—. Por mucho que quisiera casarme, no permitiré que sea mi madre quien escoja a mi prometida.

Marcus se aclaró la garganta.

—Nunca funcionaría tan bien como funcionó contigo. —Reggie alzó su vaso para brindar con su amigo—. Tú, viejo amigo, eres la afortunada excepción.

Marcus se rio.

—Es verdad que soy afortunado. —Estudió a su amigo durante un momento—. Entonces, ¿estás decidido a no caer en esta supuesta trampa?

—Totalmente. —Reggie removió el brandy de su copa—. Probablemente. —Se encogió de hombros y miró a su amigo a los ojos—. No lo sé.

—Eso es un problema.

—No, no lo es. —Reggie luchó por encontrar las palabras adecuadas—. Por mucho que esté en desacuerdo con la señorita Effington en eso de que no encajamos bien, me niego en rotundo a perder la cabeza por una mujer que no va a corresponderme. Eso es lo que quería decir cuando dije que no volvería a adentrarme por esa senda. La señorita Effington ha expresado de un modo muy claro que no está interesada en mí. No me lanzaré de cabeza a un desastre otra vez. —Respiró profundamente—. Además, hay algo en esa mujer, no puedo explicar exactamente qué, una especie de extraña y profunda sensación en la boca del estómago, que me dice que amarla y perderla sería lo más devastador que podría pasarme en la vida. —Miró a su amigo a los ojos—. Sería un estúpido si persiguiera algo más que amistad con la señorita Effington.

—Entiendo. —Marcus lo observó de una manera no comprometida que resultaba de lo más enervante.

—¿No vas a decir nada?

Marcus negó con la cabeza.

—Ni una palabra.

—Pero quieres hacerlo. Lo veo en tus ojos. —Reggie se inclinó hacia delante—. Casi no puedes contenerte. Vamos, dime lo que estás pensando.

—Muy bien. —Marcus alcanzó la botella de brandy, siempre colocada convenientemente cerca sobre una mesa, y volvió a llenar su copa—. Tú no eres tonto, Reggie, ya que has reconocido el peligro que esa mujer representa. Yo también odiaría verte caer en los viejos hábitos. Sin embargo —se inclinó hacia delante para acabar de llenar la copa de su amigo—, siempre he pensado que es prácticamente imposible reconocer verdaderamente un peligro hasta que no se te ha echado encima, hasta que es en realidad demasiado tarde.

Reggie lo miró fijamente durante un largo momento, luego negó lentamente con la cabeza.

—Esta vez no, Marcus, no lo permitiré. —Hizo una pausa, luego respiró con resignación—. Aunque estoy seguro de que estás equivocado, y confío en mi capacidad de dirigir mi propio destino, se me ha ocurrido algo más que sin duda contribuirá a reforzar tu sensación de infalibilidad.

—Disfruto cuando pasa eso —dijo Marcus, sonriendo.

Reggie fortaleció su ánimo.

—¿No crees que esa aventura suya de redecorar casas...?

—Se trata de un negocio.

—Sí, por supuesto, ese negocio entonces, ¿no crees que es un poco extraño que lo desempeñe una mujer?

—¿Extraño? —Marcus resopló—. «Extraño» es simplemente un eufemismo, y es por eso que su hermano se refiere a ella como excéntrica.

—Dejando eso de lado, ¿tú crees que ella está haciendo esto porque quiere o… —miró a su amigo directamente a los ojos— o porque tiene que hacerlo?

—Los Effington tienen fama de hacer precisamente lo que les place, y no sería la primera mujer de esa familia que se entrega a iniciativas, o negocios, más propios de hombres. Me atrevería a decir que la señorita Effington no haría nada que no deseara hacer.

—No me refería a eso exactamente —dijo Reggie lentamente—. Sólo me estaba preguntando…

—¿Sí?

—¿Es posible que su familia tenga que afrontar dificultades económicas?

—¿Los Effington? —Marcus se rio—. Son una de las familias más ricas del país.

—Como familia tal vez, pero me pregunto si su padre, lord William…

—Eso es absurdo.

—Su hermano me pidió un aplazamiento para pagarme la apuesta que gané.

—Aun así. —Marcus negó con la cabeza—. Reggie, estás llegando a conclusiones sin fundamento.

—No son para nada infundadas —dijo Reggie con firmeza—. ¿Por qué iba a colocarse una joven de buena familia en una posición…?

—¡Maldita sea, no puedo creerlo! —Marcus se inclinó hacia delante y miró fijamente a su amigo—. ¡Lo estás haciendo otra vez!

—¿Haciendo otra vez el qué? —Reggie se esforzó por dar un tono inocente a su voz.

Marcus se puso en pie de un salto mirando a su amigo.

—¿Creías que no iba a darme cuenta?

Reggie dio un trago de brandy.

—¿Darte cuenta de qué?

Marcus gruñó.

—No me hagas decirlo.

—No tengo ni idea de lo que estás hablando —dijo Reggie fríamente.

—¡Ah! —resopló Marcus—. Muy bien, entonces deja que te lo explique.

—Adelante, por favor —murmuró Reggie, sabiendo muy bien lo que Marcus estaba a punto de decir. Reggie ya había reconocido lo mismo para sus adentros.

—La señorita Effington no está interesada en ti...

—Creo que ya hemos dejado eso claro.

—Y la señorita Effington, o mejor dicho, su familia, tal vez esté pasando apuros financieros. —Marcus se cruzó de brazos—. Lo cual la coloca en la categoría de una mujer que necesita ayuda. ¡Una damisela en apuros! —Lanzó un dedo acusador hacia su amigo—. Exactamente el tipo de mujer a quien siempre has entregado tu corazón y exactamente el tipo de mujer que siempre te lo ha destrozado.

—Esta vez no, Marcus —dijo Reggie con frialdad.

Marcus entrecerró los ojos con suspicacia.

—¿Por qué esta vez habría de ser diferente?

—Porque esta vez, viejo amigo, soy muy consciente de la situación y de mi propia debilidad.

—¡Consciente o no, una vez más has encontrado a una mujer que necesita ser rescatada y estás perdiendo la cabeza!

—En absoluto —negó Reggie con firmeza—. La señorita Effington y yo hemos acordado ser amigos, nada más. Como amigo suyo, lo mínimo que puedo hacer por ella es ayudarla con sus problemas económicos. Incrementaré el precio por sus servicios, pero eso será todo lo que haga. No es menos de lo que haría por ti.

—Estáis hechos el uno para el otro. —Marcus resopló con disgusto y se dejó caer en su sillón—. El infame lord Berkley y la excéntrica señorita Effington.

Reggie se rio.

—Suena como una unión consumada en el cielo.

—O en un lugar considerablemente más bajo —murmuró Marcus. Permaneció un momento en silencio, luego miró a su amigo con los ojos brillantes—. Creo que anularé mi orden a Gwen de que abandone cualquier idea de encontrarte una pareja.

Reggie alzó una ceja.

—¿Le diste una orden a tu esposa? ¿Y has vivido para contarlo?

—Hemos desarrollado un sistema de trato único. Yo le doy órdenes y ella las ignora. Yo me siento mejor por poder imponerme y ella hace exactamente lo que le place. —Marcus sonrió con ironía—. Sería de lo más molesto si no nos quisiéramos tanto.

Reggie se rio y empujó a un lado la dolorosa envidia que sentía por la felicidad de su amigo.

—Sin embargo, no estamos hablando de mi vida, sino de la tuya. Y ahora que sé todos los detalles, estoy convencido de que tu señorita Effington tiene razón. —Los ojos de Marcus brillaban con simpatía, pero su tono era firme—. Tú y ella no encajáis.

—Puede que estés equivocado —dijo Reggie distraídamente—. Puede que ella esté equivocada.

—¿Desearías que lo estuviese?

—No lo sé. Me produciría cierta satisfacción, pero no tengo ninguna cosa demasiado clara con relación a la señorita Effington. Es de lo más irritante. —Respiró profundamente—. Sin embargo, tú y ella probablemente estéis en lo cierto: no hay ninguna posibilidad de futuro para nosotros. Ella no es mi señorita Effington, Marcus. —Una extraña sensación de pesar lo embargó—. Y nunca lo será.

Capítulo cinco

Las mujeres son encantadoras, deliciosas criaturas que
deben ser saboreadas y disfrutadas. Pero un hombre racional, bajo ninguna circunstancia, debe pretender en-
tenderlas.

C. EFFINGTON

—Son buenos —murmuró lord Berkley, con la atención
fija en los bocetos esparcidos ante él sobre la gran mesa de la
biblioteca de Berkley House—. Muy buenos.

Cassie trató de ignorar la inesperada ráfaga de placer que
sintió ante el cumplido.

—Son muy toscos. En realidad son tan sólo unas ideas ini-
ciales expuestas sobre el papel.

—No es necesario que se muestre modesta, señorita Effington, son brillantes. —Se enderezó y la miró con aprecia-
ción—. Tiene usted mucho talento.

—Es usted muy amable diciendo eso, milord, pero debería
saber que no soy para nada modesta —dijo ella con firmeza,
volviendo la mirada a los bocetos—. Soy muy consciente de
mis propias habilidades.

Él se rio.

—Lo contrario me sorprendería. Me atrevo a suponer que
cualquier mujer que se dedique a trabajar por dinero en vez de
para su propia satisfacción personal debe de tener cierta confianza, al menos en su capacidad para sobrevivir.

Ella le lanzó una mirada.

—¿Pensaría lo mismo si se tratara de un hombre?

Él vaciló, como si advirtiese que pisaba suelo peligroso.

—Sí.

Ella alzó una ceja.

—Bueno, tal vez no del todo. Seguramente entenderá, señorita Effington, que hacer lo que usted hace es extraordinariamente inusual para una joven de excelente familia, de hecho para cualquier joven.

—Por supuesto que lo entiendo. —Se encogió de hombros—. La decoración de interiores, al menos cobrada, ha sido durante mucho tiempo dominio de hombres, de los arquitectos, por ejemplo.

—¿Y eso no ha hecho que le incomode a usted introducirse en dicho dominio?

—Ni mucho menos. Lo que me incomoda es que las mujeres que tenemos talento hayamos encontrado en este mundo muy pocas maneras aceptables de utilizar los dones que Dios nos ha dado fuera de nuestras propias casas. Sin embargo, así es, y dudo mucho que alguna vez cambie.

—Entiendo. Usted lo acepta, pero no le satisface.

—Son dos cosas muy diferentes, ¿no cree? —Arrugó la frente y consideró la idea—. En realidad debería estar bastante satisfecha. Hasta ahora nunca me he visto golpeada por la tragedia o la necesidad. En efecto, mi vida hasta el momento ha sido de lo más privilegiada.

—Sin embargo, a pesar de eso, usted emplea sus habilidades en su propio beneficio a través de un negocio, que según entiendo, le resulta muy rentable.

—Pero no olvide, milord, que yo no soy como la mayoría de las mujeres. —Le lanzó una sonrisa triste—. Yo soy una excéntrica.

—Me parece que la palabra «excéntrica» se usa para describir cualquier persona o cualquier cosa que simplemente no se ajusta dócilmente a todo lo que el mundo considera aceptable. En su caso, señorita Effington, estoy comenzando a pensar que la palabra «excéntrica» es un gran halago.

—Le doy libertad para transmitir sus ideas a mis hermanos, aunque apostaría que ellos no se mostrarán de acuerdo con usted.

—Aceptaré esa apuesta y haré que usted saque un buen provecho de ella. —Lord Berkley sonrió, y ella volvió a notar lo agradable que era su sonrisa. «Auténtica» era la palabra. Como si verdaderamente el mundo y todo lo que en él veía le causara deleite. Era una idea fascinante. Demasiado fascinante.

Cassie volvió a dirigir la atención a sus dibujos.

—Como le he dicho, son muy preliminares. Hay que hacer todavía muchos planes y tomar muchísimas decisiones antes de que podamos traer a los pintores y empapeladores.

—Preliminares o no, me gustan sus ideas.

—¿De verdad? —Su mirada escrutó los papeles esparcidos sobre el escritorio.

Si bien hasta el momento estaba contenta con el resultado de sus esfuerzos, no estaba nada acostumbrada a tratar con un caballero en lugar de con una dama. No estaba en absoluto familiarizada con la sensibilidad masculina respecto a cosas como los muebles o las telas, y a pesar de haber afirmado tener confianza en sus propias habilidades, le preocupaba que él aprobara o no sus diseños. Más allá de eso, las damas con las que había trabajado hasta el momento estaban tan enamoradas de su apellido y de su familia como de su gusto. Estaba segura de que a lord Berkley no le ocurría lo mismo.

—De verdad me gustan. Aunque admito que tal vez me mostrara menos complaciente con usted a la hora de incluir en sus planes esta habitación en particular.

—Según sus instrucciones, yo no iba a ocuparme de su biblioteca. Si ha cambiado usted de opinión…

—En absoluto —se apresuró a aclarar él, al tiempo que se volvía para estudiar la biblioteca—. No veo en esta habitación ni una sola cosa que desee cambiar. Me gusta su aspecto, y sobre todo, me gusta la sensación que transmite.

Su mirada se movió lentamente por la habitación como si captara cada detalle, bien conocido y querido. Había en las paredes paneles ricamente adornados con antiguos retratos de la familia y pinturas mucho más contemporáneas, entre las que ella podía reconocer obras de Turner y de Constable. Al otro extremo, estanterías que llegaban del suelo al techo llenas a rebosar de elegantes libros con aspecto antiguo y usado. Se trataba de una habitación muy masculina, que transmitía claramente el aire de asuntos y negocios de hombres y sólo de hombres. A ella le hubiera sorprendido que lord Berkley, o cualquier otro hombre estuviera dispuesto a ver alterado ese baluarte de masculinidad. La hubiera sorprendido e incluso decepcionado.

—Hay aquí una atmósfera peculiar —dijo él, como un hombre satisfecho con su propio mundo.

—Desde luego que sí —murmuró ella.

Él la miró claramente divertido.

—Supongo que no le gusta a usted el persistente aroma de lo viejo, de los confortables sillones de cuero junto con ese matiz de la humedad de los libros.

—Olvidó mencionar el leve toque del tabaco y el brandy. Es una atmósfera… de lo más masculina.

—No había pensado nunca en ello de esa forma, pero supongo que está usted en lo cierto. —Alzó una ceja con curiosidad—. ¿Le molesta? ¿Estar en otro dominio masculino?

—Ni lo más mínimo. —Agitó la mano en señal de negación—. Si bien he afirmado que no tengo escrúpulos a la hora de invadir cierto territorio masculino, debo confesarle que hay límites a mi atrevimiento. Por ejemplo, nunca pondría los pies en un club de caballeros. Me parecería de lo más inapropiado.

Él reprimió una risa.

Ella continuó como si no lo hubiera notado.

—Sin embargo, estoy muy de acuerdo con usted: este lugar trasmite una sensación agradable, además del peso de la tradición y el afecto, creo yo.

Él le lanzó una mirada de aprobación y luego volvió a examinar la habitación.

—Admito, por otra parte, que cuando digo que me encanta el aire que se respira en esta habitación, no estoy hablando en realidad de su aroma. Más bien se trata de los recuerdos. Mi padre y yo pasábamos muchas horas juntos aquí.

—¿Cuánto tiempo hace que murió? —preguntó ella con suavidad.

—Hace casi doce años, pero en esta habitación me siento

muy cerca de él. Él me gustaba, me gustaba mucho, y no sólo como padre, sino también como hombre, como persona. Y creo que yo también le gustaba a él. Creo que estaba contento conmigo. —Hizo una larga pausa, y Cassie se preguntó si estaba recordando aquellos días lejanos. Finalmente, la miró con expresión avergonzada—. Discúlpeme, señorita Effington, normalmente no me muestro tan sentimental.

—Tenga cuidado, milord, pues va usted a dañar su reputación. —El tono ligero de su voz desmentía lo mucho que la había conmovido el afecto que obviamente él sentía por su padre—. No creo que pueda usted ser infame y sentimental al mismo tiempo.

Él se rio.

—Deberé vigilarme, entonces.

Su mirada se encontró con la de ella, y ella tuvo la extraña sensación de que acababan de lograr entenderse. Tal vez efectivamente podían ser amigos. Tal vez podían ser algo más.

Tal vez…

«Rotundamente no.»

Apartó firmemente la mirada de él y volvió a concentrar la atención en los bocetos esparcidos sobre la mesa, al tiempo que ignoraba la extraña sensación que notaba en alguna parte de su estómago.

—He añadido un poco de pintura aquí y allí para indicar lo que sugiero en cuanto a colores, pero como he utilizado acuarelas, las sombras son bastante más pálidas de lo que en realidad tengo en mente. Son simplemente para indicar la gama de colores y no para mostrar el matiz definitivo. Por ejemplo —señaló el dibujo del comedor—, el color del papel aquí parece rosa, pero lo que yo quiero es algo más bien parecido al color de las semillas de la granada. Creo que quedaría perfecto en esta habitación.

—¿Semillas de granada?

—¿Rojo?

—Por supuesto, sí, rojo —murmuró él—. Excelente color.

Ella se resistió a la urgencia de sonreír. Estaba claro que lord Berkley era típicamente masculino, y en ese sentido, de lo más divertido.

—Gracias, milord. Y en este salón, yo creo…

—Perdone que la interrumpa, señorita Effington —dijo él repentinamente—. Pero el hecho de haber hablado de mi padre ha traído a mi mente una cuestión que me inquieta. El resto de su familia, especialmente sus padres, ¿desaprueban su trabajo tanto como sus hermanos?

—Para serle honesta, no estoy del todo segura. —Pensó por un momento—. Mi padre le diría que las mujeres Effington, tanto las que han nacido en el seno de la familia como las que se han unido a ella a través del matrimonio, son en su mayoría excepcionales y de lo más testarudas. Tienen fama de hacer exactamente lo que se les antoja. —Le lanzó una sonrisa—. Mi padre dice que lo llevamos en la sangre.

—Creo que ya he oído antes algo así. —Había en su voz un matiz juguetón.

—Él le diría además que, siempre y cuando no se produzca un escándalo, a él le complace dejar que sus hijas encuentren su propio camino en la vida. —De golpe se dio cuenta de que nunca antes se había dado cuenta de lo excepcional que era eso—. Creo que en eso he tenido una suerte extraordinaria.

—Es un hombre muy fuera de lo corriente.

—Efectivamente lo es.

—¿Y qué me dice de su madre?

—Mi madre no está demasiado satisfecha, a pesar de que ella es también algo excéntrica a su propio modo. Mi madre está firmemente convencida de que nuestro futuro y nuestra suerte están escritos en las estrellas. Cree también en todo tipo de cosas extrañas, como la reencarnación, leer las palmas de la mano, las hojas del té y las cartas del tarot.

—Entiendo. Es supersticiosa.

—En absoluto. —Cassie negó con la cabeza—. Ella considera que se trata de una ciencia, y se pasa horas y horas explicándonos con todo detalle que estas cosas eran aceptadas por los antiguos y han sido utilizadas por los hombres desde que éstos pueblan la tierra. Su vasto conocimiento de la materia, unido a su fervor, pueden resultar fascinantes. —Se rio—. Y también de lo más molestos.

—Tal vez me haga el honor de exponerme sus convicciones algún día.

—Tal vez.

—Después de todo, hemos prometido ser amigos. Ya he conocido a dos de sus hermanos, y me agradaría mucho conocer a su experta madre y a su sufriente padre. —Su mirada divertida se encontró con la de ella.

A ella la asaltó el pensamiento de que, si no fuera por su reputación, él sería el tipo de hombre que a ella no le molestaría presentar a sus padres. La sorprendió también que a él su madre no le pareciera excéntrica ni el resto de los Effington le parecieran extraños, sino que por el contrario, los hallara interesantes e incluso encantadores. Era lo mismo que ella pensaba de ellos.

Era una lástima que él fuera el tipo de hombre que era, y no el hombre que ella quería que fuese.

—Estoy segura de que tendrá ocasión de conocerlos.

«¿Cuál sería el tipo de mujer que él querría?»

Volvió a concentrarse en los dibujos y se esforzó por dar un matiz despreocupado a su voz.

—Si bien me satisface que le hayan gustado mis propuestas, le confieso que encuentro cierta desventaja en el hecho de no saber cómo será la dama que ocupará esta casa. Es posible que no le guste nada el rojo.

—Semilla de granada —dijo él con una sonrisa.

—O el amarillo limón, pongamos por caso.

—Me gustaría poder ayudarla en ese aspecto, pero como ya le he dicho, no tengo ninguna esposa ni prometida. Aunque, por supuesto, estoy seguro de que habrá un buen número de posibilidades en el evento al que acudiré mañana por la noche.

—¿El baile de lady Puget?

—Eso es. Estaré encantado de encontrar a la futura vizcondesa en ese evento si eso puede servirle a usted de ayuda. Sus labios no se movieron, pero había sin duda una sonrisa en sus ojos.

—¿Es eso cierto, milord? —Ella abrió los ojos, fingiendo un deleite burlón—. Eso desde luego haría mi trabajo mu cho más fácil, y le estaría eternamente agradecida por ello, estoy segura, si escoge a una mujer que haga honor a sus atenciones.

Él se rio.

—Bien dicho, señorita Effington.

—Mejor aún, podemos reamueblar su casa y luego usted puede escoger a su futura esposa teniendo en cuenta si ella entona o no con las cortinas de la cama —dijo ella alegremente.

—Efectivamente, eso es lo que haremos. Odiaría tener una esposa que no hiciera juego con las cortinas de la cama. —Un brillo travieso asomó a sus ojos.

Ella lo ignoró.

—Me parece una cualidad tan importante como cualquier otra que haya oído.

—Así es, y usted debería saberlo, dado que tiene tantos requisitos respecto al hombre con quien va a casarse. Me refiero al mítico lord Perfecto, naturalmente.

—Debo decirle que soy reticente a usar el nombre de lord Perfecto. —Alzó las cejas con actitud molesta—. Suena ridículo.

—Ridículo o no, es un término preciso. ¿O acaso sus juicios se han suavizado respecto a la última vez que hablamos del tema? ¿Está ahora dispuesta a aceptar a un hombre que no sea perfecto? ¿Lord-casi-perfecto, o lord-bastante-perfecto, o incluso el honorable-señor-no-demasiado-perfecto?

—Lord Perfecto me está sonando cada vez mejor —le espetó ella—. Aunque no sé por qué puede importarle a usted lo que yo desee en un esposo.

—En realidad no me importa. No me importa en absoluto. O al menos no más de lo que me importaría en cualquier otra persona a quien haya ofrecido mi amistad. Sin embargo, ha despertado usted mi curiosidad. No es nada más que eso. —Se encogió de hombros—. Simplemente no entiendo cómo es posible que una mujer inteligente, con su coraje, sus convicciones y un buen número de otras cualidades admirables, encuentre que la perfección en un hombre es superior que la excitación, la aventura o la pasión que pueda haber en la vida de un hombre que no es perfecto.

—No tiene usted necesidad de entenderlo, ya que no es un tema que en realidad le interese. —Ella le sonrió, se dio la vuelta y cruzó la habitación, deteniéndose aparentemente para examinar una pintura antigua. En realidad, lo que estaba haciendo era tratar de esconder su confusión, además de escapar de la conversación.

Aquel maldito hombre le había llegado directamente al corazón sin el menor esfuerzo. Cómo podía decirle, cuando en realidad acababa de darse cuenta, que ese hombre excitante y aventurero, ese hombre de ojos pícaros y confiada sonrisa, un hombre que uno podría tachar de infame, sin duda podría hacerla caer. ¿Cómo podía explicarle que una vez se adentrara por el camino de la perdición probablemente ya no podría volver atrás? No, un hombre perfecto, o que al menos se adaptara a su definición de perfecto, le proporcionaría una vida sin peligro ni dificultades. Una vida… perfecta.

Y aunque el precio de la perfección fuese sacrificar un poco de aventura, o de excitación o de pasión, sin duda valdría la pena.

Se volvió hacia él.

—He visto lo que les ocurre a las mujeres que entregan su corazón y su virtud a hombres de reputación cuestionable.

—¿A hombres infames? —Él sonrió burlón.

—Sí. —Alzó los ojos al techo. Ese irritante hombre obviamente se complacía ante su estatus de infame—. Ya que me considera inteligente, debe admitir que sería de lo más estúpido por mi parte involucrarme con un hombre de ese tipo, y totalmente irresponsable también. Por lo que podría pasar.

—Por lo que podría pasar. —Entrecerró los ojos, confundido—. ¿Qué es lo que podría pasar?

—Bueno, cualquier cosa. Todo tipo de cosas. Y de lo más funestas. —Se cruzó de brazos—. No puedo creerme que usted, precisamente usted, no entienda lo que puede pasarle a una mujer en esa situación.

—Está usted llegando de nuevo a una conclusión precipitada, señorita Effington. A pesar de mi reputación, no puedo recordar que haya puesto nunca a una mujer en esa situación, ni pretendo hacerlo nunca.

La expresión de su rostro era todavía más elocuente que sus palabras, y ella no pudo dudar de su sinceridad. La opinión que tenía de él mejoró considerablemente.

—Mis disculpas, milord. No quería...

Él le hizo un gesto para interrumpirla.

—Dígame qué es lo que podría pasarle.

—Muy bien. —Respiró profundamente—. Podría verme envuelta en un escándalo. Mi reputación podría arruinarse, durante el resto de mi vida. Podría...

—Podría enamorarse apasionadamente.

Ella lo miró fijamente.

—¿Por qué diablos menciona usted el amor?

Él resopló.

—Porque usted no lo ha hecho, y eso me hace preguntarme por qué.

—¿Qué quiere decir?

—Mi querida señorita Effington, ni una sola vez en nuestra conversación sobre lo que usted desea, o mejor dicho, sobre lo que no desea en una pareja, ha mencionado usted la palabra «amor». —La examinó detenidamente—. ¿No le interesa a usted el amor?

—Bueno, la verdad es que...

Dio unos pasos hacia ella.

—¿Ha estado alguna vez enamorada?

Ella se debatió entre decirle o no decirle la verdad, finalmente arrugó la nariz.

—No.

Él abrió los ojos con sorpresa.

—¿Nunca?

—Nunca.

—¿Ni una sola vez?

—No, ni una sola vez ni nunca. —Le lanzó una mirada de odio—. ¿Usted lo ha estado?

—Por Dios, claro que sí.

Ella alzó una ceja.

—Más de una vez, supongo.

—Desde luego, más de una vez.

—¿Cuántas veces?

Él pensó durante un momento.

—¿Después de alcanzar mi mayoría de edad o antes?

—Después, supongo… —dijo ella lentamente.

—Oh, después, bueno, entonces… —Arrugó la frente mientras pensaba—. No tengo ni idea. ¿Varias docenas de veces?

—¡Docenas!

—Bueno, yo diría que no han sido cientos. —Negó con la cabeza—. Podría ser, supongo, cerca de… no, no, definitivamente han sido docenas.

Ella lo miraba fijamente con incredulidad.

—Tal vez no estamos hablando de lo mismo. Hay una clara diferencia entre… —buscó la palabra adecuada— las relaciones amorosas, la lujuria digamos, y el amor. ¿Cómo define usted exactamente el amor, milord?

—Del mismo modo que lo define todo el mundo, supongo. El amor es… bueno, es… digamos que… —La miró directamente a los ojos, y le habló con voz firme y serena—. El amor, señorita Effington, es hallarse de pie al borde de un precipicio y lanzarse de cabeza al abismo voluntariamente, con la certeza absoluta de que uno puede volar.

—¿Y qué pasa si uno no puede? —dijo ella sin pensar—. ¿Qué pasa si… si uno cae en picado? ¿Qué pasa si te estrellas de cabeza contra la dura realidad? Entonces, ¿qué?

—En ese caso uno acaba magullado y apaleado y con el corazón a punto de romperse, pero uno se recupera. Uno al final mejora. Se cura uno, y cuando el precipicio vuelve a ejercer su atracción, uno se lanza otra vez. —Sonrió con tristeza—. La pura alegría de volar, señorita Effington, hace que el riesgo valga la pena.

—¡Dios santo, es usted un poeta!

—No sea absurda. No tengo nada de poeta… —Parecía desmesuradamente orgulloso de sí mismo—. ¿De verdad piensa eso?

—No hubiera imaginado que era usted un buen poeta, pero sí, lo creo. La verdad, milord, creo que es usted un romántico. —Negó con la cabeza—. Nunca hubiera imaginado semejante cosa.

—Y yo no puedo imaginar el momento en que usted deje de juzgarme basándose en lo que piensa de mí, sino de acuerdo con lo que realmente soy. —Se mostró claramente ofendido.

Inmediatamente, Cassie se percató de que tal vez había ido demasiado lejos. Avanzó muy lentamente hacia la puerta.

—Creo que debería irme.

—Todavía no, señorita Effington. —Su tono era firme y su mirada resuelta.

Antes de que ella pudiera protestar, la agarró de la mano y la condujo hasta la estantería de libros que había en un extremo de la habitación.

—¿Milord, qué está usted…?

—Sé que lo que voy a pedirle va en contra de sus convicciones y de su propia naturaleza, pero por favor, sólo por una vez, trate de mantener la boca cerrada.

Ella abrió la boca, advirtió su mirada demasiado amenazante y apretó con fuerza los labios.

—Excelente. —Señaló con la cabeza el otro extremo de la habitación—. Las estanterías de ese lado de la biblioteca están llenas de libros de naturaleza objetiva y analítica. Historia, astronomía, geografía, filosofía y ese tipo de cosas. A este lado, sin embargo, hay obras de literatura y poesía que representan el genio creativo de la humanidad.

Recorrió con mirada ansiosa las estanterías llenas de libros que se alzaban hacia el cielo en una columna sin fin. Ella se preguntó si sería consciente de que aún sostenía su mano.

—He leído la mayoría de libros de aquel lado de la biblioteca principalmente porque han formado parte de mi plan de estudios, y no por elección, aunque debo admitir que el conocimiento que me han procurado me ha resultado bastante útil. Pero estos otros libros, señorita Effington —su voz estaba llena de intensidad y pasión—, esperaban el momento en que pudiera llegar a apreciarlos. Durante mi juventud no leí muchos de ellos, pero en los últimos años los he leído todos, algunos más de una vez.

—Eso es muy admirable, milord —murmuró ella. ¿Cuándo iba a soltarle la mano?

—Aquí hay obras de Chaucer, de Donne, de Spenser y De Vere. —Examinó las estanterías—. Malory y Defoe. Defoe era uno de los autores que me gustaban cuando era un muchacho. —La miró—. ¿Le gusta Defoe, señorita Effington?

—Desde luego —se apresuró a contestar ella, buscando en su mente algún detalle sobre Defoe—. Cómo podría no gustarme Defoe. Y toda esa...

—¿Aventura? —le sugirió él.

—Exactamente. —Ella asintió enérgicamente. El nombre de Defoe le resultaba vagamente familiar, pero era incapaz de recordar la obra del autor, y no estaba dispuesta a confesarle a lord Berkley que, mientras su hermana leía muchísimo, las preferencias literarias de Cassie se limitaban a ocasionales novelas un tanto frívolas y a revistas sobre la última moda y decoración—. Es tan... tan... aventurero.

—En efecto. —La examinó con curiosidad—. Entonces ¿disfrutó con *Robinson Crusoe*?

—No podía soltarlo. —Sintió una ráfaga de alivio. ¿Cómo podía hallarse tan confundida como para no recordar que Defoe escribió *Robinson Crusoe*? Es cierto que no había leído la obra, pero estaba casi segura de que Delia le había mencionado el argumento en algún momento. Aunque Cassie no conseguía recordarlo—. Era de lo más entretenido.

—¿Por la naturaleza aventurera de... de la aventura?

Clavó sus ojos grises en los de ella como desafiándola a reconocer que no había leído aquel libro del autor en particular ni tampoco otros. Tal vez si ese hombre le soltara la mano, podría pensar con más claridad. Era de lo más inapropiado y tremendamente osado por su parte que continuara sosteniendo su mano, aunque parecía no darse ni cuenta. De todas formas, ¿qué podía esperar una de un hombre de su reputación? Por otra parte, era de lo más agradable tener la mano envuelta en el calor de la suya. Y dado que era obvio que no significaba nada para él, ¿por qué iba a darle ella alguna importancia?

—Tal vez le guste la aventura más de lo que está dispuesta a admitir.

—La aventura en la literatura es algo completamente distinto a la aventura en la realidad —dijo ella de forma remilgada, al tiempo que hacía un tímido esfuerzo por apartar su mano.

—Disculpe, señorita Effington. —Se llevó su mano hasta los labios y la besó suavemente, sin dejar de mirarla a los ojos. Luego le soltó la mano, y ella trató de hacer a un lado una molesta extraña sensación de pérdida—. Ha sido muy inapropiado por mi parte sostener su mano, pero temo que se me ha ido la cabeza. Sin duda no esperaba usted menos de un hombre de mi reputación.

Ella hizo un amago de protesta, pero decidió contenerse. Ese hombre era ya lo bastante arrogante como para darle a entender que había disfrutado con el contacto de su mano.

Él se puso las manos a la espalda y continuó revisando las estanterías.

—¿Tiene algún libro favorito, señorita Effington? ¿O hay algún escritor que le guste especialmente?

—¿Favorito?

Le gustaba el caballero que escribía esas fascinantes columnas de cotilleos en la revista semanal *Cadwallender's Weekly World Messenger* y disfrutaba del *Ackermann Repository*, aunque sobre todo lo seguía para mantenerse informada de las últimas tendencias de moda. También había leído a fondo el *Mobiliario del hogar y decoración de interiores* de Mr. Hope, aunque tal vez «leer» no era un término adecuado, ya que la mayor parte del libro consistía en dibujos y representaciones de muebles y adornos. Pero... ¿favorito?

—Es difícil escoger uno —dijo débilmente.

—En efecto, lo es. Muchas veces, encuentro que lo que me apetece leer depende en gran parte del estado de mi cabeza, o a veces del estado de mi corazón, por mucho que tal vez a usted le cueste creerlo. —Le lanzó una mirada furtiva—. Cuando me hallo en la agonía del «vuelo», suelo inclinarme por Christopher Marlowe. ¿Está usted familiarizada con Marlowe?

«¿Con quién?» Ella se burló para sus adentros.

—¿Acaso no lo estamos todos?

—En efecto. A mí me gusta extraordinariamente *El pastor apasionado de su amor*.

—Como a todos. —Ella asintió sabiamente y deseó haber pasado más tiempo estudiando literatura en su juventud en lugar de haberlo evitado. Y deseó también haber podido evitar aquella conversación en particular. Con independencia de lo que pensara de lord Berkley, sin duda no quería que él pensara mal de ella, no quería que creyese que había leído muy poco o que no le gustaba la literatura, por mucho que estuviera peligrosamente cerca de ser verdad.

—Yo me lo sé de memoria. —Pensó durante un momento—. «Ven a vivir conmigo, conviértete en mi amor, probaremos todos los placeres que ofrecen las colinas y los valles, los cerros, los campos y hasta las empinadas montañas.»

—¡Oh, Dios! —Ella lo miró y sus palabras fueron apenas un suspiro—. Eso ha sido... ha sido perfecto.

Él se rio.

—¿Incluso cuando lo recita alguien con todas mis imperfecciones?

—La perfección está en las palabras, milord —murmuró ella. Era efectivamente perfecto, y ella estaría dispuesta a cortarse la lengua antes de reconocer que esa perfección tenía mucho que ver con la manera en que él recitaba las palabras.

Podía entender muy bien cómo había adquirido lord Berkley su reputación con las mujeres. Con su dominio de la poesía y el timbre de su voz, daba a una dama la sobrecogedora impresión de que aquellas palabras no habían sido pronunciadas nunca antes, de que eran para ella y sólo para ella. Eso, unido a sus fascinantes ojos y a su risa contagiosa, estaba haciendo que incluso ella se hallara a punto de lanzar al aire toda su cautela y arrojarse a sus brazos en aquel mismo momento.

—Pero él no lo era, ¿sabe?

—¿No era qué?

¿Y qué haría él si ella se arrojara a sus brazos? Sin duda se aprovecharía de ella inmediatamente. Explotaría su debilidad. La acogería en sus brazos. La besaría una y otra vez. Se la llevaría a la cama. La violaría. La despojaría de su virtud. Arruinaría su vida. La destruiría para siempre...

—Perfecto. —Se expresó como exponiendo una cuestión de hecho. Su atención había vuelto a las estanterías de libros—.

Marlowe no era para nada su tipo de hombre. Lo mataron bastante joven durante una pelea de borrachos. Vamos, señorita Effington, todavía no ha respondido a mi pregunta. ¿Entre estos libros, cuál es su favorito? —Hizo un gesto abarcando las estanterías.

Ella respiró calmadamente, tanto para recuperar su conducta fría como para vencer una inquietante sensación de decepción por el hecho de no ir realmente camino de la ruina.

—Déjeme pensar. Es una elección difícil. —Su mirada escudriñó las estanterías.

Si se veía obligada a escoger un favorito, tendría que ser un autor del que al menos supiese algo. No quería parecer una completa idiota. Su mirada se detuvo sobre un conjunto de volúmenes encuadernados en cuero rojo con el nombre de Shakespeare grabado en el lomo.

Le dedicó su sonrisa más brillante.

—Shakespeare, por supuesto.

—Por supuesto. —Él le devolvió la sonrisa, y ella sintió la irresistible urgencia de acercase para tocar la comisura de sus labios, justo ahí donde éstos se torcían—. ¿Cuál de sus obras prefiere?

Dijo el primer título que le vino a la cabeza.

—*Noche de Reyes*.

Él se rio.

—Debí haberme imaginado que una mujer que finge ser un hombre tendría que resultarle fascinante. ¿O es la idea de un gemelo haciéndose pasar por otro lo que le seduce?

—Ambas cosas, diría yo. —Sonrió con alivio.

Era cierto que le gustaba *Noche de Reyes*, la representación, más que la lectura de la pieza. Delia había hecho el esfuerzo de acudir a una representación años atrás, y había habido algo en la historia de disfraces y malentendidos que la había atraído.

—Me temo que no estoy demasiado familiarizado con esa pieza en particular, pero… —Arrugó la frente mientras pensaba—. «Si la música es el alimento del amor, seguid tocando.»

—«Algunos nacen grandes, algunos alcanzan la grandeza y a otros la grandeza les es impuesta» —dijo ella sin pensar.

¿De dónde diablos había sacado eso? Por lo visto era más experta en Shakespeare de lo que imaginaba. Eso resultaba extremadamente satisfactorio.

—Excelente. —Él la estudió con curiosidad—. Debo confesarle, señorita Effington, que con cada minuto que paso en su presencia, usted me sorprende y me confunde.

—¿Eso hago?

—No sé qué hacer con usted. —Sacudió la cabeza—. Resulta a la vez fascinante e irritante, intrigante y exasperante.

—¿Eso soy? —Se rio con ligereza como si no le importara. Como si aquél no fuera el más delicioso cumplido que le habían hecho nunca.

La mirada de él buscó su rostro.

—Es usted una dicotomía, señorita Effington, una contradicción en sus propios términos. Está usted preocupada por lo que resulta apropiado o no y por la perfección, sin embargo, sospecho que su definición de ambas cosas es muy personal. Hace usted exactamente lo que le da la gana.

—Tonterías, milord. —Lo miró fijamente y se dio cuenta de lo cerca que se hallaba. Lo apropiado, en término de cualquiera, hubiera sido poner un mínimo de distancia entre ellos. Ella debía dar al menos un paso atrás. No se movió—. No es así exactamente.

—Exactamente. Usted sigue las reglas de la sociedad sólo cuando le conviene. Dice que nunca invadiría un club de caballeros, y yo apuesto que eso se debe únicamente a su falta de interés.

—No sea absurdo.

Él tenía razón, desde luego; si tuviera algún deseo de aventurarse en el White's o en el Brooks o en cualquier otro de los sagrados recintos masculinos que se alineaban en Saint James Street, sin duda encontraría alguna razón para hacer exactamente lo que deseara.

—Fueran cuales fuesen mis propios deseos, yo nunca…

—Señorita Effington. —Él se acercó un paso. Estaba lo bastante cerca para tocarla. La intensidad asomaba a sus ojos grises, pero su voz era fría—. ¿Qué haría usted si la cogiera en mis brazos y la besara en este mismo momento?

—Le daría una bofetada, milord —dijo ella sin vacilar. El matiz firme de su voz contradecía la manera en que parecía inclinarse levemente hacia él y las ganas que tenía de que él hiciera precisamente lo que había dicho.

—Entiendo. —Él entrecerró los ojos y la examinó durante un momento—. Bueno, entonces esto es todo. —Él se volvió para estudiar de nuevo los libros de las estanterías, con las manos cruzadas otra vez en la espalda.

—¿Cómo que esto es todo? —Ella lo miraba con enfado y algo más que una pequeña frustración—. ¿No va a besarme?

—Creo que no —dijo él fríamente.

—¿Por qué no? —No es que ella quisiera que la besara, pero hubiera sido de lo más satisfactorio estampar la mano en su cara.

—Sería extremadamente inapropiado.

—Me doy cuenta, pero…

—Además, nunca antes he besado a una amiga. No estoy muy seguro de saber cómo hacerlo —sacudió la cabeza, sombrío—, ni tampoco sé si me gustaría. Odiaría ser abofeteado por algo que no valga especialmente la pena.

Ella se enderezó.

—Puedo asegurarle, lord Berkley, que sin duda valdría la pena.

—Eso habría que verlo. Usted misma ha dicho que si bien la gente espera que usted tropiece, en realidad nunca se ha comportado de una forma realmente escandalosa. Por lo tanto, me temo, señorita Effington, que usted carece de referencias. —Se encogió de hombros.

—¿Referencias? —Apenas consiguió pronunciar la palabra—. ¿Referencias?

—Referencias —dijo él con firmeza—. Mi madre ha oído excelentes comentarios sobre sus habilidades con todo lo referente a la decoración de casas, sin embargo, yo no he oído nada acerca de su habilidad para besar. Lamentablemente carece usted de referencias. Y si voy a arriesgarme a despertar su cólera, y sospecho que ésta puede ser impresionante, al menos debería saber exactamente qué puedo esperar.

Ella le lanzó una mirada de odio.

—Debe usted saber que he sido besada otras veces. Y además muy a fondo.

—¿En serio? —Él alzó una ceja—. Entonces, ¿hay hombres que podrían proporcionarme referencias?

—¡Desde luego que espero que no! —Su voz se alzó con indignación.

Efectivamente la habían besado antes. Unas cuantas veces. Había que admitir que en muy pocas ocasiones había sido besada por el mismo hombre más de una vez, ya fuera porque el hombre en cuestión fuese un atrevido y un calavera en quien ella no tenía particular interés o bien porque se tratase de alguien mortalmente aburrido, a quien ella hubiera alentado al principio pero sin permitirle un segundo intento.

—Un caballero nunca comentaría ese tipo de cosas sobre una mujer —dijo ella con altivez.

—No, por supuesto que no —murmuró él—. ¿Cuántos hermanos tiene usted, señorita Effington?

—Más que suficientes.

—Y supongo que los considera a todos caballeros.

—Tocada y hundida, milord —dijo ella a regañadientes.

—Lo sabía. —Él sonrió complacido—. Incluso aunque pasara por alto su falta de referencias, a pesar de que usted es pequeña como contrincante, no tengo duda de que su ira le daría una fuerza adicional. Una bofetada suya podría ser fatal.

Abrió los ojos con incredulidad.

—¿Fatal?

—Tal vez la estoy sobreestimando. Muy bien. No digamos fatal, pero sí... —pensó durante un momento—, definitivamente dolorosa.

—Oh, de eso puede estar seguro.

—Por lo tanto, señorita Effington, puede usted sentirse segura de que se halla a salvo de cualquier conducta inapropiada por mi parte. —Le dedicó su más brillante sonrisa.

—Excelente. Estoy de lo más aliviada.

—Además, ya hemos llegado a la conclusión de que no soy y nunca seré su lord Perfecto, y de eso se concluye que por lo tanto tampoco es usted mi... —arrugó la frente y luego añadió alegremente— señorita Maravillosa.

—¿Señorita Maravillosa? ¿Señorita? —Ella lo miró fijamente—. ¿Por qué no lady Maravillosa? ¿O princesa Maravillosa?

—Ya lo ve, no soy tan excéntrico como usted.

Ella ahogó un grito.

—¡Yo no soy una excéntrica!

Él alzó una ceja.

—Lord Perfecto.

—Debo recordarle que fue usted el primero en ponerle el nombre, pero ahora que lo pienso, ¿por qué no habría de gustarme? La posición de una mujer en la vida está unida a la que ocupa su marido. ¿Por qué no habría de preferir casarme con lord Perfecto antes que con el señor Perfecto?

—Efectivamente, ¿por qué? —Lord Berkley asintió sabiamente—. E imagino que lord Perfecto tendrá además una buena fortuna. Una bonita casa en Londres, una finca en el campo y ese tipo de cosas.

—Bueno, sí. —Frunció el ceño—. No es necesario que lo haga sonar tan mercenario.

—¿Eso he hecho? —Abrió los ojos con fingida inocencia. La besara o no, ella debería abofetearle. Se lo estaba ganando a pulso—. Mis disculpas.

Ella lo ignoró.

—¿Y qué me dice de la señorita Maravillosa? Sin duda tendrá exigencias para ella.

—No estoy seguro de que «exigencias» sea la palabra adecuada. Suena demasiado dura, pero desde luego hay cualidades que desearía en una esposa.

—Imagino que muchas. —Sonrió satisfecha—. Sospecho que su señorita Maravillosa es tan perfecta como mi lord Perfecto.

—Para nada. A lo último que querría encadenarme durante el resto de mi vida es a la perfección. No puedo imaginar nada más aburrido. No, yo quiero una mujer con algunos deliciosos defectos. —Pensó durante un momento—. Debería ser dócil, pero no demasiado sumisa, me gustaría que hubiera en ella una chispa de provocación. Inteligente, pero no demasiado erudita. Un toque de independencia estaría bien. Debería ser confiada, pero sin resultar obstinada y…

—Y debería ser bonita, sin duda.

—La belleza es siempre preferible a la fealdad. Aunque por mucho que le sorprenda ésa no es la cualidad más importante de mi lista para —se aclaró la garganta—, para la señorita Maravillosa. Pero más allá de todo eso, debería amarme.

—Bueno, yo también deseo que lord Perfecto me ame a mí —se apresuró a decir Cassie—. Sé que antes no lo he mencionado, pero considero importante el amor. Siempre he deseado que el mío sea un matrimonio por amor.

—Sin embargo, nunca ha estado enamorada, y sospecho que es porque nunca se lo ha permitido. —Se inclinó hacia ella con actitud confidencial—. Usted, señorita Effington, nunca se ha atrevido a lanzarse al precipicio.

—Lo haré cuando llegue el momento oportuno. Cuando… cuando… —resopló molesta—. Cuando conozca a lord Perfecto, y no antes. Mientras que usted, milord, por lo visto lo hace cada vez que se encuentra con una cara bonita.

Él se rio.

—Salto y caigo en picado. Demasiadas veces, y debo confesarle que eso se acabó. Mientras que usted ha sido demasiado prudente en el pasado, yo no lo he sido lo suficiente. En este momento, señorita Effington, somos más parecidos que diferentes. Yo no pienso volver a saltar hasta que no tenga a mi lado a la señorita Maravillosa.

Cassie no pudo evitar pensar que todo aquello era una pena. Los dos buscaban la pareja adecuada y todo lo que esto significa, incluyendo el amor. Era una lástima que ella ya hubiera decidido que no encajaban el uno con el otro.

En momentos como ése, ella era capaz de ignorar completamente su reputación y creer de todo corazón en su capacidad de reformarse.

Si había alguien capaz de reformar a un mujeriego como Berkley, ésa era ella. Sin embargo, parecía que él había dejado de lado cualquier posibilidad de una unión entre ellos al ofrecerle su amistad. Y lo cierto es que no la había cortejado ni había aprovechado la oportunidad de besarla cuando pudo hacerlo, y eso, por alguna razón, le resultaba todavía más molesto.

—Tal vez podamos ayudarnos el uno al otro, señorita Effington —dijo él lentamente.

—¿Oh?

—Conozco un buen número de caballeros que están interesados en el matrimonio. Alguno podría ser su lord Perfecto, y usted tal vez puede encontrar a mi señorita Maravillosa —le dijo sonriendo.

—Eso es absurdo. Yo… —¿Qué tenía de absurdo? En lo referente a cuestiones de esa naturaleza, cuestiones de naturaleza amorosa, ninguno de los dos había demostrado arreglárselas muy bien por su propia cuenta. Tal vez era el momento de unir fuerzas. Además, ¿para qué están los amigos si no es para ayudarse?

Ella conocía un buen número de jóvenes que podían adaptarse a sus exigencias. A pesar de su reputación, un vizconde con una respetable fortuna era considerado un buen partido. Además, tendría una casa maravillosamente redecorada.

—Sin duda no tendrá usted reticencias a la hora de aceptar tal desafío. O mejor aún, podemos hacer una apuesta. Digamos que…

—Cuarenta libras —dijo ella sin poder detenerse—. He ganado cuarenta libras con mi anterior apuesta. —Asintió pensativa—. Le apuesto esas cuarenta libras a que soy capaz de encontrar a su señorita Maravillosa.

—Y yo le apuesto cuarenta libras a que conseguiré encontrar a su lord Perfecto.

Ella lo examinó cuidadosamente.

—¿Cómo decidiremos quién es el ganador?

—Obviamente, usted deberá estar de acuerdo en que el caballero que yo proponga es efectivamente lord Perfecto, del mismo modo en que yo deberé mostrarme de acuerdo con su elección de la señorita Maravillosa.

—Por supuesto.

—Por tanto, si ambos tenemos éxito, no habrá ganador en la apuesta… se trataría de un empate, aunque me atrevería a decir que en ese caso los dos tendremos una victoria que festejar. El dinero no cambiará de manos a menos que uno de los dos se considere vencido y abandone su búsqueda de la señorita Maravillosa o de lord Perfecto. ¿Está de acuerdo, entonces?

—De acuerdo. —Ella asintió y chocó su mano.

Él le sonrió.

—No recuerdo ninguna competición que me haya estimulado tanto como ésta.

Ella le devolvió la sonrisa.

—Se lo advierto, no me dejaré vencer tan fácilmente como mi hermano.

—Viniendo de usted, señorita Effington, estoy seguro de que nada puede ser fácil. Le propongo que comencemos nuestra búsqueda mañana por la noche en el baile de lady Puget.

—Es un excelente lugar para comenzar. Yo diría que habrá un buen número de potenciales señoritas maravillosas presentes.

—Y también es posible que haya algún que otro lord perfecto. —Él se rio, luego la estudió pensativo—. Siempre he disfrutado haciendo apuestas altas, aunque no consigo recordar una tan alta como ésta.

Ella alzó una ceja.

—¿Cuarenta libras?

—No se trata de eso. Nos estamos jugando nuestro futuro, señorita Effington, y es más que probable que también nos estemos jugando nuestros corazones.

Capítulo seis

> Yo no creo que el rostro y la figura de una mujer tengan
> una importancia primordial. Efectivamente, una mente
> inteligente y unos buenos modales son más deseables.
> Sin embargo, odiaría encadenarme de por vida a una
> dama que sólo pudiera soportar en la oscuridad.
>
> L. EFFINGTON

—La tengo exactamente donde yo quiero. —Reggie vigilaba a la señorita Effington y su actual pareja por encima del borde de su copa de champán y trataba de mantener en su rostro una sonrisa excesivamente satisfecha.

—¿Ella sabe que la tienes exactamente donde tú quieres? —preguntó Marcus distraídamente, siguiendo la mirada de su amigo.

La señorita Effington reía y coqueteaba con su pareja de baile en medio de la pista, entre otras parejas que participaban en el baile anual de lady Puget. Su pelo rubio brillaba a la luz de las velas, y había un rubor en sus mejillas por la danza y la diversión sin freno. Su vestido de noche era de un precioso verde azulado que hacía juego con sus ojos y a él le recordaba el agua del mar. De hecho podía tenerse por una ninfa proveniente del mar o una sirena encantando a los pobres mortales.

—¿Reggie?

—Ella no tiene ni idea —murmuró, con la mirada todavía fija en la señorita Effington. «Cassandra.» Le encantaba cómo sonaba su nombre en sus labios.

Era nada menos que magnífica, y él estaba disgustado consigo mismo por no haberse fijado en ella antes, y le molestaba su comportamiento con cada uno de los hombres que no la dejaba escapar.

—Tampoco creo que estuviera especialmente contenta de oírlo. Además —Reggie observó cómo ejecutaba un paso difícil de forma impecable—, ella lo niega.

—¿Y a qué te refieres exactamente con eso de que la tienes? —Marcus medía sus palabras.

—Ella es desconcertante, desequilibrada, inestable. Y todavía mejor —Reggie sonrió a su amigo—, yo le gusto. Sé lo que digo. No quiere que le guste, pero le gusto. Y le gusto bastante más de lo que ella cree.

—Qué interesante —dijo Marcus pensativo—. Hace apenas unos días decías que tú y ella habíais acordado ser amigos.

—Eso hicimos. Y lo somos. Nunca antes había sido amigo de una mujer, no realmente, pero parece un excelente lugar por donde empezar.

La pieza musical terminó y la pareja de Cassandra la acompañó fuera de la pista. Reggie reprimió una punzada de celos por la forma en que ella lo miraba. Sabía muy bien que el flirteo no era más que un juego que ella y todo el mundo desempeñaban en situaciones como ésa. No es que aquel caballero fuese una amenaza en particular. Sin duda no era lord Perfecto.

Aunque en realidad hacía falta algo que estaba muy lejos de la perfección para conquistar el afecto de la señorita Cassandra Effington. Sencillamente ella no se había dado cuenta. No todavía. Era necesario el quinto vizconde Berkley, aunque ella tampoco se había dado cuenta de eso todavía.

—¿Puedo preguntar qué es lo que ha cambiado entre nuestra última conversación y esta noche? —Marcus escogió las palabras con cuidado—. Me juraste que no volverías a caer en los viejos hábitos. Dijiste que no te lo permitirías. Dijiste que esta vez sería diferente.

—Esta vez es diferente. —Reggie se acabó el último trago de vino.

—También dijiste eso. De hecho has dicho eso muchas veces antes.

—Esta vez…

Marcus alzó una ceja con cinismo.

—Esta vez —dijo Reggie firmemente— es diferente. Ella es diferente de cualquier otra mujer que haya conocido nunca. Y yo, viejo amigo, soy diferente.

Marcus resopló con incredulidad, le hizo señas a un camarero e intercambió su copa vacía y la de su amigo por otras dos llenas.

—¿Y exactamente en qué eres tú diferente esta vez?

—Sé que eres escéptico, y tú y todo el mundo tenéis derecho a serlo, pero he reflexionado mucho sobre esto. —Reggie buscó las palabras apropiadas—. En el pasado, siempre he entregado mi afecto sin pensar y demasiado pronto. Nunca me he tomado el tiempo para conocer de verdad a una dama antes de declararme. Con esta actitud, he cometido un error tras otro.

—¿Por eso estás siendo prudente con la señorita Effington? —Marcus lo examinó detenidamente—. No te estás precipitando sin reflexionar las cosas debidamente. Estás cultivando la paciencia en lugar de entregarte a tus impulsos. Estás pensando antes de actuar.

—Suena abrumador cuando lo expresas de ese modo, pero sí, eso es exactamente lo que estoy haciendo.

—Dios Santo, veo que estás en lo cierto. —Marcus sacudió la cabeza—. Esta vez es diferente.

Reggie dio un sorbo de champán.

—Y es terriblemente difícil hacerlo, eso también te lo digo. Va en contra de mi propia naturaleza.

Volvió a dirigir su atención a Cassandra. Otra pareja la estaba conduciendo a la pista de baile.

—Nunca he conocido a una mujer que me resulte tan irritante como ésta.

—Vaya, eso suena muy prometedor como principio —dijo Marcus con ironía.

Reggie lo ignoró.

—Chispas, Marcus, entre nosotros saltan chispas. No se trata de mera irritación. Hay señales de que nos entendemos, o nos identificamos o algo parecido. No sé qué es exactamente, pero definitivamente hay algo entre nosotros. Lo supe desde el primer momento en que la vi. Como si estuviéramos destinados a estar juntos. Es de lo más notable. —Sacudió la cabeza—. Ella es la mujer que siempre he estado esperando.

—No puede decirse exactamente que hayas estado esperando.

—Eso mismo es lo que demuestra que hay una intervención del destino. —Reggie miró al conde—. ¿Acaso no te parece extraño, dado mi estatus, mi título, mi riqueza y todas esas cosas que las mujeres desean en una pareja, que a estas alturas de la vida, ninguna de las mujeres de las que me he quedado prendado…?

Marcus alzó una ceja.

—¿Te has quedado prendado?

—Vamos, Marcus. Todo el mundo es susceptible de enamorarse tan rápidamente como yo en alguna ocasión…

—¿En alguna ocasión?

Reggie eludió la pregunta.

—La verdad es que siempre me he recuperado con una velocidad notable.

—Siempre resulta impresionante —murmuró Marcus.

—Por tanto, es evidente que nunca se ha tratado de verdadero amor.

Marcus arrugó la frente.

—¿Y eso es cosa del destino?

—No. —Reggie negó con la cabeza—. El destino es la razón por la cual ninguna de las numerosas damas por las que me he interesado me han correspondido. El destino me estaba reservando para la mujer adecuada. —Alzó su copa con actitud triunfal—. La señorita Cassandra Effington.

—Entiendo. —Marcus se detuvo a considerar las palabras de Reggie. Finalmente negó con la cabeza—. Parece que has estado reflexionando bastante, y por mucho que odie admitirlo, lo que dices tiene bastante sentido. Muy bien. —Marcus respiró con resignación—. ¿Qué es lo que quieres hacer ahora? ¿Y cuál va a ser mi papel?

Reggie se rio.

—Doy por supuesto que tienes algún tipo de plan en la cabeza para conquistar su amor. Si es que de verdad estás seriamente interesado en ella.

—Nunca he estado más seriamente interesado en nadie.

Reggie observó a Cassandra dando unos pasos de baile. Resistió el impulso de irrumpir en la pista de baile y tomarla en sus brazos. Eso era exactamente lo que ella esperaría del infame vizconde Berkley, pero no serviría a sus propósitos. No era el primer impulso temerario que había tenido desde que la conocía, y sospechaba que tampoco iba a ser el último. Pero no jugaría con ella al mismo juego que había jugado con otras en el pasado. No se dejaría guiar por su corazón, sino por su cabeza. Lo que estaba en juego era demasiado importante.

Cassandra se rio por algo que su pareja le dijo, y Reggie sintió una especie de opresión en el estómago. Intentó ignorarla. No podía permitirse mostrar ni una pizca de celos. Hasta donde ella sabía, no eran nada más que amigos. Por ahora.

Reggie sabía que a Marcus le costaría creer que sus sentimientos por Cassandra eran diferentes de todo lo que había sentido antes. Era difícil explicar cuál era la diferencia exactamente, pero había una intensidad, una sensación como de permanencia, de importancia y, sí, de destino. Sonaba absurdo, por supuesto, y no podía pretender que su amigo comprendiera sus sentimientos cuando ni siquiera él mismo acababa de entenderlos.

También le sorprendía que a pesar de las muchas veces que se había enamorado, aquélla era la primera vez que planeaba una especie de campaña coordinada. Se ganaría el corazón de la señorita Effington, y las dificultades que eso conllevara simplemente harían que el trofeo mereciera aún más la pena.

—El plan ya está en marcha —dijo Reggie con serenidad—. Ella y yo nos hemos apostado que cada uno puede encontrar la pareja perfecta para el otro. Ella desea un hombre perfecto.

—Como la mayoría de las mujeres, supongo.

—Pero la señorita Effington es muy inflexible. Yo he de encontrar su lord Perfecto...

Marcus reprimió una risa.

—¿Lord Perfecto?

—Sus exigencias son muy específicas, como las mías. —Reggie sonrió—. Ella ha de encontrar a mi señorita Maravillosa.

—¿Lord Perfecto y la señorita Maravillosa? —Marcus se rio—. Supongo que harán tan buena pareja como el infame lord Berkley y la señorita Excéntrica. Entonces, ¿cuál es exactamente tu plan?

—Es brillante en su pura simplicidad. —Reggie sonrió al conde de forma engreída—. Le procurará a la señorita Effington exactamente lo que quiere.

—¿Le darás a su lord Perfecto? —Marcus negó con la cabeza—. No lo entiendo. Si tú no eres lord Perfecto, cosa que desde luego no puedes ser, ya que ella no desea a un hombre con tu reputación…

—No todavía.

Marcus alzó las cejas.

—Estoy de lo más confundido.

—Ella todavía no me desea a mí, pero tan pronto como conozca a lord Perfecto descubrirá que la perfección no es para ella y que no puede pasar el resto de su vida con un hombre que carezca de defectos. —Se inclinó hacia Marcus con actitud confidencial—. La señorita Effington es muy creativa y disfruta mucho mejorando las cosas. Particularmente las casas, pero apuesto que sus impulsos pueden extenderse también a un esposo. A mí me parece que es una mujer que puede extraer una gran satisfacción reformando a un hombre. —Se enderezó y sonrió con engreimiento—. Simplemente, ella todavía no lo sabe.

—Y tú necesitas gran cantidad de mejoras.

—No hace falta ni decirlo. —Reggie se encogió de hombros con modestia—. Con mi reputación infame estoy pidiendo a gritos ser reformado.

—Por no mencionar tus otras taras.

—Soy perfecto para ella. —Reggie sonrió—. Soy la proverbial casa que espera ser reamueblada.

—Lo entiendo todo muy bien, pero —Marcus negó con la cabeza—, ¿de dónde vas a sacar a su lord Perfecto?

—De hecho no necesito conseguir a un auténtico lord Perfecto, al menos no inmediatamente.

—¿Ah, no?

—Pienso que tal vez conversaciones interminables acerca de lord Perfecto, mientras llevo a cabo mi búsqueda, podrían bastar para convencer a la señorita Effington de que ése no es el tipo de hombre que realmente desea. Y en el curso de nuestras conversaciones y de la redecoración de mi casa, nuestra amistad crecerá y ella se dará cuenta de que el hombre sin el cual no puede vivir no es lord Perfecto, sino que soy yo. —Reggie tomó un largo trago de champán, el complemento perfecto para su sensación de triunfo.

Marcus lo miraba mudo de asombro.

—¿Qué te parece?

El conde negó con la cabeza lentamente.

—O es la idea más ridícula que he oído en toda mi vida o sencillamente es un plan brillante. —Pensó durante un momento—. ¿Qué pasara si ella insiste en que encuentres a lord Perfecto? O peor aún, ¿y si ella encuentra a la señorita Maravillosa?

—La señorita Maravillosa está en el ojo del observador. Yo simplemente no aceptaré a ninguna señorita Maravillosa que ella me ofrezca. En cuanto a qué haré si tengo que conseguir un lord Perfecto, la verdad es que no tengo ni idea. —Reggie alzó las cejas y consideró la cuestión—. Pero tienes razón. Efectivamente, puede llegar un momento en que realmente yo necesite un lord Perfecto. De otra forma, ella podría sospechar. Puede ser un poco difícil.

Marcus resopló.

—¿Un poco difícil?

—Posiblemente más que un poco. —Reggie pensó durante un momento—. Supongo que podría contratar a uno. ¿Un actor tal vez?

—No creo. —Marcus negó con la cabeza—. A mí me parece que lo más probable es que ese plan tuyo se derrumbe sobre tu cabeza. No querrás que la señorita Effington descubra que has contratado a un actor para hacer de su pareja perfecta. Las mujeres no se toman muy bien ese tipo de cosas.

—Tal vez no. —Reggie miró en torno a la estancia, y luego señaló con la cabeza a un grupo de caballeros enzarzados en una animada discusión—. ¿Qué me dices de lord Chapman? Él podría ser lord Perfecto.

—Chapman es demasiado… demasiado guapo para ser un hombre. Yo diría que a la mayoría de mujeres no les gustan los hombres que son más guapos que ellas. Además, él se considera perfecto, lo cual resulta de lo más irritante.

Reggie escudriñó la multitud.

—Lord Warren es una posibilidad.

—Warren también se considera perfecto, y su reputación no es mejor que la que tú te has esforzado por crear en torno a ti mismo. No, no serviría. —Marcus negó con la cabeza—. Además, tú necesitas a un lord Perfecto no conocido. Alguien que ella no haya podido conocer. Alguien del campo, tal vez, aunque con una cierta dosis de sofisticación. Honesto, humilde, atractivo…

Reggie se burló.

—Un hombre así no puede existir.

—Por supuesto que no, pero en el caso de que existiera tal dechado de virtudes —Marcus sonrió—, yo no creo que volviera loca de atar a una mujer como la señorita Effington.

—Ésa es la idea. —Reggie sonrió con malicia.

—Este plan tuyo realmente puede funcionar. —Marcus suspiró con resignación—. Sé que me arrepentiré, pero déjame hacer mi parte. Tú concentra tus esfuerzos completamente en la señorita Effington y yo me ocuparé de encontrar a tu lord Perfecto.

Reggie re rio.

—Sabía que podría contar contigo.

—Siempre me he comportado como un idiota cuando se trata de participar en uno de tus planes, pero es que siempre suenan tan plausibles. Me arrojo precipitadamente a ellos como una polilla hacia su encendido destino funesto. —Marcus sonrió, luego se puso serio—. Has de saber que la ruta que tomas es peligrosa. Existe siempre la posibilidad de que la señorita Effington descubra que lord Perfecto es efectivamente el hombre que siempre ha deseado.

—Es un riesgo, pero confío en que las posibilidades de eso sean escasas. —Reggie lanzó una mirada a Cassandra—. La excéntrica señorita Effington nunca podría ser satisfecha por lord Perfecto.

—Si estuvieras equivocado…

—No lo estoy —le limitó a decir Reggie.

—Muy bien.

Reggie le entregó su copa a Marcus.

—Si no te importa, creo que es hora de que me sume al baile.

Marcus sonrió.

—¿Será ésta la primera vez que bailas con la señorita Effington?

—Oh, no tengo intención de bailar con la señorita Effington por el momento. —Reggie se ajustó los puños de la chaqueta y lanzó a su amigo una sonrisa pícara—. Eso también la volverá loca.

—¿Es que tiene que bailar cada pieza? —Cassie agitó su abanico y se esforzó por mantener una firme sonrisa en su rostro

—Parece que en este momento está bastante solicitado —murmuró Delia—. Aunque no ha bailado cada pieza. De hecho, no hace más de veinte minutos comentaste el hecho de que no bailara en absoluto.

—¿Eso hice? —Cassie se esforzó para que su risa sonara alegre—. No puedo creer que me haya dado cuenta de lo que lord Berkley hacía o dejaba de hacer.

Lo cierto era que sí se había dado cuenta de que lord Berkley y su amigo lord Pennington permanecían cerca de las puertas de la terraza, concentrados en una conversación. Ella había advertido el momento en que había llegado lord Berkley, con quién había hablado exactamente desde su llegada, cuántas copas de champán había bebido y, ahora, cada una de las mujeres con las que bailaba.

Había advertido también lo mucho que flirteaba y la irritante forma en que miraba a cada una de esas mujeres, como si todas ellas fueran especiales y él fuera el único con la capacidad de apreciarlo. Y había notado también que él no parecía ni remotamente consciente de su presencia allí. Resultaba de lo más irritante.

Delia resopló con incredulidad.

—Has sido incapaz de apartar los ojos de ese hombre desde que ha puesto los pies en esta habitación.

—Eso es absurdo. No tengo el menor interés en las idas y venidas de lord Berkley —dijo Cassie entre dientes, mientras le devolvía una sonrisa al señor Wexley, una sonrisa amistosa pero no demasiado alentadora. La coquetería es un arte que requiere cierto nivel de equilibrio para no alentar excesivamente a un caballero que demuestra interés pero conseguir a la vez no desalentarlo. Después de todo, una tampoco querría cerrarse todas las puertas.

—Lord Berkley y yo somos amigos. No me fijo en él más de lo que se fijaría un amigo en otro. No se trata más que de eso.

—Eso es exactamente lo que pensaba. —Delia asintió lentamente—. Ni por un momento creí que hubiera más...

—Parece que está recorriendo el salón entero y, sin embargo, no me ha pedido un baile a mí —dijo Cassie; el tono agradable de su voz contradecía la irritación que mostraba por el hombre—. Somos amigos, y se supone que un amigo debería al menos reconocer la presencia de otro. Sin embargo, él prácticamente me ha ignorado.

—Y tú nunca has llevado bien que te ignoren.

Cassie respondió a la sonrisa expectante que lord Hawking le dirigió con una inclinación de cabeza amable pero no demasiado acogedora.

—Nunca.

—Aunque no tienes mucha razón para quejarte, ya que no le has dirigido ni dos palabras —puntualizó Delia.

—No he tenido la oportunidad. Además, sería terriblemente inadecuado por mi parte acercarme a él. —La actitud de Cassie era altiva, como si jamás hubiese considerado tal posibilidad.

—¿Se puede saber qué diablos te pasa? —Delia examinó a su hermana detenidamente—. No recuerdo haberte visto nunca antes tan preocupada por cuestiones de decoro.

—¿Es inusual, verdad? —Cassie suspiró—. No tiene ninguna importancia, o tal vez sí... Tengo una extraña sensación de insatisfacción últimamente. Mira eso, Delia. —Cassie señaló la escena que se desarrollaba ante ellas.

El baile de lady Puget era un despliegue de elegancia, como siempre había sido. Las damas y los caballeros lucían sus ropas más finas, como siempre habían hecho. Había en el aire coquetería y flirteo, y eso también era así siempre. Todo era igual que el año pasado y que el anterior y probablemente tampoco cambiaría el año siguiente.

—¿Te das cuenta de que comparecemos en sociedad desde que teníamos dieciocho años? —Ésta es mi temporada número diecisiete, la segunda sin ti. No son tan divertidas sin ti, lo sabes.

—Lo siento.

Cassie se encogió de hombros.

—Podría evitarse, supongo. Bueno, podía haberse evitado, pero ahora es demasiado tarde.

Delia entrecerró los ojos.

—¿Te das cuenta de que no voy a pasarme el resto de la vida disculpándome ante ti por mis indiscreciones, verdad?

—Sí, por supuesto, yo tampoco pretendo eso de ti, y siento lo que he dicho. —Cassie rechazó con la mano el comentario de su hermana—. Es sólo que últimamente he estado pensando mucho acerca del futuro y preguntándome si efectivamente todo el mundo me considera excéntrica...

—Yo, por mi parte, estoy muy orgullosa de ti —se apresuró a decir Delia.

—Tu lealtad está fuera de toda duda, querida hermana, por lo tanto tú no cuentas, pero aprecio tu opinión. Y ahora, ese... ese hombre —hizo un gesto con la cabeza en dirección a la pista de baile, donde lord Berkley, en aquel preciso momento, desplegaba todo su encanto y seducía con su irresistible sonrisa a una confiada e inocente dama—... ese hombre ha invadido mi vida.

—Uno podría decir que eres tú quien ha invadido su vida, o por lo menos su casa —dijo Delia suavemente.

Cassie no le prestó atención.

—... y me está haciendo reconsiderar cuestiones que yo creía haber decidido hace ya mucho tiempo. —Agitó su abanico con un poco más de énfasis del necesario—. Es de lo más irritante.

—La palabra «irritante» parece ser la que más usas cuando hablas de lord Berkley.

—Porque es apropiada. Él es exasperante, capaz de sacarme de quicio, y no consigo saber muy bien por qué, lo cual todavía es más irritante. También puede ser extraordinariamente encantador, y eso también me irrita. —Alzó las cejas—. Y por culpa suya, yo, por primera vez en mi vida, no estoy segura de estar haciendo lo correcto.

—¿Te refieres a redecorar casas?

—No, no, no es eso. Eso me resulta muy divertido y estimulante y no pienso dejarlo, no importa lo que opinen los demás.

—Entonces, ¿estás hablando de tu tendencia a evitar hombres que necesiten ser reformados? —Delia hizo una pausa para enfatizar—. ¿Hombres como lord Berkley, tal vez?

—No —dijo Cassie con firmeza—. Continúo creyendo que eso es lo mejor para mí, pero estoy dispuesta a admitir que mi idea de lord Perfecto tal vez esté un poco mal concebida. Odio pensar en bajar mis estándares, pero tal vez ha llegado la hora de por lo menos reexaminarlos. Es posible que no haya nadie capaz de encontrar a alguien con las cualidades de lord Perfecto... o con las de la señorita Maravillosa, pongamos por caso.

—Ya lo entiendo.

—¿Qué?

Delia asintió con una expresión casi tan irritante como la que podía haber usado lord Berkley.

—De eso va todo esto.

—¿A qué te refieres? —dijo Cassie con inocencia, al tiempo que deseaba, por una vez, haber refrenado su lengua.

—A tu absurda apuesta con lord Berkley. Tenía que haberlo imaginado. —Delia estudió a su hermana con curiosidad—. ¿Te estás arrepintiendo, verdad?

—Para nada. —Cassie respiró con resignación—. Tal vez

un poco. Simplemente no me parece justo, eso es todo. Lord Berkley podría estar entregándome sus cuarenta libras ahora mismo.

—Añadidas a mis cuarenta libras —murmuró Delia.

—La cuestión es que él no va a poder encontrar a lord Perfecto. Tú misma dices que los hombres no son perfectos.

—No, por supuesto que no —dijo Delia lentamente—. ¿Y qué me dices de la señorita Maravillosa?

—Eso no es ningún desafío. Yo no tendré ninguna dificultad en encontrar una pareja adecuada para su señoría. —Cassie se encogió de hombros con desdén—. Este salón de baile, sin ir más lejos, está lleno de señoritas maravillosas. No puedes ni dar dos pasos sin toparte con una de ellas. Míralas, Delia, son la dulce cosecha de este año, esas jóvenes criaturitas ya preparadas para ser sacrificadas en el altar del matrimonio. Son perfectas desde la punta de sus perfectos dedos hasta la cumbre de sus perfectos pies. Es repugnante.

—¿Puedo señalar que tú también estás entre ellas?

—No es cierto. No hay aquí nadie que me vea a mí ni cerca de la perfección, ya que existe la creencia equivocada de que estoy a un paso del escándalo, y hay miembros de mi propia familia que describen algo que hago porque lo disfruto como una excentricidad. Y hay que reconocer que hoy por hoy no es del todo inexacto que lo hagan. De hecho, estoy a punto de quedarme para vestir santos. —Cassie dio un suspiro teatral—. La excéntrica señorita Effington.

Delia se rio.

—Vamos, Cassie…

—Crees que estoy dramatizando las cosas, pero no. Simplemente estoy enfrentándome a los hechos de mi vida. —Arrugó la nariz—. Y no son especialmente agradables.

Delia miró fijamente a su gemela.

—Creo que todavía te quedan unos buenos años por delante. Debo señalar que has bailado todo lo que has querido esta noche. En ningún momento te ha faltado pareja.

—Sí, pero esas parejas siempre se agrupan en torno a dos categorías: hombres sumamente respetables, mortalmente aburridos y no interesados en nada más que el matrimonio; o, por el contrario, hombres de lo más libertinos, propensos al escándalo e interesados en cualquier cosa antes que el matrimonio. No hay ni un solo caballero aquí esta noche, y la verdad es que no veo a nadie ni tan siquiera remotamente parecido a…

—¿A lord Berkley?

—Sí. —Cassie se sobresaltó y miró fijamente a su hermana—. No. No quería decir lo que he dicho. Me estaba refiriendo a lord Perfecto.

Delia alzó una ceja.

Cassie miró con rabia a su hermana.

—Ha sido simplemente un desliz y no tiene ninguna importancia.

—Por supuesto que no. —La sonrisa engreída de Delia contradecía sus palabras.

—Seguramente se debe a que hemos estado hablando de él y de nuestra apuesta, y por eso él ha sido el primer hombre que me ha venido a la cabeza al hablar del tipo de pareja que deseo. —Cassie vaciló—. Tampoco es eso lo que quería decir. ¿Eso ha sonado bastante incriminatorio, no crees?

—Sí, la verdad es que sí.

—Él me gusta, Delia, cuando no se comporta de un modo irritante. Sin embargo, no compartimos más que amistad, y estoy segura de que él no tiene ningún interés en mí más allá de eso. Ni siquiera está interesado en besarme.

—¿En serio? —Los ojos de Delia brillaron divertidos—. ¿Y cómo te has dado cuenta de eso?

—Me di cuenta ayer —dijo Cassie sin darle importancia.

—En algún momento mientras hablabais de las cortinas y la colocación de los muebles, sin duda.

—Algo así —murmuró Cassie. Le seguía doliendo la tontería que él había soltado acerca de su falta de referencias. Y eso de que besarla tal vez podría no valer la pena.

Los requisitos que imponía a la señorita Maravillosa también le habían molestado. No es que no fueran del todo razonables, pero estaba claro que no la describían a ella.

—Debería cancelarla —dijo Cassie, tomando la decisión al mismo tiempo que pronunciaba las palabras.

—¿El qué? ¿La apuesta? —Delia arrugó la frente con suspicacia—. ¿Por qué?

—Como tú misma has dicho, es absurda. Y realmente no es justo. Hay una plétora de señoritas maravillosas a la vista y ni un solo lord perfecto. —Cassie negó con la cabeza—. No, ganar esta apuesta sería prácticamente un robo.

—Sí, por supuesto —murmuró Delia—. Eso suena convincente.

Cassie entrecerró los ojos.

—Conozco esa mirada, Delia. ¿Qué es lo que estás pensando realmente?

—Es una tontería por mi parte, lo sé, pero pienso que tus reticencias en continuar con la apuesta tienen que ver con el hecho de que en realidad no quieres conseguirle a lord Berkley su señorita Maravillosa.

—En absoluto. —Cassie adoptó un tono altivo—. Simplemente, no me parece que esta competición sea justa.

—Entonces deberías decírselo.

—En efecto, debería.

—¿Cuándo?

—La próxima vez que lo vea. —Cassie reflexionó un momento—. Tenemos una cita mañana.

—¿Por qué no esta noche? ¿Ahora? —insistió Delia—. En este mismo minuto.

—No creo que…

Delia se inclinó hacia ella.

—Ten un encuentro con él en la terraza. Las terrazas son excelentes lugares para solucionar problemas o llegar a acuerdos de cualquier tipo. Y después de todo, vosotros sois amigos.

—Sería de lo más inapropiado. ¿Qué pasaría si alguien nos viera? Mi reputación…

Delia se rio.

—Tú ya eres la excéntrica señorita Effington. Cualquier cosa de naturaleza escandalosa no hará más que ayudar a consolidar tu estatus.

—¡Delia!

—Oh, vamos, Cassie. Simplemente, ya no eres divertida —la regañó Delia—. Sin embargo, si insistes en seguir teniendo esta actitud tan pesada, sí, insisto, pesada... —La mirada de Delia se cruzó con la de su marido y le hizo un gesto con la cabeza. Al momento, Saint Stephens se unió a ellas.

Miró a las dos hermanas y frunció el ceño.

—¿Es mejor que me aleje?

—No, querido. —Delia lanzó a su marido una cariñosa sonrisa—. Necesito que bailes la próxima pieza con Cassie.

Él hizo una mueca.

—¿La pieza entera?

Cassie se mostró ofendida.

—No es necesario...

—Es absolutamente necesario —dijo Delia con firmeza, y volvió a dirigirse a su marido—. La mitad de la pieza, y luego yo me encontraré con los dos en la terraza.

—¿Con los dos? —Deslizó la mirada de una hermana a la otra, sin entender—. ¿Por qué?

—Porque Cassie necesita hablar en privado con lord Berkley, y la terraza es el mejor lugar para hacerlo. —Delia abrió los ojos con aire inocente—. Sin duda recordarás lo agradables que resultan las terrazas para... charlar.

Cassie refunfuñó para sus adentros.

—Oh. —La expresión de él se aclaró—. Oh, sí, por supuesto. Es una idea excelente.

Era una idea peligrosísima y Cassie lo sabía muy bien, a pesar de no tener el valor para decírselo a su hermana. Desde el momento en que lord Berkley se había negado a besarla, ella no hacía más que preguntarse cómo sería un beso suyo.

Cassie se inclinó hacia su hermana y bajó la voz.

—Te haré caso, pero de mala gana, y te haré a ti responsable si llegara a pasar cualquier cosa espantosa.

—Y me concederás todo el mérito si sucede algo maravilloso. —Delia sonrió—. Tengo esperanzas de que así sea.

—¿Vamos? —dijo Saint Stephens con amabilidad y elegancia al tiempo que le ofrecía el brazo a Cassie.

—Te agradezco esto, Tony, a pesar de no estar del todo de acuerdo con las razones que hay detrás. —Cassie le habló en un tono suave y confidencial, y se dejó conducir hasta la pista para el próximo baile, correspondiendo todo el tiempo a las miradas de ese lord o de aquel caballero en una corriente permanente de coquetería sin sentido.

Una de las cosas más agradables de bailar con un pariente, particularmente con un cuñado que tiene que preocuparse principalmente en seguir los pasos, es que no resulta necesario mantener todo el tiempo una educada y a menudo estúpida conversación. Una puede dedicarse a pensar en otras cosas si lo desea.

Una puede incluso preguntarse obsesivamente cómo debe de ser compartir un indecoroso beso en la terraza bajo las estrellas con un hombre de lo más irritante.

—¿Puedo hablar con usted un momento, milord? —Una voz vagamente familiar sonó detrás de él.

Reggie suprimió una sonrisa excesivamente engreída.

—¿Lord Berkley? —La señorita Effington le sonrió radiante, y él tuvo que esforzarse para no devolverle una sonrisa totalmente embobada.

—Señorita Effing… —Se detuvo y afiló su mirada—. No, es usted lady Stephens, ¿verdad?

Lady Stephens se rio, con una risa cuyo parecido a la de su hermana lo incomodó.

—Me habría sentido muy decepcionada si no se hubiese dado cuenta. —Lo miró con curiosidad—. Pero ¿cómo lo ha sabido? La mayoría de gente no lo sabe.

—El parecido es muy notable, pero usted tiene un hoyuelo en su mejilla derecha. La señorita Effington lo tiene en la mejilla izquierda. Ella siempre ofrece la mano izquierda, y supongo que usted ofrece la derecha. Y algo todavía más obvio —sonrió—, lleva usted un vestido diferente al suyo.

Lady Saint Stephens alzó una ceja aprobatoria.

—¿Se ha fijado en el vestido que lleva?

—Hace juego con sus ojos —dijo él serenamente, consciente de que estaba diciendo algo demasiado personal. Y consciente también de que aquel encuentro con la hermana de Cassandra era probablemente una especie de examen—. Bueno, también con los de usted, obviamente.

—Obviamente. —Ella sonrió y se mostró vacilante—. No sé muy bien qué decir. No me corresponde a mí, en realidad.

—¿Se está usted preguntando si mis intenciones hacia su hermana van más allá de la amistad? ¿Si son intenciones honorables? —Soltó una risita—. Debo advertirle que su hermano ya me ha hecho antes esa pregunta.

—¿Y qué le respondió usted?

Él escogió las palabras con cuidado.

—En aquel momento, le dije que mi única intención hacia su hermana era conocerla.

—¿Y ahora?

Él hizo una pausa y reflexionó durante un momento. ¿Hasta qué punto podía llegar su confianza con la hermana de Cassandra?

—¿Puedo hacerle una pregunta antes de responder?

—Por favor, adelante.

Respiró profundamente.

—Si le dijera que mi intención es convertir a su hermana en mi esposa, ¿su lealtad hacia ella la empujaría a usted a contárselo?

—Desde luego que no. —Lady Saint Stephens negó con la cabeza para enfatizar su respuesta—. Mi hermana no se lo tomaría bien. Ella está convencida de que usted no le conviene, o al menos eso es lo que dice. Mientras que yo… —le lanzó una sonrisa deslumbrante— yo pienso que se equivoca.

Él la miró fijamente.

—¿Por qué?

—No es preciso que se haga el sorprendido. Advertí la manera en que usted la vigilaba toda la noche cuando ella no se daba cuenta.

—Yo creí que estaba siendo discreto —murmuró él.

—Y lo era, menos para alguien que estuviera pendiente de los dos a la vez, como era mi caso. —Negó con la cabeza—. A través de todos estos años he visto a muchos hombres mirando a mi hermana. Esos caballeros interesados en ella simplemente porque es un buen partido, siempre han tenido un aire un poco aprensivo y temeroso. Ella en ocasiones causa ese efecto.

—Puedo entenderlo —dijo él por lo bajo.

—Y los que se sienten atraído porque creen, equivocadamente, que ella es propensa a meterse en escándalos tienen un aire engreído y depredador. Mientras que usted, milord, parece a la vez intrigado y confiado, además de muy decidido.

—¿Eso parezco? —Sonrió—. Me lo figuro.

—Además, la forma en que usted la mira es exactamente la misma en que ella le mira a usted.

—¿De verdad? —Abrió los ojos aún más, si es que era posible—. ¿Y cómo me mira ella?

—Creo que será mejor que no revele todos los secretos de mi hermana, ni siquiera aunque sea por su propio interés. —Lady Saint Stephens se rio con la misma risa de su hermana—. Esto es demasiado privado para tratarse en una conversación sostenida en público, y siento que necesito respirar un poco de aire fresco. ¿Me acompañaría a la terraza?

—Estaré encantado.

Él le ofreció el brazo y la condujo a través de las puertas francesas de la terraza de lady Puget. Aquél era un giro magnífico e inesperado de los acontecimientos. La hermana de Cassandra obviamente estaba de su parte. No sabía muy bien por qué, pero tampoco le importaba. Con el apoyo de su hermana, no podría fracasar. ¿Quién podría conocer a Cassandra mejor que su hermana gemela, y quién mejor que ella para darle consejos sobre cómo ganarse su corazón?

Se detuvieron junto a la balaustrada de piedra al final de la terraza, desde donde se veían los jardines iluminados por farolas.

—Es una noche agradable, ¿verdad? —murmuró lady Saint Stephens—. Prácticamente perfecta.

Era efectivamente una hermosa noche, lo bastante cálida como para encontrarse a gusto, con la promesa del verano en el aire. El aroma de las flores de la primavera se dejaba sentir a través de la brisa. Era una noche perfecta para estar al aire libre, bajo las estrellas. Lástima que la mujer que había a su lado no fuese la gemela correcta.

Lady Saint Stephens contempló fijamente los jardines durante un largo y silencioso momento, y Reggie resistió el impulso de improvisar cualquier charla banal. Fuera lo que fuese lo que ella quería decir, sin duda debía ser importante, y él podía esperar, por muy difícil que le resultara.

—Mi marido tiene una desconcertante habilidad para descubrir todo tipo de cosas que otras personas parecen pasar por alto. Conoce a mucha gente. —Lady Saint Stephens le dirigía a él sus palabras, pero su mirada permanecía fija en los jardines—. Por ejemplo, hace aproximadamente seis meses, el infame lord Berkley no tenía nada de infame. De hecho su reputación no era peor que la de la mayoría de hombres de su edad. Es cierto que había algunas travesuras de juventud, pero nada que una persona razonable pudiera tachar de escándalo.

—Parece que está usted muy informada —dijo él con precaución.

—Oh, sí, lo estoy. Por ejemplo, aparte de la carrera con mi hermano, la mayoría de incidentes que han alimentado las llamas del cotilleo podrían haber sido extremadamente exagerados, o incluso inventados.

—¿Eso parece? —dijo él débilmente.

—Por eso uno podría concluir que, por alguna razón, milord —se volvió para mirarlo—, es usted una especie de fraude.

—Puedo explicarlo.

Aunque en realidad no tenía ni idea de cómo explicar lo que en otro tiempo le había parecido un plan magnífico. Se preguntaba si tal vez no había bebido demasiado brandy en el momento de concebir tan absurdo proyecto, pues de otra forma, ¿cómo se le iba a ocurrir que algo tan ridículo podía ser una buena idea?

Y obviamente, la opinión de Marcus también había resultado de lo más perjudicial aquella noche.

—En efecto, me gustaría explicarlo. —Se encogió de hombros con impotencia—. Simplemente no sé cómo hacerlo en este momento. Ya se me ocurrirá, yo...

Ella levantó una mano para interrumpirlo.

—Oh, estoy segura de que podría explicarlo si reflexiona un poco, pero estoy igualmente segura de que yo no necesito una explicación. Su familia, sus finanzas, incluso sus amigos son de lo más respetables. Cualesquiera que sean las razones que le han llevado a esta farsa, puede confiarse en que no son ni viles ni ilegales.

—Más bien se trata de una estupidez —murmuró él.

—No me cabe la menor duda.

—Y tal vez no estuvo muy bien pensada.

—Tampoco me cabe duda de eso. —Suspiró con pesar—. Milord, tengo tres hermanos, un sinfín de relaciones con varones, de la familia Effington, me refiero, y un marido que en otro tiempo fue muy versado en hacerse pasar por alguien que no es. Conozco muy bien las manías de los hombres.

—Estupendo. —Suspiró aliviado—. No puedo decirle lo difícil que me resultaría explicarle algo tan estúpido como… —Un pensamiento lo asaltó y lo hizo detenerse—. ¿Va a contarle a su hermana que yo no soy infame?

—Creo que no. —Lady Saint Stephens hizo una pausa para escoger las palabras—. A mi hermana tal vez no le parecería tan… divertido como a mí. Por el momento creo que es mejor permitirle que continúe creyendo lo que cree. Por ahora, no se muestra reacia a tener como amigo a un hombre… —reprimió una sonrisa— de su reputación. Y la amistad es un excelente modo de empezar.

—Estoy más que dispuesto a ser reformado, milady —se apresuró a decir él.

—Oh, confío en que es así. —Se volvió hacia los jardines y habló con tono despreocupado—. ¿Ha encontrado ya a su lord Perfecto?

—No. —Negó con la cabeza—. Francamente, no creo que exista.

—Y entonces, ¿qué va a hacer?

—La verdad es que aún no lo sé.

—¿Todos sus planes están tan bien pensados, milord?

Él se rio.

—Puede que no se lo parezca, pero en algunas ocasiones funcionan bastante bien. —Había un matiz serio en su voz—. A pesar de la apuesta que hay en juego con la señorita Effington, estoy firmemente decidido a ganarme su mano y su corazón.

—Y yo, milord, estoy dispuesta a hacer todo lo que esté en mi poder para ayudarle a conseguir esa meta.

Él examinó su perfil con curiosidad.

—¿Por qué?

—Porque mi hermana siempre ha estado completamente segura de sí misma, de sus decisiones y de sus opiniones. Nunca ha sentido la menor necesidad de cuestionarse a sí misma. —Lo miró con perspicacia—. ¿Está usted al tanto de su tendencia a hablar sin tapujos, supongo?

—Desde luego que sí.

—¿Cómo no iba a estarlo? —Ella se rio y sacudió la cabeza—. Usted ha conseguido que Cassie se cuestione a sí misma. Que dude de si está o no en lo cierto. Nunca antes la había visto así. Y eso es muy significativo.

Él cobró más ánimos.

—Entonces, ¿tengo una oportunidad?

—Yo diría que una muy buena. —Se volvió para mirarle y sonreírle con complicidad—. No tengo ni idea de cuál puede ser el resultado final de este juego que hay entre ustedes, pero puede ser de lo más entretenido.

—Para usted tal vez —dijo él con ironía.

—Ella todavía no lo sabe, y tampoco estoy segura de que usted se haya dado cuenta, pero lo cierto, milord, es que usted se parece mucho al lord Perfecto de mi hermana. —Ella sonrió—. Y yo espero que Dios les ayude a los dos.

Capítulo siete

La mayor ventaja que los hombres tenemos sobre las mujeres es que no siempre somos tan estúpidos como ellas creen que somos. Sin embargo, es mejor no permitir que lo sepan.

THOMAS, MARQUÉS DE HELMSEY

—*P*arece que esta noche tiene los nervios de punta, señorita Effington —dijo lord Berkley sin darle excesiva importancia—. ¿Le ocurre algo?

—En absoluto, milord. —El tono calmado de Cassie se contradecía con la agitación que sentía en el estómago—. Tal vez se trata de que no estoy acostumbrada a caminar sola con un caballero por el sendero de un jardín en la oscuridad.

—Es un sendero excelente y bien cuidado. Hay un buen número de farolas para iluminar el camino. Estamos prácticamente a la vista de la terraza y de las ventanas del salón de baile. Además, su hermana y su esposo están apenas unos metros detrás de nosotros. —Miró por encima de su hombro—. Detrás de esa curva, creo. Fuera de la vista ahora mismo pero lo bastante cerca como para socorrerla si siente la necesidad de gritar pidiendo ayuda. —Un matiz claramente divertido asomaba a su voz.

—Dudo que eso sea necesario —dijo ella con frialdad.

—No, por supuesto que no. Ya hemos llegado a la conclusión de que probablemente es usted más fuerte de lo que parece. En todo caso sería yo quien me beneficiaría de un rescate rápido.

Ella resistió el impulso de sonreír.

—Odiaría tener que hacerle daño.

—Haré todo lo posible para evitarlo. —Sonrió—. Probablemente.

Ella se rio a pesar de sí misma, advirtiendo en el fondo de su mente lo rápido que él conseguía relajarla.

—Es una agradable noche para un paseo, bajo las estrellas, al lado de un amigo. —La miró—. ¿No piensa lo mismo, señorita Effington?

—Efectivamente, milord, pero... —respiró profundamente—, me gustaría hablar sobre nuestra apuesta, si no le importa.

—¿Está dispuesta a consentir un defecto ya tan pronto?

—En absoluto. —Doblaron otra curva del sendero y ella se preguntó a qué distancia estarían Delia y Saint Stephens; no estaba muy segura de si quería o no quería que pudieran aparecer en cualquier momento. Era un pensamiento extremadamente peligroso—. Simplemente creo que no es del todo justo.

—Entiendo. ¿Le parece muy difícil encontrar a mi señorita Maravillosa, verdad?

—No sea absurdo. —El camino se dividía para bordear un terreno circular en el que había un banco de jardín, una pequeña fuente y un tejo alto podado en forma de espiral.

—Ahora resulta que soy absurdo. —Lord Berkley contempló el árbol.

—Me gusta bastante. —La mirada de Cassie viajó hacia arriba siguiendo la línea del árbol que se alzaba hacia las estrellas—. Tiene simetría y orden.

—¿Quiere decir que es perfecto?

—A su manera sí, eso creo —asintió ella.

—Hay quien diría que la perfección está en la naturaleza, y que podar un árbol como éste para condenarlo a una forma es una aberración.

—¿Eso cree usted? —Lo miró con curiosidad.

—Posiblemente. —Asintió pensativo—. Me parece que obligar a un árbol o a cualquier otra cosa a adoptar una forma determinada diferente de la que tiene es una lástima. Va en contra de su verdadera naturaleza, de su propósito en la vida, por decirlo así. Uno debería ser fiel a su propia naturaleza, eso es lo que creo.

—A menos que su verdadera naturaleza sea inaceptable —dijo ella por lo bajo.

—¿Ha dicho usted algo?

Ella se sobresaltó. ¿Había hablado en voz alta? Se esforzó por reír alegremente.

—Me temo que estaba pensando en voz alta, pero no era nada importante, se lo aseguro.

—Lo dudo. —Se puso las manos detrás de la espalda y examinó el tejo, que ahora, curiosamente, le parecía muy lejos de la perfección—. Dado que su propósito aquí es discutir nuestra apuesta, debo suponer que sus pensamientos están directamente relacionados con los problemas que usted halla para encontrar a la señorita Maravillosa y sobre cómo escapar de nuestro trato con dignidad. —Le lanzó una mirada solemne, pero sus ojos centelleaban—. Sin embargo, le aseguro, señorita Effington, que continuaré esperando mis cuarenta libras.

—¿Cómo dice? —Ella lo miraba sin dar crédito—. Si los dos estamos de acuerdo en cancelar…

—Yo no tengo intención de estar de acuerdo.

—Muy bien, entonces, dispóngase a preparar mis cuarenta libras, ya que no tengo ninguna duda de quién será el ganador de esta contienda. Usted está demasiado seguro de sí mismo, milord. —Sin pensar, se acercó unos pasos y lo miró fijamente—. Le haré saber que el mundo está lleno de señoritas maravillosas. En este mismo momento, hay por lo menos una docena de ellas en el salón de baile. —Negó tristemente con la cabeza—. Me temo que sus estándares no son muy elevados.

Él se rio.

—En cambio los suyos son demasiado altos.

—Estoy de acuerdo.

—¿Lo está? —Entrecerró los ojos con suspicacia—. ¿Por qué?

—Porque tiene usted razón. —Se encogió de hombros despreocupadamente—. Estoy más que dispuesta a admitirlo cuando me equivoco.

Él la estudió durante un momento, luego negó con la cabeza.

—No lo está.

—¿No estoy qué?

—Aún no hace mucho tiempo que nos conocemos, pero usted no me parece el tipo de persona que reconoce cuándo se equivoca, ni siquiera me parece que esté dispuesta a admitir la posibilidad de equivocarse. Nunca.

—Lo que estoy dispuesta a reconocer ahora mismo, milord, es que normalmente mis juicios son correctos, y detesto tener que admitir esos raros momentos en que no estoy en lo cierto. Éste, lamentablemente, es uno de ellos.

—¿En qué está equivocada exactamente? —preguntó él lentamente.

—Lord Perfecto. No estoy muy segura de que un hombre así pueda existir. —Suspiró con resignación—. Los hombres, por su propia naturaleza, no son perfectos.

—¿No lo somos? —Alzó una ceja—. ¿Está usted segura?

—Sé muy bien lo que me digo.

—¿Ah, sí? —Él la miró fijamente y ella de repente se dio cuenta de lo cerca que estaban—. ¿Y qué me dice de las mujeres? —Sus palabras eran ligeras, pero a la vez había en ellas una extraña intensidad, como si también él acabara de darse cuenta de que estaban muy cerca—. ¿Las mujeres sí son perfectas?

—Por supuesto que no. —Ella pensó que debería dar un paso atrás para poner cierta distancia entre ellos, pero no consiguió moverse. O no quiso hacerlo—. Bueno, no todas.

Él deslizó su mirada hacia los labios de ella, y luego la miró de nuevo a los ojos.

—¿Es usted perfecta, señorita Effington?

Ella tragó saliva con dificultad.

—Me temo que tengo un buen número de defectos.

—¿Cuáles son? —Su voz era suave y seductora.

—¿Mis defectos? Yo... —«Te quiero. No me convienes en absoluto y me arrastrarás irrevocablemente hacia el escándalo, pero no me importa. Te deseo a ti y a todo lo que tú significas.»—. Yo...

—¿Sí, señorita Effington? —Su voz era como una caricia que la hacía estremecerse.

Ella respiró profundamente.

—¿Se da usted cuenta de que esto es de lo más inapropiado? —La luz de una farola cercana se reflejaba en sus ojos—. Se ha colocado usted demasiado cerca de mí.

—Yo pensaba que era usted quien se había colocado demasiado cerca de mí.

—Lo que está claro es que uno de los dos debería alejarse un paso. —Ella no se podía mover.

—En efecto, uno de los dos debería hacerlo.

Él no se movió.

—¿No pretenderá usted emplear su conducta libertina conmigo, milord? —Le resultaba extremadamente difícil respirar, como si estuvieran confinados en un espacio cerrado y no al aire libre, bajo las estrellas.

—Me está ofendiendo usted, señorita Effington. Hemos acordado que no seremos más que amigos.

—¿Siempre se coloca tan cerca de sus amigos? —Ella resistió la urgencia y la necesidad de poner la mano en su pecho para sentir cómo se movía al ritmo de su respiración.

—Siempre que me es posible, señorita Effington —murmuró él, su voz era profunda y demasiado íntima para ser simplemente la de un amigo—. Siempre que me es posible.

Si ella pudiera rozar su rostro con los dedos para sentir la calidez de su piel…

—Me ha puesto usted en una situación de desventaja, milord.

—No puedo imaginar a ningún hombre capaz de ponerla en una situación de desventaja.

Si pudiera acercar sus labios a los de él para sentir mezclarse sus respiraciones…

—Le puedo asegurar que usted lo ha conseguido.

—Bien.

—¿Bien? —Arrojarse al calor de su abrazo…

—Me gusta tenerla en desventaja. Es lo que más me gusta después de tenerla callada.

Ella respiró con dificultad.

—Ése es uno de mis defectos. Está claro que hablo demasiado…

—Sí, sí, lo sé. Y además es usted terca y testaruda y no me cabe duda de que tiene un montón de defectos más, pero… —sus ojos estaban llenos de determinación—, maldita sea, señorita Effington, Cassandra, hay algo en usted que hace que yo no pueda seguir manteniendo esta farsa ni un solo minuto más.

Sin ningún aviso, la agarró, la atrajo hacia sus brazos y la besó con fuerza. Apretó los labios firmemente contra los de ella de una manera ansiosa, exigente y completamente posesiva. Como si la estuviera reclamando para él solo, como si quisiera hacerla suya. La abrazó con fuerza, inclinó su boca sobre la de ella y la besó aún más profundamente. Él tenía el sabor del champán y de todas las cosas deliciosas y prohibidas. A ella le temblaron las rodillas, los dedos se le curvaron dentro de los zapatos y sintió que quería estar en sus brazos para siempre y sumergirse con él en el escándalo y en la ruina.

Él apartó sus labios y la miró a los ojos.

—Perdóneme. —La sostuvo todavía un momento, como debatiéndose consigo mismo, luego asintió con firmeza, la soltó y dio un paso atrás—. Esto ha sido de lo más inapropiado.

Ella se balanceó ligeramente, luchando por mantener el equilibrio y por recobrar el aliento.

—Yo no…, bueno, ciertamente… quiero decir que yo no…

—Mis disculpas, señorita Effington. —Se ajustó los puños de la chaqueta—. Ahora, deme una bofetada.

—¿Que le dé una bofetada?

Ella apenas se sostenía en pie, casi no podía respirar, no hacía más que preguntarse si él la volvería a besar, o, mejor dicho, cuándo volvería a besarla… y lo único que él quería era que ella le abofeteara. No es que ese hombre fuera infame, sino que estaba mal de la cabeza.

—Sí, inmediatamente. Eso es lo que dijo que haría si la besaba.

—Lo sé, pero…

—Insisto —dijo él con firmeza.

—No. —Ella escondió las manos detrás de la espalda—. No lo haré.

—Debe hacerlo.

—Aprecio la oferta, pero preferiría no hacerlo.

—Pero usted anunció que me abofetearía, y yo creo que debería hacerlo.

—He cambiado de opinión.

—Señorita Effington, se trata de una cuestión de principios. —Había una nota inflexible en su voz—. Yo no quiero ser la causa de que usted se retracte de su palabra.

—No se trataba de un voto solemne —se mofó ella—. Después de todo, no hice un juramento de sangre.

—Y tampoco se escupió el dedo, pero a mí me pareció una promesa.

—Sea como fuere, no quería decir eso.

—Pero lo dijo.

—Bueno, sí, supongo que sí…

—Y cuando lo dijo fue porque quería decirlo, ¿verdad?

—Ciertamente en ese momento puede que…

—Entonces debería hacerlo. En efecto, yo la estaría perjudicando si no le permitiera…

Sin pensar, ella le asestó un golpe en la mejilla con la mano enguantada, y el ruido sordo de la bofetada hizo eco en el aire de la noche.

Él soltó un quejido de dolor.

Ella se tapó la mano con la boca.

—Ya veo que estaba en lo cierto —dijo él lentamente—. Sospechaba que sería doloroso.

—Yo… lo siento tanto. —Ella lo miraba horrorizada. ¿Cómo podía haberlo hecho?—. No puedo creerme lo que he hecho. No sé qué me ha pasado. Jamás había golpeado a un hombre. Jamás había golpeado a nadie.

—¿De verdad? —Se frotó la mejilla con cuidado—. Me cuesta imaginar lo que podría llegar a conseguir con un poco de práctica.

Ella se estremeció al verlo sufrir.

—¿Duele mucho?

—Sí —refunfuñó él.

—La culpa es suya, lo sabe. —Se quitó los guantes, dejó uno de ellos sobre el respaldo del banco y mojó el otro en la fuente—. Usted me obligó a hacerlo.

—No sabía que lo haría usted con tanto entusiasmo. —Miró el guante mojado—. ¿Qué es lo que va a hacer con eso?

—Siéntese. —Señaló el banco y escurrió el guante para extraerle parte del agua.

—¿Por qué? —Su voz sonaba desconfiada, pero se sentó—. ¿Ahora también va a pegarme con un guante mojado?

—No sea absurdo. —Se colocó junto a él y con cuidado le pasó suavemente el guante por la mejilla—. ¿Ayuda un poco?

—Algo.

—Yo no quería pegarle cuando lo dije.

—Y yo en realidad no creía que fuera a hacerlo —murmuró él.

—Yo tampoco. —Suspiró. Era difícil ver bien bajo la tenue luz de las farolas, pero había una ligera marca roja en su mejilla que sin duda desaparecería enseguida, incluso sin los cuidados de ella. Sin embargo, a ella le gustaba tocarle la cara y estar sentada tan cerca de él—. Me siento muy mal por lo que ha ocurrido.

—Y así es como debería sentirse. —Él alzó ambas cejas—. Jamás me habían abofeteado.

—¿Nunca? —dijo ella débilmente—. Yo creía que un hombre de su reputación habría sido abofeteado en más de una ocasión.

—Está usted equivocada. —Las comisuras de sus labios se torcieron en una sonrisa reticente—. De nuevo.

—Nunca he sido el tipo de mujer que estampa una bofetada a un hombre por un simple beso.

Él alzó una ceja.

—¿Un simple beso?

Ella se ruborizó pero ignoró su comentario.

—Yo solía ser más… en fin, más divertida de lo que soy ahora. En realidad era la gemela que todo el mundo esperaba ver envuelta en un escándalo.

—Lo sé. Porque dice lo que piensa.

Ella asintió.

—Sí, pero además yo siempre he sido más impulsiva y aventurera que Delia. Ella siempre ha sido la hermana tranquila.

—Las más tranquilas suelen ser las que te sorprenden —murmuró él.

—Probablemente porque nadie las vigila tan de cerca, y por eso tienen más oportunidades —dijo ella con ironía—. ¿Usted está al corriente de los escándalos de mi hermana?

—No más que el típico cotilleo. Si recuerdo bien, se casó inesperada y apresuradamente con un caballero de reputación escandalosa…

—Infame —dijo Cassie con una sonrisa.

—El infame barón murió poco después, y creo que ella volvió a casarse con Saint Stephens mucho antes de lo que dictan las reglas del decoro. ¿Es correcto?

—Básicamente, sí. —Probablemente debería dejar de acariciar su rostro con el guante, ahora ya más que mojado simplemente húmedo, pero le parecía que aquello era lo mínimo que podía hacer por él—. Desde que ocurrió lo de mi hermana me he preocupado mucho más por mi propio comportamiento.

—¿Cree usted que aquel escándalo arruinó la vida de su hermana y la ha condenado a pasar el resto de sus días terriblemente afligida? La verdad es que a mí no me parece especialmente infeliz.

—No lo es. —Cassie se rio—. Delia es sumamente feliz.

—¿Así que a pesar de que hizo todo lo que se suponía que no debía hacer, todo lo que se consideraba de lo más inapropiado y escandaloso, las cosas en la vida le han salido bien?

—Ya sé a dónde quiere llegar. —Ella apartó su mano, pero él se la retuvo.

—No pare —dijo suavemente.

—Me cuesta creer que todavía le duela. En realidad, teniendo en cuenta que llevaba puesto el guante, tampoco creo que le haya dolido tanto al principio.

—No me dolía, señorita Effington. —Le sonrió—. Pero me dolerá si se detiene. —Le sacó el guante húmedo de la mano, lo colocó junto al que estaba seco y tomó sus manos entre las suyas.

—Milord, no creo que…

—Señorita Effington, yo… —Buscó su mirada.

—¿Sí? —Ella tenía la clara impresión de que él estaba a punto de decir algo importante. Tal vez incluso iba a hacer una declaración de… ¿de qué? ¿Sentimientos? ¿Intenciones? Ella desde luego no quería tal declaración.

Él se inclinó más cerca.

—Creo que nunca…

—¿Sí? —Ella se echó hacia delante. O tal vez fue él quien lo hizo.

—Quiero decir que yo… —Apenas un soplo de aliento separaba sus labios de los de ella. Si se moviera apenas unos milímetros…

—¿Sí? —La palabra no fue más que un suspiro.

El momento entre ellos no hacía más que estirarse. Ella contuvo la respiración esperando que él dijera algo, o mejor, que volviera a besarla. Se dio cuenta de que deseaba que él volviera a besarla. Más de lo que había deseado jamás cualquier cosa. No le importaba cuál fuera su reputación, sólo le importaba qué tipo de hombre era con ella.

—¿Sí?

—Yo… —Una miríada de emociones ilegibles brillaba en sus ojos. Finalmente, respiró profundamente—. Yo creo que deberíamos establecer un plazo en nuestra apuesta.

—Sí, yo… —Se enderezó y lo miró fijamente—. ¿Qué?

—He dicho que creo que deberíamos establecer un plazo en nuestra apuesta. —Sonrió educadamente, y ella se preguntó cuánto le dolería si le diera una bofetada sin el guante puesto.

—Todavía quiere continuar con nuestra apuesta —dijo ella lentamente—. Incluso después de…

—Usted misma dijo que fue sólo un simple beso.

Él se puso de pie y le ofreció la mano para ayudarla a levantarse.

Ella lo ignoró, se levantó sin su ayuda y se esforzó por esbozar una sonrisa tan educada como la suya.

—Fue extraordinariamente simple, milord. Ni siquiera vale la pena volver a mencionarlo.

—Yo opino exactamente lo mismo. Entonces, señorita Effington, respecto al plazo de la apuesta…

—Yo, por mi parte, no necesito ningún plazo. Puedo encontrar a su señorita Maravillosa tan pronto como vuelva al salón. —Agarró los guantes, giró sobre sus talones y se dirigió hacia el sendero de vuelta—. Pero tiene usted razón. No puedo permitir que nuestra apuesta se eternice. —Se volvió abruptamente—. Quince días. Eso será suficiente. Si usted consigue encontrar a lord Perfecto en el plazo de dos semanas, tendrá mis cuarenta libras. —Se volvió de nuevo y comenzó a marcharse.

—¿Y qué hay de mi señorita Maravillosa? —gritó él tras ella.

—Ya se lo he dicho. Se la presentaré esta misma noche.

—Pero ¿y si yo no creo que sea maravillosa?

—Oh, lo creerá. Estoy segura de eso —murmuró.

No tenía la más mínima idea de a quién le presentaría como la señorita Maravillosa, pero no podría ser muy difícil. Simplemente escogería una. Cualquiera serviría. Una insípida y preciosa jovencita de sonrisa tonta. A pesar de lo que él había dicho que quería, ella no dudaba de lo que querían todos los hombres: una bella criatura que quedara bien cogida a sus brazos, obedeciera todos sus caprichos y mantuviera su boca cerrada.

—¿Y qué pasará si usted no está de acuerdo en que el lord Perfecto que yo escoja es realmente perfecto?

—¡Entonces usted me deberá a mí las cuarenta libras! —gritó ella por encima del hombro. Dobló una curva del camino y se encontró de frente con Delia y Saint Stephens.

—¡Cassie! ¿Qué…?

La mirada de Delia se deslizó de Cassie a lord Berkley y de nuevo a su hermana.

—Vamos, Delia.

Cassie agarró a su hermana del brazo y prácticamente la arrastró hacia la casa a paso enérgico.

Delia lanzó una mirada de impotencia a su marido, quien a su vez dirigió una mirada interrogante a lord Berkley, que continuaba sonriendo plácidamente como si nada hubiera ocurrido. Como si no acabara de besarla como nadie la había besado jamás. ¡Un simple beso! Ese hombre merecía ser abofeteado otra vez, y muy fuerte, simplemente por esa sonrisa.

—¿Por qué estamos corriendo? —preguntó Delia en voz baja.

—No estamos corriendo —dijo Cassie, al tiempo que hacía ligeramente más lento su paso—. Simplemente estamos ansiosas por regresar al salón de baile, donde yo le mostraré a lord Berkley a su señorita Maravillosa, poniendo fin de ese modo a mi apuesta.

—Entiendo. —La voz de Delia sonaba pensativa—. Entonces, ¿la apuesta sigue en pie?

—Absolutamente. —Cassie asintió con algo más de vehemencia de la necesaria—. Más allá de la justicia de la apuesta, él ha decidido aceptarla, y tengo intenciones de acabar con esta cosa absurda cuanto antes, ya sea ganando cuarenta libras o a mi lord Perfecto.

—Entiendo —volvió a decir Delia.

—¿Qué es exactamente lo que entiendes?

—El está siendo todavía más irritante que de costumbre, ¿verdad?

—Sí —dijo Cassie.

—¿Qué es lo que ha hecho ahora?

Subieron los escalones de la terraza y llegaron ante las puertas francesas que conducían al vestíbulo del salón. Cassie apretó los dientes y se volvió hacia su hermana.

—Ha vuelto a no besarme.

Delia reprimió una carcajada.

—Parece que está desarrollando el hábito de no besarte.

—Bueno, me besó una vez, pero...

Delia alzó una ceja con curiosidad.

—¿Oh?

—Sí, pero fue insignificante. Un simple beso. Pero no volvió a besarme otra vez. Es cierto que puede haber dudado porque yo le di una bofetada, pero...

—¿Le pegaste?

—Él insistió —se apresuró a decir Cassie—. Yo no quería hacerlo, pero él no paraba de decir que yo había dado mi palabra...

Delia se echó a reír.

—¿Todo esto te parece divertido?

—Sí. Es tal vez una de las cosas más divertidas que he visto en mucho tiempo. —Delia le sonrió—. Me resulta difícil esperar para ver qué será lo siguiente.

—A mí también. —Lord Berkley se acercó por detrás de ellas—. A mí también.

Poco más tarde, Cassie y su hermana, Saint Stephens y lord Berkley se hallaban de pie en una espaciosa alcoba circular justo a la salida del salón de baile. Palmeras y otras plantas tropicales se agrupaban en el centro de la alcoba, y a través de las altas ventanas que iban del suelo hasta el techo podían verse los jardines de abajo.

Era el lugar perfecto para alguien que quería observar el salón.

La mirada de Cassie repasaba a la multitud.

—Entonces, ¿cuál es ella? —preguntó Berkley fríamente.

—Un momento, milord —dijo ella por lo bajo.

Ella tenía toda la razón al decirle a Delia que la habitación estaba llena de señoritas maravillosas. El problema era simplemente que no sabía a cuál del rebaño sacrificar.

—¿Y bien? —le dijo Delia al oído—. ¿Cuál es?

—Aún no lo he decidido —murmuró Cassie—. Estaba pensando en la señorita Carmichael. —Señaló hacia un grupo de jóvenes damas que sonreían, charlaban, soltaban risitas tontas y lanzaban miradas coquetas a cualquier caballero que pareciera un buen partido y anduviera despistado deambulando por la habitación.

Delia negó con la cabeza.

—Creo que tiene cierta tendencia a la estupidez.

—¿Qué me dices de la señorita Bennet? —La mirada de Cassie se detuvo en una pequeña rubia que se reía con excesivo fervor.

—Yo creo que parece un poco agitada para ser maravillosa —dijo Delia—. Además, habla muchísimo.

Cassie reprimió una respuesta afilada.

Delia miró entorno al salón de baile, luego dio un codazo a su hermana.

—Ahí tienes a tu señorita Maravillosa. La señorita Bellingham.

Cassie siguió la mirada de su hermana. Felicity Bellingham era la hija de la viuda lady Bellingham. Ésta era su segunda estación, y si bien nadie le había prestado demasiada atención la temporada anterior, en un año por lo visto había florecido y ahora era considerada una de las bellezas de la temporada. En la ciudad, muchos apostaban que muy pronto tendría una pareja. Era de mediana estatura, con el pelo muy negro y unos ojos que, según se decía, tenían un matiz violeta. Cassie había oído describirla como encantadora y además ingeniosa.

Y a ella no le gustaba nada.

—Yo creo que la señorita Frey es una mejor elección —murmuró Cassie.

—La señorita Frey es muy amable. —Delia medía sus palabras—. Y es una suerte que su cabello sea lo bastante tupido como para cubrir el impresionante tamaño de sus orejas.

—La belleza no es una de las exigencias de lord Berkley. —Cassie acalló con la mano el comentario de su hermana e ignoró una especie de remordimiento de conciencia—. Además, tú misma acabas de decir que es muy amable.

—No le queda otro remedio —murmuró Delia.

—Bueno, señorita Effington. —Lord Berkley se acercó a su lado—. ¿Quién va a ser?

—Sí, Cassie, suéltalo ya. —Delia sonrió con dulzura.

Cassie alzó los ojos al cielo y suspiró dándose por vencida.

—La señorita Bellingham, diría yo.

—¿La señorita Bellingham? —Los ojos de Berkley se abrieron con sorpresa y posiblemente también con deleite—. ¿La señorita Felicity Bellingham?

—Sólo existe una señorita Bellingham —dijo Saint Stephens con firmeza.

A Cassie le dio un vuelco el corazón.

—Entonces, ¿la conoce usted?

—No. —La mirada de Berkley estaba fija en la chica—. Pero he oído hablar de ella.

—Tendrías que estar muerto para no haber oído hablar de la señorita Felicity Bellingham —dijo Saint Stephens por lo bajo.

—Y estoy muy ansioso por conocerla. —Un brillo claramente pícaro asomó a los ojos de Berkley, al tiempo que se ajustaba los puños. Era una costumbre de lo más irritante, y alguien debería hacer algo al respecto.

—Seguro que encuentro a alguien que pueda presentarles. —Cassie no entendía muy bien por qué no sentía ninguna sensación ni siquiera remotamente satisfactoria, cuando se suponía que debería poseerla la dicha del triunfo.

—Oh, yo la conozco. Hemos charlado en varias ocasiones. De hecho, Cassie, creo que mamá tiene bastante amistad con su madre. —Delia lanzó a su hermana una mirada inocente, luego se volvió hacia lord Berkley—. Si lo desea, estaré encantada de presentarlos.

—Me gustaría mucho. —Berkley le ofreció el brazo a Delia y los dos se volvieron para irse. Berkley miró a Cassie por encima del hombro y le sonrió—. Bien hecho, señorita Effington, muy bien hecho.

Cassie sonrió débilmente. Delia y Berkley se alejaron, y Saint Stephens se inclinó hacia ella.

—Yo en tu lugar empezaría a planear cómo gastar mis cuarenta libras.

—Espléndido —le espetó Cassie.

Era obvio que ella ganaría esa ridícula apuesta. Berkley no perdería una oportunidad. Casi podía tocar la victoria.

Entonces, ¿por qué se sentía como si estuviera a punto de perder? ¿Y de perder algo mucho más importante que cuarenta libras?

—¿Era consciente de que a los Effington no les gusta perder? —dijo lady Saint Stephens a Reggie por lo bajo mientras los dos recorrían su camino por el salón de baile.

—Por lo visto se me fue de la cabeza —dijo Reggie con ironía—. ¿Tiene usted alguna sugerencia respecto a lo que debería hacer ahora?

—Sí. No. Tal vez. —Lady Saint Stephens se detuvo un momento para intercambiar saludos con una matrona demasiado inquisitiva que dirigía sus palabras a ella pero mantenía la mirada fija en Reggie. Reggie casi podía ver la maquinaria del reloj que hacía girar su mente. Sonrió de una forma poco comprometida y fijó la vista en la espalda de lady Saint Stephens, que continuaba guiándolo a través del salón.

—Bien, esto desencadenará un cotilleo interminable —murmuró ella.

Reggie sofocó una risita.

—¿Se refiere a lady Saint Stephens en compañía del infame lord Berkley?

—No es necesario que suene tan complacido. —Le lanzó una mirada y le sonrió—. Aunque ya tuve que enfrentarme con el cotilleo y el escándalo hace algún tiempo, y la verdad es que ahora le presto escasa atención. En cuanto a su problema… —Alzó las cejas en actitud pensativa—. A mí me parece que, dado que Cassie le ha obsequiado con su señorita Maravillosa, tiene usted ahora la obligación de fabricar un lord Perfecto.

—¿Por qué? —Negó con la cabeza—. ¿Eso no agravaría aún más el problema?

—Es un riesgo, supongo, pero ahora mismo no tiene mucha elección. Usted quiere que ella se dé cuenta de que no sería nada feliz junto a lord Perfecto, lo cual sospecho que ya está pasando. Esa constatación, unida a los celos que sentirá si usted presta alguna atención a la señorita Bellingham…

—No pienso cortejar a la señorita Bellingham —se apresuró a aclarar—. Odiaría que ella pensara que estoy seriamente interesado en ella.

—Mi querido lord Berkley, la señorita Bellingham es una de las bellezas de la temporada y sin duda va a formar una excelente pareja. Me atrevería a sugerir que un poco de atención por su parte le resultará insignificante en medio de toda la que le dispensan sus pretendientes. —Él alzó una ceja—. Oh Dios, no quería que sonara así. Y encuentro que su preocupación por ella resulta admirable. Sospecho que la señorita Bellingham es el tipo de joven capaz de apreciar el plan que tenemos en mente. Intercambiaré unas palabras con ella y me aseguraré de que se muestra comprensiva.

—Gracias.

—Como le iba diciendo, el hecho de que Cassie se dé cuenta de que lord Perfecto no encaja con ella, junto a los celos que estoy segura de que sentirá si usted dirige su atención hacia la señorita Maravillosa, puede dar como resultado una situación muy divertida.

—¿Divertida?

—¿He dicho divertida? —Lady Saint Stephens se detuvo en seco y lo miró fijamente con ese aire de inocente sorpresa que él ya conocía en Cassandra—. Me refiero al resultado. El resultado que usted quiere. Sí, a eso me refería.

—Por supuesto —murmuró él, examinándola durante un momento—. Lady Saint Stephens, ¿usted está de mi lado, verdad?

—No sea absurdo, milord. Únicamente puedo estar del lado de mi hermana. Por suerte para usted, confío en que tanto su lado como el de mi hermana sean uno y el mismo.

Capítulo ocho

> No hay nada más espantoso en la vida que descubrir
> que la querida hermana de uno se ha convertido en una
> criatura completamente extraña y aterradora: una mujer.

REGINALD, VIZCONDE BERKLEY

—No la veo desde hace tres días, Marcus. Desde el baile de lady Puget. Por lo visto ni siquiera frecuentamos los mismos eventos sociales. —Reggie recorría la biblioteca arriba y abajo—. Me está evitando, estoy seguro.

—Creía que estaba decorando tu casa. —Marcus estaba sentado en uno de esos grandes sillones de cuero tan cómodos que formaban parte de la biblioteca de Berkley House desde que el padre de Reggie era un muchacho—. Si te quedas firmemente plantado dentro de esta casa, ella no podrá evitarte.

—Ella no ha vuelto a estar aquí desde el día en que hicimos nuestra apuesta. —Reggie soltó un sufrido suspiro. Demasiado dramático, tal vez, pero se sentía bastante dramático en ese momento—. No he tenido ninguna comunicación con ella, salvo a través de una nota donde me decía que necesitaba algún tiempo para completar los dibujos y que nos veríamos la próxima semana. —Se detuvo y miró a su amigo—. ¿La próxima semana? ¿Se supone que tengo que esperar hasta la próxima semana para volver a verla?

—Puedes emplear tu tiempo en perseguir a la señorita Bellingham.

—No seas absurdo. —Reggie no hizo caso de la sugerencia—. No tengo interés en la señorita Bellingham, y ella tampoco tiene interés en mí. —Se animó un poco—. Aunque es una buena persona. Lady Saint Stephens me escribió para decirme lo que la señorita Bellingham piensa de nuestro plan y por lo visto lo encuentra muy divertido y está dispuesta a desempeñar su papel. —Alzó ambas cejas—. ¿Acaso yo soy el único que no entiende qué es lo que tiene de divertido?

—Sí. —Marcus sonrió.

—En realidad, puedo entender que se vea con humor. —Respiró profundamente—. O tal vez pueda llegar a entenderlo algún día. —Reanudó su paseo—. Con relación al futuro inmediato, debo encontrar la manera de pasar más tiempo con la señorita Effington. Supongo que podría insistirle que terminara sus dibujos aquí, en esta casa, o pedirle que se dé más prisa en acabarlos. Decirle que mi madre se ha puesto peor, o algo así. Supongo que en cuanto haya pintores y obreros trabajando en esta casa, la señorita Effington querrá…

—Podrías hacerle una visita —dijo Marcus de manera despreocupada—. Eso es lo que suelen hacer los hombres en tu situación.

—Rotundamente no. —Reggie negó firmemente con la cabeza—. No iré a verla con el corazón en la mano hasta que no esté seguro de que mis sentimientos son correspondidos, y no puedo creer que tú, precisamente tú, me alientes a hacer eso.

—Yo no he dicho eso exactamente…

—A pesar de mis sentimientos, practicaré el autodominio, la paciencia y todas esas malditas cualidades de las que nunca he estado especialmente bien dotado. —Reggie miró a su amigo a los ojos—. No tienes ni idea de lo difícil que me resultó tenerla en mis brazos, mirarla a los ojos y no decirle lo que siento.

—Y tienes tan poca experiencia en frenar tus impulsos. —Marcus lo estudió pensativo—. El hecho de que ahora consigas hacerlo es extremadamente significativo.

—Eso es lo que yo creo. —Reggie se detuvo un momento para encontrar las palabras adecuadas—. Es de lo más extraño, Marcus. Dios sabe que he estado enamorado antes otras veces…

—Yo la verdad es que he perdido la cuenta —murmuró Marcus.

Reggie lo ignoró.

—Pero esta vez es completamente diferente. La señorita Effington es la mujer con quien me casaré. Nunca en mi vida he tenido nada tan claro.

—Simplemente te falta convencerla a ella.

—Y ella es una criatura testaruda. Además, en este momento no duda que todo lo que ha oído sobre mí es verdad. Cree que yo soy de ese tipo de hombres que se toman libertades y roban besos en jardines oscuros sin pensarlo dos veces. —Reggie suspiró con exasperación—. Yo diría que con el tiempo que puede llevarme convencerla de que estoy reformado y soy más perfecto que cualquier lord Perfecto, cuando se lo crea estaremos los dos en edad de chochear.

—Al menos entonces su puñetazo no será tan terrible.

—Sí, algo es algo.

Alguien llamó con firmeza a la puerta de la biblioteca. Higgins apareció junto a la entrada con una bandeja donde llevaba una botella de brandy y tres copas.

—Date prisa, Higgins —dijo Marcus con una sonrisa—. Lord Berkley y yo estamos tratando asuntos de gran importancia y un buen brandy es un ingrediente necesario en tales conversaciones.

—Como siempre, milord. —El tono de Higgins era muy neutro, pero a la vez estaba cargado de intención.

Reggie reprimió una sonrisa. Higgins sabía, tan bien como Marcus o como él mismo, cuántos planes y complots poco prácticos habían sido ideados en aquella habitación a través de los años, con la ayuda del brandy o, en aquellas ocasiones en que habían estado en Londres siendo muchachos, con dulces y pasteles.

Higgins colocó la bandeja en el escritorio y sirvió dos copas.

—Higgins. —Reggie señaló la tercera copa—. Por más que estemos planeando estrategias de una naturaleza altamente compleja, dudo que ninguno de los dos necesite más de una copa.

—Ha sido un error por mi parte, señor —dijo Higgins suavemente.

Marcus se puso en pie y cruzó la habitación para coger una copa.

—Bueno, te hago saber que yo haré mi parte.

—¿Tu parte? —Reggie aceptó el brandy que le sirvió Higgins antes de marcharse. Reggie notó que se había olvidado de llevarse la tercera copa y se preguntó si es que la edad le estaría afectando, a pesar de que el mayordomo no era mucho mayor que la madre de Reggie. Claro que ella seguía afirmando que se hallaba en el lecho de muerte—. ¿Y cuál es exactamente tu parte?

—Tú has dicho que necesitabas pasar más tiempo con ella. —Marcus alzó la copa en un gesto de brindis triunfal—. He arreglado las cosas para que así sea.

—¿Qué es lo que has hecho? —Reggie sonrió—. Confiaba en que no me dejarías hundirme solo.

—Nunca lo he hecho.

Reggie conocía a Marcus demasiado bien como para dudar que hubiera tenido una idea inteligente. A través de su larga amistad, Reggie podía haber sido el instigador de un buen número de planes cuestionables, pero las más de las veces, Marcus había encontrado la forma de pulir los surcos en cualquier camino en el que Reggie se hubiera apresurado.

—¿Puedo preguntar qué es lo que has arreglado exactamente?

—Mi esposa quiere organizar una fiesta en el campo, en Holcroft Hall. Uno de esos eventos que duran varios días, con todo tipo de actividades al exterior durante el día y divertidas reuniones sociales durante la noche. Ese tipo de cosas en las que te lo pasas en grande o te mueres de aburrimiento.

—Ah, sí. —Reggie dio un trago de brandy—. Como el desastre del año pasado en Gifford Court.

Marcus se encogió de hombros.

—Nos esforzaremos por evitar que se produzca nada de esa naturaleza. Gwen está organizando todos los detalles, naturalmente, pero yo preveo unos días de vida en el campo, al respiro de la ciudad, con algunos de nuestros más queridos amigos. Una docena, más o menos, creo. Las invitaciones ya han sido entregadas. Será la oportunidad perfecta para que estés cerca de la señorita Effington. Ella está invitada, por supuesto, igual que lord y lady Saint Stephens, y también la señorita Bellingham y su madre. —Marcus sonrió engreído—. Puedes darme las gracias ahora, o después, si lo prefieres.

—Me parece bastante sorprendente que Gwen haya podido organizar todo eso en tan poco tiempo. Tal vez debería darle las gracias a ella.

—Puedes hacerlo si lo deseas. —Marcus se encogió de hombros—. Sin embargo, ella lo tenía planeado para el próximo mes. Fue idea mía que lo hagamos dentro de cuatro días.

Reggie alzó una ceja.

—¿Y ella estuvo de acuerdo?

—«De acuerdo» es un término demasiado moderado. —Marcus hizo una mueca—. Digamos que cuando le expliqué mis razones, ya que ella, como tú ya sabes, está ansiosa por verte casado, se mostró de lo más entusiasmada con la idea.

—¿Entusiasmada?

—Hay que admitir que con algunas promesas por mi parte. —Marcus sonrió—. La mayoría de ellas muy agradables.

—Tener que esperar cuatro días antes de ver a la señorita Effington no es mucho mejor que esperar una semana. Sin embargo, ese entorno puede ser más propicio para…

—¿Abrirte un camino en su afecto?

—Exactamente. —Reggie se rio—. Bien hecho, Marcus.

Inmediatamente, su espíritu se elevó. Un momento atrás no sabía cuál sería el próximo paso para ganarse el corazón de Cassandra. No podía arrastrarla hasta su casa y obligarla a estar en su compañía, por muy tentador que eso pudiera resultarle. Ahora tenía la oportunidad de pasar bastante tiempo con ella en un futuro muy cercano. Y en la finca de Marcus, nada menos, que estaba justo al lado de la suya. Incluso tal vez podría tener la oportunidad de mostrarle Berkley Park.

—Efectivamente te doy las gracias, tanto a ti como a tu esposa. —Reggie bebió un trago de brandy y se quedó pensativo—. Lo único que queda por hacer es conseguir un lord Perfecto. He estado pensando mucho en ello, y cuanto más lo pienso más convencido estoy de que un actor puede servir a nuestro propósito. Claro que la señorita Effington no debería descubrirlo nunca…

—Te pegaría un tiro si se enterase —dijo Marcus con firmeza—. Después de todo, es una Effington, y además un miembro femenino muy independiente de esa familia. No dudaría en dispararte por algo como eso. Y, dada la reputación que hemos logrado crear en torno a ti, sin duda saldría bien parada de todo el asunto.

Reggie hizo una mueca.

—Podría ser peligroso.

—¿Peligroso? —Marcus resopló—. Lo peor de todo no es eso. Lo peor es que podría dispararme a mí también.

—Oh, sí, eso sería todavía peor —dijo Reggie con ironía.

—¿Estás totalmente seguro de lo que quieres hacer? —Marcus miró a Reggie con bastante escepticismo—. Perseguir a la excéntrica señorita Effington, me refiero. Es verdad que la dama es preciosa, pero dado que no tiene pelos en la lengua, es obstinada, de naturaleza independiente e insiste en afirmar que no encajáis…

—Se equivoca.

—¿Y no te parece que la vehemencia con que su hermano intenta encasquetártela es una mala señal? Ese tipo parece un poco desesperado.

—Yo no diría que esté desesperado.

—Yo sí.

—Reconozco que yo no querría tener como hermana a una mujer con los excepcionales encantos de la señorita Effington, y también yo estaría un poco desesperado por verla casada. Pero como esposa, Marcus… —La idea le hizo sonreír—. El espíritu que uno preferiría no encontrar en una hermana es exactamente el mismo que desearía que tuviera una esposa.

—Si estás seguro.

—Nunca he estado más seguro de nada.

—Muy bien, entonces. —Marcus miró el reloj de la repisa de la chimenea—. Una vez más he acudido en tu auxilio, a pesar de que el método de hacerlo llegue con un poco de retraso.

—¿Cómo?

—Bueno, he invitado a…

Unos discretos golpecitos sonaron en la puerta.

Reggie miró al mayordomo.

—¿Sí, Higgins?

—Disculpe, señor, pero hay un caballero que desea verle. —Higgins hizo una pausa—. Desea verles a los dos.

—¿A los dos? —Reggie frunció el ceño—. ¿De quién se trata?

—Es el señor Effington, señor.

—Hazle pasar, Higgins —dijo Marcus haciendo un gesto a Reggie—. Yo le pedí que viniera.

—¿Eso hiciste? —Reggie alzó las cejas, confundido—. ¿Por qué?

—Porque tengo una idea —dijo Marcus sonriendo—. Una idea muy brillante.

—¿Puedo preguntar...

—Buenos días, lord Berkley. —Christian Effington entró en la habitación—. Lord Pennington.

—Effington. —Berkley lo saludó. ¿Qué se propondría Marcus?—. Debo decirle que estoy sorprendido de verle aquí.

Effington se rio.

—No más sorprendido que yo. Recibí una nota de Pennington requiriendo mi presencia, y sé que mi hermana está redecorando su casa. —Se puso serio—. ¿Ha surgido algún problema por eso? Supongo que no es mucho lo que yo pueda hacer, ya que ella no escucha nada de lo que le digo. Sin embargo, por mucho que yo encuentre absurdo este negocio al que se dedica, entiendo que se trata de un trabajo fantástico.

—No, no hay ningún problema con eso. —Reggie negó con la cabeza—. Ella tiene mucho talento.

—Excelente. —Effington respiró con alivio y observó la biblioteca con curiosidad—. Debo decir que ha hecho un buen trabajo aquí.

—No se está ocupando concretamente de esta habitación.

—Oh. —Effington arrugó la frente, luego su expresión se suavizó—. Eso es una buena cosa. No querrá usted que una mujer se entrometa en una habitación como ésta. Éste es un lugar para caballeros y cigarros y... —su mirada se detuvo en la copa que Reggie sostenía en la mano— brandy.

—¿Quiere que le sirva una copa? —Reggie hizo un gesto hacia la bandeja del escritorio.

—Si es un buen brandy. —Effington sonrió.

—Lo es. —Marcus llenó la copa que quedaba en la bandeja y se la ofreció a Effington, quien se apresuró a dar un largo trago.

—Es bueno —dijo Effington—. Le felicito. —Dio otro trago, y luego miró a Reggie a los ojos—. Tenía intención de visitarle. Quería decirle algo respecto al dinero que le debo de la apuesta. Me temo que todavía ando un poco escaso de fondos. Si usted tuviera la amabilidad de esperar...

—De hecho, Effington —le interrumpió Marcus—, Berkley está dispuesto a perdonarle la deuda.

El rostro de Effington se iluminó.

—¿Ah, sí?

Reggie frunció el ceño.

—¿Lo estoy?

—Lo estás —asintió Marcus.

Effington sonrió.

—Es todo un detalle por su parte, amigo.

—No es nada —murmuró Reggie, confiando en que la idea de Marcus fuese tan brillante que realmente valiera la pena renunciar por ella a ciento cincuenta libras.

Se sentó en un sillón e hizo un gesto para que los demás hicieran lo mismo.

Effington removió el brandy de su copa y miró a los dos hombres.

—Entonces, caballeros, ¿cuál es la condición? Alguna debe haber.

—En efecto, así es. —Marcus se reclinó en su sillón—. Berkley necesita un favor a cambio.

—Muy bien. —Effington asintió—. Estoy a su completa disposición.

—Es bueno saberlo —murmuró Reggie.

—¿De qué favor se trata exactamente? —La mirada de Effington volvió a deslizarse de un hombre a otro—. ¿Y por qué sospecho que tal vez sería mejor continuar debiéndole el dinero a Berkley?

—Este favor es también en su propio interés. Berkley y su hermana han acordado una apuesta. —Marcus explicó rápidamente en qué consistía—. Y queremos que usted encuentre a lord Perfecto.

Effington negó con la cabeza.

—Eso es imposible. Le seré franco. Durante años hemos estado tratando de encontrar un lord Perfecto para Cassandra, aunque no nos referíamos a él de ese modo, por mucho que el nombre sea adecuado. Sus exigencias son excesivas.

—Lo sé muy bien —suspiró Reggie—. Pero no necesitamos a un lord Perfecto auténtico, sino sólo alguien que se haga pasar por él. Tal vez un actor.

Effington arrugó la frente, confundido.

—Si el objetivo es simplemente ganar su apuesta, ¿por qué no es usted quien encuentra a alguien que se haga pasar por lord Perfecto?

—Porque si ella descubriera la verdad —Reggie hizo una mueca—, tal vez me pegaría un tiro.

Effington resopló.

—Eso si tiene suerte.

—Pero usted es su hermano, y por eso estará dispuesta a perdonarle —añadió Marcus—. Con el tiempo.

—Eso si tengo suerte. —Effington dio otro trago y reflexionó un momento—. Sigo sin entenderlo.

—Verá, Effington, la idea es que una vez su hermana conozca a lord Perfecto, preferiblemente uno fraudulento, se dará cuenta de que no ése el tipo de hombre que desea. Se dará cuenta de que lo que realmente quiere… —Marcus hizo un ostentoso ademán señalando a Reggie— es a Berkley. O lord Tan-lejos-de-la-perfección-como-nadie-puede-llegar-a-imaginar.

—Gracias —murmuró Reggie.

Effington entrecerró los ojos.

—¿Por qué?

—Porque… —Reggie alzó la mirada al techo— deseo casarme con ella.

—¿Con Cassandra? —Effington lo miraba sin poder dar crédito—. ¿Por qué?

—¿Por qué? —Reggie se acabó la copa—. Por las razones habituales, supongo. Por mucho que ella esté convencida de que no encajamos, yo estoy convencido de lo contrario.

—Ella lo ha vuelto loco —dijo Marcus, sonriendo.

Reggie se encogió de hombros.

—Y no puedo imaginarme viviendo el resto de mi vida sin ella, ni deseo hacerlo.

—Entiendo. —Effington lo examinó durante un momento—. ¿Ella le tiene afecto?

—No lo sé. —Reggie soltó un largo suspiro—. No estoy seguro de que estuviera dispuesta a reconocerlo si así fuera. Yo creo que le gusto un poco. En cualquier caso, hemos acordado ser amigos. La cuestión es que si ella no alberga algún tipo de afecto por mí, todo este plan fracasará. Aunque yo estoy convencido de que el tipo de hombre que ella dice preferir no es adecuado para ella, no hay ninguna garantía de que ella me vea como algo más que un amigo. Supongo que es un riesgo.

—¿Un riesgo que está dispuesto a correr? —dijo Effington con serenidad.

Reggie asintió.

—Ella no es el tipo de mujer que uno puede cortejar con los métodos habituales.

—En efecto, no lo es —dijo Reggie lentamente—. Me gustaría ayudar, pero no…

—¡Reggie! —Lucy irrumpió en la biblioteca—. Lamento interrumpirles pero… —Se detuvo en seco y contempló a Effington.

Los hombres se pusieron en pie, Effington un poco más despacio que los demás, con la mirada fija en la hermana de Reggie.

—Debo disculparme —dijo ella, con una voz decididamente más profunda y más seductora que la que usaba habitualmente. Dirigía sus palabras a Reggie, pero su mirada se decantaba más bien por Effington—. No me había dado cuenta de que tenías invitados.

Marcus resopló.

—Difícilmente se me puede considerar un invitado.

—No estaba hablando de ti —dijo ella por lo bajo, al tiempo que daba un paso hacia Effington—. Creo que no nos conocemos.

—Lucy, éste es el señor Effington —dijo Reggie despacio—. Señor Effington, permítame presentarle a mi hermana, la señorita Berkley.

—Es todo un placer. —Lucy le ofreció la mano.

—El honor es mío, señorita Berkley. —Effington le tomó la mano y se la llevó hasta sus labios, sin dejar de mirarla a los ojos.

Cuando Reggie vio lo que hacía ese hombre, sintió que se le revolvía el estómago.

Lucy inclinó la cabeza hacia un lado con coquetería y miró a Effington como si fuera el único hombre sobre la tierra. La dulce y exasperante hermana pequeña fue reemplazada por la visión de una floreciente mujer.

Su cabello oscuro caía en ondas enmarcando su rostro, sus ojos eran grandes y luminosos, sus labios demasiado gruesos y rojos y un rubor muy favorecedor teñía sus mejillas. Aunque su vestido era recatado mostraba una figura demasiado apetecible que invitaba a la lujuria. ¿Quién era aquella deliciosa criatura? ¿Y adónde diablos había ido a parar su hermana?

Reggie lanzó una mirada a Marcus, que parecía tan perturbado como él. Marcus conocía a Lucy de toda la vida y por supuesto la consideraba como una hermana.

Lucy y Effington continuaron mirándose el uno al otro como si estuvieran solos en la habitación. O en el mundo. Lo que resultaba todavía más ofensivo.

Marcus se aclaró la garganta.

—Lucy —dijo Reggie, con tono un poco más cortante de lo necesario—. ¿Querías algo?

—En realidad, no —dijo ella con esa voz de sirena que venía quién sabe de dónde. Retiró su mano de la de Effington con evidente reticencia.

—Entonces, ¿por qué estás aquí? —La voz de Reggie era firme.

—¿Por qué? —Dejó escapar un suave suspiro y apartó su mirada de la de Effington—. ¿Por qué?

Reggie apretó los dientes.

—Sí, ésa es la pregunta.

—Oh. —Sacudió la cabeza como para pensar con claridad—. Mamá quería que supieras que se encuentra mucho mejor. De hecho, ya vuelve a ser la misma.

—Entonces, ¿ya no está agonizando? —preguntó Marcus con tono inocente.

—Por lo visto no. —Lucy alzó las cejas—. Ella dice que se debe a un milagro. Ahora mismo se está vistiendo. E insiste en viajar a Berkley Park mañana, para recuperar sus fuerzas según dice, antes de asistir a la fiesta en tu casa. —Lanzó una mirada a Marcus—. Tu madre y otra dama vinieron esta mañana para invitarnos a todos.

Reggie alzó una ceja.

—¿A todos?

—A todos. —La sonrisa de Lucy tenía un aire de triunfo—. Lady Pennington y mamá se mostraron de acuerdo en que, aunque aún no he sido presentada en sociedad, puedo acudir.

—Ya lo veremos —dijo Reggie por lo bajo.

—¿Estará usted allí, señor Effington? —Lucy le lanzó una mirada excesivamente coqueta para una joven de dieciséis años. Y, por Dios... ¿estaba agitando las pestañas?

Effington tragó saliva.

—Yo no...

—No —soltó Reggie.

—Sí, por supuesto —dijo Marcus suavemente, lanzando a Reggie una mirada que pretendía tranquilizarlo—. Sospecho que las invitaciones para él y para sus padres y hermanos están esperándoles en su residencia.

—Oh, ¿tiene usted hermanos? —Lucy abrió los ojos con interés.

—Dos. —Effington asintió lentamente, como si no tuviera ni idea de cuál era la respuesta a la pregunta y tampoco tuviera idea ni siquiera de su propio nombre—. Pero Drew no está en la ciudad en este momento.

—Qué lástima. Bueno, estoy ansiosa por conocer a sus otros hermanos y contaré cada minuto que pase antes de volver a verle. —Sonrió satisfecha a Effington, hizo un gesto arrogante con la cabeza a su hermano, dirigió a Marcus una sonrisa pícara y salió de la habitación.

Los tres hombres se quedaron mirándola.

—¿Qué ha sido eso? —preguntó Marcus por lo bajo.

—No tengo ni idea. —La voz de Reggie sonaba sombría—. Pero ha sido lo más terrible que he visto nunca.

—¿Ha dicho que todavía no ha sido presentada en sociedad? —Effington continuaba mirando el umbral de la puerta como si se hubiera congelado.

Reggie y Marcus intercambiaron miradas.

—Todavía no tiene diecisiete años, Effington —gruñó Reggie.

—Y tiene una familia sobreprotectora —añadió Marcus—. Además de amigos de la familia que no permitirían que...

—Lo haré —dijo Effington al tiempo que se volvía hacia ellos—. Le ayudaré a conseguir a mi hermana. Le ayudaré a encontrar a tu lord Perfecto o cualquier cosa que necesite.

Reggie entrecerró los ojos.

—¿Por qué?

—Para empezar, soy incapaz de saldar la deuda que he contraído con usted. No me gusta estar en deuda, a nadie de mi familia le gusta, siempre hemos procurado evitarlo, incluso cuando hemos tenido apuros económicos. Yo estoy ahora mismo en un serio apuro económico y lamentablemente no sé cuándo mejorará mi situación financiera. Por otro lado —miró a Reggie directamente a los ojos—, es obvio que a usted le importa mi hermana y yo siento un gran afecto por Cassandra. No deseo más que verla feliz, y temo que el camino que está tomando no la conducirá a la felicidad. Es extremadamente tozuda y muy difícilmente admite la posibilidad de estar equivocada. Estoy de acuerdo con usted: no creo que el tipo de hombre que afirma desear le convenga. Puede que usted no sea la pareja adecuada para ella, pero estoy seguro de que nadie la convencerá de hacer algo que no desea. Si su plan funciona, será sólo porque ha conseguido ganarse su corazón. Además —Effington sonrió—, creo que esta farsa suya suena muy divertida. Puede ser de lo más excitante.

—Todos parecen pensar lo mismo —murmuró Reggie.

—Excelente. —Marcus sonrió satisfecho—. Ahora, en cuanto a los detalles...

—Primero creo que esto se merece una pequeña celebración. —Effington se puso en pie y cogió la botella de brandy—. Llenó las copas a los demás y levantó la suya. Bienvenido a la familia, milord.

—Es un poco prematuro, ¿no cree? —preguntó Reggie.

—En absoluto —dijo Effington con firmeza—. Puede que por fin mi hermana haya encontrado su pareja ideal. Posiblemente es la persona más testaruda y terca que conozco. —Sonrió—. Hasta ahora.

Marcus se rio.

Reggie sonrió y alzó su copa.

—Tiene razón, Effington. Esto se merece una celebración.

Effington se marchó unas pocas horas y varias copas de brandy más tarde.

—Me atrevería a decir que éste ha sido un encuentro productivo. —Marcus miraba su copa vacía.

—De lo más productivo. —Reggie se arrellanó en el cómodo sillón, saboreando la sensación de triunfo.

Una agradable sensación de satisfacción rondaba en el aire, alentada por el brandy, sin duda, pero sobre todo por el hecho de que Reggie estaba firmemente convencido de que los tres habían considerado cada defecto del plan, cada potencial desastre, cada posibilidad de error. Y efectivamente había un buen número de cosas que podían ir horriblemente mal. Sin embargo, ser consciente de los peligros de la empresa dejaba al margen por lo menos la posibilidad de sorpresa.

Habían acordado que Effington traería al falso lord Perfecto con él a Holcroft Hall el día después de la llegada de Cassandra, para que Reggie tuviera tiempo de sembrar las semillas de la duda respecto a la conveniencia del modelo para ella. Y, si era necesario, también procuraría fomentar un poco los celos respecto a la señorita Bellingham.

Reggie lanzó una mirada a su amigo.

—¿Crees que podrá encontrar un lord Perfecto? ¿En tres días?

—No tengo ni idea. —Marcus arrugó la frente—. Pero parecía bastante decidido.

—Marcus. —Reggie miraba fijamente su nueva copa vacía—. ¿Has oído lo que ha dicho acerca de sus finanzas?

—¿Sus finanzas? —Marcus reflexionó un momento—. ¿Te refieres a ese asunto del serio apuro económico?

—Sí. Dijo que su familia estaba en serios apuros económicos.

Marcus frunció el ceño.

—No estoy seguro de que fuera exactamente eso lo que dijo.

—No específicamente. No va a venir a soltarlo así tan claramente. Yo tampoco lo haría si estuviera en su lugar. Pero se sobreentendía.

—Creo que, una vez más, estás llegando a conclusiones precipitadas a partir de un comentario sin importancia. —Marcus soltó un largo y sufrido suspiro—. Siempre has hecho exactamente lo mismo, y creo que el próximo paso en tu esfuerzo por controlar las manías y caprichos de tu vida consiste precisamente en abordar ese problema en particular.

—Tal vez, pero su comentario, unido al hecho de que el negocio de la señorita Effington aparentemente no se justifica, puede ser significativo. —Reggie negó con la cabeza—. No, Marcus, estoy completamente convencido de que tengo razón. La señorita Effington está haciendo lo que hace básicamente porque tiene un problema financiero. Es muy noble por su parte.

Marcus gruñó.

—Reggie, tú no puedes…

—Puedo y lo haré.

—Entonces, ¿una vez más el vizconde Berkley irá al rescate de una damisela en apuros?

—En efecto. —La voz de Reggie sonaba decidida—. Cassandra me necesita. Y no le fallaré.

—No puedes evitarle para siempre, lo sabes. —Delia se acomodaba en el sofá de su salón mientras observaba a su hermana caminando inquieta arriba y abajo y trababa de disimular lo mucho que se divertía—. Te has comprometido a redecorar su casa, y a menos que pretendas hacerlo sin poner un pie dentro de ella, tendrás que verle. Él vive allí, lo sabes.

—Lo sé —dijo Cassie un poco más bruscamente de lo que pretendía—. Y no lo estoy evitando.

—¿Ah, no? —Delia alzó una ceja.

—Bueno, quizás un poco. —Cassie resopló con frustración—. Pero desde luego no puedo hacerlo si acepto su invitación—. Agitó la nota de lady Pennington, que era lo que la había llevado a visitar a su hermana—. Sin duda él estará en la fiesta que se hará en la casa de campo.

—No tengo la menor duda. Tengo entendido que él y lord Pennington son muy buenos amigos. —Delia hizo una pausa—. Tony y yo vamos a ir. De hecho, ya hemos enviado nuestra confirmación. Tú podrías venir en el coche con nosotros.

—Tengo mucho trabajo que hacer —dijo Cassie con firmeza—. Necesito completar los dibujos antes de volver a Berkley House. Y entonces tendré que tomar todo tipo de medidas y decidir muchas cosas…

—Tonterías. Eso no es más que una excusa, y no muy buena. Puedes llevar tus dibujos contigo y acabarlos allí. Unos días en el campo te sentarán muy bien.

—Sospecho que estar cerca de lord Berkley no puede ser nada bueno para mí —dijo Cassie por lo bajo.

A decir verdad, con cada día que pasaba, más y más deseaba estar cerca de él. Deseaba que la tomara en sus brazos y la besara una y otra vez hasta caer derretida a sus pies. Deseaba todo tipo de cosas que no debería desear. Todo tipo de cosas que la llevarían a la ruina. Era terrible y todavía más terrible por el hecho de que cada vez que sus pensamientos volvían hacia el vizconde Berkley, como ocurría constantemente, eso de la ruina no le parecía tan espantoso. De hecho, la ruina y el escándalo y todo aquello que siempre había temido se estaba volviendo para ella prácticamente irresistible.

—No consigo recordar la última vez que acudí a una fiesta en el campo que no fuera en Effington Hall —dijo Delia pensativa—. Estaremos allí el próximo mes para el Roxborough Ride, por supuesto, y aunque es maravilloso ver a todos nuestros parientes Effington reunidos bajo el mismo techo, debo admitir que estoy también ansiosa por acudir a esta fiesta en Holcroft Hall, donde no mantengo parentesco con casi nadie.

—¿Sabes quién más va a ir?

—No todo el mundo. Papá y mamá están invitados, pero no van a ir. Sin embargo, mamá dice que Leo y Christian sí acudirán. Tengo entendido que el primo Thomas y Marianne también han sido invitados. Lord Berkley, por supuesto, su madre y su joven hermana…

—¿Su madre ya se encuentra bien? —Cassie alzó las cejas—. Debería hacerle una visita lo antes posible.

—Tendrás que esperar. Ha salido hacia el campo esta mañana. Berkley Park, la finca de lord Berkley, que está junto a la de lord Pennington.

—Lo cual explica que sean tan buenos amigos, supongo. —Cassie entrecerró los ojos—. Pero ¿cómo sabes todo eso?

—Mamá me lo dijo. Ha estado muy ocupada hoy. —Delia sonrió a su hermana con ironía—. Lady Pennington, la madre de lord Pennington, le entregó las invitaciones personalmente esta mañana. Ella y mamá fueron entonces a visitar a lady Berkley.

—No tenía ni idea de que fueran tan íntimas. Hasta hace poco nunca había oído a mamá mencionar a ninguna de las dos. ¿No te resulta un poco extraña esta amistad tan repentina?

—La verdad es que no. —Delia se encogió de hombros—. Son más o menos de la misma edad. No me sorprendería que compartieran secretos durante sus primeras temporadas en sociedad y simplemente estén reanudando una vieja amistad. En cualquier caso, mamá tenía mucha información y muchas ganas de compartirla, pero su auténtico propósito era convencerme de que te animara a ir a la fiesta.

—¿Que me animaras?

—«Animar» tal vez no es la palabra adecuada. Sus palabras exactas fueron que te atara y te subiera a la fuerza al coche si era necesario. —Delia sonrió.

Cassie se echó a reír.

—Esa frase suena a mamá, pero no puedo entender por qué insiste tanto en que yo vaya.

—Dice que ha estado consultando de nuevo sus estrellas, y las tuyas supongo, y que sería un grave error que no acudieras a esa fiesta. Algo en la confluencia de no sé qué astro y la influencia de no sé qué otro le ha indicado que esta estancia en el campo coincide con un periodo de grandes posibilidades para ti. Un momento crítico que puede cambiar tu vida.

—¿De verdad? —Cassie suspiró y se hundió en un sillón forrado de damasco—. Qué… excitante.

Por mucho que las dos se burlaran de la pasión de su madre por la astrología y todas las cosas místicas, incluso la persona más escéptica tenía que reconocer que las predicciones y pronósticos de su madre, guiados por las estrellas, las cartas y una mujer muy dulce de mejillas sonrosadas llamada señora Prusha, eran certeras y sorprendentes un buen porcentaje de las veces. Sus hijos, y también su marido, se habían dado cuenta hacía mucho tiempo de que era mucho mejor atenerse a las palabras de Georgina Effington antes que arriesgarse a las consecuencias de no hacerlo. La afirmación por parte de su madre de que aquella reunión era tan importante para ella no era algo que pudiera ignorar fácilmente. A Cassie se le revolvió el estómago.

—Ella también ha advertido que has evitado todos los eventos sociales desde el baile de lady Puget, y está muy preocupada. Teme que nunca encuentres un marido si te quedas en casa.

—Sí, bueno, la verdad es que no necesita las estrellas para determinar eso. —Cassie siguió con el dedo el dibujo de la tela del brazo del sillón, advirtiendo satisfecha en el fondo de su mente lo bien que armonizaba con esa habitación. Respiró profundamente y trató de dar un matiz despreocupado a su voz—. Siempre puedo reformar a lord Berkley y casarme con él, supongo.

—Ésa es efectivamente una posibilidad —dijo Delia sin alterarse.

Cassie miró de repente a su hermana.

—¿Eso crees? Quiero decir… ¿crees que un hombre con una reputación infame puede realmente ser reformado?

Delia escogió las palabras con cuidado.

—Por la mujer adecuada, estoy segura de que sí.

—No lo sé. —La inquietud llevó a Cassie a ponerse de nuevo de pie y deambular por toda la habitación—. Nunca he tenido el más mínimo deseo de reformar a un hombre. Es lo último que querría hacer. —Se detuvo ante la repisa y movió el reloj francés de bronce hacia la derecha apenas unos milímetros—. Siempre he creído que no tiene ningún sentido que te cases con alguien con la idea de cambiarlo. Cambiar incluso cosas que probablemente en un primer momento te parecían atractivas. Además, el matrimonio es para siempre, y si tus intentos de reforma fracasan… simplemente me parece un riesgo demasiado grande.

Caminó hasta la ventana, ajustó ligeramente la caída de las cortinas, se cruzó de brazos y miró la calle. Sin embargo, por el hombre adecuado, valdría la pena correr el riesgo.

—Delia —dijo lentamente—, puede que tal vez esté equivocada.

Delia ahogó un grito de fingida consternación.

—¿Tú? ¿Equivocada? ¿Cómo es posible que pase una cosa así?

—No lo sé. —Cassie lanzó a su hermana una mirada irónica—. Nunca antes me había pasado.

—Al menos nunca lo has reconocido. ¿En qué estás equivocada exactamente?

Cassie buscó las palabras precisas.

—Estoy empezando a pensar que el simple hecho de que un hombre tenga una reputación cuestionable no significa que no sea una persona decente. En el fondo, quiero decir.

—Supongo que estás hablando de lord Berkley.

Cassie asintió.

—Él no es en absoluto como yo pensaba que sería.

—Entonces, ¿no es infame?

—Oh no, sin duda es infame, o al menos su reputación lo es. Pero el hombre en sí mismo… —Fue hasta el sofá y se dejó caer junto a su hermana—. Tengo la ridícula impresión de que de alguna manera no es el tipo de hombre que hace el tipo de cosas que pueden ser consideradas… en fin… infames.

—Qué interesante —murmuró Delia.

—No lo entiendo. —Cassie negó con la cabeza—. Normalmente juzgo tan bien el carácter.

—Juzgas bien lo evidente.

Cassie abrió los ojos con actitud incrédula.

—¿Estás diciendo que soy superficial?

—No, no es eso, pero nunca has sido buena en mirar por debajo de la superficie. Mi querida Cassie, tienes un ojo estupendo para el color, y tu gusto es impecable, y puedes ver un gran potencial de cosas que yo no puedo advertir, pero nunca has sido capaz de extender la misma habilidad hacia las personas.

La importancia de las palabras de su hermana la hundió.

—Estás diciendo que soy superficial.

—No. Estoy diciendo que siempre te ha costado ver más allá de la superficie cuando se trata de juzgar a las personas. Es por eso que nunca lo haces.

—A mí eso me suena sospechosamente parecido a superficial.

Cassie era muy consciente de que tenía un buen número de defectos, pero nunca había pensado en sí misma como superficial.

—A mí me parece —Delia medía sus palabras— que lord Berkley es un ejemplo excelente. Si no fuera por el hecho de que ciertas circunstancias os han obligado a estar juntos, nunca le hubieras prestado ninguna atención. Basándote nada más que en cotilleos, has decidido que no es la pareja adecuada para ti. Nunca le has dado una oportunidad.

—Dios Santo. —Cassie se hundió en el sofá, cerró los ojos y se llevó la mano a la frente—. Soy superficial.

—Además, tu insistencia en el tipo de hombre al que aspiras, ese ridículo lord Perfecto…

—Ya es suficiente, gracias. Ya has dicho bastante. No necesito oír más. —Cassie gruñó—. Soy terrible, soy una persona terrible. Una persona terrible y terriblemente superficial.

Delia se rio.

—No seas absurda. No tienes nada de terrible. Eres muy agradable, y tremendamente inteligente, muy generosa y, sé que es una falta de modestia por mi parte decirlo, pero en fin, extremadamente guapa.

—Y superficial. —Cassie dejó escapar un sufrido suspiro.

—No exactamente superficial. Por Dios, Cassie, nunca he dicho superficial. —Delia resopló—. Simplemente cuando se te mete una idea en la cabeza respecto a algo, en este caso respecto a lord Berkley, te niegas a dejar que nada te persuada de lo contrario. Siempre lo has hecho, lo sabes. Y te niegas a considerar la posibilidad de estar equivocada.

—Pero si he admitido que estaba equivocada. —Cassie abrió los ojos con asombro y se puso muy erguida—. Eso debería contar. Acabo de reconocerlo hace apenas un minuto. He dicho que me había equivocado respecto a lord Berkley.

—Y eso no es algo digno de consideración —le espetó Delia.

—¿Qué diablos quieres decir?

—Vamos, Cassie. ¿Es que no puedes ver lo que tienes delante? —Delia se inclinó hacia su hermana y le lanzó una mirada inflexible—. Por primera vez en tu vida, has admitido que estás equivocada. Has reconocido tu error. Y el impulso que te ha llevado a esta revelación ha sido...

—Lord Berkley —dijo Cassie, con un tono de rendición en su voz.

Aquello tenía sentido. Ningún hombre había llegado nunca a confundirla o irritarla como lord Berkley. Y ningún hombre la había besado como él. Y ningún hombre la había hecho desear volver a ser besada.

—Oh, Dios. —Cassie se hundió otra vez y miró a su hermana a los ojos—. ¿Es posible que esté enamorada?

—Creo que ésa es una posibilidad a considerar. —Delia asintió de una manera solemne, pero sus ojos eran burlones—. Me has dicho que él era bastante agradable y que su risa te parecía irresistible. Y que es encantador y bueno con los niños.

—Y no te olvides de sus ojos. —Cassie suspiró—. Son grises, ya sabes, y muy pero que muy maravillosos.

—Y, si recuerdo bien, dijiste algo así como que te hacían desear meterte de cabeza en ellos, ¿no?

Cassie hizo una mueca.

—No suena demasiado bien, ¿verdad?

—Suena maravilloso.

—Nunca antes he estado enamorada, lo sabes.

—En efecto, lo sé, y ya ha llegado la hora de que lo estés. —Delia asintió con firmeza—. De algún modo que probablemente sólo las estrellas conocen, lord Berkley ha vencido tus resistencias. Creo que es algo imponente.

—Yo no estoy convencida de que sea tan imponente. —Cassie arrugó la nariz—. Más bien pienso que puede tratarse de algo bastante problemático.

—¿Cómo diablos va a ser un problema?

—Yo le he presentado a su señorita Maravillosa. La mujer que él siempre ha deseado. Felicity Bellingham. A juzgar simplemente por las miradas que le dirigían todos los hombres que se acercaban a ella, es la mujer que desea cualquier hombre.

—Sí, bueno, pero puede que ella no tenga ningún interés en él. —Delia se encogió de hombros—. Después de todo, tiene un montón de pretendientes.

—¿Cómo no va a estar interesada en él? —La voz de Cassie se alzó indignada—. Dejando de lado su reputación, es un excelente partido. De hecho me sorprende que nadie lo haya pescado todavía.

—Lo mismo podría decirse de ti. Es obvio que el destino os ha estado reservando el uno para el otro. —Delia le sonrió engreída.

—No es necesario que me mires así —le dijo Cassie ofendida—. Muy bien, lo reconozco. Le quiero. Nunca antes he querido a un hombre, y ahora quiero a éste. No es lord Perfecto, pero por alguna razón, le quiero. Entonces, ¿qué es lo que tengo que hacer?

Delia se rio.

—Es evidente que el amor te ha debilitado la mente. —Se inclinó hacia su hermana—. Mi querida Cassandra, siempre has sido la belleza de todos los bailes. A lo largo de los años te he visto atrayendo y rechazando a gran cantidad de hombres. Has cultivado la coquetería como si fuera un arte.

—Temo, milord, que me tiene usted en una situación de desventaja —murmuró Cassie.

—Ahora, simplemente tienes que concentrar todos tus esfuerzos en un hombre en concreto con el propósito expreso de conseguirlo. —Delia se echó hacia atrás y sonrió—. La señorita Bellingham no tiene ninguna importancia, y lord Berkley no desperdiciará una oportunidad.

—Suena como una especie de desafío.

—Y tú nunca has dado la espalda a un desafío.

—La apuesta en juego es muy alta.

—Nada menos que tu corazón.

—El riesgo es enorme.

—Pero merece la pena. Y acaso el riesgo —Delia hizo una pausa para enfatizar sus palabras— no forma parte de cualquier aventura.

«Simplemente no entiendo cómo es posible que una mujer inteligente, con coraje y convicciones y un buen número de cualidades admirables, prefiera en un hombre la perfección antes que la excitación, la aventura y la pasión.»

Las palabras de Berkley resonaban en sus oídos.

—Aventura, excitación y pasión —dijo Cassie por lo bajo. ¿Cómo era posible que aquel hombre la conociera mejor que ella a sí misma?

¿Acaso Delia tendría razón? ¿Sería cosa del destino?

—Realmente no tengo elección, ¿verdad? Pienso en él día y noche. Y cuando pienso en la idea de no volver a verle cuando acabe el trabajo en su casa, o peor aún, vivir sin él el resto de mis días… —Suspiró profundamente—. Lo haré. Conseguiré a lord Berkley. Y luego, si debo hacerlo, lo reformaré, si es que realmente necesita alguna reforma, porque debo reconocer que me gusta precisamente tal y como es. —Miró a su hermana a los ojos—. Por Dios, Delia. Yo lo amo.

—Ahora simplemente tienes que hacerte con él.

—¿Y qué pasa si no lo consigo? —Los ojos de Cassie se abrieron con pánico—. ¿Qué pasará si no consigo apartarlo de la señorita Bellingham? ¿Qué pasará si ella ya se ha hecho con él? ¿Si ya ha hundido sus garras en él? ¿Qué pasará si ya lo he perdido?

—No lo has perdido, ya que nunca lo has tenido, simplemente acabas de darte cuenta de que lo quieres. En cuanto a la señorita Bellingham, déjame recordarte que tú, querida, eres Cassandra Effington. Tienes confianza y seguridad en ti misma,

y no recuerdo que nunca hayas dejado de conseguir todo aquello que te propones. —Delia dio unas palmaditas en la mano de
su hermana—. Si de verdad pones la vista en lord Berkley, él va
a ser tuyo.

Cassie contempló a su hermana durante un largo momento.

—Puede que tengas razón. Nunca he dejado de conseguir
todo aquello que me he propuesto, y siempre he gobernado mi
propio destino. Algo tan simple como el amor no va a cambiar
eso.

—Una vez más, querida Cassie, estás equivocada. —Delia
le sonrió—. El amor lo cambia absolutamente todo.

Cassie hizo una mueca.

—Eso es precisamente lo que me da miedo.

Capítulo nueve

Cuando una mujer tiene cierto tipo de mirada, un caballero tiene dos alternativas. Puede sucumbir a lo inevitable y encadenarse para toda la vida o puede salir huyendo. Hasta ahora, esto último es lo que yo he hecho, y de manera extraordinariamente rápida.

C. Effington

—No se imagina lo mucho que me alegro de conocerla. —Lady Pennington, Gwendolyn, cogió del brazo a Cassie y la condujo a lo largo del camino de grava a través del jardín de rosas de Holcroft Hall—. Estoy encantada de que se haya reunido con nosotros.

—Y yo estoy encantada de estar aquí —dijo Cassie con una sonrisa sincera.

En efecto, hacía cuatro días que había recibido la invitación de lady Pennington y desde entonces le era difícil pensar en otra cosa que no fuera su estancia en Holcroft Hall y las posibilidades que podían presentarse estando en compañía de lord Berkley. Las horas se le hacían interminables e intentaba llenarlas trabajando ocupándose de sus diseños y haciendo varias visitas a Berkley House para encontrarse con pintores, yeseros y costureras. Le parecía que gran parte de los muebles, aunque estuviesen gastados, eran de excelente calidad y podían utilizarse con nuevos tapizados y algunas reparaciones. También descubrió que le era mucho más fácil concentrarse en la casa con lord Berkley y su familia en el campo, a pesar de la impaciencia que sentía por empezar a ocuparse de un proyecto mucho más importante que aquella casa. Ganarse el corazón de lord Berkley.

Lo único que la inquietaba era una breve nota que había recibido de él, donde le decía que durante su estancia en el campo iba a presentarle a lord Perfecto. Su curiosidad por ese tema no hacía más que aumentar su impaciencia.

Cassie y lady Pennington caminaban por el sendero, Delia, la madre de lord Pennington y la señorita Hilliard las seguían a cierta distancia.

La madre de lord Pennington, al parecer, les estaba explicando a Delia y a la otra mujer todos los matices de sus preciados jardines, y Cassie se sentía aliviada de poder librarse de esa lección. Siempre le habían atraído más los interiores de las casas que los terrenos.

—¿Somos los primeros en llegar? —preguntó Cassie.

Ella, Delia y Tony acababan de llegar hacía apenas una hora, y a parte de la señorita Hilliard y la madre de lord Pennington, todavía no habían visto a otros invitados. A ella le interesaba un invitado en particular.

—Mis primos, lord Townsend y su hermana Hilliard llegaron esta mañana temprano. —Lady Pennington lanzó una mirada rápida por encima del hombro, obviamente para comprobar a qué distancia estaban las otras damas, luego bajó la voz a un tono confidencial—. Debo decirle, señorita Effington, que mis primos y yo no somos especialmente íntimos, aunque últimamente yo he hecho un esfuerzo por mejorar nuestras relaciones. Aparte de mis sobrinas, a quienes no veo tan a menudo como me gustaría, Townsend, Adrian y la señorita Hilliard, o mejor, Constance, son mis únicos parientes vivos. Es usted muy afortunada, señorita Effington, de tener una familia tan extensa donde al parecer todos se llevan bien. —Sonrió con ironía.

—La mayor parte de las veces. —Cassie se rio—. Sin embargo, el problema con una familia como la mía, probablemente porque nos dispensamos un gran afecto, es que todo el mundo se cree con derecho a opinar sobre los asuntos de los demás. Nadie vacila un momento antes de entrometerse en tus decisiones acerca de tu propia vida. Y todo el mundo cree que sabe qué es lo mejor para ti, más allá de lo que tú pienses o quieras.

—Sin embargo, actúan así porque se preocupan.

—Ésa es la proverbial espada de doble filo. —Cassie sonrió.

Lady Pennington se rio y apretó el brazo de Cassie.

—Debo confesarle que ha habido un motivo oculto que me ha impulsado a invitar a su familia, especialmente a usted y a su hermana.

—¿Ah, sí? —Cassie alzó una ceja.

—Es bastante difícil de reconocer. —Lady Pennington arrugó la frente—. Me casé con mi marido hace algo más de un año, muy poco después de mi regreso a Inglaterra. Pasé varios años en América tras la muerte de mi padre, en un esfuerzo desacertado por abrirme mi propio camino en el mundo trabajando como institutriz. Era una pésima institutriz. —Se estremeció—. En cualquier caso, la cuestión es que aunque he conocido en este año a mucha gente, todavía no tengo amistad con damas cercanas a mi misma edad. Es cierto que la madre de Marcus es maravillosa, y también soy muy amiga de una mujer que en otro tiempo fue mi maestra y de su hermana, pero a veces añoro el tipo de compañerismo que compartía con las chicas de la escuela en mi juventud. —Lady Pennington respiró profundamente—. Tenía esperanzas en que usted, y su hermana y su prima lady Helmsey también, naturalmente, podamos hacernos amigas. —Había una nota de esperanza en el tono de lady Pennington.

—Mi mejor amiga siempre ha sido mi hermana. Mis primos y yo siempre hemos sido buenos amigos también. —Cassie pensó durante un momento—. Por Dios, a pesar de que tengo un gran número de conocidos, no estoy segura de poder nombrar como verdadera amiga a ninguna mujer con la que no tenga parentesco. Lady Pennington, me sentiré más que honrada de que me considere su amiga. —Cassie sonrió con ironía—. Por lo visto lo necesito.

—Igual que yo. —Lady Pennington se rio con alivio—. Pero debes llamarme Gwen. Me gusta lady Pennington, pero es demasiado formal entre amigas.

—Y mis amigos, por pocos que sean, me llaman Cassie.

—La idea de tener a lady Pennington, o Gwen, como amiga, ya era muy agradable por sí sola, pero además, ¿acaso los amigos no se prestan ayuda cuando es necesario?

—Lord Berkley y yo hemos acordado ser amigos —dijo Cassie con actitud despreocupada.

—¿Eso habéis hecho? Qué interesante. —Gwen la miró con curiosidad—. Lord Berkley es de lo más encantador y divertido. Él y Marcus son íntimos amigos desde muy jóvenes. La finca de Reggie está apenas a media hora de Holcroft Hall y es preciosa.

—¿Lo llamas Reggie?

Gwen hizo una mueca.

—Sé que es terriblemente inadecuado, pero él pasa muchísimo tiempo con Marcus y yo también le tengo mucho cariño. En realidad, para mí él es como el hermano que nunca tuve.

—De buen gusto te daría uno de mis hermanos si lo deseas. —Cassie sonrió—. Como amigo, naturalmente.

Gwen se rio.

—No acepto la oferta, pero te la agradezco.

Continuaban pasando junto a todo tipo de rosas que comenzaban a florecer, plantadas con mucho arte en torno a setos de boj de escasa altura podados en un sinfín de formas imaginativas.

—Entonces, él te gusta —dijo Gwen con tono distraído—. Reggie, me refiero.

—Sí. —Cassie hizo acopio de fuerzas—. La verdad es que mucho.

—Pero no es… perfecto.

Cassie se detuvo y la miró fijamente.

—¿Sabes lo de la apuesta?

Gwen asintió.

—¿Es bastante absurdo, verdad?

—Sí, bueno, sospecho que dentro de poco se volverá todavía más absurdo. Espero la llegada de la mayoría de los invitados antes de la cena. Entre ellos… —el tono de Gwen sonaba reticente—, la señorita Bellingham y su familia.

—¿De verdad? Qué agradable.

Cassie se esforzó por sonreír.

Debería haberse imaginado que la señorita Bellingham estaría invitada. Sin embargo, Delia tenía razón cuando decía que la joven no tenía por qué estar interesada en lord Berkley... o mejor, en Reggie. A Cassie le gustaba pensar en él como Reggie y no le parecía que el nombre sonara como el de un perro de caza.

Cassie tenía cada vez más esperanzas de que la señorita Maravillosa fuera tan inadecuada para Reggie como su lord Perfecto para ella. A ese respecto, la presencia de la señorita Bellingham tal vez podía ser beneficiosa.

Cassie se enderezó y dirigió a Gwen una sonrisa llena de confianza.

—Estoy segura de que vamos a llevarnos de maravilla.

—Aún hay algo más. Creo que Reggie va a traer otro invitado. Sospecho que se trata de... en fin... —Gwen respiró profundamente—, de lord Perfecto.

—¿En serio? ¿De verdad ha encontrado a lord Perfecto? Me envió una nota, pero nunca imaginé que... —Cassie sacudió la cabeza con incredulidad—. Entonces ¿tendremos un lord Perfecto y una señorita Maravillosa? Por no mencionar a la excéntrica señorita Effington y el infame lord Berkley.

—Parece que así es —murmuró Gwen.

—Por Dios, Gwen. —Cassie la miró directamente a los ojos, con una nota de temor en la voz—. Desde luego que sabes cómo organizar una fiesta.

Las dos mujeres se miraron durante un largo momento, luego estallaron a reír.

—Oh, temo que todo acabe siendo un poco desastroso. —Gwen se enjugó una lágrima y sonrió con tristeza—. Éste es mi primer intento de organizar una especie de fiesta.

—Nunca lo hubiera dicho. —Cassie sonrió—. El entretenimiento por sí solo ya será inolvidable.

Gwen gimió.

—Oh, Dios. Probablemente debería echar a todo el mundo ahora mismo.

—No seas absurda. Nada resulta más animado que una fiesta, especialmente una donde todos estamos atrapados en la misma casa de campo, una interesante mezcla de invitados, y me atrevería a decir que has superado todas las expectativas que uno pudiera concebir en este sentido.

El pánico asomó a los ojos de Gwen.

—¿Qué voy a hacer ahora?

—Mi querida amiga. —Cassie la cogió del brazo y continuaron su paseo—. Harás exactamente lo que hace toda buena anfitriona. Conseguirás que los invitados se sientan cómodos. Supervisarás el trabajo de los criados. Ofrecerás excelentes comidas. —Inclinó la cabeza con actitud confidencial—. Nada destroza tanto una fiesta como una comida mal preparada. La gente olvidará cualquier otro inconveniente si está bien alimentada.

—Lo recordaré —murmuró Gwen.

—Además, deberás proponer el justo número de actividades. Preferiblemente al exterior, si el tiempo es agradable.

—Tenía planeado un picnic para mañana. —Gwen se iluminó—. Y tenemos buenos establos. Disfruto mucho cabalgando.

—Excelente —asintió Cassie—. A mí me parece que todo está bajo control. Y si te encuentras con algún problema sobre la marcha, no dudas en acudir a mí o a mi hermana.

Gwen la miró fijamente.

—¿Cómo es posible que sepas todas estas cosas?

—He estado preparándome para cosas como éstas desde el mismo día en que nací. Verás, hasta que descubrí que tenía un don para la redecoración de las casas, mi vida había consistido en prepararme para una única cosa: ser una buena esposa, preferiblemente para un hombre con un buen título y una buena fortuna. Y una buena anfitriona, por supuesto. Me atrevería a decir que mi hermana y yo somos capaces de organizar un baile distinguido apenas en un momento. —Se rio—. Naturalmente haría falta una gran cantidad de dinero, pero siempre hemos tenido mucho dinero.

—Yo no lo he tenido. O al menos no lo tuve hasta que recibí mi herencia y me casé con Marcus. Es horrible no tener dinero. —Gwen frunció el ceño como si recordara épocas pasadas.

—No me puedo imaginar siendo pobre. —Cassie estudió a la otra mujer—. No creo que lo llevara bien.

—Bueno, es… —Gwen buscó la palabra adecuada, luego sonrió—. Asqueroso. Sin embargo, esos días han quedado atrás, y tengo todo lo que puedo desear, más allá del dinero.

—Y ahora además tienes amigas. —Cassie le devolvió la sonrisa.

Las damas continuaron su paseo en silenciosa compañía. Cassie nunca se había percatado de que le faltaran amigas. Siempre había tenido a Delia y un sinfín de parientes Effington. Era realmente muy agradable pensar que ahora tenía una nueva amiga.

—Entonces… —dijo Gwen tras unos minutos—, ¿Reggie te gusta mucho?

Cassie reprimió una sonrisa.

—Eso parece.

—¿Y qué me dices de lord Perfecto? —Gwen sacudió la cabeza—. ¿Crees que es posible que exista un hombre perfecto?

—No, pero tengo mucha curiosidad por ver a quién me presenta lord Berkley como perfecto. Claro que las condiciones de nuestra apuesta exigen que yo esté de acuerdo en que es perfecto. —Cassie se rio—. Eso significaría un empate.

—Ojalá hubiera sabido lo que sentías. En ese caso nunca hubiera invitado a la señorita Bellingham, y tampoco hubiera permitido que Reggie invitase a ese lord Perfecto, sea quien sea. Lo siento.

—No te preocupes. Yo no me he dado cuenta de lo que siento hacia Berkley hasta hace muy poco. La presencia de la señorita Bellingham simplemente contribuirá a que estos días sean mucho más interesantes. Y tal vez hasta una especie de desafío. Siempre he disfrutado con los desafíos.

—Esta fiesta se está convirtiendo en un desafío mayor de lo que yo anticipaba —murmuró Gwen.

—Simplemente alimenta a tus invitados bien y muy a menudo y todo estará correcto. En cuanto al resto, marchará solo. —Cassie sonrió con malicia—. En una dirección o en otra.

—Debo decirle que está excepcionalmente preciosa esta noche, lady Pennington. —Una voz familiar sonó tras ellas.

Cassie contuvo la respiración. Aquélla era la primera vez que volvía a ver a lord Berkley, Reggie, desde que se había dado cuenta de sus verdaderos sentimientos hacia él. Adoptó su sonrisa más brillante y se volvió hacia él.

—Con cumplidos siempre consigues todo lo que quieres, Reggie.

Gwen se rio y le ofreció la mano.

Berkley le tomó la mano y la rozó con sus labios.

—Contigo, Gwen, no se trata simplemente de un cumplido, sino que es cierto.

Gwen apartó la mano y lanzó a Cassie una mirada de complicidad.

—Es mucho más encantador de lo que le conviene. O de lo que nos conviene a nosotras, mejor dicho.

—Eso he oído. —Cassie le ofreció la mano.

Él tomó la mano de Cassie y la llevó hasta sus labios.

—Los rumores sobre mi encanto son de lo más exagerados. —La miró a los ojos—. Estoy encantado de volver a verla, señorita Effington.

—Gracias, milord —dijo Cassie, al tiempo que apartaba su mano y por primera vez en su vida sentía que se había quedado sin palabras.

—Me encontré con su hermana por el sendero y me dijo dónde podría encontrarlas. —Se volvió hacia Gwen—. No me habías dicho que tus primos estarían aquí.

—Probablemente tenía esperanzas de que no vinieran —dijo Gwen por lo bajo.

Reggie sonrió y se inclinó hacia Cassie.

—En la familia de Gwen no se llevan especialmente bien.

—Una no puede elegir a sus parientes como puede elegir a sus amigos. —Le lanzó a Cassie una sonrisa resignada—. En realidad, Adrian no es una mala persona, y estoy segura de que Constanza tiene muchas buenas cualidades. Lo único que ocurre es que yo todavía no las he descubierto.

Reggie se rio.

—Las damas ya están regresando a la casa, y la madre de Marcus me ha pedido que te dijera que volvieses también, para saludar a mi madre y a todos los recién llegados.

—Por supuesto. —Gwen frunció el ceño—. Debes disculparme, Cassie. Me hubiera gustado acabar de mostrarte los jardines.

—Yo estaré encantado de reemplazarte, Gwen —se apresuró a decir Reggie—. He crecido jugando con Marcus en estos senderos. Me atrevería a decir que conozco todos los recodos de los jardines de Holcroft como el que más.

—No lo dudo. —Gwen sonrió a Cassie con actitud confidencial—. Lo que él conoce son los mejores lugares para todo tipo de juegos relacionados con armas y campañas militares. Tengo entendido que una buena parte de los jardines tenían que volver a plantarse cada año cuando él y Marcus eran muchachos, como resultado directo de su entusiasmo deportivo.

Reggie se encogió de hombros.

—Hay que estar dispuesto a afrontar las pérdidas cuando se recrean las conquistas de Alejandro Magno o las legiones romanas en medio de los arbustos de rosas. Es la naturaleza de la batalla. Incluso el más robusto de los brotes puede sucumbir a las fuerzas militares adolescentes.

Cassie se rio.

—Recuerdo el mismo tipo de bajas en los jardines de mi familia cuando era niña. Mis hermanos y primos siempre destrozaban alguna planta, y el pobre y explotado jardinero tenía que trabajar como un esclavo. Debo confesar que mi hermana y yo también hacíamos bastante daño. —Le dedicó a Reggie una sonrisa brillante—. Me hubiera gustado mucho verte jugar de niño.

—Excelente. —La mirada de Gwen se deslizó de Cassie a Reggie y de nuevo volvió a Cassie—. Entonces os encontraré a los dos más tarde en el salón. —Gwen sonrió, se dio la vuelta y se alejó apresuradamente por el sendero.

—¿Es muy encantadora, verdad? —Cassie contemplaba alejarse a la otra mujer.

—Y no lo dirías con sólo mirarla, pero es una mujer muy fuerte —añadió Reggie con admiración.

—Me comentó que había sido pobre y que ha trabajado como institutriz.

—Cuando murió su padre, le dijeron que estaba arruinada.

El título de su padre y su finca fueron a parar a manos de su primo.

—¿Lord Townsend?

Reggie asintió.

—Ella no quería sentirse como una pariente pobre en su propio hogar, y por eso tomó la desastrosa decisión de seguir su propio camino en la vida trabajando como institutriz en América. Por lo visto, no era un trabajo adecuado para ella. Transcurrieron unos cinco años, creo, hasta que se enteró de que en realidad sí había una herencia para ella, regresó entonces a Inglaterra y poco después se casó con Marcus.

—Ya entiendo —murmuró Cassie.

—Gwen en realidad creció en un internado para chicas. Tuvo más relación con sus maestras que con sus verdaderos parientes. Sus esfuerzos por forjar ahora algún tipo de relación con sus primos me sorprenden mucho. Una señal, supongo, de lo lejos que ha llegado Gwen en su vida. —Sonrió e hizo un gesto señalando el camino—. ¿Seguimos?

Pasearon en amistoso silencio durante unos minutos, pero la mente de Cassie no dejaba de agitarse.

—¿Ella ha sido muy afortunada, verdad?

—Teniendo en cuenta que finalmente todo le ha salido bien, sí, lo ha sido —asintió él.

—Debe de ser espantoso tenerlo todo, familia, posición, riqueza… y ver que todo eso se esfuma por las leyes de la herencia.

Él la miró serio.

—Supongo que sí.

Ella se detuvo y alzó las cejas.

—¿Qué les pasa a esas mujeres, lord Berkley? A las mujeres que crecen para ocupar una determinada posición en el mundo pero luego, sin que tengan ninguna culpa, ven que todo aquello con lo que siempre habían contado desaparece por causa de la muerte de su padre.

—No lo sé. —Él la observó con curiosidad—. Confieso que nunca había prestado mucha atención a ese asunto.

—Debería hacerlo —dijo ella con firmeza—. Todos deberíamos. No es nada justo que mujeres jóvenes como Gwen, o como yo misma, pongamos por caso, crezcamos con ciertas expectativas en la vida que pueden verse brutalmente defraudadas por causa de las leyes de la herencia. ¿Cuáles son entonces sus opciones en la vida, milord?

—Bueno —dijo él lentamente—, pueden casarse.

Ella resopló con desdén.

—No es tan sencillo, y usted lo sabe muy bien. Todo este asunto del matrimonio no se reduce a la simple decisión de casarse. Por lo que yo he visto hasta ahora, casarse con el esposo inadecuado es mucho peor que no casarse. Y para ser francos, cuando una joven se queda sin dinero y está en apuros, a menos que sea de una belleza excepcional y tenga suficientes recursos para lucirse adecuadamente, conseguir una buena pareja le resultará imposible. Entonces, ¿qué otra cosa puede hacer?

—¿Convertirse en institutriz, como hizo Gwen? —La voz de él sonaba esperanzada.

—Algunas mujeres no tenemos facilidad para tratar con niños. —Negó con la cabeza y volvió a encaminarse por el sendero, hablando más para sí misma que para él—. A mí me parece que hacemos un flaco favor a las jóvenes damas de la aristocracia inglesa. Crecen sabiendo cómo hacer una reverencia perfecta y cómo convertirse en perfectas esposas, pero si está en juego su propia supervivencia, ellas, es decir nosotras, somos totalmente impotentes. —Se enderezó—. Alguien debería hacer algo al respecto.

—Usted desempeña una especie de negocio —dijo él distraídamente—. Y a juzgar por sus honorarios, yo diría que está teniendo mucho éxito.

—Sí, pero no necesito procurarme un lugar para vivir, o alimento para sustentarme ni nada de esa naturaleza. Y para ser francos, mi clientela me contrata más por quién soy que por lo que hago. Me atrevería a decir que si yo no fuera una Effington, mi trabajo no sería tan requerido como lo es.

—Pero usted tiene mucho talento.

—Aun así, no me hago muchas ilusiones respecto al tema de por qué tengo el éxito que tengo. No, por muy bien que pueda hacer lo que hago, no tengo las habilidades necesarias para sobrevivir por mi propia cuenta, sin mi familia y sin mi nombre.

—Sospecho, señorita Effington, que usted puede hacer cualquier cosa que se proponga.

Ella le lanzó una sonrisa reticente.

—Gwen tenía razón. Es usted excepcionalmente encantador.

Él se encogió de hombros con modestia.

—Hago lo que puedo.

Ella colocó la mano en el pliegue de su codo, ignorando su vago aire de sorpresa, y continuaron su camino serpenteante entre los arbustos de rosas y la madera de boj. A ella nunca dejaba de sorprenderla lo rápido que él conseguía relajarla, por muy nerviosa que pudiera llegar a estar. Y el hecho de que pudiera sentirse nerviosa también le parecía sorprendente. Ningún hombre la había hecho sentirse insegura jamás. Hasta el momento.

—Supongo que practica usted mucho, lord Berkley.

—En absoluto. —Sacudió las cejas con malicia—. Se trata de un don.

Ella se rio.

—Y creo que ya es hora de que me tutees y me llames Reggie, o Reginald, si prefieres, pero a pesar de que Reggie no me gusta demasiado, la verdad es que lo prefiero antes que Reginald. Cuando alguien me llama Reginald suele ser siempre porque va a regañarme por algo, normalmente de manera merecida. Y además Reggie me sienta mejor, ¿no crees?

Ella asintió con seriedad.

—Definitivamente.

—Excelente. Pero, naturalmente, sólo si somos verdaderos amigos.

—Oh, desde luego que somos amigos, milord… quiero decir, Reggie. —Adoptó un tono desenfadado—. Y ya que eres mi amigo, deberías llamarme Cassandra, o Cassie. —Le dedicó una sonrisa rápida—. Suelo ser regañada con ambos nombres.

—Me gusta Cassandra. Te pega. —La contempló—. Si no recuerdo mal, Cassandra era una profetisa griega. ¿Y Apolo no la condenó a que nadie la creyese nunca?

Cassie asintió.

—Él la pretendía y ella lo rechazó. —Lo miró con aire inocente—. Me han dicho que mi nombre en griego significa «la que confunde a los hombres».

—Entonces tengo razón, te va perfectamente.

—¿Tú estás confundido, Reggie?

—Mi querida Cassandra, he estado confundido desde el momento en que te conocí.

—¿Por qué?

—No estoy muy seguro. —Buscó su mirada—. Lo cual ya es de hecho la misma definición de estar confundido.

Ella le puso una mano en la mejilla.

—¿Te hice mucho daño cuando te di la bofetada?

Él colocó la mano sobre la suya. Su tono era solemne, pero había un brillo divertido en sus ojos.

—Sí.

Ella se rio.

—No es verdad.

—Me heriste profundamente, pero no en la mejilla. —Le cogió la mano y la llevó hasta su pecho. Ella podía sentir los latidos de su corazón a través de la tela—. Sino aquí.

—Esto es de lo más inapropiado. —Ella colocó la otra mano sobre su pecho. Su propio corazón se aceleró.

—En efecto, lo es. —Él entrecerró los ojos—. ¿Qué estás haciendo, Cassandra, la que confunde a los hombres?

—¿Ahora estás confundido, Reggie? —Su voz era suave y seductora, y ella no estaba del todo segura de que fuera realmente la suya.

—En efecto, lo estoy.

Ella se humedeció los labios, consciente de que resultaba de lo más atractivo.

—Bien.

Él la rodeó con sus brazos.

—¿Eres como tu tocaya? ¿Te resistirías a las insinuaciones de Apolo?

—Sin duda me resistiría a Apolo. Creo que era de lo más…

—¿Infame? —Él alzó una ceja.

Ella tragó saliva.

—Una nunca debería confiar en un dios de reputación infame.

—¿Y qué me dices de un simple mortal?

—Yo no… debo admitir que yo también estoy un poco confundida. —Lo miró a los ojos—. Y tengo que confesarte algo. Una vez más, temo que estoy equivocada.

—¿Tú? —Él se rio—. ¿Respecto a qué?

Ella respiró profundamente y la miró fijamente a sus ojos grises.

—Respecto a mi convicción de que no encajamos.

Él la atrajo hacia él y le rozó los labios con los suyos.

—¿Y qué te hace pensar que estabas equivocada?

—Tú —dijo en un susurro, con los labios pegados a los de él.

Él vaciló como si estuviera decidiendo si continuar o apartarla a un lado. Ella contuvo la respiración.

Él gimió ligeramente, completamente rendido, luego unió sus labios a los de ella. Ella deslizó los brazos en torno a su cuello y gozó de las sensaciones de su boca. Su cuerpo se amoldó al de él de una manera de lo más inadecuada y extremadamente excitante. Su beso era voraz e insistente, y ella se sentía tan hambrienta como él. Abrió su boca para recibirlo con un ansia que nunca había conocido. Sus respiraciones y sus almas estaban mezcladas. Ella se abrazó con más fuerza a su cuello y él la besó una y otra vez hasta que ella pudo sentir su propio pulso latiendo en sus venas junto al de él. El nombre de él hacía eco en su cabeza como un estribillo repetido en su mente y en su corazón. Los dedos se le crisparon dentro de los zapatos y tuvo ganas de quedarse pegada a él de aquella manera para siempre. Deseaba que la hiciera suya, allí mismo y en aquel preciso momento, fueran cuales fuesen las consecuencias. Deseaba que él la arrastrara por el fascinante camino del escándalo, cualesquiera que fuesen las implicaciones. Deseaba… lo deseaba todo.

De golpe, él se apartó.

—Cassandra.

—Reggie —atrayendo de nuevo sus labios hacia los de ella.

—Cassandra —dijo él con firmeza mientras se deshacía del abrazo.

Ella lo miraba incrédula y con una buena dosis de frustración.

—¿Qué?

Una tos discreta sonó tras ella. La cara de Reggie reflejaba disgusto y su mirada se dirigía a alguien que había por detrás de ella. A Cassie le dio un vuelco el corazón y sintió que se encogía de vergüenza. Alzó la mirada hacia Reggie.

—Por favor, dime que todavía estamos solos.

—Eso es lo que a mí me gustaría. —Le dirigió una mirada de pesar que alivió en algo su consternación, y luego miró por encima de ella—. Un hermoso día para caminar por el jardín, ¿verdad, Marcus?

—Oh, en efecto. —La voz de lord Pennington sonaba divertida—. No hay nada mejor que un paseo por el jardín en un día tan espléndido como éste. Con una hermosa compañía.

Ella respiró con calma y se dio la vuelta, resistiendo el impulso de arreglarse el cabello, probablemente despeinado. Tal vez lo que estuviese mal fuese su vestido, o posiblemente tan sólo el estado de su mente.

Cassie plantó en su rostro una agradable sonrisa y adoptó un tono de voz excesivamente desenfadado. Como si aquello se tratara de un encuentro casual en el jardín y no hubiera sido sorprendida haciendo nada lo más mínimamente inadecuado, y mucho menos escandaloso.

—Lord Pennington, es un placer volver a verle —dijo radiante, pensando que sería mejor no ofrecerle la mano al conde, ya que la mano, al igual que todo en su interior, estaba claramente inestable.

—El placer es mío, señorita Effington. —La mirada de Pennington se movió hacia Berkley, y era obvio que estaba haciendo esfuerzos para no reírse—. Te he estado llamando, pero por lo visto tú... —se aclaró la garganta— ¿no me has oído?

—Sí, está bien, dejémoslo así —murmuró Reggie.

—Yo debo volver al salón. —Cassie asintió con firmeza y se alejó un paso de Reggie—. Yo prometí... quiero decir que le ofrecí a... lady Pennington... a Gwen... —Se le escapó una extraña risa incómoda y algo estridente y se encontró con la mirada de Reggie—. Gracias por mostrarme los jardines. Ha sido de lo más… instructivo. Sin duda los veré a los dos en la cena.

Se volvió para irse, dio unos pocos pasos y luego se detuvo. Ella no solía huir de las situaciones incómodas, y ni el amor, ni la lujuria ni el escándalo la llevarían a hacerlo ahora.

Enderezó los hombros y se volvió para mirar a Pennington directamente a los ojos.

—Confío en que no dirá usted nada acerca de… esto, milord.

—Soy la discreción en persona, señorita Effington. —Había un brillo claramente divertido en sus ojos, pero su voz era solemne—. Además, no merece la pena mencionar a nadie que uno se ha encontrado con dos amigos paseando por el jardín en un precioso día de primavera.

Ella sonrió a pesar de sí misma.

—Es un día precioso.

—En efecto, lo es, señorita Effington.

—Precioso —murmuró Reggie.

Ella les dio los buenos días y reemprendió el camino de vuelta, sintiendo sus pasos y su espíritu considerablemente más ligeros que un momento antes. Gracias a ella se había evitado un escándalo.

Se negó a pensar qué hubiese pasado si alguien más los hubiera visto en el jardín. Era obvio que lord Pennington había respondido teniendo en cuenta los mejores intereses de su amigo. A menos, naturalmente, que estuviera tan acostumbrado a encontrar a Reggie en situaciones semejantes que ya ni siquiera las considerara significativas. Apartó esa inquietante idea de su mente.

Sin embargo, cierto escándalo en torno a Reggie podría disuadir a la señorita Bellingham de las intenciones que pudiera albergar hacia él, si es que efectivamente la joven tenía alguna intención en ese sentido.

Pero ¿qué pasaba con Reggie?

Cassie no había considerado la posibilidad de que ahora que ella ya había llegado al final de su apuesta descubriéndole a la señorita Maravillosa, Reggie pudiera pretenderla seriamente. ¿Qué pasaría si, a pesar de la forma en que la había besado, tuviera tan poco interés en ella como ella había afirmado tener en él? ¿Qué pasaría si, a pesar de sus crecientes sospechas de que él no era el tipo de hombre que su reputación sugería, en realidad sí lo fuese?

Sus pasos se hicieron más lentos. ¿Y si un beso en el jardín, por más extraordinario que hubiera sido, fuera insignificante para él? ¿Y si él siempre besara a las mujeres de aquella forma que les hacía perder el sentido y retorcer los dedos de los pies? Sin duda, unos besos como ésos sólo podía darlos un hombre de reputación infame.

A Cassie la habían besado en otras ocasiones, pero nunca había recibido un beso como el de Reggie. Como los dos de Reggie. Y no estaba dispuesta a dejar escapar de su vida a un hombre que la hacía sentirse de esa forma, cuando estaba en sus brazos y cuando no estaba en sus brazos, un hombre capaz de irritarla tanto como aquél. Si iba a adentrarse por la senda del escándalo, quería hacerlo con el vizconde Berkley. Con Reginald Berkley. Reggie. Y si se le rompía el corazón durante el proceso… bueno… ella no permitiría que eso ocurriese.

Reggie era el hombre destinado a ella, tanto si él lo sabía como si no. Ella simplemente tenía que conseguir que él la deseara del mismo modo que ella lo deseaba a él. De hecho, era incapaz de creer que un hombre que la había besado de aquel modo, un hombre que la miraba a los ojos de aquella manera, un hombre cuyo abrazo se acoplaba a ella como si estuvieran hechos el uno para el otro, no albergara algún afecto hacia ella. Lo único que tenía que hacer ahora era conseguir que él se diera cuenta.

De pronto se le ocurrió la manera. Reggie estaba a punto de proporcionarle los medios para lograr su objetivo. Fuera quien fuese ese lord Perfecto, desde luego iba a ser perfecto para sus planes. En realidad, ¿acaso no había sido el hecho de reconocer sus celos hacia la señorita Bellingham lo que la había llevado a ella a darse cuenta de sus sentimientos hacia Reggie?

Cassie sonrió y retomó su camino. No sólo tenía en mente un plan para conquistar al infame vizconde, sino que además se abría paso en su cabeza una idea respecto a qué hacer con el dinero que había ganado.

Lord Pennington tenía toda la razón.

Aquél era en efecto un hermoso día.

Capítulo diez

No existe una mujer que no posea al menos un atributo digno de elogio.

G. Drummond

—¿*L*o has visto? —Reggie contemplaba alejarse la figura de Cassie, sin saber muy bien qué pensar y bastante aturdido por lo que acababa de ocurrir.

—Difícilmente podía haberme pasado desapercibido —dijo Marcus con ironía.

—Ella me besó.

—Aunque intenté no verlo, porque me parecía lo más educado…

—Ella me besó —volvió a decir Reggie—. Y con mucho entusiasmo.

—Ah, bueno, entonces en realidad yo estaba equivocado. Creí que te había visto a ti besándola a ella, aunque ella no parecía mostrar demasiada resistencia.

—Tal vez entonces ha sido algo mutuo. —Reggie sonrió—. Sí, definitivamente fue mutuo.

Marcus soltó una risita.

—Yo diría que una mujer que besa a un hombre con mucho entusiasmo o bien es una perdida…

Reggie alzó una ceja.

—O profesa cierta dosis de afecto al caballero en cuestión.

La sonrisa de Reggie se hizo más ancha.

—Eso es exactamente lo que yo pienso.

—Bien hecho, amigo. —Marcus le dio una palmadita en

la espalda—. Parece que tus planes después de todo sí tienen éxito.

—En efecto, lo tienen, y sin… —De pronto se dio cuenta de algo y miró fijamente al conde—. Dios santo, Marcus, tenemos que cancelarlo.

—¿Cancelar qué exactamente? —dijo Marcus lentamente.

—Esa completa estupidez de lord Perfecto. —Reggie comenzó a dirigirse de vuelta al salón—. Llegados a este punto ya no es necesario, y de hecho pienso que puede estropearlo todo.

—Eso podría ser bastante…

—Maldición. —Reggie giró sobre sus talones y miró fijamente a su amigo—. Le envié una nota diciéndole que había encontrado a su lord Perfecto. ¿Cómo puedo haber sido tan estúpido? —Se dio una palmada en la frente—. Yo no… —Su rostro se iluminó—. ¿Podría decirle que he fracasado? Sí, eso funcionará. Me declararé derrotado, eso le gustará. Reconoceré que es imposible encontrar un hombre perfecto. A estas alturas, sospecho que ya no le va a importar. —Suspiró con alivio—. Enviaré un mensajero para informar a Effington. Le pagaré mis cuarenta libras y asunto concluido. —Volvió a darse la vuelta para irse.

—Me temo que ya es demasiado tarde —murmuró Marcus tras él.

Reggie sintió un nudo en la boca del estómago y se dio la vuelta.

—¿Qué quieres decir con que es demasiado tarde?

—Effington y su hermano y… —Marcus hizo una mueca— lord Perfecto acaban de llegar.

—¿Qué? Se supone que no llegarían hasta mañana. Recuerdo perfectamente que eso formaba parte del plan. ¿Por qué están aquí?

—Creo que se debe al entusiasmo de Effington por desempeñar su papel.

—Dios nos ampare ante el entusiasmo con que los Effington cumplen su papel. —Reggie lo miró con rabia—. ¿Qué vamos a hacer ahora con lord Perfecto?

—Supongo que tendremos que quedarnos con él.

—Pero al fin y al cabo es un actor. —Reggie caminó arriba y abajo, con su mente trabajando a la velocidad de sus pasos—. Yo diría que podemos mandarlo de vuelta de inmediato. Sí, eso es. Podemos presentarlo precisamente como lo que es, un actor. Es cierto que explicar su presencia puede ser un poco complicado.

—Yo no creo…

—Podemos decir que está aquí porque… Está visitando Holcroft Hall porque… —Reggie arrugó la frente, luego su mirada topó con la de Marcus—. Es un pariente lejano. Un pariente mío… ¡Sí! No. —Negó con la cabeza—. Eso no tiene sentido. Si fuera pariente mío, ¿por qué iba a quedarse en tu finca? Obviamente es pariente tuyo. Sí, eso es. Es un pariente lejano tuyo.

—Eso ciertamente sorprenderá a mi madre —dijo Marcus con ironía.

—Es tan lejano que ella nunca ha oído hablar de él. Además, es como una especie de oveja negra. Un tipo con mala fama, como suelen ser los actores. —Reggie sonrió—. Es una buena idea, Marcus, muy buena.

—No es muy sorprendente, ya que siempre has sido bueno con este tipo de cosas. —Marcus examinó a su amigo con una expresión familiar, una mezcla de completa incredulidad y pura fascinación—. ¿Y por qué ha llegado con Effington?

—¡Coincidencia! —Reggie extendió los brazos en un gesto imponente—. Una simple casualidad. No es nada extraño, ocurre todo el tiempo. Batallas, incluso reinos, han sido a veces ganados o perdidos por pura casualidad. El azar. O el destino, según se mire. El encuentro de dos hombres en la misma carretera con el mismo destino, ¿puede deberse a algo más que una mera coincidencia? Tal vez ese encuentro era inevitable. —Se cruzó de brazos y sonrió satisfecho a aquel que había compartido toda la vida con él ese tipo de actividades—. Nosotros, o mejor dicho, tú, le has invitado cortésmente a pasar la noche aquí, ya que después de todo es un pariente…

—Por muy lejano que pueda ser.

Reggie asintió.

—Y mañana continuará su camino.

—De nuevo, viejo amigo, me dejas pasmado. La idea es realmente brillante.

—Gracias —dijo Reggie con modestia—. No es nada, en realidad.

—Sí, es muy buena. Extremadamente inteligente. —Marcus se encogió de hombros—. Lástima que no vaya a funcionar.

Reggie soltó un bufido.

—Claro que funcionará. Tú mismo has dicho que es brillante.

—Lo es. Y funcionaría si lord Perfecto fuera efectivamente un actor.

Reggie afiló la mirada.

—¿A qué te refieres?

—Por lo visto Effington fue un poco más lejos de lo esperado en su búsqueda de lord Perfecto. —Marcus dejó escapar un hondo suspiro—. El caballero que ha traído con él es el señor Drummond, y es completamente legítimo.

—¿Legítimo? ¿Cómo que legítimo? —dijo Reggie, mientras una familiar y desagradable sensación volvía a instalarse en la boca de su estómago.

—Según me ha explicado Effington, el señor Drummond es el hijo mayor del conde de Longworth. Su padre era el hijo más joven del conde e hizo su fortuna en las Antillas. Drummond es su único heredero.

—Bueno, entonces, en ese caso seguramente Cassandra ya lo ha conocido y…

—Effington me ha dicho que Drummond ha pasado la mayor parte de su vida en las plantaciones de su familia y que ha llegado a Inglaterra hace poco. Desafortunadamente para tus planes, lleva aquí el tiempo suficiente como para haber perdido una apuesta con Effington. Y Effington, siguiendo tu ejemplo…

—Le perdonó la deuda si aceptaba desempeñar el papel de lord Perfecto —dijo Reggie con tono de gravedad.

—Mucho peor que eso. —Marcus hizo una mueca—. No mencionó nada acerca de ese asunto de lord Perfecto. Simplemente le pidió a Drummond que aceptara acompañarlo a Holcroft Hall para hacerle un favor a mi esposa, que necesitaba más invitados varones para que estuvieran equilibrados con el número de mujeres.

Reggie alzó una ceja.

—¿Ah, sí?

—Yo no tenía ni idea, pero por lo visto Effington es tan bueno como tú en eso de inventar historias que suenen creíbles.

—Aun así…. —Reggie lazó las cejas—. Las exigencias que Cassandra hace a lord Perfecto son excesivas. Aunque sea sólo por pura tozudez, no reconocerá que yo he cumplido con mi parte de la apuesta e insistirá en que es ella quien ha ganado. —Se iluminó—. Sí, por supuesto. No sé por qué estaba tan preocupado. No puede existir ningún lord Perfecto, y seguramente ella preferirá ganar antes que admitir mi triunfo. Le pagaré…

—Yo no descartaría tan rápidamente las cuarenta libras.

Reggie examinó a su amigo.

—¿Aún hay más, verdad?

—Drummond es… bueno… —Marcus respiró profundamente—. Puede que realmente sea perfecto.

Reggie se burló.

—No seas absurdo. Ningún hombre es perfecto.

—Tal vez no, pero la verdad es que éste lo parece.

—Tonterías, no puede serlo.

—Sí puede serlo —dijo Marcus a regañadientes—. Aunque no soy muy dado a apreciar la belleza masculina, debo admitir que es un hombre muy guapo. De hecho, a juzgar por la forma en que Gwen abrió los ojos cuando llegó, además de la reacción de la señorita Hilliard y hasta de mi madre, se diría que es extraordinariamente atractivo. Y basándome de nuevo en la reacción de esas tres damas bastante sensatas, también se diría que es extremadamente encantador. —Marcus sacudió la cabeza—. Te diré que no me gustó nada la manera en que miraba a Gwen, y mucho menos la forma en que ella le devolvía la mirada. Sin embargo, Drummond dispensaba la misma atención a cada una de las mujeres. Las tres miraban a ese hombre como si fuera una especie de dulce exótico y ellas estuvieran famélicas. Y el maldito tipo se mostraba sinceramente cordial conmigo también.

—Ningún hombre es perfecto —dijo Reggie con firmeza.

—Probablemente no. —Marcus lanzó a su amigo una mirada compasiva—. Pero Drummond parece estar asquerosamente cerca de la perfección.

Reggie reflexionó durante un momento.

—Esto en realidad no cambia nada. Cassandra definitivamente siente algo por mí. Estoy seguro.

—¿Desde cuándo la llamas Cassandra? —preguntó Marcus con una sonrisa.

—En mi mente desde siempre, en voz alta tan sólo desde hoy. —Reggie puso las manos detrás de la espalda y comenzó a caminar arriba y abajo—. Conseguir un auténtico lord Perfecto sólo debería servir para acabar con la apuesta.

—¿Eres consciente de que cuando ella conozca a ese caballero, que por lo visto es la encarnación de todo lo que ella afirma desear —Marcus medía sus palabras—, puede que en lugar de llegar a la conclusión de que la perfección no es lo que verdaderamente desea en un hombre tal vez descubra exactamente lo contrario?

—Sí, sí, por supuesto, pero hasta este momento no había contemplado esa posibilidad, ni siquiera remotamente —le espetó Reggie—. Nunca creí que realmente fuéramos a encontrar a un auténtico lord Perfecto. —Se detuvo en seco y miró fijamente a su amigo—. ¿Qué voy a hacer?

—No tengo ni idea.

—Yo tampoco. —Reggie reanudó sus paseos—. Lo mejor de un actor era que no representaba una verdadera amenaza. No había posibilidad de que se involucrara realmente en la relación con Cassandra, ya que sólo estaría desempeñando un papel. —Lanzó una mirada a Marcus—. Podría no presentarle a Drummond como lord Perfecto y declarar mi derrota.

—Podrías hacerlo si no le hubieras dicho que él estaría aquí. Y dado que los únicos caballeros solteros aquí presentes son sus propios hermanos, lord Bellingham, que todavía no tiene veinte años, el coronel Fargate, que es desde luego muy mayor para ella, mi abogado el señor Whiting, que continúa enredado con mi madre... —Marcus alzó los ojos al cielo—, lord Townsend...

—¿Por qué no podría decirle que lord Townsend es lord Perfecto?

—Nunca se lo creería. Supongo que Townsend podría ser adecuado, pero al lado de Drummond… —Marcus negó con la cabeza— definitivamente no hay color. En realidad no se me ocurre ningún hombre que no palidezca al lado de Drummond.

—Sin duda tendrá algunos defectos…

—Sin duda, pero puede que no asomen a la superficie tan rápidamente como uno desearía.

—Tal vez encuentre alguna manera de evitar que conozca a Drummond. —La mente de Reggie funcionaba a toda velocidad—. Podría… qué sé yo… raptarla. Sí, eso es. Me gusta esa idea.

—Reggie. —Había en la voz de Marcus un tono de advertencia.

Reggie no le hizo caso.

—Podría llevármela lejos de aquí. Solos los dos. Juntos. Ella se sentiría terriblemente comprometida y no tendría más alternativa que casarse conmigo.

—¡Reggie!

—¿Qué? —Reggie se topó con la mirada desaprobatoria de su amigo y suspiró—. Reconozco que no es así como yo quería hacer las cosas. Y tal vez no es particularmente honorable, pero finalmente haría lo correcto casándome con ella. En efecto, insisto en esta idea.

—Reggie —dijo Marcus con firmeza.

—Muy bien, de acuerdo, entonces no la raptaré. Pero me reservo el derecho de hacerlo si fuera necesario. —Reggie suspiró con resignación—. Marcus, estoy seguro de que yo le importo, o al menos está muy claro que le importaba hace unos momentos en este mismo jardín y sin la presencia de ningún concebible lord Perfecto. No quiero perderla.

—No te pertenece —señaló Marcus—. Nunca te ha pertenecido. Además, siempre te queda la señorita Maravillosa, o mejor, la señorita Bellingham, como otra alternativa. Podrías estar mucho peor.

—Yo no quiero a la señorita Bellingham, es demasiado…

demasiado… —Reggie buscó la palabra adecuada—. Fácil, creo… Fácil de tratar, quiero decir. No puedo imaginarme que vivir con ella suponga ningún tipo de desafío.

—No, me atrevería a decir que nunca ocasionaría grandes problemas a un hombre. Realmente ella parece ser todo lo que un hombre puede desear. Es una pareja excelente.

—No quiero una pareja excelente. No quiero a la señorita Maravillosa. Quiero a Cassandra.

—¿Te das cuenta de que estás bastante loco?

—Lo sé desde hace ya algún tiempo. —Reggie se volvió y emprendió el camino de regreso al salón—. Como mínimo me aseguraré de que Cassandra nunca esté a solas con Drummond. Quién sabe qué planes más viles puede tener en mente ese hombre.

—No creo que tenga ningún tipo de plan vil. Recuerda que es perfecto.

Reggie le lanzó una mirada por encima del hombro.

—Ningún hombre es perfecto.

—Hay algo de positivo en todo esto —gritó Marcus tras él—. Tu apuesta quedará en empate. No perderás cuarenta libras.

—No —murmuró Reggie—. Perdería muchísimo más.

Los invitados de los Pennington se hallaban tranquilamente reunidos en la galería del salón a la espera de la cena. Cassie por un lado observaba la entrada y por otro mantenía una amigable charla con Delia, Gwen, la esposa de su primo Thomas —lady Helmsey, o mejor, Marianne, para los amigos y la familia— y la señorita Hilliard, que ya tenía cara de ciruela pasa y se había quedado sin duda para vestir santos. En el otro extremo de la habitación, su primo Thomas sostenía con lord Pennington, el coronel Fargate, lord Townsend y el señor Whiting lo que parecía ser una animada discusión sobre política o sobre algo igualmente aburrido. En otro grupo, la señorita Bellingham charlaba con su madre, su hermano, lady Pennington y la hija del coronel.

Por mucho que Cassie odiara reconocerlo, la señorita Bellingham era extremadamente agradable, aunque cuando Delia las había presentado la joven la había examinado con mirada asesina. Como si tomara nota de su valor. O evaluara a su enemiga. No es que hubiera habido entre ella nada claramente inapropiado; sin embargo, su encuentro había resultado bastante incómodo.

Cassie todavía no había visto a nadie de la familia de Reggie, y tampoco a sus propios hermanos, aunque había oído que ya habían llegado. De hecho, Delia había dicho que habían venido con el señor Drummond, y aunque ella todavía no había visto al caballero en cuestión, basándose en la entusiasta descripción de Gwen, estaba convencida de que se trataba de lord Perfecto.

Cassie no tenía más que una curiosidad pasajera por saber quién sería el hombre que Reggie iba a presentarle. Oh, desde luego se mostraría coqueta con el caballero, pero sólo en un esfuerzo por atraer la atención de Reggie.

—Dios Santo. —Delia le dio un codazo a su hermana, con la mirada fija en el umbral de la puerta.

—Te dije que no estaba exagerando. —Gwen también contemplaba extasiada al recién llegado.

—Es realmente espléndido. —La señorita Hilliard suspiró como podría hacerlo una colegiala, y por un momento pareció mucho más joven de lo que era.

—No estoy segura de que «espléndido» sea la palabra precisa —dijo Marianne pensativa—, pero no se me ocurre ninguna realmente apropiada.

—Vamos… —Cassie se rio—. No será para tanto… —Se volvió y se quedó literalmente petrificada.

Lord Perfecto se hallaba de pie en el umbral de la puerta.

O al menos era la encarnación de lord Perfecto. Y a juzgar por la expresión de las otras mujeres, no era tan sólo el lord Perfecto de Cassie, sino el lord Perfecto de cualquier mujer. Aunque Cassie estaba segura de que ella nunca había dado detalles sobre la apariencia física de lord Perfecto, el caballero que en aquel momento contemplaba la habitación con aire confiado superaba cualquier imagen que su fértil imaginación hubiese podido concebir jamás.

Era alto, pero no demasiado alto, con un cabello rubio que brillaba sobre su cabeza como el halo de un ángel y que pare-

cía aún más dorado junto a su piel bronceada. Simplemente
por su postura parecía un hombre tan acostumbrado a estar en
los salones de baile como al aire libre. La sonrisa de su rostro
era auténtica, como si no fuera consciente del efecto que su
presencia había ocasionado entre las mujeres reunidas.

En definitiva, aunque quedaba por ver si su carácter se
ajustaba realmente a las exigencias requeridas para Lord Perfecto, hasta el momento Cassie no tenía ni una sola queja. No
sería particularmente difícil flirtear con ese hombre, simplemente en un esfuerzo por despertar los sentimientos de Reggie, por supuesto. ¿Quién en la tierra no se sentiría celoso ante
un hombre como aquél?

Cassie sonrió ante la expectativa.

—Debo reconocer que me fallan las palabras —dijo Delia
por lo bajo.

Gwen asintió.

—Debe de ser el hombre más atractivo que he visto jamás.

La señorita Hilliard suspiró de nuevo.

—Debe de ser el hombre más atractivo que nadie ha visto
jamás.

—Seguro que tiene algunos defectos. —Marianne lo escu-
driñaba por encima de las gafas—. No puede ser tan perfecto
como parece.

Cassie negó con la cabeza.

—Ningún hombre puede ser tan perfecto como él parece.

—Creo que sería de lo más excitante averiguarlo —murmuró la señorita Hilliard.

Gwen se quedó boquiabierta. Las otras mujeres la miraron
fijamente. La señorita Hilliard abrió los ojos con asombro y se
ruborizó. Con aquel color en las mejillas y su expresión arisca
reemplazada por una encantadora vergüenza estaba casi atractiva. De repente, Cassie se dio cuenta de que aquella mujer no
era tan mayor como había pensado al principio, probablemente apenas pasaba los treinta. Y se preguntó también si tras
la severa fachada que la señorita Hilliard presentaba ante el
mundo no se escondería otra mujer obligada a vivir de la cari-
dad de su familia porque no había desarrollado ninguna habilidad en particular y no tenía otra elección.

Marianne alzó una ceja.

—Por Dios, señorita Hilliard.

—Mis disculpas, lady Helmsey. —La señorita Hilliard se ruborizó aún más, si es que era posible—. No debí... en efecto... nunca debí... no sé qué me ha ocurrido.

—Querida, simplemente has dicho lo que todas nosotras estábamos pensando. —Marianne le sonrió con complicidad—. Dado que yo no he tenido el coraje de decirlo, estoy bastante impresionada.

—Yo también —dijo Gwen, todavía mirando a su prima. La señorita Hilliard sonrió tímidamente.

—Viene hacia aquí —dijo Delia por lo bajo.

Como si fueran una misma persona, las tres mujeres se volvieron a la vez hacia él.

Lord Perfecto cruzó a grandes pasos la habitación, tomó la mano de Gwen y se la llevó hasta los labios con una educación que revelaba una elegancia natural, o una muy buena dosis de práctica.

—Lady Pennington, debo decirle de nuevo lo mucho que me alegro de haber sido invitado a su fiesta. —Obsequió a Gwen con una sonrisa llena de intimidad pero a la vez para nada ofensiva—. Más allá de un puñado de parientes, conozco poca gente en Inglaterra.

—Estoy encantada de que haya podido unirse a nosotros, señor Drummond. —Gwen apartó de él su mano y su mirada e hizo un gesto señalando a las otras damas—. Creo que ya ha conocido a mi prima, la señorita Hilliard.

La señorita Hilliard asintió con la cabeza y le lanzó una sonrisa inesperadamente brillante. Él le devolvió una con el mismo brillo, como si realmente se alegrara de verla

—Le presento a lady Helmsey.

—Es un placer, milady.

Drummond tomó la mano de Marianne y la obsequió con la misma atención educada y a la vez personal que había dispensado a Gwen. Estaba por ver si aquel hombre era realmente perfecto, pero desde luego lo que sí estaba claro es que era muy bueno.

—Lo mismo digo —murmuró Marianne.

—Y éstas son lady Saint Stephens y su hermana, la señorita Effington.

—Milady. —Rozó con un beso la mano de Delia y luego se volvió para coger la de Cassie. Sus perfectos ojos azules la miraron—. Señorita Effington, su hermano no les ha hecho justicia, ni a usted ni a su hermana, con sus comentarios.

Cassie se rio.

—No estoy segura de querer oír lo que ha dicho.

—Ha dicho que eran ustedes preciosas. —Una sonrisa perfecta se dibujó en sus perfectos labios.

Efectivamente era muy bueno, y Cassie se preguntó hasta qué punto sería perfecto. Y se preguntó también por qué, aunque no había nada en él que comportara el más mínimo fallo en sus modales o su apariencia, ella no sentía más que una simple curiosidad, pero no se hallaba en absoluto fascinada por él.

Él se llevó su mano a los labios y ella alzó la mirada por encima de él al advertir que Reggie y sus hermanos entraban en la habitación. La mirada de Reggie se encontró con la suya y ella le sonrió, luego volvió a dirigir su atención a Drummond y se rio con verdadero deleite.

—Señor Drummond, conseguirá usted que me ruborice hasta la punta de los pies. —Lo obsequió con la más coqueta de las sonrisas.

—No deseo otra cosa, señorita Effington —dijo él con suavidad.

Delia contuvo la risa. Marianne y Gwen intercambiaron miradas divertidas y la señorita Hilliard suspiró. Otra vez.

Drummond le soltó la mano con una reticencia halagadora y se volvió hacia Gwen.

—Lady Pennington, ¿puedo pedirle que me presente al resto de invitados?

—Era precisamente lo que iba a sugerirle. —Gwen le lanzó una sonrisa perfecta—. Discúlpennos.

Las mujeres murmuraron su aprobación y observaron a Drummond alejarse con Gwen hacia otro grupo de invitados.

—Ciertamente parece perfecto —dijo Cassie pensativa.

—¿Y lo es, no? —dijo Marianne, sonriendo—. Qué interesante mezcla de invitados ha reunido Gwen. Estos días van a ser de lo más fascinantes. —Hizo un gesto con la cabeza a las otras damas y cruzó la habitación para unirse a su marido.

—Señorita Hilliard. —Una curiosa luz brillaba en los ojos de Delia—. ¿Ha conocido ya a mis hermanos?

La señorita Hilliard apartó su mirada de Drummond y negó con la cabeza.

—Creo que no.

—Entonces permítame que se los presente.

Delia cogió del brazo a la otra mujer y la acompañó hacia los confiados Leo y Christian.

—Señorita Effington —dijo Reggie de un modo educado y distante, como si nada hubiera pasado entre ellos. Como si no fueran amigos. Resultaba de lo más irritante—. Permítame presentarle a mi madre, lady Berkley, y a mi hermana, la señorita Lucy Berkley.

—Señorita Effington. —Lady Berkley tomó las manos de Cassie—. Estoy encantada de conocerla por fin.

—El placer es mío, milady. Debo decirle que me alegro de verla con tan buen aspecto. —Cassie sonrió a la madre de Reggie. La mujer era varios centímetros más baja que Cassie, tenía el cabello rubio claro, estaba llenita, pero no excesivamente, y había en ella un encantador aire de confusión. Y sus ojos tenían un claro matiz gris—. Tengo entendido que ha estado usted muy enferma.

—Ha sido un milagro, un auténtico milagro. El Señor sabe que no lo merezco, pero estoy de lo más agradecida. Un día me hallaba a las puertas de la muerte y al día siguiente estaba totalmente recuperada. —La dama suspiró profundamente—. Se lo digo sin reparos, estaba convencida de que me iba a morir en cualquier momento.

Cassie lanzó una mirada a Reggie, que mantenía los labios apretados en un evidente esfuerzo por contener su lengua. Qué cosa más extraña. Su madre tal vez fuera excesivamente dramática, pero no era necesario que él adoptara esa expresión tan sufrida.

—Ahora que ha recuperado usted la salud me gustaría mostrarle los dibujos definitivos de las habitaciones de Berkley House para que dé su aprobación. Mi intención es acabarlos durante esta estancia en el campo, así podremos comenzar con los preparativos necesarios cuando regresemos a la ciudad.

—Oh, no, querida, mis opiniones no tienen ninguna importancia. —Lady Berkley abrió los ojos con asombro, como si Cassie hubiera sugerido algo verdaderamente chocante, y negó firmemente con la cabeza—. No, no, lo he dejado todo en manos de Reggie, y en las de usted, por supuesto. Después de todo, lo que vamos a hacer es por el futuro de Reggie, y no por el mío. Nunca interferiría en la vida de mi hijo.

Reggie soltó un bufido.

Su madre lo ignoró.

—Además, él me ha dicho que tiene usted unas ideas maravillosas y muchísimo talento. Y yo ya he visto otras casas que se han beneficiado de su toque de gracia, y estoy de lo más impresionada. —Dio unas palmaditas en la mano de Cassie y se inclinó hacia ella con actitud confidencial—. No tengo ninguna duda respecto a los resultados de esta empresa. Ninguna duda en absoluto. —Lady Berkley soltó la mano de Cassie y le sonrió con satisfacción.

Reggie alzó la mirada al techo.

—Señorita Effington. —Los ojos de Lucy brillaban llenos de interés—. Hábleme de su hermano.

—¿De mi hermano? —Cassie examinó a la muchacha con cautela. Era muy bonita, con su pelo oscuro y el asomo de una gran belleza que todavía estaba por llegar, joven pero exuberante, con un cuerpo ya maduro. Y esos ojos grises que evidentemente eran un rasgo de la familia—. ¿Qué hermano?

—Bueno, no estoy del todo segura. —Lucy arrugó su bonita frente—. De los dos hermanos el que estaba con Reggie en…

—Al que le gané la carrera —la interrumpió Reggie—. El más joven de los hermanos Effington.

—Christian —asintió Cassie.

—Christian —dijo Lucy lentamente, como saboreando el sonido del nombre, y con una expresión claramente calculadora en sus ojos.

Cassie lanzó una mirada a Reggie y alzó una ceja. ¿Cuántos años tenía exactamente esa hermana suya?

Reggie miró con rabia a la muchacha.

—Sabía que era un error permitirte venir a esta fiesta.

—Tonterías, Reginald. —Lady Berkley sacudió la mano para interrumpirlo—. Aparte de que no era una decisión tuya, tiene ya casi diecisiete años y estará en sociedad antes de que te des ni cuenta. Yo, por mi parte, prefiero que ella tenga una muestra de lo que se avecina en una situación en la que no puede meterse realmente en ningún problema. —Lady Berkley sonrió a su hija con afecto—. Dado que conozco prácticamente a la totalidad de las personas presentes estoy segura de que cada movimiento de ella estará vigilado en todo momento.

Lucy abrió los ojos con horror.

—¡Mamá! ¿Cómo se te puede ocurrir tal cosa? ¡Qué humillante! ¡Veré mi vida arruinada cuando apenas acaba de comenzar!

—Sí, lo sé, querida. Mi madre arruinó mi vida exactamente de la misma manera, y confío en que tú hagas exactamente lo mismo cuando tengas una hija. Sin embargo, yo me las ingenié para pasar un buen rato de todos modos, a pesar de los esfuerzos de mi madre, cuando y sólo cuando —lady Berkley hizo una pausa para aumentar el efecto— tuve la edad suficiente para hacerlo.

—Mamá —gimió Lucy.

—Ahora, cariño… —Hizo un gesto con la cabeza señalando el otro extremo de la habitación—. Ve a agitar tus pestañas ante el señor Effington y practica todos esos coqueteos que te he visto ensayar frente al espejo, y recuerda que sólo se trata de practicar, porque no hay aquí absolutamente nadie, y confío, ya que conozco a su madre, que eso incluye también al propio señor Effington, capaz de permitir que hagas otra cosa más que practicar.

Lady Berkley lanzó a Cassie una sonrisa de complicidad, y de golpe Cassie comprendió que en aquella mujer había más de lo que podía verse a primera vista. Y entendió también por qué era más que probable que lady Berkley y su madre fueran efectivamente viejas amigas. Tenían mucho en común.

—Ahora debo excusarme, ya que lady Pennington, Helena, es decir, la madre de lord Pennington, me está haciendo gestos para que me reúna con ella de una manera de lo más insistente. —Lady Berkley miró a Cassie a los ojos—. Estoy segura de que encontraremos tiempo para charlar durante nuestra estancia aquí. Tengo muchas ganas.

—Yo también —murmuró Cassie. Por mucho que aquella mujer le recordara a su propia madre, la verdad era que le gustaba. No a pesar de sus similitudes, sino precisamente por ellas.

Lucy se cruzó de brazos e hizo un puchero.

—Ahora ya ni siquiera le sonreiré. Ella le ha quitado toda la gracia.

—Excelente —soltó Reggie.

—Como quieras. Sin embargo… —Cassie adoptó un tono casual— mis hermanos no son los únicos caballeros solteros que hay aquí. Lord Bellingham no carece de atractivo y te lleva muy pocos años.

—Señorita Effington. —Reggie la miró entrecerrando los ojos—. ¿Qué crees que estás haciendo?

Ella no le prestó atención.

—Y, por supuesto, está el señor Drummond. Si hay un caballero con quien una pueda practicar a gusto el arte de la coquetería ése es el señor Drummond.

La mirada de Lucy se deslizó hacia el caballero en cuestión.

—Es bastante guapo.

—Señorita Effington —gruñó Reggie.

—Oh, yo diría que es mucho más que simplemente guapo —dijo Cassie distraídamente—. Yo diría que es… ¿cuál sería a palabra, milord?

Reggie la miró fijamente durante un momento, luego sonrió con la reticencia de un hombre que acaba de darse cuenta de que está perdido.

—¿Perfecto?

—Efectivamente, eso es. —Cassie reprimió una sonrisa—. Es perfecto, o por lo menos eso parece hasta el momento.

—No estoy muy segura de querer un hombre perfecto. No creo que haya nada divertido en la perfección. Hay algo mucho más interesante en… —la mirada de Lucy se deslizó de Drummond a Christian— lo imperfecto.

—Lucy. —Una extraña nota de pánico sonó en la voz de Reggie.

—No tienes de qué preocuparte, querido hermano. —Lucy dirigía sus palabras a Reggie, pero su mirada continuaba fija en Christian. Levantó la barbilla, enderezó los hombros y adquirió un aire de tener más de dieciséis años—. No es nada más que… práctica. —Sonrió a Cassie y atravesó majestuosamente la habitación, dejando a su hermano con la mirada fija en ella.

—Puede que no se perciba a primera vista —dijo Cassie en voz baja—, pero Christian es un hombre honrado que no suele perder el tiempo con jovencitas, por muy encantadoras que puedan ser. Probablemente está tan a salvo con él como podría estarlo con un hombre de su edad.

Reggie se quedó boquiabierto.

—Su reputación no provoca demasiada confianza en ese sentido.

—La tuya tampoco.

—Es completamente diferente —dijo él con altivez.

—Entiendo. —Ella resistió la urgencia de reírse—. No puedes confiar tu hermana menor a un hombre con la reputación de mi hermano pero no ves ningún problema en que él te confíe a ti la suya.

Las comisuras de sus labios se arquearon a su pesar.

—Eres demasiado lista para tu propio bien, o para el mío. Lo sabes, ¿verdad?

Ella se rio.

—Con todo, como iba diciendo, es totalmente diferente, porque Lucy es todavía una muchacha, mientras que tú…

Ella alzó una ceja.

—¿Sí?

—Tú eres una mujer. Inteligente y confiada y —la miró a los ojos—, de lo más deseable.

Ella tragó saliva.

—Eso que has dicho es de lo más inapropiado.

—En efecto, lo es. Pero también es preciso.

La miró con esos ojos grises perspicaces y fascinantes. Ella contuvo la respiración ante lo que vio en ellos, tal vez no era más que lo que quería ver en ellos, o quizás se trataba de un simple reflejo. Aun así, lo miró fijamente a los ojos y el resto de la habitación se desvaneció, todo se perdió en esa niebla avasalladora y quedaron solos ellos dos. Solos. Juntos.

—Entonces… —La mirada de él fue de sus ojos a sus labios y luego de vuelta a sus ojos—. ¿Servirá Drummond entonces? Como lord Perfecto, quiero decir.

La voz de ella sonó como un extraño jadeo.

—Eso está por verse, pero efectivamente parece perfecto. ¿Y la señorita Bellingham? ¿Cumple con todos tus requisitos?

—Me atrevería a decir que la señorita Bellingham cumple con todos los requisitos de cualquier hombre. —Su voz era profunda, su mirada intensa, y podía no haber estado diciendo nada en absoluto.

—Entonces yo creo que deberíamos declarar un empate. Me refiero a la apuesta.

—¿Y qué haremos ahora? —Él la miraba fijamente.

Una docena de respuestas acudieron a su mente. Ninguna de ellas apropiada. Todas terriblemente escandalosas y de lo más excitantes.

«Aventura, excitación y pasión.»

—Si realmente hemos encontrado a la señorita Maravillosa y a lord Perfecto, yo diría que deberíamos ocuparnos de ellos.

—Eso parece lo más sensato. —Él asintió lentamente.

—Si es eso lo que deseamos. —Ella contuvo la respiración.

—¿Por qué no habríamos de desearlo?

—No hay ninguna razón en realidad, aunque no puedo evitar preguntarme… —Buscó las palabras adecuadas. Nunca le había dicho a un hombre que lo deseaba, o que le importaba o que incluso probablemente lo amaba. Y una vez más le fallaron las palabras.

—Continúa, Cassandra. ¿Preguntarte qué?

—Si no tendrá razón tu hermana. —Cassie respiró profundamente—. Si no habrá algo mucho más interesante… en lo imperfecto.

—Puede que haya algo maravilloso. —La mirada de él buscó la suya.

—¿Lord Berkley? —dijo suavemente una voz femenina.

Cassie se sobresaltó, como si acabaran de ser sorprendidos en una situación comprometida. No era así, naturalmente. Ni siquiera se habían movido. Estaba todavía en medio de la habitación, rodeados de un buen número de personas. A la vista del público.

Sin embargo, aquel momento había sido tan privado.

Reggie sacudió la cabeza como para aclararla. ¿También a él le había sorprendido la intimidad del momento? Le lanzó una sonrisa que reflejaba pesar y se volvió hacia la intrusa.

—Señorita Bellingham, está usted preciosa esta noche.

—Es usted muy amable, milord. —La señorita Bellingham volvió sus grandes e inocentes ojos violetas hacia Cassie—. Espero no haberlos interrumpido.

—En absoluto. —Cassie se esforzó por esbozar una sonrisa agradable—. Simplemente estábamos discutiendo... el atractivo de la perfección.

—¿De verdad? ¡Qué fascinante! —La señorita Bellingham volvió a mirar a Reggie—. Debe explicarme más.

—Lo haría encantado —dijo él con un entusiasmo excesivo. En realidad había sido bastante sutil, probablemente tan sólo Cassie lo había advertido, pero la nota de entusiasmo estaba allí.

—¿No fue san Agustín quien dijo que la verdadera perfección de un hombre estaba en saber descubrir su propia imperfección? —dijo la señorita Bellingham, agitando las pestañas.

—Sí, eso creo. —Reggie le sonrió con deleite—. Muy bien, señorita Bellingham.

—Qué culta es usted —dijo Cassie por lo bajo.

—Y, déjeme pensar, otra cita que me viene a la mente. ¿Cómo era? —Reggie hizo una pausa—. Ah, sí: «El hombre es su propia estrella, y el alma de un hombre honesto y perfecto inspira toda luz, toda influencia...».

—Todo destino —completó la señorita Bellingham, sonriendo con engreimiento—. John Fletcher, creo.

—Excelente, señorita Bellingham, realmente de lo más

impresionante. —Reggie la contemplaba con evidente admiración.

Cassie deseaba abofetearlo. La señorita Bellingham se volvió hacia Cassie con aire expectante.

—¿Señorita Effington?

—¿Sí?

—Seguramente tiene usted alguna cita pertinente que añadir a las nuestras. —La señorita Bellingham la miraba con su aire inocente.

Cassie se encogió de hombros con ligereza.

—Debo confesar que ahora mismo no me viene ninguna a la cabeza.

—La señorita Effington es muy experta en Shakespeare —se apresuró a decir Reggie.

«¿Muy experta?»

Cassie forzó una risa modesta.

—Yo no diría muy experta; no soy ninguna erudita, pero me gusta mucho Shakespeare.

—Como a todos nosotros. —La señorita Bellingham le dedicó una sonrisa excesivamente dulce—. Sin duda Shakespeare tendrá algo que decir acerca de la perfección.

—Él tiene algo que decir acerca de casi todo. —La dulce sonrisa de Cassie disimulaba su desesperada necesidad de encontrar algo que decir que no sonara completamente estúpido. ¿Por qué no compartiría con Delia algo de su interés por la literatura?—. Déjeme pensar…

—Creo que él dijo: «El silencio es el más perfecto heraldo de la alegría.» —Una voz se oyó tras ella.

Cassie se volvió bastante aliviada.

—Me sentiría feliz si pudiera decir más. —El señor Drummond le sonrió—. De *Mucho ruido y pocas nueces*. Es la única cita que puedo recordar de Shakespeare que tenga algo que ver con la perfección, y la verdad es que es bastante oscura. Yo diría que es por eso que resulta difícil de recordar.

—Exacto. —Cassie le sonrió satisfecha.

—Por supuesto —murmuró Reggie.

—Disculpen mi intromisión, pero me gusta extraordinariamente Shakespeare —dijo el señor Drummond.

—Como a todos nosotros —dijo de nuevo la señorita Bellingham, con una sonrisa tan dulce como la anterior.

—Me estaba preguntando si podría hacerle compañía durante la cena, señorita Effington. —El señor Drummond le sonrió con su perfecta sonrisa—. Le confieso que tengo más que un poco de curiosidad por comprobar si es verdad todo lo que su hermano me ha dicho sobre usted.

—¿Le ha dicho que era excéntrica? —soltó Reggie.

—Para nada. —El señor Drummond negó con la cabeza—. Dijo que era notablemente inteligente.

—¿Ah, sí? Debo decirle que me sorprende bastante. —Cassie se rio—. Mis hermanos tienen tendencia a ser un poco críticos.

—No puedo imaginarme qué es lo que podrían criticar en usted —dijo el señor Drummond con firmeza mientras le ofrecía su brazo—. ¿Vamos?

—Yo diría que lady Pennington si duda deseará que procedamos en un orden específico —se apresuró a decir Reggie—. Por precedencia y esas cosas.

—Al contrario, milord. —La señorita Bellingham lanzó una mirada a Reggie—. Me ha dicho que, ya que estamos en el campo y todos somos amigos o lo seremos muy pronto, ella preferiría dispensarnos de ese tipo de formalidades.

—Sin embargo, no es nada apropiado. —El tono de Reggie era de lo más remilgado, y Cassie lo miró sorprendida.

—No tiene importancia, milord, es su casa y creo que deberíamos obedecer sus deseos —dijo el señor Drummond con suavidad.

—Además —añadió la señorita Bellingham—, ella ha dicho que estamos rodeados de vizcondes, lord Bellingham es vizconde también, y eso hace la cuestión de la precedencia especialmente complicada. Su suegra se ha mostrado de acuerdo con ella. Aunque creo que nos ha asignado lugares específicos en la mesa.

—Entonces todo está resuelto. —El señor Drummond volvió a ofrecerle el brazo—. ¿Señorita Effington?

Cassie lanzó una mirada a Reggie. Sus labios esbozaban una educada sonrisa, pero sus ojos estaban ligeramente entrecerrados y lanzaban destellos plateados. Parecía un hombre que se había ganado su reputación. Un hombre a la vez peligroso y excitante. Un hombre probando el gusto claramente amargo de los celos.

Era tan maravilloso.

Cassie tomó del brazo al señor Drummond y le sonrió satisfecha.

—Estoy ansiosa por conversar con usted, señor Drummond. Me gustaría saberlo todo sobre sus plantaciones.

Él se rio.

—Y a mí me gustaría saberlo todo sobre usted.

Se dirigieron hacia el comedor y ella resistió la urgencia de mirar por encima del hombro. Estaba segura de que Reggie acompañaría a la cena a la señorita Bellingham, y no tenía muchas ganas de verla cogida a su brazo, pendiente de cada una de sus palabras.

El objetivo era poner celoso a Reggie. Y lord Perfecto era el hombre adecuado para eso.

Por mucho que odiara reconocerlo, el señor Drummond era efectivamente perfecto, y posiblemente también perfecto para ella. O hubiera podido serlo si su corazón no se hallara ya comprometido. Lo peor es que la señorita Bellingham también parecía extraordinariamente adecuada para Reggie, y quién sabe qué era lo que él sentía.

Cassie confiaba en que Reggie sentía algo de afecto por ella, pero debido a su reputación con las mujeres no podía descartar la posibilidad de que tan sólo estuviera jugando con ella. Nunca hubiera imaginado que encontrar a lord Perfecto y a la señorita Maravillosa podría estar lejos de ser perfecto y maravilloso.

Podía tratarse del mayor error de su vida.

Capítulo once

Una mujer que afirma saber lo que quiere es peligrosa. Una mujer que realmente sabe lo que quiere debe ser evitada a toda costa.

MARCUS, CONDE DE PENNINGTON

Nada le hubiera gustado más a Reggie en aquel momento que estrangular a su anfitriona.

Era cierto que la insistencia de Gwen en ser informales, podía haber actuado en beneficio de Reggie, y si hubiera reaccionado más rápido, podría haber sido él quien acompañara a Cassandra a la cena. En lugar de eso, se había tenido que quedar con la señorita Bellingham, lo cual sin duda le serviría para poner celosa a Cassandra. O al menos le hubiera servido si no fuera por el señor Drummond.

Reggie también hubiera estrangulado de buena gana a Christian por conseguir un lord Perfecto que parecía ser efectivamente perfecto. Y lo peor era que Cassandra no parecía encontrar la perfección aburrida o carente de interés.

Tampoco la disposición de los asientos agradó a Reggie. Él se sentaba entre la señorita Bellingham y lady Saint Stephens, justo frente a Cassandra, quien se sentaba entre lord Saint Stephens y el señor Drummond. Él hubiera preferido estar al lado de Cassandra, y lo más lejos posible de Drummond, para que pudiera presentarse la posibilidad de una conversación íntima con ella y tuviera la oportunidad de perderse en sus ojos azules.

No había ni tan siquiera una posibilidad de que ocurriese

algo remotamente personal hallándose separados por todo el ancho de la mesa.

Si había algún beneficio en la disposición de los asientos era que Lucy se hallaba sentada frente a Christian, y ni siquiera las constantes miradas que le dirigía le valían de nada, pues los adornos de flores y las enormes copas se interponían entre ellos. Había que decir a favor de Effington que parecía estar esforzándose por no alentar a la muchacha, y mantenía una viva conversación con la señorita Bellingham y con la señorita Hilliard, sentadas a su derecha y a su izquierda respectivamente. De hecho, Effington parecía un tanto incómodo con la atención que le dispensaba Lucy, y la opinión que Reggie tenía de él estaba mejorando. Lo mejor era que el joven lord Bellingham, más cercano a la edad de Lucy que ningún otro hombre en la fiesta, parecía prestarle bastante atención. De hecho, el pobre muchacho apenas podía comer, pues no dejaba de devorarla a ella con los ojos. Lucy parecía perfectamente consciente de su interés, y Reggie estaba bastante convencido de que lo alentaba. Resopló para sus adentros. Práctica, efectivamente. Iba a tener que sostener una larga charla con su madre acerca de los peligros de permitir a una joven, y especialmente si ésta era la hermana de uno, tales libertades.

Al otro lado de la mesa, Cassandra se rio ante algo que dijo el señor Drummond, y Reggie tuvo que contenerse para no saltar por encima de la mesa, estampar un puñetazo en el perfecto rostro de Drummond, coger a Cassandra en brazos y fugarse con ella. La ocurrencia de rapto le parecía una idea cada vez mejor.

—Una comida excelente, ¿no le parece, milord? —le dijo la señorita Bellingham.

Él apartó su mirada de Cassandra, adoptó una sonrisa agradable y se volvió hacia la señorita Bellingham.

—En efecto, lo es, señorita Bellingham, pero reconozco que desde que tengo memoria, la cocina en Holcroft Hall siempre ha sido excepcional.

Ella ladeó la cabeza y lo estudió con curiosidad.

—Su finca se halla cerca de aquí, según tengo entendido.

Reggie asintió.

—Berkley Park está apenas a media hora de aquí.

—Me encantaría verla.

—Tal vez podamos organizar una excursión allí durante su estancia. —Por el rabillo del ojo advirtió que Cassandra lo estaba mirando y sonrió a la señorita Bellingham—. Berkley Park es magnífico durante esta época del año.

—No lo dudo. A mí me gusta mucho el campo.

—¿Ah, sí? —Él alzó una ceja—. Pensaba que una joven como usted, considerada un excelente partido y una de las grandes bellezas de la temporada, preferiría la excitación de Londres antes que la tranquilidad de la vida del campo.

—En absoluto. —Negó la veracidad de su comentario agitando su preciosa mano—. Prefiero la franqueza del campo y poder pasearme con libertad, sin las restricciones a las que una está sometida cuando tiene que limitarse a alguna excursión ocasional a Hyde Park. —Sonrió con ironía—. Cuando una es considerada una de las grandes bellezas de la temporada, cada cosa que hace está siendo observada, examinada y juzgada. Sospecho que gran parte de la gente de la alta sociedad está pendiente de ver si te saltas o no sus ilustres reglas, y una porción aún más grande están esperando que lo hagas.

Reggie alzó las cejas.

—¿Esa no es una visión un poco hastiada?

—Probablemente, pero precisa en todo caso. —Se encogió de hombros—. Debo confesarle que en realidad tiene que ver con eso el hecho de que cuando lady Saint Stephens me habló de la apuesta que usted hizo con su hermana, me sentí de lo más intrigada y acepté desempeñar un papel para favorecerle. —Se inclinó hacia él y bajó la voz con actitud confidencial—. Puede ser mortalmente aburrido, ya sabe, simplemente ir de fiesta en fiesta, siempre comportándose de forma apropiada, con el fundamental propósito de un buen matrimonio, y con suerte, tal vez afecto, e incluso amor. —Se reclinó en la silla y lo observó pensativa—. Todo tipo de diversión o de aventuras se limita a lo que puede encontrarse en un salón de baile. A menos, naturalmente, que una tenga la oportunidad de participar en una farsa como ésta.

Él se rio.

—Y usted está haciendo un trabajo excelente, señorita Bellingham. Valoro mucho sus esfuerzos.

Ella hizo una larga pausa, como si estuviera escogiendo las palabras, y lo miró directamente a los ojos.

—Mi querido lord Berkley, no estoy del todo segura de que siga desempeñando un papel.

—¿A qué se refiere? —preguntó él lentamente.

Ella sonrió.

—Milord, es usted un excelente partido. Tiene un buen título y una buena fortuna. Es excepcionalmente atractivo y muy culto. En definitiva, representa usted todo lo que una mujer puede desear de un marido.

Él reprimió una punzada de pánico.

—Oh, sin duda puede usted encontrar a alguien mejor.

Ella se rio con deleite.

—Y es usted de lo más humilde también. No, milord, me temo que usted me gusta bastante.

—Pero yo estoy enamorado de la señorita Effington.

—¿Lo está? ¿Se le ha declarado?

—Bueno, no.

—Entonces, ¿no le ha pedido la mano?

—Todavía no.

—Entiendo. Entonces en realidad no está usted comprometido.

—Supongo que podría decirse eso…

—En efecto, lo digo, milord. —Se inclinó hacia delante, mirándolo con sus ojos violetas—. Cuando acepté participar en esta farsa suya, fue porque me pareció de lo más divertido. Ahora creo que puede haber un beneficio mucho mayor que la mera diversión.

Él buscó a tientas las palabras adecuadas.

—Es usted extraordinariamente directa, señorita Bellingham.

—No veo razón para no serlo y para no ser además honesta. —Había en sus ojos un brillo malicioso—. Resulta que me gustan los hombres con cierta reputación. Hombres que tienen fama de hacer exactamente lo que desean sin temor a las consecuencias. Hombres que se atreven a conseguir lo que desean. Hombres exactamente como usted.

—Por Dios, señorita Bellingham. —Él la miraba fijamente con creciente horror. Aquél era el peor momento para que su plan original de atraer a las mujeres empezara a funcionar.

—Y además de todo lo que encuentro de lo más atractivo en usted, me entusiasmaría ser una vizcondesa. La próxima vizcondesa Berkley.

—¡Señorita Bellingham!

—Felicity. —La palabra casi fue un ronroneo.

—Señorita Bellingham —dijo él con firmeza—, me siento de lo más halagado, pero mis sentimientos ya están comprometidos.

—Por el momento.

—Para siempre.

—Ya lo veremos, milord. —Le dedicó una sonrisa tan decidida que le dio un vuelco el corazón—. Ya lo veremos. —Se volvió para hablar con Effington.

Reggie, petrificado, alzó los ojos hacia el otro lado de la mesa y se topó con la mirada irritada de Cassandra. Logró esbozar una débil sonrisa. Ella entrecerró ligeramente los ojos y se volvió de nuevo hacia el señor Drummond.

Maldición. ¿Qué iba a hacer ahora? Desde luego no podía evitar a la señorita Bellingham y a la vez poner celosa a Cassandra. Aunque, a juzgar por la cruel mirada que ella acababa de dirigirle, la parte de los celos estaba funcionando maravillosamente. Sin embargo, prestar cualquier tipo de atención a la señorita Bellingham llegados a este punto sólo serviría para afianzar su firme decisión de convertirse en la vizcondesa Berkley.

Gimió para sus adentros. ¿Cómo había podido salir todo tan mal? ¿Y qué iba a hacer para arreglarlo?

Lo del rapto parecía ahora una idea realmente excelente. Claro que Cassandra tal vez podría rechazar casarse con él de todas maneras. A pesar de su inflexible punto de vista sobre lo que era apropiado y lo que no, era lo bastante testaruda como para permitir que su reputación fuera arruinada y declarar que había tenido razón desde el principio: ellos no encajaban.

Después de todo, sólo un hombre de reputación infame recurriría a un secuestro. Además de eso, el escándalo que se formaría en torno a él únicamente serviría para volverlo más atractivo a ojos de la señorita Bellingham, y quién sabe lo lejos que sería capaz de llegar para obtener lo que deseaba. Oh, no, ella era una criatura peligrosa y aterradora.

Tal vez era el momento de arriesgarse a confesarle sus sentimientos a Cassandra. Arriesgarse a ofrecerle su corazón. Era posible, dados los momentos que habían compartido, que sintiese lo mismo que él.

No quería volver a lanzarse al precipicio si no era cogido de la mano de la mujer que amaba. Y no le entusiasmaba la idea de arrastrarla al borde del acantilado mientras ella daba gritos y patadas. Pero lo haría si tenía que hacerlo. No estaba dispuesto a perderla. Ignoró esa voz en su cabeza que le decía que en realidad nunca la había tenido. Tenía que emprender algún tipo de acción, y lo antes posible.

Antes de que Cassandra decidiera que lord Perfecto era efectivamente perfecto para ella.

Antes de que la señorita Maravillosa se instalara cómodamente como la nueva lady Berkley.

Antes de que hubiera otro giro imprevisto en aquel plan cada vez más enrevesado y Reginald, el vizconde Berkley, decidiera renunciar por completo a todas las mujeres y pasar la vida en un tranquilo y agradable monasterio. Preferiblemente rodeado de monjes que fabricaran un brandy decente.

En aquel momento esa idea cobraba un gran atractivo.

Cassie estaba apoyada sobre la barandilla de piedra de la terraza de Holcroft Hall y observaba la multitud reunida en el salón a través de las grandes puertas francesas que se hallaban abiertas para dejar entrar la brisa de la noche. En aquel momento, Cassie prefería estar fuera, bajo las estrellas, con aquel aire fresco. Además, era un excelente lugar desde donde observarlo todo, y relativamente privado también.

Se debatía entre unirse a las mesas donde se jugaba a las cartas o al grupo de jóvenes que se habían reunido cerca del pianoforte, donde la señorita Bellingham y el señor Drummond tocaban dúos en armonía. En perfecta armonía.

O tal vez simplemente debería agarrar a Reggie, que en aquel momento se hallaba enfrascado en una conversación con lord Pennington, Thomas y Saint Stephens, arrastrarlo hasta el jardín de rosas y darle la oportunidad de estar a la altura de su reputación dejándose seducir entre los setos. No era una alternativa apropiada, pero definitivamente ocupaba un número alto en la lista.

La cena se le había hecho interminable pero a la vez muy agradable. El señor Drummond era encantador y de lo más atento. Cassie descubrió que le gustaba mucho, y por más que lo intentara, no conseguía hallar en él nada que no pudiera considerarse… en fin… perfecto.

Era divertido pero tenía un excelente sentido del ridículo. Cassie se había reído casi tanto como había comido. Era simpático pero no invasivo, coqueto pero no presuntuoso, inteligente pero no engreído, y modesto sin fingir falsa humildad. En definitiva, tenía todo lo que ella siempre había creído que podía desear en un hombre.

Excepto que era el hombre equivocado.

El hombre que ella quería era, en aquel preciso momento, el objeto de atención de la señorita Bellingham, aunque era verdaderamente asombroso cómo esa mujer podía tocar tan bien al mismo tiempo que lanzaba miradas seductoras a Reggie, al otro lado de la habitación. ¿Había alguna cosa que la señorita Bellingham no hiciera bien? Cassie dudaba que nadie la hubiera descrito jamás como excéntrica.

Sin embargo, Cassie tenía que reconocer que Reggie no parecía tan pendiente de la señorita Bellingham como ella lo estaba de él. De hecho, a menos que Cassie se equivocara, las sonrisas que él dirigía a la joven expresaban poco más que simple educación. Cassie se sintió más animada. Tal vez, a pesar de las conversaciones íntimas que Reggie y la señorita Bellingham parecieron mantener durante la cena, él no estaba especialmente interesado en ella después de todo.

En aquel momento, Reggie estaba concentrado en vigilar las sonrisas que su hermana dedicaba a lord Bellingham, las miradas que de vez en cuando lanzaba al señor Drummond y la escandalosa manera en que coqueteaba con Christian, que tenía una expresión no muy distinta a la de un animal cazado. Cassie reprimió una sonrisa. Le estaba bien merecido a Christian ser perseguido por una mujer, o mejor dicho, una muchacha, a quien no podía corresponder, especialmente dado el interminable número de mujeres con las que probablemente habría coqueteado. Y le estaba bien empleado también a Reggie, sin duda.

Sin embargo, ese hombre era un enigma. Lo examinó pensativa. Se mostraba protector con su hermana y obviamente le importaba su futuro. Tenía un aire sufrido con su madre, sin embargo, también se notaba que le profesaba mucho cariño. Era el fiel amigo de toda la vida de lord Pennington, amigo también de Thomas, y tanto Gwen como Marianne hablaban muy bien de él. Nada de lo que Cassie había descubierto de primera mano acerca de Reggie encajaba ni siquiera ligeramente con su reputación.

De todas formas, a ella ya no le importaba lo que pudiera haber hecho o dejado de hacer en el pasado, sino sólo lo que haría o no haría en el futuro.

—Veo que has cambiado de opinión respecto a Berkley.

Leo acudió paseando junto a ella.

Ella se rio.

—¿Por qué diablos habría de hacer semejante cosa?

—Querida hermana, te conozco mucho mejor de lo que crees. —Una sonrisa engreída curvó las comisuras de sus labios—. He advertido que aunque es obvio que has despertado el interés del señor Drummond, un caballero, debo añadir, que ha conseguido que todas las mujeres se abaniquen de un modo frenético y lo miren como si fuera un bocado de lo más apetitoso, tú no lo miras de la misma forma —Leo hizo una pausa para enfatizar— que miras a lord Berkley.

—Tonterías, Leo. —Cassie agitó su abanico con aire ausente, luego se detuvo de golpe—. Yo no miro a lord Berkley de ninguna manera especial.

Leo levantó una ceja con escepticismo.

—No lo hago.

Él sonrió.

Ella suspiró con resignación.

—Bien. Puede que esté mínimamente interesada por él.

—Lo sabía. —Su sonrisa se ensanchó—. ¿Supongo, por lo tanto, que estás dispuesta a lanzarte a la aventura de reformar a un vicioso?

—Si debo hacerlo… —Negó con la cabeza—. Pero, en realidad, Leo, no estoy segura de que necesite ser reformado. Más allá de eso —le lanzó una débil sonrisa—, creo que lo prefiero exactamente tal y como es.

—¿Ah, sí?

—Me temo que sí.

—Entonces —Leo escogió sus palabras con cuidado—, dado que nunca habías considerado la posibilidad de reformar a un hombre y nunca has hablado de un caballero del modo en que hablas de éste, ¿debo dar por supuesto que él te importa? ¿Que tal vez lo amas?

—Eso parece.

—Ya veo. —Asintió lentamente—. ¿No estarás considerando hacer alguna insensatez?

—Todo lo que considero parece bastante insensato. —Estudió a su hermano detenidamente—. ¿Qué entiendes exactamente por insensato?

—Quiero decir que hay un buen número de maneras en que una mujer puede… en fin… forzar a un hombre a casarse.

—¿Forzar? ¡Forzar! —Ella lo miraba sin dar crédito—. ¡No puedo creerme que estés diciendo tal cosa!

—Yo simplemente…

—En primer lugar, como tú bien sabes, he tenido un buen número de propuestas de matrimonio a lo largo de estos años, ninguna de ella forzada. Además, ¿honestamente crees que yo le permitiría a él o a cualquier otro hombre… que me comprometiera con el fin de incitarlo al matrimonio?

—Shhh. —Él miró alrededor y bajó la voz—. Reconozco que la idea se me ha pasado por la cabeza.

—¡Leo!

—Vamos, Cass, no es del todo descabellado. Tú siempre has hecho todo lo que has querido para conseguir lo que deseas.

—Dentro de los límites de un comportamiento respetable.

—La mayoría de las veces.

—Tonterías. —Su voz sonaba indignada—. Si yo me viera comprometida, no consideraría ni por un momento exigir el matrimonio.

—Sí, bueno, no haría falta que lo hicieras tú. —Su tono era altivo—. Sería yo quien insistiría.

—Tú no tendrías nada que decir al respecto. Me atrevería a decir que ni siquiera llegarías a enterarte. —Le lanzó una mirada llena de rabia—. No puedo creer que me veas capaz de hacer semejante cosa.

—Bueno, tal vez he sido un poco precipitado —se disculpó a regañadientes. A Leo le costaba tanto como a ella reconocer que estaba equivocado.

—Tal vez —le riñó ella, luego trató de respirar con calma—. Leo, no tengo intención de forzar a nadie para que se case conmigo. Si efectivamente me caso, será porque los dos lo deseamos.

—Mis disculpas. No debí haber dicho lo que dije. —Le sonrió arrepentido—. Simplemente estoy demasiado acostumbrado a preocuparme por ti como para dejar de hacerlo ahora. Debo aceptar que eres una mujer inteligente con capacidad para tomar tus propias decisiones en la vida.

Ella entrecerró los ojos.

—No te creo.

—Y no deberías hacerlo. —Él sonrió—. No tengo intenciones de permitirte hacer nada que pueda arruinar tu vida.

—Tu preocupación es conmovedora. —Ella lo examinó durante un largo momento. Lo último que quería era que Leo creyese que ella podía tener planes ilícitos respecto a Reggie y vigilara cada uno de sus movimientos—. Ya te he dicho que no tengo intenciones de atrapar a lord Berkley en el matrimonio.

—Entonces no hay nada de qué preocuparse. —Su tono se suavizó—. Cassie, estoy encantado de que por fin hayas encontrado a un hombre con quien deseas casarte, y estoy dispuesto a hacer cualquier cosa que necesites para favorecer esta historia de amor… hasta cierto punto, por supuesto.

—¿Lo estás?

—Lo estoy. Nada me gustaría más que verte casada y feliz. Y espero con ansia que los días de preocuparme por tus acciones y temer por tu futuro se acaben de una vez.

Cassie contuvo la urgencia de decirle a Leo que ella tenía intenciones de continuar redecorando casas después de casarse, especialmente ahora que ya tenía una vaga idea de lo que podía hacer con sus ganancias. En efecto, si se casaba con Reggie, era muy posible que los servicios de la vizcondesa Berkley se pagaran aún mejor que los de una Effington. Rechazó la idea de que tal vez Reggie no quisiera que ella continuara.

—¿Me perdonas entonces?

—Es posible. —Ella reflexionó un momento—. Leo... —Trató de dar a su voz un matiz despreocupado—, ¿qué piensas de la señorita Bellingham?

—¿La señorita Bellingham? —La mirada de Leo se deslizó hacia la joven sentada ante el pianoforte, y un brillo iluminó sus ojos—. Me atrevería a decir que pienso exactamente lo mismo que cualquier otro hombre que se ha cruzado en su camino. Es exquisita. Un diamante de primera clase. No puedo encontrar en ella nada que no sea prácticamente perfecto. Efectivamente, es la viva imagen de la perfección. Su silueta, su figura... sus ojos violetas, ya sabes.

—Sí, me he fijado. —Cassie resistió la urgencia de mostrarse sarcástica—. También me he fijado en con cuánta frecuencia dirige esos ojos violetas hacia Reg... hacia lord Berkley.

—¿Eso hace? —Examinó a la joven, pensativo—. ¿Y tú preferirías que los dirigiera hacia otro lugar?

Cassie sonrió.

—Me conoces bien.

—¿Tal vez en mi dirección?

—Vaya, ojalá se me hubiera ocurrido.

Leo dejó escapar un exagerado suspiro.

—Será todo un sacrificio, pero es lo mínimo que puedo hacer por la felicidad de mi hermana.

—No te estoy pidiendo que te cases con ella, no estoy muy segura de que tanta perfección encajara entre los Effington. Simplemente se trata de que la distraigas. Mantén ocupada su atención. Flirtea con ella. Déjale coquetear contigo. Ese tipo de cosas.

—Seguro que se me ocurre algo —murmuró Leo, con los ojos fijos en la señorita Bellingham—. Las cosas que hago por mi hermana.

—Sin duda será de lo más desagradable —dijo Cassie con ironía.

—Horrible. La verdad es que no sé si voy a sobrevivir. —Le sonrió con picardía, luego cruzó la terraza a grandes pasos y atravesó las puertas para reunirse con los invitados que se agrupaban en torno al pianoforte.

Cassie lo observaba con una sonrisa traviesa. En su papel de hermano mayor sobreprotector, Leo podía resultar de lo más irritante. Sin embargo, estaba claro que tenía encanto. Cassie lo había visto conquistar a un buen número de mujeres, y tenía que admitir que era casi irresistible. No tenía por qué preocuparse de la señorita Bellingham, al menos de momento. De hecho, tenía cosas mucho más importantes de las que ocuparse ahora mismo.

Se dio la vuelta distraída fijó la vista en la oscuridad del jardín de rosas. Cassie no sabía muy bien cuándo había tomado la decisión de confesarle sus sentimientos a Reggie. Tampoco sabía muy bien cuándo había llegado a reconocerlos. Había estado a punto de declararse a él aquella misma tarde en el salón, y ahora se alegraba de no haberlo hecho. Siempre existía la posibilidad de que él no sintiera lo mismo que ella, y sería mucho menos humillante descubrirlo en privado que en medio de un salón lleno de gente.

No tenía intenciones de atrapar a Reggie en el matrimonio, pero, aunque nunca sería capaz de confesárselo a Leo ni a ninguna otra persona con la excepción, tal vez, de Delia, la idea de acostarse con él desde luego sí se le había pasado por la cabeza.

Reggie era el primer y único hombre cuyos besos habían debilitado su voluntad y le habían hecho doblar los dedos de los pies. El primer y único hombre que llenaba sus pensamientos día y noche. El primer y único hombre al que había amado. Si no podía ser su marido, no quería que lo fuese tampoco ningún otro hombre. Pero la idea de compartir su cama, de estar entre sus brazos, de hacer el amor con él… en fin, eso no quería perdérselo.

Dios Santo, ¿qué le había ocurrido? Ya no estaba preocupada por evitar un escándalo, sino que estaba más que dispuesta a lanzarse a él. Deseaba el matrimonio, pero deseaba todavía más a Reggie. Quería adentrarse con él por la senda del escándalo, fueran cuales fuesen las consecuencias.

Era el momento de decirle lo que sentía. El momento de que arrojara a un lado toda precaución y emprender una seria persecución del hombre al que amaba.

—Esto está empezando a tener todo el encanto de una farsa francesa, ¿no crees? —Reggie le habló al oído en voz baja.

Ella se volvió con una sonrisa y contempló el salón lleno de gente.

—Parece que están pasando todo tipo de cosas interesantes en el salón.

—Efectivamente. La mayoría de ellas bastante…

—¿Traviesas?

Él se rio.

—Por decirlo suavemente. —Reggie se cruzó de brazos, se apoyó contra la barandilla y señaló con la cabeza hacia los jugadores de cartas—. En aquella esquina, tienes a la madre de Marcus, que mantiene una relación con el caballero que está frente a ella, el abogado de la familia, el señor Whiting, desde hace unos cuantos años.

—¿En serio?

Él asintió.

—Y también en la misma mesa, he visto que mi madre agitaba las pestañas ante el coronel Fargate.

—Parece que hay mucha agitación de pestañas en la habitación. —Cassie se rio—. La señorita Hilliard parece haber perdido varios años en el proceso, y la señorita Fargate está de lo más animada.

—Es impresionante. Por momentos resulta difícil ver quién está lanzando miradas a quién. —Reggie sonrió—. Aunque, afortunadamente, el coqueteo de mi madre no le impide mantener su ojo vigilante sobre mi hermana. —Soltó un sufrido suspiro—. Lucy está decidida a flirtear con todo caballero disponible en la habitación.

—¿Práctica?

—Odio esa palabra —murmuró él.

—Parece estar dirigiendo su atención principalmente hacia Christian. —Cassie observó al grupo reunido en torno al pianoforte—. En perjuicio del joven lord Bellingham, debo añadir, que parece muy interesado por tu hermana.

—Maravilloso —dijo él con gravedad.

—Creo que es bastante divertido.

—¿Te refieres a todo esto?

Reggie señaló la habitación.

—Todo esto lo es, por supuesto, pero me refería a ti.

Él alzó una ceja.

—¿Me encuentras divertido? ¿En qué sentido?

—En muchos sentidos, de hecho, pero en este momento, creo que tu actitud sobreprotectora hacia tu hermana es de lo más graciosa. —Se encogió de hombros—. Especialmente dada tu reputación. Aunque supongo que es por eso, precisamente, que debes de ser muy consciente de la dudosa naturaleza de los hombres.

—¿Debería serlo? Sí, por supuesto, lo soy, en efecto, lo soy. —Él vaciló, como si estuviera decidiendo qué decir—. Respecto a esa infame reputación que tengo…

—¿Sí?

—Probablemente debería decirte… Puede que haya llegado la hora… de la honestidad y todo eso. —La miró fijamente a los ojos durante un largo momento, luego dejó escapar un resignado suspiro—. Estoy dispuesto a cambiar.

—¿Es eso cierto?

—Sí, lo estoy. —Hizo una pausa para escoger las palabras—. Me he dado cuenta, especialmente gracias a un comentario sin importancia durante la cena…

—¿Un comentario de la señorita Bellingham? —El tono ligero de Cassie desmentía su sorpresa.

Él asintió.

—Definitivamente sí.

—¿Estás dispuesto a reformarte por algo que ha dicho la

señorita Bellingham? —dijo ella lentamente, con un nudo en el estómago.

—Por Dios, sí. —Reggie sacudió la cabeza—. Es una joven de lo más decidida.

Cassie lo miraba fijamente.

—¿Decidida?

—Decidida a conseguir lo que quiere. —Reggie lanzó una mirada a la señorita Bellingham—. Puede que no se note a simple vista, pero sospecho que Felicity tiene una voluntad de hierro.

—¿Felicity? —El nudo se hizo aún más estrecho.

—Ese es su nombre. —Se encogió de hombros—. Después de nuestra conversación, me es difícil pensar en ella como señorita Bellingham. Oh, sé que es de lo más inapropiado referirme a ella por su nombre de pila, pero con todo, dado que la vida en el campo es tan informal, lo que no se tolera en la ciudad siempre ha sido mucho más aceptable aquí. Aunque dudo que sea capaz de llamarla Felicity a la cara o delante de otra persona.

El nudo continuaba retorciéndose.

—Bueno, la has llamado así delante de mí ahora.

—Sí, por supuesto, pero tú y yo somos amigos. Podemos ser honestos el uno con el otro. —Le sonrió—. Bajo la mayoría de circunstancias.

—La honestidad está sobrevalorada —murmuró Cassie, mientras buscaba a tientas las palabras correctas—. ¿Debo entender que estás dispuesto a reformarte por la señorita Bellingham?

—Absolutamente.

Reflexionó un momento, luego abrió los ojos con asombro y sacudió la cabeza con vehemencia.

—No, eso no era lo que quería decir. No por la señorita Bellingham, sino a causa de la señorita Bellingham. Es completamente distinto.

—¿Lo es?

—Sí, efectivamente.

Ella apretó los dientes.

—Tal vez puedas explicarme la diferencia.

—Tal vez podría. —Se encogió de hombros con impotencia—. Pero no puedo. En realidad, no.

—Creo, milord —escogió las palabras cuidadosamente y las obligó a atravesar el nudo que tenía en la garganta—, que después de todo me debes cuarenta libras.

—¿Qué? ¿Por qué?

—Porque es evidente que ella es tu señorita Maravillosa.

Él alzó las cejas.

—Sí, y yo he encontrado a tu lord Perfecto, así que sigue siendo un empate. Además, ella no es mi señorita Maravillosa, es simplemente una señorita maravillosa. —La miró fijamente durante un momento y sus ojos se abrieron con asombro—. Me parece, señorita Effington, Cassandra, que estás celosa.

—Desde luego que no —se defendió ella. La ira arrastraba la angustia que la atenazaba al pensar en su buena disposición a ser reformado por la señorita Bellingham y al darse cuenta de que la joven tenía que gustarle mucho.

El sonrió de una manera de lo más engreída.

—Desde luego que lo estás.

—No seas absurdo. No estoy celosa, pero reconozco que estoy… preocupada. Sí, eso es. Eso es exactamente. Estoy preocupada.

—¿Lo estás? —Él continuaba exhibiendo esa sonrisa de satisfacción, y ella resistió el impulso, o más bien, la necesidad, de abofetearlo. Con fuerza. Con la mano desnuda.

—Igual de preocupada que lo estaría por cualquier amigo que estuviera a punto de cometer un lamentable error.

—Sospecho que eres la única que piensa que la señorita Bellingham, Felicity, podría ser un lamentable error. —Lanzó una mirada a la señorita Bellingham—. Todos los demás caballeros, incluyendo tu propio hermano, según veo, y me atrevería a decir que también la mayoría de las damas, piensan que sería una excelente pareja.

—Vamos, Reggie, fíjate en la forma en que te mira. Es… una depredadora.

Él contuvo la risa.

—No tiene ninguna gracia. He visto a mujeres mirando a

mis hermanos exactamente de la misma forma. Te mira como si ella fuese un perro de caza y tú un zorro. Un zorro muy lento y no muy astuto.

—Tus halagos me harán perder la cabeza —dijo él con ironía.

—Ella está más interesada en tu título y en tu fortuna que en ti.

—Una vez más, tu opinión sobre mi atractivo me supera.

—Basta, Reggie. Tú puedes ser de lo más encantador y lo sabes muy bien, igual que lo saben probablemente cientos de mujeres inocentes.

—Ciertamente. —Se encogió de hombros, aparentando modestia.

—No es la primera mujer como ella que conozco. Es implacable a la hora de conseguir lo que quiere.

—En ese sentido, ¿no es exactamente como tú?

—En absoluto. Yo… —Pensó durante un momento—. Hay líneas que yo nunca cruzaría. —De golpe la idea de que Reggie pudiera verse comprometido le vino a la cabeza. Por mucho que Cassie anhelara compartir su cama, ella nunca usaría su ruina para obligar a Reggie al matrimonio. Pero dudaba que la señorita Bellingham pensara lo mismo.

—¿Por qué te preocupas, Cassandra? —La miró a los ojos—. Después de todo, el señor Drummond tiene todo lo que siempre has querido. Y parece muy interesado por ti.

—Me preocupo porque eres mi amigo. No es más que eso. Y tienes razón, el señor Drummond tiene todo lo que siempre he deseado. Y a mí también me gusta.

—¿De verdad te gusta?

—¿Por qué no habría de gustarme? Es un hombre perfecto.

—La perfección está tan sobrevalorada como la honestidad.

—Para nada. —Hizo un gesto altivo—. La perfección es… perfecta.

—No has respondido mi pregunta. —Afiló la mirada—. ¿Hasta qué punto te gusta?

—Todavía no lo he decidido. —Se volvió y comenzó a dirigirse hacia el salón—. Pero ha llegado el momento de descubrirlo.

—¡Cassandra! —La cogió del brazo y la hizo volver de un

tirón. El abanico se le escapó de la mano y cayó por encima de la barandilla.

Ella se soltó y lo miró con rabia.

—Mira lo que has hecho. —Se apartó, miró por encima de la barandilla y mintió—. Era mi abanico favorito.

—Mis disculpas —le dijo él enfadado—. Pero creo que no habíamos acabado nuestra conversación.

—Estás equivocado. —Se dirigió hacia las escaleras que conducían al jardín.

—Y además —dijo él detrás de ella—, creo que ha sido de lo más grosero por tu parte dejarme con la palabra en la boca.

—Bueno, ¿qué esperabas? —Comenzó a bajar las escaleras—. Yo no soy la señorita Maravillosa.

—¡Me atrevería a decir que nadie te confundiría con ella!

—¡Y yo me atrevería a decir que un buen número de hombres piensas que soy muy pero que muy maravillosa!

Él resopló con incredulidad.

Ella lo ignoró.

—Pero obviamente no soy el tipo de mujer por quien un hombre querría reformarse.

—¡Obviamente!

Ella giró sobre sus tobillos y le lanzó una mirada de odio.

—Eso que has dicho es una cosa muy cruel.

—Sin embargo es verdad. ¡Ningún hombre se reformaría por ti porque eres el tipo de mujer capaz de echar a perder a los hombres! Consigues que para los hombres sea completamente normal hacer cosas que jamás habían pensado hacer. ¡Cosas locas, irracionales, estúpidas, desmesuradamente estúpidas!

—¿Qué tipo de cosas?

—No lo sé —le espetó él.

—¡Jamás en mi vida he echado a perder a un hombre!

Volvió a darse la vuelta y continuó bajando las escaleras.

—A mí sin duda me has echado a perder.

—Tú ya estabas echado a perder cuando te conocí.

—Muy bien, entonces me has hecho cambiar de opinión. Sólo un hombre completamente idiota se reformaría por ti. Yo me reformaría por ti. Creo que vale la pena cambiar costumbres escandalosas por ti. De hecho, creo que eres totalmente maravillosa.

—¡Bah! —Ella llegó al nivel del suelo y rodeó la pared de la terraza en la que habían estado apoyados—. ¡Sólo estás diciendo eso porque te parece que son las palabras perfectas para decir!

—Difícilmente. Sólo un hombre que esté loco podría considerarte maravillosa.

—Sin embargo… —lo miró con una sonrisa engreída—, el señor Drummond me considera maravillosa.

—Justo lo que he dicho. Es evidente que ese hombre está loco —murmuró Reggie, escudriñando el suelo con la mirada—. ¿Dónde diablos crees que está ese maldito abanico tuyo?

—No tengo ni idea. —Se alejó unos pasos, con la mirada fija en el suelo que se extendía ante ella. Respiró profundamente y se esforzó por dar a su voz un matiz despreocupado—. El señor Drummond me ha preguntado si podría visitarme cuando volvamos a la ciudad.

Notó que Reggie, tras ella, se ponía rígido.

—¿Qué has dicho?

Ella levantó un hombro con actitud distraída.

—Difícilmente podría decir que no. Sería… grosero.

—Nunca has tenido el más mínimo problema en mostrarte grosera conmigo —dijo él con aspereza.

—Eso se debe al hecho de que eres el hombre más irritante que he conocido nunca.

—Bueno, es cierto que no soy perfecto.

—No, efectivamente eres el hombre menos perfecto que he conocido en mi vida. —Soltó un bufido de exasperación y se encontró directamente con su mirada.

—El más irritante y el menos perfecto. Eso suena a que tengo un gran potencial.

—¿Potencial para qué?

—Potencial para ser reformado —le espetó—. Potencial para… para la perfección.

Ella se burló.

—Nunca podrías ser perfecto.

—No, no podría. ¿Es la perfección lo que quieres realmente? —Sus ojos plateados brillaban a la débil luz de los faroles de la terraza—. ¿Qué es lo que quieres?

La pregunta quedó colgando en el aire entre los dos.

Ella lo miró fijamente durante un momento y toda la ira que sentía en su interior se desvaneció, siendo reemplazada por necesidad, anhelo y deseo. Sin pensar, lo agarró por los bordes de la chaqueta y lo atrajo hacia ella para que sus labios se unieran.

Por un momento, la sorpresa lo hizo quedarse quieto, luego la rodeó con sus brazos y la apretó fuertemente contra él. El ansia y el deseo crecieron dentro de ella. Quería que él le arrancara la ropa y quería también desgarrar las suyas. Quería sentir su carne desnuda contra la de ella. Quería todo lo que significaba quererlo a él, sin importarle cuáles fueran las consecuencias.

Ella abrió la boca y su lengua se unió a la de él en una íntima danza de hambre y necesidad. Su cuerpo se amoldó al suyo como si estuvieran hechos el uno para el otro. Como si fueran dos mitades del mismo todo. Como si aquello fuera cosa del destino. Ella sintió la dureza de su erección y eso no hizo más que incrementar su propio deseo. Sería capaz de entregarse a él en ese mismo momento, ahí bajo la terraza, y dar la bienvenida al escándalo y a la ruina con los brazos abiertos.

Ella hundió los dedos en su pelo y se apretó más fuerte contra él, intensamente consciente de cómo sus senos se aplastaban contra su pecho. Él la sostuvo firmemente con una mano sobre la parte baja de su espalda, dejando que la otra se deslizara suavemente hacia su cadera para luego acariciar con delicadeza sus nalgas. La boca de él se apartó de la de ella para probar el sabor de su cuello y de su garganta, y luego siguió más abajo, hacia el valle de sus pechos. Ella echó la cabeza hacia atrás y contuvo la respiración, extraviada en la exquisita sensación de sus labios sobre su carne. Él le cogió un seno con la mano y con su pulgar hizo círculos entorno a su pezón a través de la tela del vestido.

Ella se agarró a sus hombros y jadeó.

Él la apretó más fuerte contra sí y reclamó sus labios con un hambre igual a la de ella. Y ella quiso más.

Él separó los labios de los suyos y hundió la cara en su cuello, le habló y su voz sonó casi como un gemido.

—Cassandra, éste no es el lugar…

—¿No? —Ella luchó por recobrar el aliento y cierta apariencia de cordura—. ¿Estás seguro?

Él levantó la cabeza y la miró.

—Cassandra, yo…

—Probablemente deberías abofetearme por esto —dijo ella, jadeando—. Por tomarme libertades contigo, quiero decir.

—Nunca pegaría a una mujer. —La examinó durante un momento, luego sonrió de una manera lenta y pícara—. Aunque la idea de ponerte sobre mis rodillas y pegarte en el trasero tiene cierta dosis de atractivo.

Ella jadeó con inesperado deleite.

—¡Reggie!

—Cassandra. —Respiró profundamente—. Necesitamos hablar antes…

—¿Sí? —Ella suspiró y rozó con sus labios los de él.

—Antes de que sea demasiado tarde.

—Ya es demasiado tarde. —Ella le dio un mordisquito a su labio inferior y gozó con la forma en que se tensó su cuerpo.

—¿Tú no sabes que esto conduce al escándalo y a la ruina? —Había un extraño matiz en su voz, como si estuviera luchando por conservar el control. Excelente.

Ella se movió para esparcir besos a lo largo de su mandíbula.

—Lo sé y no me importa.

—¿Por qué? —Ella tragó saliva.

—Porque… —«Porque te amo.» Algo, tal vez el miedo, impidió que las palabras salieran de sus labios—. Porque tengo veinticuatro años y se me considera excéntrica. Porque nunca había conocido a un hombre por quien hubiera considerado la idea de arrojarme al escándalo y a la ruina. Por lo visto nunca antes había deseado a un hombre. —Apoyó las palmas de las manos en sus mejillas y lo miró a los ojos—. Y te deseo a ti.

—Ya veo —dijo él lentamente.

—¿Lo entiendes?

—No, pero no confío en que alguna vez llegue el día en que logre entender del todo algo que venga de ti.

Ella captó la implicación de permanencia que había en su declaración y contuvo la respiración.

Él le tomó la mano, se la llevó a los labios y le dio un beso en el centro de la palma. Ella se estremeció de placer.

—Deberíamos volver junto a los demás antes de que acabemos perdidos —dijo él con un tono decidido que ella por un momento no pudo creer—. Y tenemos que hablar.

—¿Ah, sí? —murmuró ella.

—Si no queremos vernos envueltos en un escándalo, sí.

—A mí me gusta más la idea de verme envuelta en un escándalo.

—A mí, sin embargo, no.

—Yo creía que estabas muy acostumbrado a verte envuelto en escándalos. —Colocó las palmas de las manos sobre su pecho y sintió cómo sus músculos se tensaban de una manera muy satisfactoria.

—Es cierto, en el pasado —se apresuró a decir— pero si ahora voy a reformarme…

—Tal vez la reforma pueda esperar. —Deslizó las manos sobre su pecho.

Él le cogió las manos y la miró a los ojos.

—Éste no es ni el momento ni el lugar para mantener una conversación seria… ni tampoco para otras cosas.

—Puedo imaginar todo tipo de lugares maravillosos, maravillosamente privados, para mantener conversaciones serias o… para otras cosas. —Su voz sonaba profunda y seductora y bastante escandalosa, incluso para sí misma. Había coqueteado con otros hombres en el pasado, naturalmente, pero nunca antes había llegado a mostrarse tan dispuesta y descaradamente seductora.

—Estoy seguro de que puedes. —Con firmeza, la apartó a un lado y dio un paso atrás.

Ella plantó las manos en las caderas y lo miró con rabia.

—¿Qué diablos pasa contigo?

—Nada. Nada en absoluto —dijo él de un modo de lo menos convincente.

—No te creo. Estoy aquí, más que dispuesta a que te aproveches de mí, y tú no vas a hacerlo.

—Tengo mis exigencias respecto a dónde y cuándo —dijo con altivez.

—Y sin duda no respecto a quién, dada tu reputación. —Ella lo observó con creciente irritación—. ¿O tal vez se trata en este caso del quién?

—Yo… yo… —Se cuadró de hombros y la miró fijamente—. Yo no desfloro vírgenes.

—¿Ni siquiera vírgenes bien dispuestas?

—Esas son las peores.

—¡Pero yo soy una virgen bien dispuesta! —Las palabras salieron de su boca antes de que pudiera impedirlo. Inmediatamente notó como el rubor subía a sus mejillas.

—Creo que has dado en el clavo, a eso precisamente me refería. —La agarró de la mano y comenzó a dirigirse hacia las escaleras—. Vamos, tenemos que regresar. Inmediatamente.

—¿Por qué?

—Porque… —Se detuvo de golpe y la hizo girar en sus brazos—. Porque tengo mis normas, Cassandra, la que confunde a los hombres, no sólo respecto a las jóvenes demasiado atrevidas, sino también respecto al momento y al lugar apropiado para hacer estas cosas, y si nos quedamos más tiempo aquí, no podré responder ni por tu seguridad ni por la mía.

—¡Yo no quiero estar a salvo!

—Pero yo sí quiero que estés a salvo. —La miró con tanta intensidad que ella se quedó sin respiración y sin voluntad—. No permitiré que nadie, ni tan siquiera yo mismo, te haga daño. Lo cual me obliga a evitar robarte tu inocencia, por muy entusiasmada que la ofrezcas, en el suelo duro bajo los arbustos de rosas en medio de una fiesta. Te mereces algo mejor.

—¿Ah, sí?

—Sí, así es. —Sonrió con una mezcla de ironía divertida y evidente afecto—. Tú eres, después de todo, la excéntrica señorita Effington.

Aquel apelativo nunca le había sonado tan maravilloso.

—Y tú eres el infame lord Berkley.

Él la contempló durante un momento, luego sacudió la cabeza, la cogió de la mano y de nuevo emprendió el camino de regreso al salón.

—Te convertirás en la arruinada señorita Effington si no volvemos inmediatamente.

—Me gustaría bastante ser la arruinada señorita Effington —murmuró tras él—, si mi ruina viniera de manos del infame lord Berkley.

—Dios santo. —Él gimió y murmuró algo que ella no pudo oír, luego comenzó a subir las escaleras, prácticamente llevándola a rastras.

Ella sentía crecer el júbilo en su interior. Tal vez ese hombre era más fácil de entender de lo que había pensado.

Aunque no había tenido ninguna experiencia íntima con un hombre, sabía ver cuándo alguien la deseaba en un sentido carnal. Y estaba claro que Reggie la deseaba tanto como ella a él.

Y sólo se le ocurría un motivo por el cual un hombre de reputación infame se privaría de aquello que desea aunque le sea ofrecido.

Se rio en voz alta y él volvió a murmurar algo que ella no oyó. No tenía importancia. En aquel momento en particular, ella estaba prácticamente segura de que el infame lord Berkley estaba enamorado de la excéntrica señorita Effington.

Ahora ella simplemente tenía que conseguir que él lo reconociera, lo aceptara y, con un poco de suerte, hiciera algo al respecto.

Capítulo doce

Cuando uno trata con el bello sexo debe ser consciente del hecho de que lo que dicen las mujeres no siempre es lo que quieren decir. Y pobre del hombre que no entienda la diferencia.

ANTHONY, VIZCONDE SAINT STEPHENS

—*E*ntonces, ¿qué voy a hacer? —la voz de Reggie estaba cargada de impaciencia.

Marcus y Thomas daban vueltas en torno a la mesa de billar. El resto de los invitados habían tardado una eternidad en irse a dormir. Mientras que las damas habían dado las buenas noches hacía ya bastante tiempo, los caballeros se habían reunido en la sala de billares de Holcroft Hall para jugar y compartir el excelente brandy de Marcus y sus estupendos puros.

Drummond, naturalmente, había ganado todas las partidas que había jugado, y lo había hecho con tan buen talante que sus oponentes ni siquiera podían guardarle rencor por sus victorias. Incluso a Reggie le resultaba difícil encontrar desagradable a ese maldito tipo. No podía entender que Drummond hubiera perdido una apuesta con Christian, pues no se podía imaginar a ese hombre perdiendo nada ante nadie. Tanto los hermanos Effington como Saint Stephens eran también excelentes jugadores. Townsend era bastante bueno, pero no muy regular, y el joven Bellingham tenía mucho que aprender. Whiting y el coronel Fargate habían observado a los demás durante un rato y luego se habían marchado.

Después de mucho tiempo, por fin quedaron solos los tres viejos amigos.

—¿Y bien? —Reggie miraba a los otros hombres.

Marcus examinó la mesa.

—Yo no veo que tengas demasiados problemas llegados a este punto. —Se inclinó sobre la mesa y golpeó la bola—. Ella te quiere a ti. Tú la quieres a ella. Lo que debes hacer me parece bastante obvio.

—Procura recordar que estás hablando de mi prima —dijo Thomas, mientras ponía en posición su taco—. Como el próximo duque de Roxborough y eventual cabeza de familia, mi responsabilidad es velar por los mejores intereses de Cassandra.

—Quiero casarme con ella, por supuesto. —Había en la voz de Reggie un matiz de indignación—. Desde luego no debes preocuparte como si sólo pretendiera seducirla.

—Y lo valoro —murmuró Thomas. Golpeó la bola y luego se enderezó—. Aunque reconozco que estoy de acuerdo con Marcus. ¿Cuál es el problema ahora?

—Hay unos cuantos problemas. —Reggie alzó las cejas y miró su copa llena de brandy—. El principal de ellos es que no he sido enteramente honesto con ella. Cree que soy algo que en realidad no soy.

Thomas y Marcus intercambiaron miradas.

—Además de eso —Reggie respiró profundamente—, mientras que ella está dispuesta a arrojarse de cabeza a mi cama…

Thomas se aclaró la garganta.

—Perdón. —Reggie hizo una mueca—. Precisamente ésa es una parte de mi conflicto. Es obvio que ella me desea en sentido carnal, y aunque no tengo ninguna dificultad en particular con eso…

Thomas se atragantó, apoyó su palo de billar contra la mesa, cogió su copa de brandy y se la acabó de un trago.

—¿Te encuentras bien? —Marcus observó al marqués.

—Perfectamente. —Thomas sacudió la cabeza—. Es sólo que resulta difícil reconciliar las responsabilidades familiares con las amistades de toda la vida. Sin embargo —se cuadró de hombros—, durante lo que queda de noche haré todo lo posible por pensar en Cassandra como el objeto de tu afecto en lugar de como mi prima. —Miró a Reggie a los ojos—. ¿Ella es el objeto de tu afecto, no?

Marcus sonrió.

—Está enamorado.

Thomas alzó una ceja.

—¿Otra vez?

—Por última vez —dijo Reggie con firmeza.

—Eso espero, si es verdad que tu propósito es el matrimonio. —Thomas lo estudió cuidadosamente—. ¿Por qué no le declaras tus intenciones y acabamos con todo esto?

—No puede, de otro modo lo haría. Ha desarrollado el hábito de declararse antes de que la dama en cuestión le haya dejado saber sus sentimientos, y siempre acaba mal. —Marcus apoyó su palo contra la mesa con un suspiro de malestar—. Creo que este asunto tiene prioridad sobre el juego.

—Parece bastante más importante. —Thomas se encogió de hombros—. Se trata del futuro de Reggie.

—Gracias —dijo Reggie con ironía—. Aprecio tu preocupación.

Marcus sonrió.

—No es nada, viejo amigo, no tiene importancia.

—Precisamente lo que yo pienso —murmuró Reggie.

—Tenemos que afrontar esto de una forma lógica. —Thomas reflexionó durante un momento—. Tú la quieres. Ella te quiere a ti…

—Pero ella no ha hablado de amor.

—Tú tampoco —puntualizó Marcus.

—Y, lamentablemente, tú tienes que llevar la delantera en este tipo de asuntos. —Thomas negó con la cabeza—. Incluso las mujeres más francas tienen reticencias respecto a este tema en particular. Ésa ha sido mi experiencia, y también la de Marcus, creo. Las mujeres no suelen ser las primeras en declarar sus sentimientos.

—Mi experiencia ha sido la misma. —La voz de Reggie sonaba sombría al recordarlo.

—Por tanto, tienes que adelantarte. Coge al caballo por las riendas. Lánzate de cabeza a las aguas heladas. Ese tipo de cosas —dijo Marcus con firmeza.

—Arrójate al precipicio —murmuró Reggie.

—Exacto.

—Y cae en picado para romperte en añicos contra las traicioneras rocas que aguardan debajo. —Reggie dejó escapar un profundo suspiro—. Preferiría evitarlo.

—Dios santo, ha cruzado el límite. —Thomas lo contemplaba sin poder dar crédito—. Lo he visto sufriendo la agonía del amor en el pasado, pero no he llegado a verlo nunca tan afligido por una mujer.

—Esta vez es real —dijo Reggie con altivez, luego se detuvo—. También hay otro problema.

Thomas lanzó una mirada a Marcus.

—Suponía que lo habría.

—Si efectivamente ella es presa del amor y no simplemente de la lujuria —Reggie respiró profundamente—, existe la posibilidad de que el hombre que realmente le importa sea el infame lord Berkley y no uno normal y corriente como… en fin, como yo.

—Creo que ha llegado el momento de que tengamos una seria conversación con su señoría —le dijo Marcus a Thomas.

Thomas asintió y le quitó a Reggie la copa de la mano.

—Deberíamos haberlo hecho hace años.

Como guiados por una sola voluntad, cada uno de los hombres cogió de un codo a Reggie, lo condujeron a un extremo de la habitación y lo depositaron en un cómodo y gran sillón de cuero.

—¿Qué estáis haciendo?

Reggie contemplaba a sus amigos.

—Examinado tu vida desde la perspectiva adecuada.

Marcus recuperó las copas y le devolvió a Reggie la suya.

Thomas trajo la botella de brandy y volvió a llenarlas.

—Debes empezar por verte a ti mismo como te ven los demás.

Reggie resopló.

—Yo no me veo…

—Ése es precisamente el problema. —Marcus caminaba de un lado a otro delante de él—. No ves, y ya es hora de que empieces a ver.

Thomas caminaba del mismo modo en la dirección contraria.

—Empecemos por lo evidente. —Se detuvo y examinó a Reggie cuidadosamente, luego asintió con la cabeza—. No eres feo, de hecho, algunos podrían llamarte guapo... incluso apuesto. He observado a mujeres mirándote, incluida mi propia esposa y sus hermanas, y nunca he visto que ninguna mujer se aparte de ti con asco.

—Supongo que mi aspecto es aceptable —murmuró Reggie.

—Además, siguiendo con lo obvio, tu posición en la vida no es para reírse. —Marcus comenzó a enumerar ayudándose con los dedos—. Tienes un título honorable, una fortuna respetable, una elegante finca, una imponente casa en la ciudad...

—Que en la actualidad está siendo redecorada por el anteriormente mencionado objeto de tu afecto —puntualizó Thomas.

—Además de eso, eres siempre leal con tus amigos, un buen hijo y un buen hermano, generoso hasta el exceso y claramente una buena persona. Teniendo en cuenta todas estas cosas —Marcus hizo una pausa y asintió—, sí, yo me casaría contigo.

Thomas alzó su copa.

—Yo también.

—Por muy delicioso que sea este descubrimiento, las mujeres no parecen estar de acuerdo. —Reggie se burló—. Recordaréis que incluso después de que mejorásemos mi reputación, las mujeres seguían sin caer rendidas a mis pies.

—Excluyendo a la señorita Bellingham, por supuesto —se rio Marcus.

—La ironía es irresistible. La estrella más brillante de la temporada desea al infame lord Berkley, que en realidad no es infame y desea a alguien completamente diferente, quien por su parte no desea a nadie que sea infame. —Thomas le dio un codazo a Marcus—. Y hay que decir que me considero responsable de gran parte de su infamia. Creo recordar que muchas de las proezas amorosas, entre las que destaca la mítica aventura con la misteriosa dama de la realeza, fueron invenciones mías.

—Y excelentes, además. Me temo que mi mayor aportación fueron los duelos —dijo Marcus con un suspiro—. Tal vez no hice del todo bien mi papel.

Reggie alzó los ojos al techo.

—Con reputación de infame o sin ella, nunca he atraído a muchas mujeres.

—Tonterías —lo riñó Marcus—. Has atraído a muchas mujeres. Simplemente, nunca eran las que tú querías. Hasta ahora, sólo te habías sentido atraído por mujeres que no te correspondían. Y eso, mi querido Reggie, es lo esencial del asunto. Ése es el único problema real que tienes en este momento. —Marcus terminó con un ademán ostentoso.

—¿Cuál es el único problema? —Reggie lo miraba fijamente.

—¡El hecho de que no tienes un problema! —Marcus alzó la voz con exasperación—. Tú la quieres a ella, ella te quiere a ti. Lo único que te queda por hacer es…

Thomas ahogó un grito de manera dramática y se puso una mano sobre el corazón.

—¡Nada!

—¡Ni una maldita cosa! No hay ni una simple cosa que te impida hacer tuya a Cassandra Effington. Eso nunca te había pasado antes. No hay precedentes. Oh, cielo santo, ¿qué vas a hacer ahora? —Marcus se lanzó sobre el hombro de Thomas con aire teatral y sollozó profusamente sin llegar a derramar ni una sola gota de brandy—. Todo esto es espantoso.

—Vamos, vamos… —Thomas le dio a Marcus unas palmaditas en la espalda y lanzó una mirada airada a Reggie—. Mira lo que has hecho.

—Estáis completamente confundidos. Los dos.

Thomas estiró el cuello para mirar a Marcus.

—¿Tú estás borracho, viejo amigo?

Marcus levantó la cabeza y arrugó la frente.

—Yo diría que no. De hecho, creo que tengo la cabeza notablemente despejada.

—En efecto, yo no recuerdo cuándo fue la última vez que estuve tan despejado —añadió Thomas.

—No tenéis la más mínima gracia. —Reggie bebió un

trago de brandy y observó a sus amigos—. Es de mi vida de lo que estamos hablando.

Marcus se apartó unos pasos de Thomas.

—Entonces vívela. Por primera vez estás enamorado de una mujer que te corresponde. Y yo creo... —Marcus abrió los ojos con asombro ante el descubrimiento—. Yo creo que estás aterrorizado.

Reggie resopló.

—¿Acaso tú no lo estarías si te hubieran roto el corazón una y otra vez?

—No es eso lo que te asusta. Francamente, soy un idiota por no haberlo visto antes. —Marcus sonrió—. Te asusta la idea del matrimonio. La permanencia. Una sola mujer, un único amor. Para siempre. ¿Qué piensas tú, Thomas? ¿Tengo razón?

—Completamente. Tiene perfecto sentido. —Thomas asintió con firmeza—. Hasta ahora cuando ha habido mujeres dispuestas a casarse con él, simplemente él no ha tenido interés en ellas. Ahora que el matrimonio salta a la vista, ahora que es del todo probable que el objeto de su afecto le corresponda y quiera casarse con él, el hombre se ha convertido en un manojo de nervios e indecisión.

—Eso es absurdo —dijo Reggie con enfado—. Es lo más ridículo que he oído en mi vida.

O tal vez lo dejaba a uno anonadado por su simplicidad.

Ciertamente, entregar su corazón a mujeres que no le devolvían su afecto impedía que se abriera ante él la perspectiva del matrimonio. Sin embargo, Reggie creía que deseaba casarse a pesar de que siempre había disfrutado de su vida de soltero. Nunca había sido realmente el infame lord Berkley, pero se lo había pasado muy bien.

—Y respecto a esa estupidez de la reputación infame, según tengo entendido, a Cassandra le gustas no por dicha reputación, sino a pesar de ella —dijo Thomas.

—Reggie. —El tono de Marcus era más suave—. Te he visto arriesgar tu corazón sin miedo muchas veces. Ahora, sospecho que te da miedo hacerlo porque la apuesta que hay en juego es mucho más alta.

—Estás muy lejos de ser normal y corriente, viejo amigo, y yo estoy muy orgulloso de contar con tu amistad —dijo Thomas con una sonrisa afectuosa—. Y nada me gustaría más que darte la bienvenida a mi familia.

—Muy bien. —Reggie pensó durante un momento—. Si tenéis razón, y es el matrimonio lo que me da miedo, afrontaré mi miedo lo mejor que pueda, porque nunca he sentido por una mujer lo que ahora siento por Cassandra. Y no puedo arriesgarme a perderla.

De pronto se llenó de determinación y se puso en pie.

—Lo haré. Hablaré con ella. Arrojaré a los vientos toda cautela. Le confesaré mis sentimientos. Desnudaré mi alma. —Comenzó a dirigirse hacia la puerta, y de repente se detuvo—. Cuando se lo diga todo, probablemente debería mencionar también que no soy infame.

—¡No! —dijeron Marcus y Thomas al unísono.

Reggie hizo una mueca.

—¿No es una buena idea?

—Ella está deseando reformarte —dijo Marcus firmemente—. Por Dios, permítele que lo haga.

—A las mujeres Effington siempre les han gustado los grandes desafíos —añadió Thomas.

—En ese caso le proporcionaré uno. —Reggie asintió y volvió a dirigirse hacia la puerta.

—¿No irás a hablar con ella ahora, verdad? —gritó Thomas tras él—. Es muy tarde. Estará en la cama.

—Tonterías, la despertaré —dijo Reggie con firmeza—. No puedo esperar más. Gracias a los dos por vuestra ayuda.

—Va a presentarse ante su cama en mitad de la noche —le murmuró Thomas a Marcus—. Probablemente debería detenerlo. Si pasa algo inapropiado, me veré obligado a defender su honor. Tendré que dispararle, o algo así.

—O podríamos jugar otra partida —dijo Marcus.

La respuesta de Thomas se extinguió tras Reggie.

No importaba.

Reggie se apresuró por el pasillo y comenzó a subir las escaleras.

No tenía más intención que la de declararse a la excéntrica, o mejor dicho, la irresistible, señorita Effington. Claro que, dado el entusiasmo que había mostrado aquella tarde, si ella tenía otra cosa en la cabeza...

Sonrió y aligeró sus pasos. No quedaría arruinada para siempre, ya que él tenía toda la intención de casarse con ella. Y lo antes posible.

¿Miedo del matrimonio? ¿De estar con la misma mujer durante el resto de su vida? Bah. Al menos no podía ser así si esa mujer era Cassandra. La vida con Cassandra no podría ser en absoluto ordinaria o aburrida, sino llena de aventuras, de excitación y de pasión.

Había hecho bien en enterarse de cuál era exactamente la habitación que ocupaba. La quinta viniendo desde las escaleras, al lado norte del pasillo. Contó las puertas, respiró profundamente, dio unos golpecitos suaves y confió en que ella no hubiera cerrado con llave. Apretó el pomo de la puerta, empujó para abrirla y se deslizó en la habitación.

—Cassandra —dijo en voz baja, al tiempo que cerraba la puerta tras él.

Un gemido profundo y soñoliento se oyó desde la cama.

La escasa luz de las estrellas se colaba a través de la ventana y él no podía ver nada más que un bulto cubierto sobre la cama. Se acercó, pero no demasiado. No quería que ella lo distrajese de sus palabras, y la simple idea de que estaba allí acostada bajo las mantas ya lo distraía lo suficiente.

—Por una vez, no digas nada, sólo escucha.

Respiró profundamente y buscó a tientas las palabras adecuadas. Y no le parecía encontrarlas. ¿Por qué diablos resultaba tan difícil?

—No quiero que veas a Drummond cuando regresemos a Londres —dejó escapar—. No quiero que veas a nadie. Yo... a mí tú me importas mucho. Más de lo que me ha importado nunca nadie.

Puso las manos detrás de la espalda y comenzó a pasearse arriba y abajo.

—Sé que no soy lo que tú dices que deseas. Dios sabe que no soy en absoluto perfecto y que nunca lo seré, pero estoy dispuesto a reformarme. Y creo que encajamos maravillosa-

mente, tú y yo. En todos los sentidos en realidad, pero entonces cuando te besé…

Un ruido ahogado sonó desde la cama.

—Bueno… cuando tú me besaste y querías… en fin…
más, tuve que esforzarme mucho para contenerme. Tú puedes
ser muy persuasiva, lo sabes. Además, nunca he conocido a una
mujer que me vuelva tan loco como tú, y supongo que eso es
muy significativo, al menos a mí me lo parece. De hecho, el deseo que siento por ti es completamente arrollador.

Respiró profundamente.

—Eso es todo, creo, al menos de momento, aunque diría
que hay mucho más, pero lo demás tendrá que esperar a que se
dé un momento más apropiado, porque sé que esto no es apropiado en absoluto y voy a tener que salir ahora mismo antes de
que me dé por hacer algo terriblemente imprudente… bueno… —Se abrazó a sí mismo—. Ahora puedes decir algo, si
quieres. O no decir nada, y entonces yo me iré y fingiré no haber dicho nunca nada de esto y podremos continuar siendo
amigos o lo que sea que somos… No, espera, no quería decir
eso. —Se mostró más decidido—. No me iré, no puedo irme,
hasta no saber lo que estás pensando.

—Me encantaría verte en Londres, Berkley. —Una profunda voz masculina sonó desde la cama—. Pero me temo que
no eres exactamente lo que busco en una pareja.

Reggie sintió un apretado nudo en el estómago.

—¿Leo Effington, supongo?

—Efectivamente. —Al menos había un matiz de diversión
en su voz—. Y, curiosamente, no recuerdo haberte besado.

—Sí, bueno… es obvio que he cometido un error. —Reggie se dirigió hacia la puerta. ¿Cómo podía haberse equivocado al contar?—. Si me disculpas…

—No. —La voz de Effington era firme—. Me gustaría tener unas palabras contigo y te agradecería mucho que te quedaras exactamente donde estás. Estoy dispuesto a obligarte a
hacerlo, si es necesario, pero suelo dormir con muy poca ropa
y preferiría quedarme exactamente donde estoy.

—Excelente idea —dijo Reggie por lo bajo.

No le entusiasmaba la idea de tener una confrontación con

el hermano mayor de Cassandra furioso y sin duda desnudo. Efectivamente, prefería tenerlo de su lado, pero tal vez eso era pedir mucho por el momento.

Adoptó un tono frío.

—Éste no es ni el lugar ni la hora adecuada para una discusión, Effington.

—Permíteme recordarte que fuiste tú quien te deslizaste sigilosamente en mi habitación para declararte —Effington hizo una pausa reflexiva—, ¿cuál era tu declaración, por otra parte?

Reggie se mostró ofendido.

—Una declaración de amor, por supuesto.

—No mencionaste el amor.

—Claro que mencioné el amor. —Reggie trató de recordar exactamente lo que había dicho—. Recuerdo haber dicho claramente que te amo… que la amo.

—No, no lo has dicho. Dijiste que ella te importa. Dijiste que te importa más de lo que te ha importado nunca nadie. En general, ha sido un discurso bastante bonito…

—Gracias —murmuró Reggie.

—Pero nunca usaste la palabra «amor» —dijo Effington.

—Bueno, quería decir amor.

—Sí, pero no lo hiciste, y debo decirte, Berkley, que si pretendes declararte a mi hermana en medio de la noche, deberías prestar más atención a lo que vas a decir exactamente antes de avanzar a tientas en la oscuridad. Probablemente, eso exige un poco de práctica.

Reggie hizo una mueca.

—Práctica, excelente idea.

—Es sólo una sugerencia.

—Y la aprecio muchísimo.

—¿Puedo asumir, en conjunto, que tus intenciones son honestas? Me refiero al matrimonio.

—Sí.

—Entonces tengo otra sugerencia que hacerte.

—Me lo imaginaba.

—Cásate con ella, Berkley. —La frase de Effington tenía el tono de una advertencia—. Y luego, sedúcela.

—Excelente sugerencia. —Claro que si ella se disponía a seducirlo a él… Apartó el pensamiento de su mente—. No me gustaría hacerlo de otra forma.

—Ni debes hacerlo de otra forma.

—He oído hablar de tu destreza en los duelos… —gimió Reggie.

—Odiaría tener que retarte para defender el honor de mi hermana, pero lo haría sin vacilar.

—No esperaría menos.

—Y exigiría el matrimonio.

—No sé si nos convendría —dijo Reggie por lo bajo.

—¿Qué?

—¿Te referías a antes o a después de dispararme?

Effington hizo una pausa.

—Todavía no lo he decidido.

—Entonces te deseo buenas noches y te dejaré para que lo decidas y para que descanses. —Reggie caminó hasta la puerta y la abrió.

—Berkley. —Su tono era sereno—. Te deseo buena suerte. En tu búsqueda del matrimonio, quiero decir. Y me atrevería a decir que no va a ser tan difícil como tú te imaginas.

—Lo veremos. —Reggie salió al pasillo.

—Podría ser peor. —Effington se rio suavemente y Reggie cerró la puerta con firmeza tras él.

Había sido una idea estúpida la de pretender hablar con Cassandra esa misma noche, y desde luego no quería seguir defendiendo su causa delante de su hermano. Todavía no entendía cómo podía haberse equivocado de habitación, aunque era posible que el brandy tuviera algo que ver. Sin embargo, no tenía intenciones de probar con otra puerta. Quién sabe cómo podría acabar aquello. Sería mejor que esperara a estar a solas con ella al día siguiente para confesarle sus sentimientos. Esperaba que mejor de lo que lo había hecho aquella noche.

Se dirigió hacia su habitación. Una puerta crujió a su paso. Repentinamente, alguien tiró de él y lo introdujo en una habitación oscura. La puerta se cerró tras él.

—¿Qué…?

Una mano le tapó la boca y un cuerpo suave lo apretó contra la puerta.

—Shhh —susurró Cassie—. Guarda silencio. —Apartó su mano lentamente—. No quiero que Leo sepa que estás en mi habitación.

—Eso sería un problema —murmuró él. A pesar de lo cerca que estaba, ella era apenas una silueta en la oscuridad.

—¿Qué estás haciendo aquí?

—Quería hablar contigo. A solas.

—¿Y por qué estabas en la habitación de Leo?

—Creí que era la tuya.

Ella reprimió la risa.

—Debe de haber sido de lo más divertido darte cuenta de tu error.

—Yo no usaría la palabra «divertido».

De pronto él fue consciente de la delicada naturaleza de su ropa de dormir y del calor de su cuerpo apretándose contra el suyo.

—¿De qué querías hablar?

—De nosotros. —Como por sí solos, sus brazos la envolvieron. La fina tela de su camisón apenas se notaba bajo los dedos—. Sin embargo, ahora me doy cuenta de que no era nada aconsejable.

—¿Por qué? —Su voz era un susurro decididamente seductor y tentador.

—Porque simplemente estar aquí es peligroso. Escandaloso. —Apenas podía creer sus propias palabras. Aquello era precisamente lo que había deseado. Lo que todavía deseaba.

—¿Y sumamente inapropiado? —Deslizó las manos lentamente sobre su pecho.

—Desde luego. —Tragó saliva con dificultad y le cogió las manos—. No deberías hacer eso.

Tal vez era simplemente que el encuentro con su hermano había apagado algo de su ardor.

—¿No? —Ella liberó sus manos y las puso en torno a su cuello—. ¿Qué es lo que debería hacer?

—Deberías ir a acostarte —dijo él sin pensar.

—Excelente sugerencia. —Sus dedos jugaban con su pelo

por detrás de su cuello, y él se estremeció. Realmente ella no debería estar haciendo eso.

—No me refería a eso. —O tal vez aquel encuentro clandestino en medio de la noche era un poco mejor que un revolcón bajo los arbustos de rosas. No era conveniente para ella... o mejor, no era conveniente para ninguno de los dos—. Cassandra, esto no es...

—Oh, yo creo que sí es. —Su voz era un ronroneo, y él sintió una presión en el estómago.

—No es una buena idea. —Respiró profundamente tratando de calmarse.

—Es una idea excelente.

—Debería salir de aquí inmediatamente. Casi no llevas ropa.

—Y tú llevas demasiada.

Le rozó los labios con los suyos.

Él volvió a intentarlo.

—No soy un hombre acostumbrado al autocontrol.

—Sí, lo sé. —Dio golpecitos con la lengua entre sus labios—. Y lo encuentro maravillosamente incivilizado por tu parte.

—Éste es un juego peligroso, Cassandra. —Trató de endurecerse ante ella, a pesar de que sus manos no podían evitar acariciar la parte baja de su espalda.

—Eso también lo sé. —Le mordió el labio inferior.

—No tienes ni idea de lo que estás haciendo. —Sus manos bajaron aún más, hasta sentir sus firmes nalgas.

—Oh, tengo una ligera idea. —Le desató el pañuelo del cuello con destreza, luego se lo quitó y lo arrojó a un lado—. Y tú sin duda podrás ayudarme con alguna cosa. —Le abrió el cuello de la camisa y apretó los labios contra su garganta—. Después de todo —murmuró con los labios pegados a su piel—, eres el infame lord Berkley. Has tenido experiencias con incontables mujeres.

Se estremeció ante sus caricias y trató de no atender a la forma en que sus caderas se apretaban contra su creciente erección.

—Tal vez no incontables...

—Pero suficientes. —Sus palabras eran apenas un susurro en la noche.

—Cassandra, no creo que… —Trató de alejar sus pensamientos de la forma en que sus pechos se aplastaban contra el suyo.

Ella se puso de puntillas y le mordisqueó el lóbulo de la oreja.

—¿No quieres tener también tu experiencia conmigo?

Evitar pensar en la forma en que su cuerpo lo engullía y lo atraía, venciendo toda la resistencia que él desesperadamente trataba de oponer.

—Sí… bueno…

Ella hizo vagar los dedos sobre su pecho.

—Te lo advierto, Reggie, soy extremadamente débil de voluntad. —Sus manos bajaron para acariciar distraídamente su estómago—. Dudo que pueda resistir con firmeza tus insinuaciones. —Y bajaron aún más rondando y jugando cerca del bulto duro que había en sus pantalones—. Más que un momento o dos.

Él reprimió un gemido y se rindió. Nunca había manejado bien la abnegación. Además, tenía toda la intención del mundo de casarse con ella. Y en realidad, la idea había sido suya. Siempre podría decir que había sido él el seducido.

Hasta ahora.

La apretó fuertemente contra él con una mano, aplastó sus labios contra los de ella y buscó con la otra mano la llave de la cerradura. El débil chasquido se oyó en la silenciosa habitación.

Ella apartó la cabeza y él pudo notar, por su voz, que estaba sonriendo.

—Está claro que tu reputación es bien merecida.

—Eso espero. —La besó otra vez y gozó con la dulce promesa que había en sus impacientes labios—. Odiaría decepcionarte.

—No puedo imaginar semejante cosa. —Se volvió y comenzó a dirigirse hacia la cama. Su silueta era una sombra entre las sombras de la habitación.

—Oh, no, no lo imagines —dijo en voz baja, atrayéndola

de nuevo hacia él. Puso una mano sobre su vientre plano y la abrazó, haciendo que su espalda se apoyara contra su pecho. Ella frotó sus nalgas contra su erección, que presionaba la tela de sus pantalones. Él encontró la cinta del escote de su camisón, la desató con destreza e hizo bajar el camisón descubriendo sus hombros. Se inclinó para saborear la curva que iba de su cuello a su hombro y le encantó la forma en que ella dejó caer la cabeza hacia delante y la manera en que se estremeció al contacto de sus labios.

Él se movió para apoyar la espalda contra la puerta y apretarla más contra él, sus nalgas acunaban su erección y el calor de su cuerpo hacía aún más ardiente el suyo. Dejó vagar las manos por su estómago y las fue subiendo para posarlas suavemente en la parte inferior de sus senos. Ella dio un grito ahogado y se arqueó hacia delante, empujando sus pechos contra sus manos. Sus pezones estaban duros y tensos y él los hizo rodar entre sus dedos. Ella gimió y movió sus caderas.

Él tuvo que esforzarse para evitar poseerla allí mismo. Darle la vuelta y poseerla, allí, de pie, junto a la puerta. Se obligó a respirar lenta y profundamente. No era así como quería que fuese su primera vez juntos, pero el comportamiento extremadamente apasionado de Cassandra y lo implacable de su propio deseo parecían dictar lo contrario. Aun así, él quería procurarle tanto placer como sabía que ella le procuraría a él.

Si es que podía sobrevivir a aquel trago.

Bajó la mano por su pierna, fue levantando la tela del camisón y movió los dedos de manera juguetona por su piel. Su piel cálida, suave y tan fina como la seda. Entre sus piernas, por la suave y sensible zona del interior de los muslos. Ella contuvo la respiración y él la apretó aun más contra él. Deslizó los dedos aun más arriba y tocó sus humedecidos rizos. Estaba mojada por la excitación, y él balanceó sus caderas lentamente contra ella.

Deslizó los dedos entre los delicados pliegues de carne y encontró el punto duro y caliente que era el centro de su placer. Ella ahogó un grito y contuvo la respiración.

—Silencio —le susurró él, besándole uno de los lados el cuello.

La acarició lenta y pausadamente, deslizando los dedos hacia atrás y hacia delante con facilidad y disfrutando la forma en que su cuerpo se ponía rígido contra el de él. Ella respiraba con dificultad y de forma entrecortada. Él sabía que en aquel momento sólo existía para ella el placer de sus caricias, y eso representaba un gran poder. Era tan embriagador y tan excitante como la manera en que ella frotaba su cuerpo contra el de él.

Se movió para separarle las piernas con la rodilla y deslizó hacia abajo los dedos para introducir uno suavemente en ese tenso fuego suyo. Ella se estremeció y se apretó contra él. Él deslizó otro dedo en su interior y apretó la palma de la mano contra ella. Continuó deslizando los dedos dentro y fuera, sacudiendo su mano con un ritmo cada vez más rápido. Ella gimió y él pudo notar cómo palpitaba contra su mano. Notó también que todo su cuerpo se tensaba como un muelle a punto de romperse.

—Reggie. —La palabra no fue más que un débil jadeo—. Yo... yo...

—Lo sé. —Respiró junto a su oído, la sostuvo con más firmeza y la acarició más fuerte y más rápido.

Ella aspiró sobresaltada, arqueó la espalda y estalló contra él en largos estremecimientos que fueron de su cuerpo al suyo hasta que se hundió contra él, agotada y luchando por respirar.

—Dios santo, Reggie. —Su voz sonaba llena de asombro—. Yo nunca... es decir... Delia dijo... pero... y esto no era... incluso... —Se dio la vuelta para liberarse, se apretó contra él y le rodeó el cuello con los brazos. Acercó sus labios a los de él y murmuró—. Ahora.

Ella era todo lo que él deseaba, todo lo que siempre había deseado, y la necesitaba. Ahora.

El deseo, veloz, implacable y frenético se apoderó de él. Luchó por sacarse la chaqueta mientras mantenía la boca firmemente apretada contra la de ella, la cogió en sus brazos y comenzó a dirigirse hacia la cama, cubierta de sombras al otro lado de la habitación.

Hacia el cielo. Hacia el paraíso. Hacia la eternidad.

El pie se le enredó con la chaqueta. Luchó por mantener el equilibrio y tropezó una y otra vez al avanzar.

Hacia el cielo. Hacia el paraíso. Hacia la eternidad.

Sin duda una simple prenda de ropa no le impediría el éxtasis. Sin duda el destino no podría negársele llegados a este punto.

El abrigo traicionero se negaba a liberarlo. Se tambaleó en la oscuridad y la arrojó sobre la cama, donde ella cayó haciendo crujir las mantas y sábanas y aterrizando con un suave grito y un ruido sordo en el suelo.

—Dios santo. —La buscó a tientas en la oscuridad y encontró una de sus extremidades—. Cassandra, ¿estás…

—Sí, sí, estoy bien —dijo ella, susurrando con urgencia—. ¿Crees que alguien habrá oído eso?

Él escuchó durante un momento.

—No creo.

—Bien —dijo ella con un suspiro, al tiempo que lo atraía hacia ella para caer juntos sobre la maraña de sábanas, mantas, brazos y piernas.

Él le subió el camisón y tomó sus pechos entre las manos.

En el fondo de su mente oyó a alguien llamando a la puerta.

Dio vueltas en torno a su pezón con la lengua y se preguntó cuánto tardaría en quitarse la ropa.

Cassandra contuvo la respiración.

—¿Has oído eso?

—No —murmuró él, mientras le daba mordiscos juguetones en el pezón.

El golpe sonó otra vez, un poco más fuerte y más insistente.

Ella lo apartó y luchó para sentarse.

—Hay alguien en la puerta. ¿Qué hacemos?

—¿Lo ignoramos? —susurró él esperanzado.

—No seas absurdo. Simplemente seguiría llamando. Quédate callado y fingiremos que no estás aquí. —Se puso de pie con dificultad y adoptó un tono de voz amortiguado y soñoliento—. ¿Quién es?

—Leo.

—Es Leo —susurró.

—Lo sé, lo he oído. Además no podía ser otro —murmuró.

—¿Cass? —El tono de Effington era un poco más exigente.

—Un momento —le gritó ella suavemente. Luego volvió a susurrarle a Reggie—. ¿Qué vamos a hacer?

Reggie se encogió de hombros.

—No veo que haya mucho que hacer salvo confesarlo todo.

No sería tan desastroso en realidad. Habría algunos gritos y amenazas y momentos incómodos, pero las repercusiones no serían particularmente funestas. Los hermanos de Cassandra exigirían un matrimonio inmediato, y nada le convenía más a Reggie que eso.

—¿Tú estás loco? —Su voz sonaba incrédula—. No haremos nada de eso.

—¿Cass? —Effington alzó la voz. El pomo de la puerta tembló—. La puerta está cerrada.

—Por supuesto que la puerta está cerrada —se enfadó ella—. Enseguida te abro. Tengo que… encontrar mi ropa. Es extremadamente difícil en la oscuridad. —Bajó de nuevo la voz—. Vas a tener que esconderte.

—Eso es absurdo, Cassandra, deberíamos afrontarlo…

—¡Escóndete!

—¿Dónde?

—Aquí abajo. —Lo empujó debajo de la cama.

—Rotundamente no. —Se puso en pie con dificultad—. Todo el mundo se esconde debajo de la cama. Es el primer sitio que mirará.

—Sal por la ventana, entonces.

—¿Que haga qué? ¿Quieres que escale el edificio?

—No lo sé. —Había pánico en su voz—. Piensa alguna cosa. Tú eres el infame. Probablemente has hecho esto una docena de veces.

—Te sorprendería —murmuró él—. Déjame pensar.

—¡No tienes tiempo para pensar!

—Está oscuro. Quizás… Ya sé, detrás de la puerta.

—¡Eso no es mucho mejor que debajo de la cama!

Effington golpeó la puerta.

—¡Cassandra!

—¡Ya voy!

Reggie la cogió de la mano y fueron a tropezones hasta la puerta. Él no pudo resistirse a darle un insensato y rápido beso y luego se colocó detrás de la puerta.

—¿Qué es lo que quieres? ¿Vas a despertar a toda la casa?

—¿Por qué no respondías? —inquirió Effington.

—¿Por qué me has despertado? —dijo ella molesta.

—Oí un ruido y pensé que te podía haber ocurrido algo. —Hizo una pausa—. ¿Estás sola?

—¡Leo! —Ella ahogó un grito como si se sintiera horrorizada ante la mera idea—. Por supuesto que estoy sola. Me indigna que realmente se te pueda ocurrir una cosa así. Y no puedo creer que, si de verdad te preocupaba que me hubiera pasado algo, me preguntes primero si estoy sola antes de preguntarme si estoy bien. Estoy dolida y más que ofendida.

—Por supuesto. Discúlpame. —Su tono cambió—. ¿Estás bien?

—Sí, estoy bien. Gracias por preguntar. —Su tono era firme—. Y lo que oíste fue porque no estoy acostumbrada a esta cama. Me siento bastante estúpida, pero en fin, me caí. Estaré un poco dolorida por la mañana, pero volví a dormirme inmediatamente… hasta que tú me despertaste.

Reggie sonrió detrás de la puerta. Era buena.

—Tardaste mucho en llegar a la puerta —observó Effington con suspicacia.

—Por Dios, Leo. Es una habitación que no me resulta familiar. No tengo una lámpara al lado de la cama. Está muy oscuro, y no podía encontrar mi ropa. —Resopló con indignación—. Con todo, creo que me di bastante prisa.

Effington guardaba silencio, como si estuviera considerando su explicación.

—Entonces estás sola.

—¡Leo!

—Lo siento, Cass, pero Berkley se presentó en mi habitación esta noche.

—¿En serio? —Su voz sonó sorprendida. Era muy buena—. ¿Por qué diablos ha hecho eso?

—Creyó que era tu habitación.

—¿Mi habitación? Qué escandaloso. Y qué presuntuoso por su parte. Puedo asegurarte, Leo, que si Berkley o cualquier otro caballero se presentara en mi habitación sin ser invitado, desde luego oirías mucho más que un simple golpe.

Reggie hizo una mueca.

—¿Cómo?

—Naturalmente gritaría —dijo con actitud altiva.

—Por supuesto. —Effington respiró profundamente—. En realidad, Cass, no creo que sus intenciones fueran deshonestas, aunque su acción fue completamente inapropiada. Él quería hablar contigo sobre… bueno… en realidad no es asunto mío.

—Eso nunca te ha detenido antes —dijo ella con ironía.

—No puedes culparme por estar preocupado. Sobre todo después de que hablásemos sobre el tipo de situación que fuerza a un hombre al matrimonio.

¿Forzar a un hombre al matrimonio?

—Y yo te dije que nunca sería capaz de hacer semejante cosa, ¿recuerdas? —se apresuró a responder ella.

—Bueno, sí, yo…

—Dije que era miserable, censurable, despreciable…

—No recuerdo eso —murmuró Effington.

—De todas formas, lo dije. —Suspiró con impaciencia—. Si vamos a continuar con esta discusión, sugiero que nos traslademos a tu habitación en lugar de seguir hablando en el pasillo.

—Seamos serios —dijo Effington, bostezando—. Es tarde, y contigo y con Berkley ya he tenido bastante por esta noche, así que vamos a dormir.

Reggie lo oyó caminar por el pasillo.

—Gracias por preocuparte —dijo suavemente Cassandra a su hermano—. Sabes que lo valoro.

Effington murmuró algo que Reggie no alcanzó a oír.

Cassandra permaneció de pie junto al umbral durante un momento, luego entró en la habitación, cerró la puerta tras ella y suspiró con alivio.

Reggie la cogió en sus brazos.

—Has estado muy bien.

—Eso creo. —Por su tono de voz era evidente que estaba sonriendo. Lo rodeó con sus brazos—. Por mucho que me gustaría que te quedaras…

—Debería irme. —Había pesar en su voz—. Me temo que esta noche ha sido desafortunada desde el principio.

—Siempre nos quedará… mañana.

—Así es. —Le dio un beso más largo de lo que pretendía, luego la soltó y se preguntó si siempre le costaría tanto dejarla marchar.

—Comprobaré que no haya nadie alrededor. —Comenzó a abrir la puerta y él la detuvo.

—¿Es verdad lo que dijiste? ¿Eso de que no serías capaz de obligar a un hombre al matrimonio aunque te hubiera comprometido?

—Desde luego. —Su voz era firme—. Nunca me casaría con un hombre simplemente por evitar un escándalo. Y nunca obligaría a casarse conmigo a un hombre que no deseara hacerlo.

—Entiendo —dijo él con una sonrisa que ella probablemente no podría ver y que aunque viese seguramente no podría entender.

—¿Ah, sí? —dijo ella suavemente, luego abrió la puerta y escudriñó el pasillo.

Él murmuró una despedida, pasó por delante de ella y se encaminó hacia su habitación. Al cabo de un minuto se dio cuenta de que estaba sonriendo como un idiota. Una sonrisa que entonaba con la ligereza de sus pasos y con el optimismo de su corazón.

Para ser un hombre que acababa de ver frustrada una seducción, estaba de un notable buen humor. Claro que también era un hombre que acababa de descubrir que la mujer que amaba, una mujer que siempre había profesado estar interesada en el matrimonio, no estaba dispuesta a conseguir esa meta a la fuerza.

Sin embargo, sí estaba dispuesta a acostarse con él sin la promesa del matrimonio. La conocía lo suficiente como para saber qué prejuicios tenía que haber vencido para llegar a ese punto. No era una mujer capaz de entregarse simplemente movida por la lujuria, o al menos no únicamente por la lujuria. Y él sabía, o al menos creía saber, lo que eso significaba.

La irresistible señorita Effington estaba sin duda enamorada del no verdaderamente infame y lejos de ser perfecto lord Berkley.

Ahora él sólo tenía que conseguir que ella lo reconociese.

Capítulo trece

Un hombre tiene la responsabilidad de defender a aquellas personas de su vida que necesitan protección de aquellas otras que podrían aprovecharse de ellas o sacar ventaja de su propia naturaleza, no importa si esas personas aprecian o no sus esfuerzos. Las hermanas inmediatamente acuden a la mente.

L. Effington

*C*assie montó sobre el caballo que ella misma había escogido en el establo de Holcroft y contempló los campos.

Era el típico día primaveral capaz de inspirar a los poetas para que escriban sonetos de alabanza. El cielo era de un azul tan brillante que hasta hacía daño mirarlo. Las praderas eran fértiles, exuberantes y estaban cubiertas de infinitos matices y sombras de verde. En un día como aquél, uno casi podía oler los colores. Todo en conjunto era perfecto.

O lo sería si una tuviera la oportunidad de estar al menos un momento a solas con el caballero a quien ha estado a punto de entregar su inocencia la noche anterior.

La mitad de los invitados habían llevado sus coches al lugar que Gwen había escogido para el picnic, un bucólico escenario situado junto a un pequeño lago. El resto, incluida Cassie, había preferido salir a montar. A ella le gustaba mucho montar, pero incluso aunque no le hubiese gustado habría escogido hacerlo, simplemente porque Reggie lo había hecho y la señorita Bellingham no. Cassie tenía planeado cabalgar a su lado, con la esperanza de poder mantener una conversación privada, pero el señor Drummond le había impedido hacerlo, pues se dedicaba a prestarle toda su atención. Es cierto que era una compañía deliciosa, y era bastante agradable notar cómo los vigilaba Reggie, pero el momento de provocar celos ya había pasado. Al menos por parte de ella.

Dirigió la mirada a Reggie y el corazón le palpitó de una forma de lo más molesta. El había desmontado y estaba hablando con la señorita Bellingham, su madre y la señorita Hilliard. Era obvio que coqueteaba con todas ellas, y la señorita Bellingham flirteaba con él descaradamente. ¿Por qué no se lanzaba sobre él y acababa de una vez? Puede que fuese un incomparable diamante de primera clase y todo eso, pero detrás de esos ojos violetas no había más que una furcia. Una furcia armada con belleza y encanto que estaba obviamente decidida a convertirse en la próxima vizcondesa Berkley. Señorita Maravillosa… ¡Bah!

Cassie afiló la mirada con enfado, un enfado dirigido tanto a sí misma como a la señorita Bellingham. Por lo visto, los celos no eran sólo cosa de Reggie. Sin embargo, Cassie tenía que reconocer, aunque fuese a regañadientes, que Reggie no parecía prestar a la señorita Bellingham más atención de la que dirigía a la señorita Hilliard, y teniendo en cuenta lo que Cassie y Reggie habían compartido y lo que habían estado a punto de compartir, en realidad, no tenía por qué haber razones para sentir celos.

La noche pasada había sido memorable, y un preludio de lo que estaba por llegar. Incluso en aquel momento, simplemente el recuerdo de sus caricias le trajo escalofríos de deleite y un intenso anhelo en la boca del estómago. Sin embargo, el obvio placer que él había mostrado al saber que ella no estaba dispuesta a forzar a un hombre al matrimonio simplemente para evitar el escándalo la fastidiaba. Por mucho que intentara restar importancia a su reacción, tenía miedo de que en realidad sí fuese importante. Si él la amaba —y hasta el momento en que él se había marchado por la noche ella confiaba en que así era— qué importancia tenía cuáles fueran los motivos que los condujeran al matrimonio. Y sin duda era hacia el matrimonio hacia donde se encaminaban.

A menos, naturalmente, que ella hubiera estado en lo cierto desde el principio acerca de su reputación infame y completamente equivocada respecto al hombre que en realidad era.

Lo que estaba claro es que no había errado a la hora de juzgar su propia naturaleza. Había dado ya sus primeros pasos para adentrase en el camino de la ruina y la perdición y ahora ya no podía echarse atrás. Si Reggie era un hombre honrado o un verdadero sinvergüenza, ya no importaba. Tenía que ser suya; en efecto, estaba decidida a serlo, por muy alto que fuese el coste que tuviera que pagar. Incluso aunque se tratara de su reputación, de su futuro o de su corazón.

—¿Le gusta mi hermano? —Lucy colocó su caballo junto al de Cassie.

—Lo encuentro extraordinariamente irritante —dijo Cassie con frialdad.

—Yo también, pero diría que para una mujer como usted eso puede ser una ventaja.

Cassie alzó una ceja.

—¿A qué te refieres con eso de una mujer como yo?

—Oh, ya sabe. —Lucy se encogió de hombros—. Es usted tan… excéntrica.

—¿Excéntrica? —Cassie sonrió.

Lucy se rio.

—Sí, por supuesto, pero yo creía que eso era casi una especie de distintivo de honor para usted. A mí me lo parece.

Cassie miró fijamente a la joven.

—¿Ah, sí?

Lucy asintió.

—Claro que sí. Yo la admiro mucho, señorita Effington. Hace exactamente lo que desea.

—Dentro de unos límites —se apresuró a añadir Cassie, tratando de apartar de su mente el recuerdo de la noche anterior. Desde luego no deseaba alentar a Lucy a ningún tipo de comportamiento inapropiado—. Una siempre debe ser consciente de las restricciones que impone la decencia.

—Oh, por supuesto. —El tono de Lucy desmentía sus palabras, y Cassie estaba bastante segura de que la chica no la creía ni por un momento—. Pero, en realidad, no quería decir excéntrica, aunque supongo que el término es bastante apropiado, ya que hace cosas que no se esperan de usted y además habla con franqueza. Pero lo que yo quería decir… —Lucy reflexionó un momento—. Confiada. Sí, eso es. Segura. Es el tipo de mujer que sabe exactamente lo que quiere y cómo conseguirlo.

—Yo no estoy segura de que sea tan admirable, y me temo que me das mucho más mérito del que merezco. —Cassie escogió las palabras con cuidado—. Es bastante difícil, en realidad, caminar por la fina línea del comportamiento que la sociedad espera de ti y ser capaz a la vez de seguir tu… —Pensó durante un momento—. Tu propia naturaleza, supongo. Ser sincera contigo misma más que con nadie, dentro de unos límites, por supuesto. —Cassie negó con la cabeza—. La verdad es que aunque siempre he sido bastante decidida y he estado dispuesta a decir lo que pienso, últimamente me siento más confundida que otra cosa.

—Tonterías —soltó Lucy—. No la puedo imaginar confundida respecto a nada, y mucho menos respecto a lo que quiere.

—Sin embargo, yo…

—Señorita Effington, ¿puedo llamarla Cassandra?

—Mis hermanos me llaman Cassie.

—Entonces yo también lo haré. —Lucy la miró directamente a los ojos—. ¿Quieres a mi hermano o no?

Cassie vaciló, respiró profundamente y soltó un resignado suspiro.

—Sí.

—Gracias a Dios. Por un momento estaba preocupada. —Lucy se inclinó hacia ella y bajó la voz—. Vamos a hacer un trato. Yo haré todo lo posible por distraer al señor Drummond, que es demasiado educado como para ignorar mis atenciones, y tú podrás concentrar tus esfuerzos en Reggie. Y tal vez también podamos hacer algo para apartar a la señorita Bellingham de su lado. —Lucy arrugó la nariz—. Te confieso que preferiría mil veces tenerte a ti en mi familia antes que a la señorita Bellingham.

—¿Por qué?

—No me gusta —dijo Lucy llanamente—. No sé muy bien por qué, pero no me gusta. Y no confío en ella. Sospecho que es capaz de hacer todo lo posible por conseguir lo que quiere, sin importarle a cuánta gente tenga que pisotear para ello.

Cassie se rio.

—¿No has dicho exactamente lo mismo de mí?

—Sí, pero confío en que tú tienes tus límites. En definitiva, creo que eres una buena persona. Además, creo que a ti te importa de verdad mi hermano, mientras que ella sólo se interesa por lo que es y lo que tiene. Y no me gusta la forma en que lo mira. Como si estuviera, en fin… hambrienta.

—¿Y cómo lo miro yo?

—Oh, tú también pareces hambrienta. Pero en tu caso parece que quisieras saborearlo, mientras que ella tiene pinta de querer masticarlo y después escupirlo.

—Supongo que debo darte las gracias, pero hablaste de un trato. —Cassie la examinó con prudencia—. ¿Qué recibirías tú a cambio?

—¿Aparte de una cuñada que me guste? —La mirada de Lucy se dirigió hacia Christian, y una sonrisa decidida curvó las comisuras de sus bonitos labios.

—¡Lucy! —Cassie negó con la cabeza—. Tú eres demasiado joven para Christian. Además de eso, él tiene mucha experiencia y cierta reputación con las mujeres. Me atrevería a decir que…

—Todo eso ya lo sé, y no me importa. —Lucy sacudió su cabello oscuro y sonrió de una forma que la hacía parecer mayor de lo que era—. Sé que puede que ahora sea demasiado joven para él, pero algún día dejaré de serlo. Y dado que no creo que sea el tipo de hombre que sucumbe al matrimonio demasiado rápido, puedo esperar. Y a ese respecto, entre ahora y entonces, puede ser bastante beneficioso y de lo más conveniente que la hermana del hombre con quien pretendo casarme se case con mi hermano. —Lanzó a Cassie una sonrisa decidida.

—Eso sería muy práctico —murmuró Cassie, preguntándose si tal vez el destino de Christian estaría ya sellado.

—¿Lo sería, verdad? —Lucy sonrió satisfecha, luego sus ojos se abrieron más grandes—. ¿Te gustaría ver Berkley Park?

No tenemos por qué llegar hasta la casa. Puedes verlo desde esa colina. —Señaló una pequeña colina que había un poco más lejos, coronada con una hilera de árboles.

—Oh, no creo que… —Cassie lanzó una mirada a Reggie, que todavía estaba demasiado ocupado con la señorita Belling-ham, y se encogió de hombros—. No veo por qué no.

—Te gustará, es precioso. Muy antiguo también, creo. No tengo ni idea de cuánto, aunque Reggie probablemente lo sepa. Tiene un aspecto algo imponente, pero en realidad no es para nada…

Comenzaron un agradable paseo, Lucy charlando todo el tiempo. Sobre todo acerca de lo guapo y lo encantador que era Christian, o del hecho de que hasta el momento no se había mostrado seriamente interesado por una mujer y tampoco ninguno de los otros hermanos de Cassie estaban casados, con lo cual parecía que era un rasgo de la familia eso de no tener prisa por el matrimonio, y Lucy se preguntaba también si Cassie creía que Christian en algún momento pensaría en el matrimonio.

Llegaron a la cima de la colina y Lucy se detuvo para respirar. Fue entonces cuando oyeron el inconfundible sonido de un caballo tras ellas.

—¿Puedo preguntar que estáis haciendo vosotras dos? —dijo Reggie sonriendo, mientras detenía su caballo.

Cassie le devolvió la sonrisa y trató de ignorar la forma en que latía su corazón cuando lo veía sonreír.

—Quería mostrarle a Cassie Berkley Park —dijo Lucy, volviéndose hacia Cassie—. Tendremos que desmontar, por supuesto. La mejor vista está al otro lado de los árboles.

No había más que un puñado de árboles, pero efectivamente éstos ocultaban el paisaje.

—Yo estaré encantado de enseñárselo —dijo Reggie—. Tú tienes que volver junto a los demás.

Lucy alzó las cejas.

—¿Por qué?

—Mamá me ha enviado a buscarte.

—¿Para qué?

—Ni lo sé ni me importa. —Hizo un gesto en la dirección de donde venían—. Ahora vete.

—No sé si debería dejaros aquí sin una carabina —dijo Lucy con tono remilgado. Cassie reprimió una sonrisa—. Es de lo más inapropiado.

—Dado que estamos casi a la vista de los demás, no creo que se nos ocurra arriesgarnos a un escándalo. —Reggie sonrió con ironía—. ¿Qué dices tú, señorita Effington?

Cassie se encogió de hombros con actitud despreocupada.

—Como tú dices, desde aquí podemos ver al resto de invitados. No creo que haya nada de malo entonces.

—Yo tampoco. Ahora… —lanzó a Lucy esa mirada de hermano demasiado familiar—. ¡Vete!

—Ya me voy —dijo ella ofendida, giró su caballo y lo hizo ponerse en movimiento de un modo enérgico.

—Va demasiado rápido —murmuró él.

—Claro que no. —Cassie se rio—. De hecho va a un ritmo muy moderado. Además, por lo que veo, sabe montar muy bien.

—Hasta hace muy poco los caballos y los perros eran lo único que le interesaban. —Reggie dejó escapar un doloroso suspiro—. No sé muy bien cuándo ha sido que ha comenzado a dirigir su atención a otras cosas, pero te puedo asegurar que no me gusta un pelo.

—En eso, creo que tú y mis hermanos tenéis mucho en común.

Él hizo una mueca.

—Eso pone las cosas en una perspectiva completamente diferente, y preferiría no considerarla, si no te importa.

—Sin embargo, ella es poco más que una niña, mientras que yo…

—Tú eres deliciosa. —Sus ojos grises, llenos de todo tipo de promesas maravillosas, se encontraron con los de ella. Le sonrió y ella sintió que estaba a punto de caer derretida del caballo y convertirse en un pequeño charco en el suelo—. La verdad es que pensaba que no íbamos a poder deshacernos de ella.

—De no haber sido Lucy, podría haber sido Leo.

Reggie se rio.

—O Drummond. Parece muy interesado por ti.

—O podría perfectamente haber sido la señorita Bellingham, ya que por lo visto está muy interesada en ti —dijo Cassie sin rodeos.

—Tal vez estemos destinados a no poder volver a estar a solas.

—Creo que eso sería una pena. Me gustaría bastante estar a solas contigo. —Se esforzó por dar un matiz ligero a su voz, como si sus comentarios y el significado que éstos tenían no fueran más importantes que una simple observación sobre el tiempo.

—¿Ah, sí? —Su mirada era intensa, y ella se preguntó si efectivamente él podía leer en su interior.

—Así es, y ya que ahora estamos a solas —respiró profundamente—, creo que hay cosas de las que deberíamos hablar.

—Ciertamente se me ocurren una o dos —murmuró él, y luego sonrió—. Pero no es el momento.

—¿Por qué no?

—Porque supongo que dentro de un minuto alguien, probablemente uno de tus hermanos, advertirá tu ausencia, llegará a todo tipo de conclusiones injustificadas…

—¿Conclusiones injustificadas? —Ella abrió los ojos con asombro y su voz sonó inocente—. ¿Te refieres a cosas como pensar que podrías estar en mi habitación de madrugada semidesnudo?

—Cosas de ese tipo. —Él se rio y bajó de su caballo, luego la ayudó a desmontar a ella.

Ella se deslizó de la silla y cayó en sus brazos. Él la sostuvo durante más tiempo del necesario, mucho más de lo debido y mucho menos del suficiente. Ella lo miró fijamente y tuvo ganas de decir todo lo que sentía y todo lo que deseaba, pero de nuevo le fallaron las palabras. Era realmente extraordinario, hasta ahora él era realmente el único hombre que había conseguido dejarla sin habla.

—Vamos. —La soltó, pero le cogió la mano y la condujo a través de las hileras de árboles—. El pie de esa colina marca la frontera entre la finca de Marcus y la mía. —Rodeó un haya, se detuvo e hizo un gesto muy grande—. Ahí tienes mi finca, aunque me temo que no puedes verla muy bien desde aquí.

Ella puso una mano a modo de escudo sobre sus ojos para

tapar la luz del sol. Él tenía razón, la casa de Berkley Park no se veía muy bien, pero por lo que pudo distinguir y la simetría de las formas le pareció que pertenecía al estilo arquitectónico de Andrea Palladio. Sus piedras de un gris claro brillaban suavemente bajo la luz del sol, e incluso a aquella distancia, la casa tenía un aspecto sólido y benevolente.

—Fue construida hace un siglo y medio por el primer o el segundo vizconde Berkley; he olvidado exactamente cuál. —Se encogió de hombros, pero había una clara nota de orgullo en su voz—. Ha sido el hogar de mi familia desde entonces, y espero que siempre sea mío.

—Entonces, ¿te gusta el campo? —No sabía muy bien por qué se sorprendía. Simplemente había dado por supuesto que él preferiría el bullicio de Londres a la tranquilidad de la vida en el campo.

—Desde luego que sí. Oh, es cierto que disfruto de Londres. Siempre hay algo divertido en que ocupar el tiempo, y me atrevería a decir que cualquier hombre que afirma aburrirse en la ciudad es simplemente demasiado perezoso para participar de lo que ésta ofrece. Pero aquí hay una calma que resulta muy relajante para el alma. —Miraba fijamente el campo y su voz sonaba pensativa, como si estuviera diciendo en voz alta cosas que hasta el momento sólo se había limitado a pensar—. Hay mucho trabajo, por supuesto, con los arrendatarios, la gestión de la finca y un gran número de responsabilidades. Tengo un administrador excelente, pero siempre siento que es mi deber estar al corriente de sus actividades. De hecho, a lo largo de estos años, he llevado a cabo algunas mejoras por mi propia iniciativa. Acostumbro a verme con él a diario cuando resido en la finca. Y cuando estoy en Londres, me envía un informe cada quincena.

—¿De verdad? —Ella lo miraba sorprendida—. No tenía ni idea de que estabas tan involucrado.

Él alzó una ceja.

—¿No era lo que esperabas del infame lord Berkley, verdad?

—Para nada. Y te ofrezco mis disculpas.

—No estoy muy seguro de aceptarlas —dijo él con suavidad—. Creía, o tal vez simplemente esperaba, que habíamos superado esa fase en la que piensas mal de mí por tus ideas preconcebidas basadas nada más que en mi reputación.

—Tienes razón. Ahora te conozco mejor, o al menos eso creo. Y es completamente injusto por mi parte continuar haciendo suposiciones basándome en tu mala fama, de la cual no he tenido demasiadas pruebas, a excepción de la otra noche, naturalmente, en la cual te mostraste… en fin… lleno de iniciativa y muy elegante…

Él se rio.

—¿Lleno de iniciativa y muy elegante?

—Eso me pareció a mí, aunque en realidad carezco de base para comparar…

Él alzó una ceja.

—Odio preguntarme si estaré a la altura.

—Yo no lo haría si estuviera en tu lugar —se apresuró a decir ella, ignorando el rubor que sintió aparecer en su rostro. Era de lo más extraño estar hablando de ese tipo de intimidades con un hombre y, sin embargo, con Reggie parecía de lo más natural—. Y desde luego yo no esperaba menos de tu reputación.

—Es una pesada carga que soportar. —Sacudió la cabeza, afligido—. Sin embargo, en este caso en particular, ¿puedo suponer que tus expectativas preconcebidas basadas en mi reputación han actuado en mi beneficio?

—Al menos no me has decepcionado. —Le lanzó una sonrisa frívola—. En la mayor parte.

Él ahogó un grito con fingida consternación.

—¿En la mayor parte?

—Ya que nosotros no… quiero decir… me refiero a… —Alzó las cejas y lo miró con rabia—. Sabes perfectamente lo que intento decir.

—Así es, pero es de lo más delicioso ver tus intentos inútiles de decirlo. —Sonrió—. Dada tu tendencia a hablar con franqueza, por supuesto, y mis ideas preconcebidas que me llevan a pensar que no vacilarías a la hora de decir nada que tengas en la mente, por muy inapropiado que pueda llegar a ser.

—¿Por qué te mostraste tan complacido cuando dije que nunca me casaría con un hombre simplemente para evitar un escándalo? —soltó ella. Y luego soltó una mueca. Sin duda habría algún modo mejor de formular la pregunta.

—Gracias por probar lo que acabo de decir —dijo él con ironía.

—Me alegro de que lo aprecies. Ahora —contuvo la respiración—, contéstame la pregunta.

—Por supuesto que resulta agradable conocer a una mujer que no estaría dispuesta a obligar a un hombre al matrimonio para evitar un escándalo. —Se encogió de hombros—. No puedo imaginar ningún hombre que no sienta lo mismo.

Ella lo contemplaba incrédula.

—Ésa no es una respuesta.

—Yo creía que era una respuesta excelente.

Ella se esforzó por hablar con calma.

—Tal vez no estoy formulando la pregunta correctamente. Tal vez en realidad no entiendes lo que te pregunto. No estoy tratando de determinar la actitud de toda la humanidad respecto a esta cuestión. Simplemente quiero saber por qué tú, Reginald, vizconde Berkley, te alegras tanto de que Cassandra Effington…

—Aquí estáis. —La voz afable de Leo se oyó tras ellos.

Reggie hizo una mueca.

Cassie suspiró y se sintió agradecida de no llevar consigo un arma.

—Sabía que os acabaría encontrando. —Leo se acercó hacia ellos con una sonrisa excesivamente satisfecha—. El almuerzo está listo, pero lady Pennington no quiere servirlo hasta que todo el mundo esté presente. Y dado que estamos todos famélicos, he intentado localizaros, como haría un perro tras un zorro.

Aunque no sería nada difícil conseguir una pistola prestada para disparar a su hermano algún otro día.

—Vamos. No te habrá sido tan difícil, Effington —dijo Reggie en un tono excesivamente agradable—. Sobre todo porque no intentábamos escondernos, sino que tan sólo nos hallamos fuera de la vista por uno o dos pasos.

—Sin embargo, un paso o dos pueden ser de lo más significativos —dijo Leo con suavidad.

Reggie se encogió de hombros.

—Yo diría que el hecho de que sean significativos depende en gran medida de las intenciones de aquellos que están fuera de la vista.

Leo alzó las cejas.

—¿Y las intenciones son fluidas y variables, verdad? Me refiero a que las intenciones de un caballero pueden ser, en cierto momento, completamente honradas, y al momento siguiente de lo más inapropiadas, demasiado atrevidas, demasiado personales y absolutamente escandalosas.

—Dios santo —dijo Cassie por lo bajo.

Leo la ignoró.

—Y cuando la dama en cuestión es propensa a un comportamiento temerario y a actuar sin la debida consideración, es muy probable que no sea capaz de protestar ante cualquier cosa indecorosa que pueda ocurrir. De hecho, incluso podría alentar ese tipo de cosas.

Cassie ahogó un grito.

—¡Leo!

—Mírame, Effington. —Reggie entrecerró los ojos y dirigió su mirada directamente a los ojos de Leo—. Me temo que has recibido una impresión equivocada. El simple hecho de que anoche, cuando entré por error en tu habitación, no te desafiara por tus amenazas respecto a mis intenciones hacia Cassandra, no significa que puedas continuar soltando calumnias respecto a mi comportamiento o el suyo. Seas su hermano o no, para ser francos te diré que tus insinuaciones acerca de sus acciones y su inteligencia son de lo más ofensivas. Y aunque no me entusiasma la idea de batirme en otro duelo y lamentaría mucho tener que herirte, considero que será mi deber afrontarlo si no te disculpas con ella inmediatamente.

—¿Te batirías a duelo? —Cassie lo contemplaba sin poder dar crédito—. ¿Con Leo? ¿Por mí?

Reggie le sonrió, con una sonrisa muy íntima y extremadamente personal. Una sonrisa que prometía precisamente todo aquello que temía Leo. Y todo aquello que deseaba Cassandra.

—Por supuesto que lo haría.

—Pero Leo es muy bueno en esas cosas.

—No importa lo bueno que sea. —Reggie se encogió de hombros—. Te ha insultado, todo lo demás carece de importancia.

—Oh, Dios. —Cualquier duda que aún pudiera albergar respecto a él se desvaneció—. Eso es tan… perfecto por tu parte.

Su sonrisa se ensanchó.

—¿De verdad lo crees?

—Absolutamente. —Ella asintió y le lanzó una sonrisa de lo más brillante. Y lo único que deseaba era lanzarse a sus brazos y terminar lo que habían comenzado aquella noche, allí mismo y en aquel mismo momento, delante de Leo, de Dios y de cualquiera que los estuviese observando.

—¿Qué dices entonces, Effington? —Reggie miró a Leo con firmeza.

—Yo diría que no es necesario ese tipo de cosas. Duelos, me refiero. Sería un asunto desagradable para todos, en realidad. —Leo se volvió hacia Cassie—. Me disculpo, Cass.

—¿Por? —Ella se cruzó de brazos.

—Por… —Leo hizo una pausa, obviamente para decidir de qué disculparse exactamente—. Por pensar que tú serías capaz de permitir que tus emociones gobiernen por encima de tu sentido común.

—Muy bien, Effington —murmuró Reggie.

—Gracias. —Leo le sonrió.

—Yo pienso que no es suficiente —soltó Cassie.

—Muy bien. —Leo alzó la mirada hacia el cielo—. De verdad lo siento, Cass. Siento haber creído que Berkley podría estar anoche en tu habitación. Lamento el hecho de que ahora mismo esperaba encontraros rodando por el suelo…

Cassie abrió los ojos con asombro.

—¡Leo!

Reggie tosió para disimular la risa. ¿Por qué diablos aquello le parecía tan divertido? No tenía la más mínima gracia.

—Mis disculpas, Berkley. —Leo hizo una mueca—. No quería sugerir que tú fueras capaz de tomarte tales libertades.

La expresión de Reggie era fría, pero la risa asomaba a sus ojos.

Cassie hubiera dado mucho en aquel momento por tener una pistola.

—¿Sin embargo, no ves nada de malo en sugerir que yo pudiera permitir tales libertades? O peor aún, que yo pudiera tomarme por iniciativa propia esas libertades. —Avanzó unos pasos hacia su hermano y apoyó un dedo firmemente contra su pecho—. ¿Qué creías que haría, tirarlo al suelo y arrojarme sobre él?

Un extraño sonido ahogado provino de Reggie. Ella no le hizo caso. Ya se ocuparía de él más tarde.

—¿Y bien? —Volvió a empujarlo con el dedo, esta vez más fuerte.

—Para ya, Cass, resulta molesto y doloroso. —Leo le cogió la mano, la apartó un poco de él, se inclinó hacia delante y bajó la voz para que sólo ella pudiera oírle—. He pasado muchos años vigilándote como para detenerme ahora.

—Por todos los santos, Leo, no es necesario que…

—Puede que fuera innecesario en el pasado, y puede que ahora también sea innecesario, pero he visto cómo te mira. Dios sabe que yo mismo tengo esa particular mirada en mis ojos cuando… en fin, hablando con franqueza, cuando deseo a una mujer. Y lo peor de todo es que hay también la misma mirada en tus ojos. Nunca te habías mostrado interesada por un hombre del modo en que te interesas por él. —Leo endureció su voz—. No tengo intenciones de bajar la guardia con vosotros dos. Ya fuimos demasiado permisivos con Delia, para mi eterno arrepentimiento.

Cassie resopló.

—Tú eres el único que lo lamenta. Ella es la viva imagen de la felicidad.

—Nada más que por una suerte increíble. —Leo entrecerró los ojos—. Te vigilaré día y noche si es preciso. Una de mis hermanas puede haber caído en el escándalo, pero no permitiré que la otra haga lo mismo.

—No se trata de tu decisión —le espetó Cassie—. Y tampoco de tu vida.

—Se trata de mi deber. —Había un tono mojigato en la voz de Leo.

Dispararle un tiro sería ser demasiado benevolente con él. Reggie se aclaró la garganta.

—Por mucho que no me halle incluido en esta discusión, debo confesar que siento bastante curiosidad por saber lo que estáis susurrando. Sugiero que continuéis en otro momento y ahora regresemos junto a los demás. Sobre todo si es cierto que están famélicos como tú decías, Effington.

—Sí, por supuesto. —Leo dirigió a Reggie una sonrisa de alivio, el tipo de sonrisa que revela una afinidad y algo en común entre hombres que las mujeres simplemente no pueden comprender.

Tal vez simplemente debería llevar siempre una pistola encima a partir de ahora.

—Continuaremos esto más tarde, Leo. —Giró sobre sus talones y caminó entre los árboles para llegar hasta los caballos.

Estaba segura de que ya había tenido aquella pelea con Leo en el pasado, aunque en aquel momento no podía recordar cuándo. ¿Por qué les era tan imposible a sus hermanos aceptar que ella era capaz de tomar sus propias decisiones? Después de todo, tenía ya veinticuatro años, y si decidía lanzarse al escándalo y a la ruina, o comportarse de un modo completamente inapropiado, se trataría de su propia elección, y no de la de ellos. A veces, era enormemente frustrante ser una mujer. Una mujer sin una pistola.

Cassie llegó junto a su caballo, y Reggie y Leo se acercaron a la vez para ayudarla a montar. Ella lanzó a su hermano una mirada mordaz. Él le devolvió una débil sonrisa y se apartó a un lado.

Reggie la ayudó a montar de una forma sumamente decorosa, ante la cual ni el más exigente de los hermanos tendría nada que objetar. Sus manos no se apartaron ni un centímetro de su cintura y no permanecieron allí ni un sólo segundo más de lo necesario. Todo ello habría contribuido a aumentar sus ganas de agredir a su hermano de no haber sido por la mirada que había en los ojos de Reggie. No había duda de que ésa era la mirada que tanto preocupaba a su hermano. Y sin duda era también la misma mirada que vencía toda resistencia y toda duda que ella pudiera albergar.

—Gracias, milord —dijo con frialdad.

—Es un placer, señorita Effington. —Las comisuras de sus labios se curvaron para mostrar una sonrisa íntima hecha a medida de los secretos compartidos y tácitas promesas.

Perfecto.

El trío se encaminó de vuelta a la fiesta. La conversación fue limitada, aunque Reggie y Leo intercambiaron unas pocas palabras de cortesía. Cassie, intencionadamente, no dirigió más que alguna mirada a su hermano.

Aunque no había pasado suficiente tiempo a solas con Reggie, ni había obtenido una respuesta satisfactoria a su pregunta, ni él le había declarado sus sentimientos, había visto un lado de él que no esperaba. Además, se había mostrado dispuesto a batirse en duelo con Leo simplemente por una ofensa, ¿acaso eso no era un indicativo de su afecto? ¿Acaso los hombres pueden ser realmente capaces de arriesgar su vida si no es por la mujer que aman?

Fuera como fuese, ella lo amaba, lo deseaba y estaba decidida a tenerlo. Sintió que crecían sus expectativas y sonrió para sí.

La senda del escándalo nunca le había parecido tan inevitable.

Ni tan deliciosa.

Capítulo catorce

Las mujeres son criaturas frágiles y exquisitas que
sostienen nuestros corazones en sus manos y pueden
transportarnos hasta el cielo con una simple mirada.

ROBERT, VIZCONDE BELLINGHAM

*L*eo cumplió con su palabra.

Cassie caminaba arriba y abajo por todo lo ancho de su habitación tratando de convencerse a sí misma de que disparar a
su hermano no era una respuesta razonable.

Durante el picnic del día anterior, durante todo el resto del
día, la noche y todo el día siguiente, Cassie había estado constantemente bajo la vigilancia de Leo o de Christian. Y en alguno de esos raros momentos en que no tenía a la vista a ninguno
de sus hermanos, sospechaba que era porque estaban dirigiendo
su atención hacia Reggie. Lamentablemente, la señorita Bellingham también dedicaba gran parte de su atención a Reggie. Y aunque su respuesta no parecía ser más que simplemente cordial, únicamente un hombre muerto podría dejar de
sentirse halagado ante la coquetería de la señorita Maravillosa. Era de lo más irritante, pero no había nada que Cassie
pudiera hacer al respecto, más allá de recordarse a sí misma que
debía confiar en el afecto de Reggie. Sin embargo, a Cassie le
resultaba imposible estar a solas con él, y sospechaba que la señorita Bellingham no sufría tales restricciones.

Al menos, mientras los hombres de la fiesta estaban fuera
disparando o haciendo algo igual de aburrido y por tanto ella
no tenía que soportar a ninguno de sus hermanos respirando

cerca de su hombro, Cassie tenía tiempo más que suficiente para terminar los bocetos de la casa de Reggie. También había tenido la oportunidad de una larga y muy productiva charla con Gwen.

Aquella noche, antes de cenar, Reggie había aprobado de manera incondicional sus ideas. No es que hubieran estado a solas, por supuesto. No, Reggie había dado su aprobación junto con su madre, su hermana y la mayoría de los invitados de Gwen.

La señorita Bellingham había mostrado un interés más que pasajero por sus diseños. A Cassie le había parecido bastante extraño, y un poco inquietante. El señor Drummond, por su parte, se había mostrado de lo más elogioso, y ella había sentido ganas de salir corriendo y gritando al jardín de rosas al darse cuenta de que podía haber arrastrado al señor Drummond hasta su cama y sus hermanos apenas lo habrían notado. Por lo visto, ni Leo ni Christian creían que el señor Drummond o lord Townsend ni ninguno de los otros caballeros solteros presentes, a excepción de Reggie, pudiera suponer un peligro para la virtud de Cassie. Le cruzó por la cabeza la idea de que teniendo en cuenta que sus hermanos llevaban tanto tiempo queriendo verla casada, ahora se estaban mostrando demasiado escrupulosos a la hora de su elección.

Christian, por otra parte, parecía buscar tanta protección como la que procuraba. Lucy estaba de lo más decidida a estar siempre donde él estaba, a su lado si era posible; aunque había que reconocer que lo hacía de forma sutil e inteligente. En efecto, alguien que desconociera las intenciones de Lucy hacia Christian no tendría por qué notar la constante atención que ésta le prestaba.

Christian, sin embargo, era muy consciente del interés de la muchacha, y hacía todo lo posible por evitar cualquier cosa que pudiera alentarla o ser malinterpretada por alguien. Aun así, Cassie había advertido que miraba a Lucy con una extraña mezcla de terror y fascinación, y se preguntaba si algún día acabaría fijándose en ella.

Desde luego Reggie había notado el interés de Lucy por Christian, y aunque Cassie no había tenido oportunidad más que de cruzar algunas palabras con él, de vez en cuando lo sorprendía vigilando a Lucy con la mirada afilada y murmurando para sí: «práctica».

Lord Bellingham, por otra parte, estaba demasiado loco por Lucy como para notar su firme concentración en Christian. Y la muchacha alentaba su interés favoreciendo ocasionalmente al joven lord con alguna sonrisa o alguna mirada coqueta o riéndose ante algún comentario suyo de un modo que parecía indicar que se trataba del hombre más inteligente del mundo. Para Cassie resultaba obvio que Lucy no tenía mucha necesidad de practicar.

Lástima que no pudiera acudir a ella para resolver sus propios problemas. Cassie no dudaba que la muchacha tendría un buen número de ideas sobre cómo escurrirse sin ser vista de una habitación vigilada por un hermano mayor. Aunque Cassie ya tenía un excelente plan al respecto.

Alguien llamó a la puerta.

Ella fue corriendo a abrir.

—¿Por qué demonios has tardado tanto?

—Me dijiste que esperara a que todo el mundo se hubiese acostado. —Delia entró en la habitación con curiosidad. Como era tan tarde, sólo iba vestida con su camisón y una bata de lo más discreta—. Intenta recordar que tengo un marido de quien ocuparme, y me pareció prudente esperar a que se hubiera dormido.

—Creí que no vendrías.

—Difícilmente podría ignorar tu ferviente súplica después de la cena. ¿Qué es lo que pasa?

Cassie miró hacia el pasillo y no le sorprendió lo más mínimo ver que la puerta de Leo se abría con un crujido. Arrugó la nariz, cerró de un golpe su propia puerta y se apoyó contra ella.

—Necesito tu ayuda.

Delia alzó una ceja.

—¿Con el señor Drummond o con lord Berkley?

—Con Reggie, por supuesto. —Cassie arrugó la frente—. Me importa un comino el señor Drummond, aunque reconozco que es muy encantador.

Delia sonrió.

—Yo diría que es perfecto.

—No para mí.

—Estoy de acuerdo. —Delia estudió a su hermana detenidamente—. Apenas he tenido un minuto para hablar contigo desde que llegamos. ¿Cómo va la campaña para conquistar el corazón de lord Para-nada-perfecto?

—Es un desastre, Delia. —Cassie reanudó sus paseos.

—¿Ah, sí? Y yo que pensaba, por lo que me parecía ver, que estaba yendo bastante bien. Te mira de una forma tan especial.

Cassie se detuvo y observó a su hermana.

—Todo el mundo parece haberlo notado excepto yo. ¿Cómo es posible que tú puedas advertir algo en la manera en que él me mira o en la manera en que yo lo miro a él y yo no pueda?

—Eso, querida Cassie, es porque nos fijamos en cosas diferentes. —Delia cruzó la habitación y se sentó en la cama—. ¿Cuál es entonces el problema con su señoría?

—Oh, el problema en realidad no es con Reggie. Estoy convencida de que le importo. De hecho, incluso es muy posible que me ame, aunque todavía no me lo ha dicho, lo cual resulta de lo más irritante.

—Creía que su naturaleza irritante era una de las cosas de él que te resultaban más irresistibles.

—Y lo es. Bueno, no exactamente, aunque creo que no sería ni la mitad de interesante si fuera…

—Perfecto —bromeó Delia.

—Exacto. —Cassie asintió con firmeza—. El señor Drummond aparentemente es perfecto, y aunque no encuentro ninguna objeción que hacerle, no me siento ni lo más mínimamente atraída por él.

—Por supuesto que no.

—Aprecio que no te muestres demasiado engreída con ese tema. Que no me digas cuánta razón tenías tú y lo equivocada que estaba yo respecto a esa idea de lord Perfecto.

—Me alegra que lo valores, ya que está siendo extremadamente difícil.

—¿Es muy raro, verdad? —Cassie miró a su hermana—.

Que la perfección no resulte especialmente atractiva y que en cambio lo irritante se vuelva casi irresistible.

—El amor es bastante extraño, cariño. —Delia observó durante un momento los paseos de su hermana, luego suspiró con resignación—. Sin embargo, hay algún tipo de problema, ¿cuál es?

—Es Leo. —Cassie se hundió en la cama junto a su hermana—. Me vigila todo el tiempo como si él fuera un pastor y yo una oveja rebelde.

—Siempre te ha vigilado. Igual que Christian y Drew.

—Sí, y estoy profundamente agradecida porque Drew no esté aquí en este momento. Con Leo y con Christian ya tengo bastante. —Cassie tironeó distraídamente la tela de la colcha—. Sin embargo, eso me conduce a mi actual problema.

—¿Qué tipo de problema?

—No es nada complicado. —Cassie se levantó de la cama y cruzó la habitación hasta el armario de la ropa—. Regresamos a Londres mañana y, simplemente, debo ver a Reggie esta noche.

—Desde luego no estás vestida para una visita. —Delia lanzó una mirada desaprobatoria a su camisón y su bata.

—Tonterías, tengo que devolverle algo. —Cassie encontró su bolso en el fondo del armario, rebuscó en él y sacó un pañuelo para el cuello largo y blanco—. Esto.

Delia abrió los ojos con asombro.

—¿Su pañuelo?

—Sí. —Cassie se lo lanzó a su hermana, luego siguió buscando en el bolso otra vez—. Y esto. —Sacó su chaqueta haciendo un ademán ostentoso.

—¿Hay algo más? —Había un matiz cauteloso en el tono de Delia—. ¿Una camisa? ¿Pantalones?

—No seas absurda. —Cassie negó con la cabeza—. Nunca hubiera podido irse a su habitación sin pantalones.

—Por supuesto, ¿en qué estaría pensando? —Delia escogió las palabras con cuidado—. ¿Cómo es posible que tú tengas el pañuelo y la chaqueta de Berkley, o es mejor que no lo sepa?

—Probablemente es mejor que no lo sepas, pero si no te lo

cuento y tú tienes que descubrirlo, estarás tan enfadada conmigo que no podré confiar en ti.

—Es un círculo vicioso. —Delia respiró profundamente—. Cassie, tú no has… no has podido…

—Desde luego que hubiera podido, pero… —Cassie se encogió de hombros y volvió a dejarse caer en la cama—, no lo hice. Al menos no del todo.

—¿No del todo? —Delia alzó la voz—. ¿A qué te refieres con «no del todo»?

Cassie soltó un bufido.

—La habitación de Leo está al lado de la mía, ya sabes. Es decididamente difícil perder la virginidad con tu hermano en la habitación de al lado atento a cualquier sonido inusual.

—Dios santo —gimió Delia—. Debería haberlo sospechado.

Cassie sonrió.

—Desde luego que deberías.

—Entonces, es gracias a Leo que tú no has…

—Desde luego que sí, y nunca se lo perdonaré. —Cassie le cogió las manos a su hermana—. Ahora, sin embargo, necesito tu ayuda.

—¿Para ver a Berkley?

Cassie asintió.

—Leo dejó su puerta abierta la última noche, y esta noche ha vuelto a hacerlo, y estoy segura de que lo hace para poder enterarse si salgo de la habitación.

—Será posible que sea capaz de pensar tal cosa —murmuró Delia.

Cassie se inclinó hacia delante.

—Sin embargo, él espera que tú salgas.

—¿Qué? —Delia la miraba confundida, luego sus ojos se abrieron con asombro al comprender—. Oh no. —Trató de apartar las manos, pero Cassie se las volvió a coger—. Rotundamente no.

—Será una aventura.

—¡Para ti!

—Hace mucho tiempo que no nos intercambiamos. Será muy divertido.

—No para mí. Estaré atrapada si me hago pasar por ti.

Además, se supone que no debo seguir divirtiéndome, estoy casada. —Delia alzó las cejas—. Oh, Dios, no quería que sonara así. Me divierto mucho... sólo que no se trata del mismo tipo de diversión. Con Tony, la diversión es...

—No necesitas explicármelo —se apresuró a decir Cassie—. Lo entiendo perfectamente.

—¿En serio? —Delia alzó las dos cejas, aún más confundida—. ¿Qué es lo que entiendes?

—Yo me divertí mucho hace apenas dos noches. —Cassie sonrió a su hermana con picardía.

—Eso no es lo que... —Delia sacudió la cabeza con firmeza—. No lo haré.

—Por supuesto que lo harás. Es muy sencillo. Intercambiaremos nuestra ropa. En realidad sólo necesitas darme tu bata. Entonces yo fingiré ser tú y saldré sigilosamente de la habitación, aunque ahora que lo pienso si se supone que soy tú no será necesario que salga sigilosamente, sino con toda tranquilidad. —Cassie sonrió triunfante.

—¿Y qué pasa si alguien te ve?

—Creerán que te ven a ti.

—En efecto, así es. —Delia entrecerró los ojos—. ¿Y qué pasa si alguien te ve entrando en la habitación de Berkley y cree que soy yo? Pensarán... en fin, no quiero ni decir en voz alta lo que pensarían.

Cassie agitó la mano como para ahuyentar la preocupación de su hermana.

—Seré muy prudente. Además, es muy tarde. No creo que nadie ande todavía rondando por los pasillos.

—Y sin embargo, aquí estoy yo —dijo Delia con ironía.

—Vamos, Delia, simplemente voy a devolverle estas prendas y a charlar un poco, y luego regresaré.

Delia estudió a su gemela, y luego negó con la cabeza.

—No, no lo harás.

—Bueno, lo intentaré. —Cassie hizo una pausa para escoger las palabras con cuidado—. Yo diría que, dado el número de veces que yo te permití intercambiar los papeles cuando perseguías a tu marido...

—Yo no lo perseguí.

Cassie alzó una ceja.

—Bueno, tal vez lo perseguí un poco —dijo Delia a rega-ñadientes—. Pero yo era una viuda experimentada y…

Cassie se cruzó de brazos.

—No muy experimentada, por supuesto. —Delia se mos-tró ofendida—. Aun así, la situación era completamente dife-rente. Cassie… —Miró a su hermana directamente a los ojos—. Si alguien llegara a sospechar que has estado a solas con Ber-kley en su habitación, a altas horas de la noche, no importa el tiempo que hayas estado o lo que realmente hayas hecho, quedarías arruinada. Tu reputación se haría pedazos y te con-vertirías en el centro del escándalo. Te aseguro que no es ni la mitad de divertido de lo que suena.

—Entiendo perfectamente el riesgo, Delia. En realidad lo entiendo mejor de lo que tú crees. —Hizo una pausa para or-denar sus pensamientos—. Si mi reputación quedara destruida, todas esas damas que me piden que redecore sus casas, y lo ha-cen por mi buen nombre y por mi don con los colores y con las telas, no querrían tener nada que ver conmigo. —Suspiró con resignación—. Mi negocio, o mi pasatiempo, o como sea que quieran llamarle se habría acabado. Además de eso, aunque confío en que le importo a Reggie y que querrá casarse con-migo, si me equivoco estaré condenada a pasar el resto de mis días como… —arrugó la nariz— la excéntrica señorita Effing-ton o la estúpida tía Cassandra.

Delia hizo una mueca.

—¿Podrías soportarlo?

Cassie se encogió de hombros.

—Si debo hacerlo, sí. ¿Qué otra elección tendría?

—Si vas a la habitación de Berkley esta noche, puede que lo pierdas todo —dijo Delia suavemente.

—O puede que gane el mundo entero. —Cassie sonrió con tristeza—. Ya he perdido mi corazón.

Delia contempló a su hermana durante un largo momento, luego se puso en pie con bastante reticencia.

—Vamos, ayúdame con la ropa. Cuanto antes te vayas, an-tes volverás.

Cassie sonrió.

—Sabía que podría contar contigo.

—Quiero que estés aquí dentro de una hora. —La voz de Delia era firme.

—¿Es eso tiempo suficiente? —Cassie lanzó a su hermana una mirada demasiado inocente—. ¿Para charlar?

Delia apretó los dientes.

—Lo es si simplemente vas a devolverle su pañuelo e intercambiar unas palabras.

Cassie reprimió una sonrisa.

—Pero también he de devolverle un abrigo y tengo un montón de cosas que decirle.

—Sí, bueno, puede que te lleve un poco más. —Delia suspiró con resignación—. Dos horas entonces, y reza para que mi marido no se despierte y se pregunte qué ha sido de mí.

—¿Te buscaría?

—No lo sé. Nunca lo he abandonado en mitad de la noche para intercambiarme con mi hermana a fin de que ella pueda burlar la vigilancia de mi hermano y tener una cita secreta con un irritante e imperfecto caballero —dijo Delia con enfado.

—Sí, bueno, puedo entender que eso no ocurra muy a menudo. Aunque debo decir que me gusta bastante la expresión «cita secreta». Suena tremendamente refinada y a la vez traviesa, ¿no crees?

—Creo que tiene un sonido bastante similar al de la palabra «desastre» —murmuró Delia—. No puedo creer que te esté ayudando. Mamá me cortaría la cabeza por esto. O Leo también lo haría. Incluso Tony.

—Tonterías, yo me atrevería a decir que tu marido lo entendería, considerando bien todos los detalles. En cuanto a mamá y Leo, nunca lo sabrán, ya que no tengo intenciones de que nadie me descubra. Ahora, a menos que quieras estar aquí toda la noche…

—No quiero. —Delia suspiró una vez más, y Cassie resistió la urgencia de hacer una lista de todas las anteriores indiscreciones de Delia, los detalles de las cuales restarían toda importancia a una simple cita secreta a altas horas de la noche.

A las hermanas les llevó apenas un momento intercambiar sus ropas.

Cassie recogió las prendas de Reggie y se dirigió hacia la puerta.

—Deséame suerte.

—Suerte es lo mínimo que puedo desearte —murmuró Delia—. Por favor, ten cuidado. Trata de no arruinar ni mi reputación ni la tuya. Y aunque sé que tu mente probablemente ya lo haya maquinado todo y nada va a disuadirte, al menos considera por un momento la idea de limitarte a devolverle su ropa.

—Lo haré —mintió Cassie. Se dio la vuelta para irse, luego se volvió y obedeció al impulso de abrazar a su hermana—. Sé que piensas que esto es un lamentable error.

—Ésa es una de las cosas que me preocupan. —Delia hizo una mueca—. Aunque es muy probable que lo sea, tampoco me siento del todo segura de que todo esto sea un lamentable error. Te conozco demasiado bien, y sé que nunca antes has estado enamorada. Teniendo eso en cuenta, esta incursión nocturna parece bastante inevitable. No es especialmente sabia por tu parte y podría tener repercusiones devastadoras, pero yo en tu lugar probablemente haría lo mismo.

—Y también obtendrías lo mismo —dijo Cassie con una sonrisa.

Un momento más tarde, recorría su camino por el oscuro pasillo. Una lámpara ardía sobre una mesa en la cima de las escaleras que dividían las dos alas de la casa, ofreciendo un débil foco de luz. La habitación de Reggie se hallaba pasadas las escaleras, en el ala oeste. Cassie esperaba hacerlo mejor que él a la hora de reconocer su habitación.

Estuvo a punto de llamar a la puerta, pero se detuvo. No, si la puerta no estaba cerrada, habría menos posibilidades de que alguien la oyera si simplemente se limitaba a entrar silenciosamente en la habitación. Apretó el picaporte con firmeza, hizo acopio de valor y empujó la puerta. Un extraño pensamiento la asaltó y la hizo detenerse.

¿Qué pasaría si no estaba solo? Se sabía que en las fiestas en las casas de campo como aquélla, los amantes o aquellos que deseaban serlo se encontraban a altas horas de la noche. Qué pasaría si...

Respiró profundamente y empujó con firmeza, apartando toda duda de su mente. Todos los momentos que habían pasado juntos indicaban que Reggie no era el tipo de hombre que su reputación parecía sugerir, y Cassie dudaba que pudiese ser tan buen actor. Sin embargo, si en realidad lo era, si todo lo ocurrido entre ellos no era más que un truco para llevarla a la cama, no había duda de que se le rompería el corazón. Se podría llamar excéntrica a Cassandra Effington, pero no se la podría llamar estúpida.

Sabía perfectamente lo que estaba haciendo. Lo que había en juego y las repercusiones que aquello podría tener. Y por mucho que se repitiese a sí misma que no le preocupaba, eso no era cierto. Simplemente había decidido que eso no importaba.

Enderezó los hombros, empujó la puerta, se deslizó dentro de la habitación y cerró suavemente tras ella. Comenzó a dirigirse hacia la cama, luego se detuvo para darle la vuelta a la llave de la cerradura. De otra forma, cualquiera habría podido entrar en la habitación igual que ella. Y más allá de lo que ocurriera o no ocurriese en esa habitación, parecía mejor que nadie entrara inesperadamente.

—¿Reggie? —Avanzó unos pasos hacia la cama e ignoró el temblor de su voz.

Una débil luz se colaba a través de las altas ventana, e incluso con las cortinas totalmente abiertas, era poco lo que podía distinguir en la habitación, más allá de la forma de la que seguramente era la cama más grande que había visto en su vida. No estaba del todo segura de que Reggie se hallara allí, pero alguien había. El sonido de una respiración lenta y profunda hizo eco en la habitación.

Se acercó más.

—¿Reggie?

Todavía no obtuvo respuesta.

Caminó hasta colocarse al lado de la cama y subió un poco la voz.

—¿Reggie?

Un débil «mmm», apenas un gemido, provino de la tenue figura que estaba tumbada sobre la cama. Al menos el sonido

parecía de Reggie, así que aparentemente no se había equivocado de habitación.

Sin embargo, resultaba un poco irritante. Allí estaba ella,
dispuesta a entregarse a él, o mejor dicho, dispuesta a devolverle sus ropas y charlar un rato, posiblemente acerca de sus
sentimientos o de sus…

Ni siquiera ella se lo creía. Había llegado hasta allí con el
claro propósito de la seducción. La de él a ella, o la de ella a
él, en realidad no importaba, y por lo que sospechaba, especialmente teniendo en cuenta el encuentro que habían tenido
en su habitación, lo más probable era que fuese él quien la se-
dujera, dado que parecía un maestro, pero también había que
reconocer que ella no se quedaba corta en entusiasmo.

Colocó el pañuelo y la chaqueta a los pies de la cama y se
inclinó hacia él. Era capaz de distinguir su silueta, pero poco
más, y extendió una mano vacilante hasta el lugar donde esperaba que se hallase uno de sus hombros.

—¿Reggie?

Tocó su piel desnuda y cálida, y el calor que emanaba viajó
a través de sus dedos propagándose por todo su cuerpo. Respiró lenta y profundamente. Si el mero hecho de tocarlo resultaba tan excitante, ¿cuánto más maravilloso sería yacer a su
lado? Con los brazos de él envolviéndola y su cuerpo apretado
contra el de ella.

Deslizó los dedos suavemente sobre su brazo. Dormía apoyado sobre la espalda con un brazo extendido a un lado. Ella se
acercó aún más y pudo descubrir su otro brazo doblado sobre
la cabeza. Lo contempló con desvergonzada curiosidad. La luz
de las estrellas había aumentado su brillo o sus ojos se habían
acostumbrado a la oscuridad y ya veían mejor. Tenía el pecho
desnudo. La pálida sábana brillaba bajo la débil luz cubrién-
dolo sólo hasta la cintura. No podía distinguir los detalles de
su rostro, pero más o menos adivinaba sus facciones.

Trazó una línea desde su brazo hasta su hombro y luego
continuó por el centro de su pecho. Sus músculos eran duros,
su carne firme, cubierta de un poco de un finísimo vello. Dejó
descansar la mano en el centro de su pecho.

Era algo muy curioso, contemplar a un hombre dormido, incluso en la oscuridad. Tocarlo sin que él lo sepa. Sentir su pecho subiendo y bajando, el calor de su piel y los latidos de su corazón.

Por lo visto dormía sin ropa, o al menos sin camisa de dormir. Se preguntó si estaría completamente desnudo. La simple idea le hizo sentir un escalofrío a lo largo de la columna. Movió la mano un poco más abajo. Podría descubrir fácilmente si estaba o no desnudo, pero le parecía el tipo de libertad que incluso ella vacilaría en concederse.

Aunque él podría no enterarse. Y ella nunca…

—¿Qué estás haciendo?

Cassie se sobresaltó y sintió que el corazón se le salía del pecho. De golpe se ruborizó. Nunca en su vida se había sentido tan… tan atrapada. Sin duda eso enfrió su entusiasmo. Apartó su mano, pero él se apresuró a cogerla y sostenerla.

—¿Cassandra?

Ella se esforzó por dar un matiz despreocupado a su voz. Como si él no acabara de despertarse para encontrarla en su habitación. Como si su mano no hubiera estado apoyada sobre su pecho.

—¿Sí?

Hubo una larga pausa.

—¿Es esto un sueño?

—Sí —dijo ella, suspirando con alivio—. Eso es exactamente lo que sucede, estás soñando. —Trató de apartar su mano, pero él la sostenía con firmeza.

Él habló y su voz sonó como un gruñido apenas audible.

—Si es verdad que estoy soñando, no tengo ninguna intención de permitir que te vayas.

Ella tragó saliva.

—¿Ah, no?

—No todavía. —Él se sentó y la empujó para hacerla subir a la cama—. Y tal vez nunca.

Antes de que pudiera protestar, le sostuvo el rostro con las manos y la besó. Un largo y lento beso que debilitó su voluntad y derritió su alma.

Todas las reservas que pudieran quedarle se desvanecieron.

—¿Qué haces aquí? —murmuró él con sus labios contra los suyos.

—Vine a devolverte las prendas que te dejaste en mi habitación. —Su voz revelaba que le faltaba el aliento.

—¿Eso es todo?

—No. —Se liberó de su abrazo y se deslizó de la cama.

—¿Cassandra?

—¿Llevas algo puesto? —Se desató la bata, ignorando el ligero temblor de sus manos y la dejó caer al suelo—. Ropa, quiero decir.

Él se rio débilmente.

—¿Por qué?

—¿Llevas o no? —Comenzó a quitarse el camisón, pero vaciló. Si se metía en la cama con Reggie, no habría vuelta atrás. Se adentraría de manera irrevocable por la senda de la ruina y su vida cambiaría para siempre.

Él guardó silencio durante un largo momento.

—¿Y bien?

—¿Has venido a seducirme, señorita Effington?

Ella respiró profundamente.

—Sí.

—Ya veo.

Ella oyó el crujido de las sábanas y su forma oscura salió de la cama para ponerse de pie ante ella, apenas a uno o dos centímetros.

—¿Estás segura de que deseas seducirme? —Su voz era profunda y tan seductora como sus palabras.

—Sí. —Ella apenas susurró la respuesta.

Estaba tan cerca que si ella se inclinaba ligeramente hacia delante, podría apretar su cuerpo contra el suyo, desnudo.

—Ya veo.

Puso las manos en sus caderas y comenzó a levantar la tela de su camisón. Ella se sobresaltó al sentir su contacto inesperadamente.

—Entonces tendrás que dejar que te ayude.

Con un movimiento rápido le quitó el camisón por encima de la cabeza y lo arrojó a un lado.

—Y respondiendo a tu pregunta —la agarró en sus brazos—, no, no llevo nada puesto.

—Sí, yo… me he dado perfecta cuenta.

Sus senos se apretaron contra su duro y musculoso pecho. Sentía el vello de su piel frotándose contra sus pezones de una forma de lo más provocativa. Su estómago desnudo y sus caderas se unieron a las de él. Su dura y fuerte erección se agitaba entre sus piernas, bastante más grande de lo que ella esperaba. Extremadamente cálida y de lo más excitante.

Sus labios se encontraron con los de ella en un largo y relajado beso que prometía un placer que estaba más allá del que ya había probado. Y prometía también algo más. Algo que duraría para siempre. Y ella lo deseaba.

Una necesidad, intensa y exigente, creció en espiral en su interior, y lo abrazó y lo apretó más fuerte contra sí.

De golpe, toda reserva que pudiera haber entre ellos se desvaneció. Él apretó sus labios contra los de ella en un beso arrebatador y posesivo. Ella respondió recibiendo sus labios y su lengua con un ansia desconocida y una avidez que nunca hubiera sospechado.

De pronto apartó sus labios y lo empujó hacia atrás, cayendo en la cama sobre él, medio tumbada sobre su cuerpo. Le besó el cuello, la garganta, el pecho, mientras él le acariciaba los hombros, la espalda, el trasero. Ella quería explorar cada centímetro de su cuerpo, hacerlo suyo. Pasó la mano a lo largo de su pierna, sintiendo sus músculos bien sólidos y bien formados y movió su cuerpo para poder acceder a otras zonas desconocidas hasta el momento. Pasó los dedos por su estómago plano y él dio un grito ahogado y se quedó inmóvil para que ella siguiera acariciándolo. Ella se maravilló ante el poder de sus caricias y se recreó en ellas. Se excitó aún más. Dirigió la mano más abajo, y sintió tensarse los músculos de él bajo sus dedos. Jugó con el vello que había en la base de su miembro y dejó correr un dedo vacilante a lo largo de su sexo. Él ahogó un grito, ella envolvió entonces el miembro con su mano y lo acarició suavemente, sintiéndolo grande y duro. Era como una piedra envuelta en seda, curioso, fascinante y apetecible.

—Dios santo, Cassandra. —Él gimió, la atrajo contra él y la hizo rodar para ponerse encima de ella.

Él se puso a horcajadas encima de ella, y ella sintió su erección empujando contra su sexo. La besó en el cuello, la garganta y más abajo. Le cogió los pechos con las manos y sus pulgares jugaron con sus pezones. Ella gimió y se tensó hacia arriba. Él se llevó a la boca uno de sus pechos, y sus dientes y su lengua jugaron con él hasta que ella creyó que iba a morir de puro placer. Y se maravilló ante el poder que en esos momentos él tenía sobre ella.

Él se enderezó para ponerse de rodillas, manteniendo las piernas de ella firmemente apretadas entre las suyas. Ella sintió la fresca brisa de la noche danzando sobre su cuerpo caliente. Él le acarició los pechos y trazó círculos y dibujos sobre su estómago, haciéndola estremecerse al sentir su tacto. Luego deslizó sus manos entre sus piernas y volvió a tocarla donde nadie más que él la había tocado. Ella contuvo la respiración y trató de abrir las piernas para él, pero las rodillas de él las apretaban para mantenerlas juntas. Sin embargo, siguió tocándola, y la presión que ejercían sus piernas al estar juntas parecía incrementar la sensación. Una sensación a la vez insoportable y exquisita.

Ella se retorció y recibió esa extraña y dulce fuerza que crecía en su interior.

De repente, él se detuvo y le separó las piernas, y luego se acercó más hacia ella, empujando con su miembro.

—Cassandra. —Reggie se enderezó—. Es posible que esto te duela.

—No me importa. —Se rio y atrajo sus labios hacia ella—. Te deseo, Reggie. Y te deseo ahora.

—Bien. —Un estremecimiento sonó en su voz.

Lentamente, con enorme cuidado, fue entrando dentro de ella. Ella contuvo la respiración. Era de lo más extraño, sentirle dentro. Llegó hasta un punto y no pudo seguir más lejos, y ella se preguntó si tal vez aquello era todo. Pero entonces, se deslizó hacia atrás y volvió a empujar hacia delante. Ella sintió que algo cedía y luego notó una pequeña punzada y ahogó un grito. El la llenó, la ensanchó y ella latía en torno a él. Era extraño, pero no desagradable.

Él se detuvo durante un momento, luego lentamente se apartó e igual de lentamente volvió a empujar. No, no era nada desagradable. Meció sus caderas suavemente al mismo tiempo que las de él. Aquello se volvía cada vez más interesante.

Él aumentó el ritmo y ella se unió a sus movimientos. Él se dejó caer sobre ella y ella se tensó en torno a él. Él se hundió en ella de una manera más profunda, más fuerte, más rápida. Ella unió sus envestidas a las de él y los dos se movieron como si fueran un solo cuerpo.

Todo sentido del tiempo y del espacio se desvaneció. Sólo existía la caliente tensión que crecía en espiral dentro de ella. Sólo aquel apareamiento, aquella danza, aquella unión. Eterna y correcta y perfecta. La espiral que crecía en ella se volvía más y más tirante y ella le daba la bienvenida, la anhelaba, la exigía. Y llegó por fin, con un estremecimiento de liberación que sacudió su cuerpo contra el de él. Ella sintió que él también se sacudía y supo que había alcanzado la increíble cumbre de puro deleite.

Se derrumbó sobre ella y ella se agarró a él. Sus corazones latían juntos, de una manera íntima y tan maravillosa como todo lo que había pasado entre ellos.

Y ella supo, que con aquel hombre, era capaz de volar.

Al cabo de bastante más de una hora —en realidad ella había perdido la noción del tiempo, pero sospechaba que estaba a punto de amanecer—, yacía acurrucada en sus brazos. Podría haberse quedado así para siempre, pero tenía que volver junto a Delia, que probablemente no estaría nada tranquila por lo tarde que era.

—Regresamos a Londres mañana —suspiró Cassie mientras trazaba dibujos sin sentido en su pecho.

—Lo sé. —Él jugaba con un mechón de su pelo—. Lamentablemente, hay cuestiones de Berkley Park de las que debo ocuparme, así que tendré que quedarme otra semana más.

—Ya veo. —Por mucho que tratara de ocultarlo, había una clara nota de decepción en su voz.

Él se rio y la atrajo hacia él.

—¿Podrás acabar la casa mientras esté fuera?

—¿Acabar? Pero si apenas he empezado.

—Una habitación, entonces. ¿Podrías completar el salón en una semana?

Una vez había preparado una habitación para Delia en tan sólo tres días.

—Sí, supongo que sí, pero los precios de los comerciantes y los obreros son siempre mucho más altos cuando una habitación debe acabarse rápidamente.

—No me importa. Una semana, entonces. El próximo jueves. —Le dio un beso en la cabeza—. Tengo un asunto bastante importante que discutir, y sólo me parece adecuado hacerlo en el salón, que va a ser especialmente decorado —la alegría sonaba en su voz—, para la mujer con quien voy a casarme.

—Estoy segura de que le gustará —dijo ella de una forma remilgada que desmentía el hecho de que yacía desnuda en brazos del infame mujeriego con quien acababa de perder entusiasmada su virtud.

Era evidente que él estaba a punto de convertirla en una mujer honesta, y ella lo sabía. En efecto, por más que en el pasado pudiera haber sido el infame lord Berkley, cada vez estaba más convencida de que ya no era el mismo. Que era lo que realmente lo había llevado a reformarse o simplemente a cambiar, ella no lo sabía, pero tenía escasa importancia.

Ella lo había juzgado de manera equivocada una y otra vez, pero ahora estaba segura de que no era el tipo de hombre que ella originalmente creyó que sería. Y estaba segura también de que él la amaba y deseaba pasar el resto de su vida con ella.

De hecho, había apostado su futuro por ello.

Reggie se cruzó de brazos y se apoyó contra el pórtico. En el camino de grava, Gwen y Marcus se despedían de Cassandra y su familia. Cassandra iba con lord y lady Saint Stephens en su coche, mientras que los hermanos Effington se habían marchado a caballo.

Reggie contemplaba como se alejaba el coche. Odiaba la sola idea de estar separado de Cassandra. Sin embargo, era algo totalmente inevitable. Una vez más, había descartado la idea del rapto como una forma de tenerla a su lado. Ya no era necesario llegados a este punto. Muy pronto estarían juntos. Y nunca volverían a separarse.

Cassie lo miró a través de la ventana del coche y le lanzó una sonrisa íntima que decía sin palabras todo tipo de cosas fantásticas y promesas maravillosas. Él no pudo hacer más que devolverle una sonrisa despreocupada, cuando en realidad lo que deseaba era sonreír como un lunático. Un hombre satisfecho, muy feliz y locamente enamorado. El coche siguió avanzando por el camino de Holcroft Hall y comenzó a dirigirse hacia la carretera de Londres.

Él esperaba impaciente su reunión.

Reggie confiaba en que los asuntos de Berkley Park pudieran resolverse lo antes posible. Afortunadamente, eran cuestiones menores, aunque tediosas, y estaba seguro de que no tardaría más de una semana en poder regresar a Londres.

Gwen pasó junto a él al entrar en la casa, se detuvo y lo miró con firmeza.

—Ella me gusta, Reggie. La verdad es que mucho. No es que necesites mi aprobación, por supuesto, pero la tienes si la quieres.

—Ah, Gwen. —Le cogió la mano y se la llevó hasta los labios—. Tu aprobación significa mucho, pero si no puedo tenerte a ti, no sé si me interesa tener a nadie.

Gwen alzó los ojos al cielo.

—Eres incorregible, y me atrevería a decir que ninguna mujer dispuesta a aceptarte se merece lo que obtiene. —Apartó su mano y le sonrió afectuosamente—. La señorita Effington es una elección maravillosa, y te deseo toda la felicidad del mundo. —Se inclinó hacia él, le dio un beso en la mejilla y se volvió para entrar en la casa.

Él se quedó mirándola. Gwen era una de las pocas mujeres de las que Reggie nunca se había enamorado. Probablemente porque nunca había tenido la oportunidad. Pero se daba cuenta de que, siendo la mujer de su mejor amigo, siempre tendría un lugar en su vida, y también en su corazón.

—Supongo que entonces todo ha ido bien con la señorita Effington, ¿no? —Marcus se acercó a su lado.

—Mejor que bien. —Reggie sonrió—. Todavía no lo ha dicho, pero me ama. Estoy tan seguro de eso como de mi propio nombre.

—Entonces, ¿ha renunciado a un hombre perfecto y te ha preferido a ti?

La sonrisa de Reggie se ensanchó.

—Sabía que lo haría.

Marcus alzó una ceja.

—Bueno, espero que lo haga. —Reggie negó con la cabeza—. Todavía no me acabo de creer que yo le importe.

—Odio lanzar una sombra de duda sobre tu felicidad, pero ¿cómo sabes que le importas si ella no te lo ha dicho?

—Lo ha demostrado. —Reggie lanzó un suspiro largo y satisfecho—. Y con gran entusiasmo.

—Dios santo, Reggie —gimió Marcus—. Dime que no lo has hecho.

—De hecho, Marcus, fue ella quien lo hizo. O mejor, lo hicimos los dos.

—Incluso así…

—Marcus. —Reggie se inclinó hacia su amigo y bajó la voz—. Si te encontraras a la mujer que amas en tu habitación en mitad de la noche con intenciones claramente inapropiadas, ¿qué harías?

—Exactamente lo que hiciste tú, sin duda.

—Eso creo.

—Y luego me casaría con ella inmediatamente —se apresuró a decir Marcus.

—Ése es exactamente mi plan.

—Sabía que habría un plan. —Marcus negó con la cabeza y dejó escapar un largo y sufrido suspiro—. Bueno, ¿de qué se trata esta vez?

Reggie se enderezó y divisó el coche en la distancia.

—Cuando ella comience con la redecoración de mi casa, se supone que lo hará pensando en la mujer con quien voy a casarme. Le he dado rienda suelta y he aprobado sus diseños, cosa que no ha sido nada difícil, ya que tiene mucho talento. Ella, sin saberlo, está decorando su futuro hogar. ¿Acaso podría ser más apropiado?

—Es un bonito detalle. —Había admiración en el tono de Marcus—. Sin embargo, todavía no entiendo dónde está el plan.

—La cosa se pone mejor. —Reggie sonrió satisfecho—. Ella me ha prometido acabar con el salón dentro de una semana, para el próximo jueves. Yo le dije que sería entonces cuando regresaría a la ciudad. Sin embargo, le enviaré un mensaje desde Berkley Park hoy mismo, más tarde, diciéndole que tengo que retrasarme y no regresaré hasta el viernes por la mañana. Incluso podría enviar el mensaje con alguno de los invitados que aún no han partido.

—Sólo quedan los Bellingham y Drummond.

—Con la señorita Bellingham, entonces, ya que ha estado metida en esto todo el tiempo.

Reggie rechazó la idea de que, dado el interés que Felicity había afirmado tener en él, podía no estar muy dispuesta a ayudarle en sus esfuerzos respecto a Cassandra. Claro que ella no había vuelto a decir nada de esa naturaleza desde aquella primera noche, y aunque sin duda había coqueteado con él, también se había mostrado coqueta con otros. Estaba seguro de que Felicity había abandonado cualquier intención seria hacia él.

—¿Estás seguro de que eso es acertado? Me pareció que la señorita Bellingham estaba de lo más interesada por ti. De hecho, era difícil no verla a tu lado. Se mostraba discreta, por supuesto, pero tuve la impresión de que iba detrás de ti.

—¿De verdad lo crees? Menuda fantasía. —Reggie sonrió—. La idea es halagadora, por supuesto, pero absurda. De hecho, si puede decirse que había una persona perseguida, sin duda ésta era la señorita Bellingham, a quien acosaban todos los hombres solteros presentes. Yo no hice absolutamente nada para alentarla. —Negó con la cabeza—. Sea como fuere, la única que me interesa es Cassandra, y se quedará de lo más sorprendida cuando haga mi aparición el jueves.

—A mí nunca me han gustado especialmente las sorpresas. La experiencia me dice que son condenadamente peligrosas. Y sigo sin entender…

—Paciencia, Marcus. Le ofreceré mi corazón y le pediré su

mano. Además, para entonces habré conseguido una licencia especial y la animaré a que se case conmigo inmediatamente. —Reggie sonrió—. Es un plan excelente.

—A menos que diga que no, naturalmente.

—No lo hará. —Reggie no podía ocultar el matiz de satisfacción en su voz—. No después de lo ocurrido anoche.

—¿Por qué no te llevas también a un clérigo contigo? —dijo Marcus, encogiéndose de hombros—. Cásate con ella en ese mismo momento.

Reggie miró fijamente a su amigo.

—Es una buena idea, Marcus. Muy buena.

—No, no lo es. —Marcus abrió los ojos con incredulidad—. Es la cosa más ridícula que he oído nunca. Es absurdo y peligroso. ¿Qué pasará si ella no quiere casarse contigo, o al menos no en ese momento? ¿Y si quiere que su familia se halle presente?

—Eso podría suponer un problema. —Reggie reflexionó durante un momento—. Aunque… —La respuesta lo asaltó, y le dio una palmada a Marcus en la espalda—. Aquí es donde entras tú, viejo amigo. Yo sorprenderé a Cassandra, y tú puedes llegar con un clérigo y su familia y quien te parezca apropiado traer, digamos, por ejemplo, una hora más tarde. Es una idea excelente. —La voz de Reggie sonaba llena de excitación—. Yo diría que Gwen podría hablar con Higgins sobre los refrigerios y todo lo que sea necesario para la celebración de una boda sin que Cassandra lo sepa. Hizo un excelente trabajo organizando este encuentro.

—Sospecho que Gwen tendrá que guardar cama con un paño húmedo en la cabeza al menos una semana después de esto —dijo Marcus por lo bajo.

—No seas absurdo. Gwen es una excelente anfitriona. Y estoy seguro de que lady Saint Stephens le prestará su ayuda de buen grado.

Marcus alzó una ceja.

—¿A cuántas personas quieres involucrar en esta boda sorpresa? ¿O debería decir este desastre de sorpresa?

—Puede que tengas razón, no deberíamos involucrar a la hermana de Cassandra —dijo Reggie más para sí mismo que para Marcus—. Cuanta menos gente esté enterada de esto mejor.

—Oh, eso sin duda garantizará el éxito.

—Ten fe, Marcus, éste es un plan brillante. Probablemente mi mejor plan.

—Eso es precisamente lo que opino.

—No estoy seguro de que nadie, excepto tú y Gwen, deba saberlo con antelación. —Reggie pensó durante un momento—. Ni siquiera Higgins y los criados de Londres, no hasta el último momento, al menos. Si lo sabe mucha gente podría estropearse. Me gustaría que los padres de Cassandra estuvieran presentes, por supuesto, y sus hermanos. En realidad, no tenemos elección. Tú y Gwen, tu madre y la mía. Eso es probablemente más que suficiente.

—¿Y qué me dices de la señorita Maravillosa y lord Perfecto?

Reggie se rio.

—La señorita Bellingham y el señor Drummond ciertamente deberían estar incluidos. Después de todo, han jugado un papel bastante significativo en todo esto.

—¿Lo dices por la apuesta?

—En cierto sentido. Pero sobre todo porque... —Reggie buscó las palabras adecuadas—. El auténtico lord Perfecto le mostró a Cassandra precisamente lo que yo esperaba: que la perfección está muy lejos de ser tan deseable como ella creía.

—Claro que ella ya había manifestado un serio interés en ti antes de la llegada de Drummond.

—Sí, y fíjate con qué resultados...

Marcus se rio.

—¿Y qué es lo que te mostró a ti la señorita Maravillosa?

—En realidad nada, excepto que la maravilla es tan engañosa como la perfección. —Reggie se encogió de hombros—. Pero creo que Cassandra ha sido mi señorita Maravillosa casi desde el principio.

Marcus resopló.

—Difícilmente. Creo recordar que dijiste que no era tu señorita Maravillosa y que nunca lo sería.

—Estaba equivocado. Es ese maldito carácter mío tan imperfecto.

—Conviertes la imperfección en un arte. —Marcus escogió las palabras con cuidado—. Por mucho que odie decirlo, me parece que este nuevo plan tuyo está lleno de dificultades, llama a las puertas del desastre y podría ser perfectamente la peor idea de tu vida.

—Entonces estás conmigo.

Marcus estudió a su amigo durante un largo momento, luego se encogió de hombros y una sonrisa reticente asomó a su rostro.

—No me lo perdería por nada del mundo.

Capítulo quince

Nada hay más temible en esta vida o en la próxima
que una mujer resuelta a vengarse. Que Dios ampare al
hombre que haya suscitado tal ira.

T. Higgins

—Sí, es exactamente ése. —Cassie asintió satisfecha ante la
muestra de color que le presentaban su capataz y uno de los
pintores. Era la pintura destinada a las cornisas, las molduras
y el enyesado del salón—. Precisamente el color que tenía en
mente. Ni demasiado azul, ni demasiado lavanda ni demasiado
gris. Excelente trabajo.

—Gracias, señorita. —El pintor sonrió con evidente placer
ante el halago.

Si algo había aprendido Cassie trabajando con artesanos,
pues así llamaba a aquellos que trabajaban de manera mágica
con la pintura y el papel, el yeso y la madera, era que están
muy orgullosos de su trabajo y responden bien a la sinceridad
y la honestidad, tanto en forma de elogio como de sugerencia.
Es cierto que también se había topado con quienes no se to-
maban bien las directrices provenientes de una mujer, y en los
proyectos con ese tipo de personas siempre acababa surgiendo
algún conflicto. Hacía ya tiempo que había aprendido que a
veces no bastaba con ganarse el respeto de aquellos que trabajaban para ella, y por eso ahora tenía un capataz, el señor Jacobs, a quien contrataba para cada proyecto.

—Ha entendido usted que quiero este color para la cornisa
del techo. Será un detalle maravilloso que va a destacar por el
fuerte contraste.

El pintor asintió.

—¿Y quiere el mismo efecto en la estantería que hay encima de la repisa de la chimenea?

—Exacto. Gracias. —Sonrió satisfecha—. Y tendremos que jugar con los colores, pero creo que una sombra tan sólo un poco más intensa será perfecta para compensar las franjas de las paredes.

Asintió de nuevo y se dirigió hacia una escalera de mano que estaba apoyada en una pared. Toda la habitación era un frenesí de actividad, con pintores trabajando en varias sesiones de las paredes y el techo, yeseros entrenados en Italia acabando reparaciones y otros tomando medidas para los muebles y las telas.

Hacía dos días que Cassie había regresado de Londres, y había pasado casi cada minuto en casa de Reggie y prácticamente el mismo tiempo pensando en él y en qué sería exactamente lo que planeaba. No es que fuera un gran desafío. El hombre era casi transparente.

Obviamente quería declararse allí, en aquella habitación decorada para la mujer con la que iba a casarse. Y resultaba igual de obvio que aquella mujer era ella.

Simplemente tenía que decir las palabras. Igual que ella. Nunca hubiera imaginado que sería tan difícil.

—No sé cómo conseguiremos acabar todo esto en sólo cuatro días más, señorita. —Jacobs sacudía la cabeza.

—Claro que podremos —dijo Cassie con firmeza, aunque no estaba segura de que importara.

Él estaría allí el jueves, tanto si la habitación estaba acabada como si no, y ella estaba bastante convencida de que si no estaba acabada del todo, no le importaría.

Lo que tenía que decirle, lo que tenía que pedirle, difícilmente podía depender del estado de una habitación o de una casa, sino únicamente de un corazón. De su corazón y el de ella.

No recordaba haber sido nunca tan feliz.

—Señorita Effington. —Higgins estaba de pie en el umbral de la puerta, con una extraña expresión en su rostro—. Hay alguien que desea verla.

Ella había visto antes esas miradas similares.

—Sin duda se trata de mi hermana. Me dijo que vendría para ver los progresos de la habitación. —Sonrió—. El parecido es notable, ¿verdad?

—No creo que se trate de su hermana, señorita —dijo él lentamente.

—¿Seguro? No puedo imaginar quién…

—Buenos días, señorita Effington. —Lady Bellingham entró majestuosamente en la habitación como un barco impulsado por el viento, seguida, a un paso más formal, por su hija.

—Lady Bellingham. —Cassie la miraba sorprendida—. Y señorita Bellingham, buenos días. Qué inesperado… placer. —Las dos damas examinaron la habitación con un aire claramente posesivo—. Pero debo decirles que lady Berkley y el resto de la familia están todavía en el campo.

—Sí, querida, lo sabemos. —Lady Bellingham le sonrió con actitud confidencial—. Hemos venido a ver la casa y tu trabajo, naturalmente.

—Es una casa preciosa —murmuró la señorita Bellingham, deambulando por la habitación, deteniéndose aquí y allí para examinar algo que le llamaba la atención.

—Lo es, ¿verdad? —Cassie miraba alrededor con bastante orgullo—. Ciertamente ahora no lo parece, pero en unos días estará transformada. Esta habitación tiene grandes posibilidades. Está muy bien proporcionada, entra muchísima luz del sol y tiene una ventilación excelente. Además hay que apreciar el enyesado de la cornisa y el detalle grabado en torno a la chimenea.

—Precioso —dijo lady Bellingham—. Simplemente precioso.

—¿Y los muebles? —La señorita Bellingham miró a Cassie por encima del hombro—. ¿Qué piensa hacer respecto a los muebles?

—He enviado a tapizar las piezas que necesitaban reparación y también he encargado algunas cosas nuevas. En general, aunque ha habido algunos cambios durante el proceso, el resultado final se parecerá mucho al de los bocetos en acuarelas que vio. He intentado conservar… —De pronto sospechó la verdadera razón de su visita—. Lady Bellingham, ¿está usted interesada en mis servicios?

—Mucho, querida. —Lady Bellingham asintió.

—Estaré encantada de visitarla cuando termine con este proyecto, y podremos…

—Oh, no. —Lady Bellingham negó con la cabeza—. No me interesan sus servicios para mi casa, sino para esta casa.

—La casa de lord Berkley —añadió la señorita Bellingham.

—¿Esta casa? —Cassie alzó las cejas—. Me temo que no lo entiendo.

—Es normal. No tendría por qué entenderlo. —Lady Bellingham bajó la voz en actitud confidencial—. Es una especie de secreto.

—¿Un secreto? ¿En serio? —Un débil temor se fue apoderando poco a poco de Cassie. Trató de ignorarlo y se inclinó hacia lady Bellingham como si estuvieran unidas por lazos familiares—. Oh, adoro los secretos. Y soy muy buena guardándolos.

—Supongo que no hay nada malo en contárselo. Después de todo, tenemos entendido por Marian, la madre de lord Berkley, que usted está redecorando la casa para la futura lady Berkley. —Lady Bellingham lanzó una mirada a su hija—. Además, usted estaba en Holcroft Hall cuando ocurrió.

—¿Qué fue lo que ocurrió? —preguntó Cassie lentamente.

—No estoy segura de que me gusten estos colores, señorita Effington —dijo la señorita Bellingham con amabilidad.

—Transmitiré entonces sus comentarios a lord Berkley, ya que él ha dado su aprobación a estos colores —dijo Cassie con la misma amabilidad—. Aunque le confieso que él me dijo que usara mi propio criterio a la hora de escoger los colores y todo lo demás.

—Ah, bueno, el vizconde y yo obviamente discrepamos en eso. —La señorita Bellingham se encogió de hombros—. Supongo que es una cuestión relativamente menor, dada la cantidad de cosas en las que sí estamos de acuerdo.

—Él es un… caballero… que suele mostrarse de acuerdo. —Cassie se esforzó por sonreír educadamente—. Ahora, si me disculpan, tengo mucho trabajo que hacer…

—Sí, por supuesto. Sin embargo —la señorita Bellingham hizo una pausa y arrugó su perfecta frente—, realmente me gustaría mucho discutir los colores, ya que odiaría tener que volver a pintar.

—¿Por qué iba a ser necesario volver a pintar? —Cassie sacudió la cabeza confundida.

—No hay duda de que todo esto resulta extraño. Es de lo más comprensible, señorita Effington. Después de todo, no había una futura vizcondesa Berkley cuando usted comenzó su trabajo aquí. —Lady Bellingham sonrió satisfecha—. Ahora la hay.

Cassie comenzó a sentir un malestar en el estómago.

—Mis disculpas, lady Bellingham, no quisiera parecer obtusa, pero todavía no entiendo muy bien lo que intenta decirme.

—Es muy simple. —Un destello de triunfo brilló en los ojos violetas de la señorita Bellingham—. Mi madre está intentando decirle que la futura lady Berkley se halla justo de pie ante usted. Pretendo casarme con lord Berkley. Reginald.

A Cassie le dio un vuelco el corazón y se quedó mirándola fijamente.

—No la creo.

—¡Señorita Effington! —El asombro teñía la voz de lady Bellingham.

—Poco importa que me crea usted o no, señorita Effington. —La señorita Bellingham encogió uno de sus hombros bien torneados—. Aunque puedo imaginar por qué se sorprende. Ocurrió de manera tan repentina, lord Berkley y yo congeniamos maravillosamente bien en el campo. Tuvimos la oportunidad de pasar mucho tiempo juntos. —Suspiró con evidente satisfacción—. A solas.

—¿A solas? —Cassie puso las manos juntas para resistir la tentación de arremeter un golpe contra la sonrisa satisfecha de la bonita cara de la señorita Bellingham—. Eso es muy indecoroso, ¿no?

—Algunas faltas de decoro menores pueden ser perdonadas cuando el matrimonio es el resultado final, señorita Effington —dijo lady Bellingham con firmeza.

—Sí, por supuesto —dijo Cassie por lo bajo, dirigiéndose a lady Bellingham—. Tal vez, aunque haya visto mis bocetos, le gustaría ver las otras habitaciones que voy a redecorar.

Lady Bellingham se iluminó.

—En efecto. Aunque no podemos quedarnos mucho. Tenemos una cantidad de cosas que organizar.

Cassie hizo un gesto con la cabeza a Higgins, que todavía estaba en el umbral de la puerta.

—Estoy segura de que Higgins encontrará a alguien dispuesto a acompañarles en un breve recorrido.

—Por supuesto, señorita. —La expresión del mayordomo era neutra, pero Cassie estaba segura de que había oído cada palabra.

Al momento condujo a lady Bellingham fuera de la habitación.

La mirada de la señorita Bellingham se encontró con la de Cassie y había una claro desafío en sus ojos violetas.

Cassie entrecerró los ojos.

—Entonces, ¿él le ha pedido matrimonio?

—Usted, más que nadie, debería admitir que encajamos perfectamente el uno con el otro. De hecho, le estoy de lo más agradecida.

—¿Ah, sí? ¿Por qué?

—Sé lo de la apuesta. Me pareció de lo más divertido.

Cassie se burló.

—No puedo creerme que él se lo haya explicado.

—Vamos, señorita Effington, cuando dos personas tienen mucha intimidad, cuando de hecho deciden que quieren pasar el resto de sus vidas juntos, no existen secretos entre ellos. —Estudió a Cassie con curiosidad—. Debo decir que pienso que ha hecho un trabajo admirable seleccionando al señor Drummond. Ese hombre es prácticamente perfecto, por lo que he podido ver.

Reggie nunca le hubiera contado lo de la apuesta. Sin embargo, ¿de qué otra manera podría saberlo?

—No ha contestado a mi pregunta —dijo Cassie con cautela.

—Lo sé, y no debería hacerlo. Sería de lo más indiscreto por mi parte. —La señorita Bellingham se encogió de hombros.

—Entonces, ¿no se lo ha pedido?

—No estoy autorizada a decirlo.

—¿Por qué no? Si todo ha sido acordado entre ustedes dos, no veo por qué…

—Todavía no se lo ha dicho a su familia —dijo la señorita Bellingham suavemente—. Detestaría que ellos recibieran una noticia de tanta importancia de otra persona que no sea él. Sin duda usted puede entenderlo.

Cassie observó a la mujer durante un largo momento. Su corazón le decía que no debía creer ni una palabra. Pero no podía ignorar todo lo que sabía sobre los hombres con una reputación como la de Reggie. Es cierto que él había dicho que estaba dispuesto a reformarse, pero ¿qué pasaría si eso también había sido simplemente parte de una actuación bien ensayada? Además, ¿por qué diablos habría de mentir la señorita Bellingham? Era la gran belleza de la temporada y podía tener a cualquier hombre que deseara. ¿Qué razón podría llevarla a declarar que iba a casarse con Reggie si no fuese verdad?

—Señorita Effington. —La señorita Bellingham suspiró con resignación—. Lord Berkley me pidió que viniese aquí para decirle que va a retrasarse y que no podrá regresar a Londres hasta el viernes. Por lo visto sus asuntos se han complicado más de lo que inicialmente preveía. Creo que él espera que usted acabe la habitación para el jueves, como habían acordado, y ya no se encuentre aquí cuando regrese. Francamente, parecía bastante… ansioso porque usted acabe su trabajo, casi como si no quisiera encontrarse con usted.

—¿Eso dijo? —preguntó Cassie con frialdad, tratando de aparentar que no se sentía como si acabaran de darle un golpe en el estómago. Como si no pudiera respirar.

La señorita Bellingham hizo una mueca.

—Con otras palabras pero que significaban eso, me temo. Pero ¿qué cabe esperar de un hombre con su reputación?

—Infame —dijo Cassie por lo bajo.

La señorita Bellingham tenía razón. ¿Qué cabía esperar?

—Exacto. —La señorita Bellingham asintió con firmeza—. Es el tipo de hombre capaz de decirle a una mujer cualquier cosa, de prometerle incluso cualquier cosa, para tener una aventura con ella. Huelga decir que yo tengo un carácter fuerte, y sin duda es por eso que ahora espero ansiosa el matrimonio.

Entrecerró los ojos, pensativa, como si tratara de decidir si Cassie era el tipo de mujer capaz de creerse tales promesas.

—También dijo que usted no era el tipo de mujer capaz de forzar a un hombre al matrimonio con tal de evitar un escándalo. Lo encuentra de lo más admirable. Eso no quiere decir que haya ocurrido nada inapropiado entre ustedes, por supuesto —se apresuró a añadir.

—Nada de importancia —murmuró Cassie—. Sin embargo, me estoy preguntando, señorita Bellingham, por qué quiere usted casarse con un hombre de una naturaleza tan escandalosa como la de Berkley.

—Es precisamente por su naturaleza que deseo casarme con él. —La sonrisa de la señorita Bellingham tenía un ligero toque de malicia—. Encuentro fascinantes a los hombres de cierta reputación. Además, estoy más que dispuesta a reformarlo, y aparte de eso, es un excelente partido. Su título, su fortuna, su casa. Difícilmente podría encontrar algo mejor.

—Entiendo.

A pesar de todo lo que decía la señorita Bellingham y todo lo que Cassie sabía, seguía sin entender cómo podía haberse equivocado tanto. Y cómo podía haber sido tan tonta. Pero en realidad, ¿acaso no era eso lo que en su interior siempre había temido? ¿O esperado?

—Y en cuanto a los colores, señorita Effington, he cambiado de opinión. —La señorita Bellingham miró a su alrededor con una sonrisa agradable—. Estoy segura de que cuando la habitación se halle terminada será probablemente encantadora.

Examinó a Cassie durante un momento.

—Oh, querida. Veo que la he dejado preocupada. Es por lord Berkley, supongo, no por la pintura.

—En absoluto. —Cassie hizo acopio de toda su capacidad de autocontrol y consiguió encogerse de hombros con despreocupación, como si todo aquello no le importara lo más mínimo. Como si no estuviera luchando contra un dolor tan intenso que amenazaba con desbordarla—. Me temo que tie-

ne usted una impresión equivocada. Lord Berkley y yo no somos más que amigos. Conocidos, en realidad. Ya que de hecho
apenas conozco a ese caballero. Lo que él haga o deje de hacer,
o con quién lo haga o deje de hacerlo no me incumbe en absoluto.

—No creí que fuera así. —La señorita Bellingham le lanzó
una sonrisa de lo más brillante—. Ahora, mi madre y yo deberíamos marcharnos. Tenemos un gran número de cosas que
resolver antes de que lord Berkley regrese a Londres. Además
odiaría entretenerla, ya que estoy segura de que deseará acabar todo esto antes de su llegada.

—Desde luego que lo haré, señorita Bellingham. —Cassie
se esforzó por esbozar una sonrisa educada—. Puede contar
con ello.

—Excelente. —La señorita Bellingham hizo un gesto con
la cabeza y salió de la habitación como si ya fuera la dueña
de la casa.

Cassie se quedó mirando la puerta, sin ver nada. En alguna
parte, en el fondo de su mente, se maravillaba ante su compos-
tura. Ante el hecho innegable de que todavía estaba en pie. De
que continuaba respirando. De que su corazón seguía latiendo. Una extraña sensación de calma se apoderó de ella, casi
como si pudiera mirar desde fuera el torbellino de emociones
que se agitaba en su interior. Como si fuese capaz de mantener a cierta distancia la traición, la angustia y todos los demás
sentimientos devastadores. Como si supiera que si se permitía
a sí misma aceptar la verdad, quedaría destruida.

Débilmente, como si viniera de muy lejos, oyó la voz del
mayordomo.

Quería responder, pero no sabía si el simple hecho de reconocer la presencia de otra persona —o simplemente el moverse de lugar— la destruiría por completo. Tal vez podría quedarse allí durante el resto de su vida, inmóvil y sin ver.

Él se aclaró la garganta.

—¿Señorita? Su hermana está aquí.

—Hasta ahora tiene un aspecto maravilloso. —La voz de
Delia le sonó tan distante como la de Higgins—. Me encantan
los colores que has escogido. Los azules y verdes son tan fres-

cos y sutiles. Es todo imponente, pero clásico, creo. Me recuerda a… —Delia se detuvo—. ¿Cassie?

Cassie respiró profundamente y se encontró con la mirada de su hermana.

Se miraron fijamente durante un largo momento.

—¿Señor Jacobs? —dijo Delia, con la mirada todavía fija en su hermana.

Cassie oyó que Jacobs se apresuraba a acudir junto a Delia.

—¿Sí, milady?

—¿Sería un terrible abuso que te pidiera que te llevaras a los hombres de la habitación durante unos minutos? Tengo algo urgente que necesito hablar con mi hermana, y agradecería un poco de privacidad.

—Inmediatamente, milady. —Jacob vociferó en ambas direcciones a los hombres que estaban trabajando y la habitación quedó vacía inmediatamente.

—Cassie —dijo Delia lentamente—, ¿qué demonios pasa?

—Yo… él… —Cassie respiró profundamente—. No sé cómo decirlo. No creo que pueda decirlo.

—¿Qué sucede? —Delia buscó su mirada—. Vi a lady Bellingham y a su hija saliendo de aquí cuando yo llegaba. ¿Tiene algo que ver con ellas?

—Él va a casarse con ella. —Cassie apenas podía pronunciar las palabras.

—¿Te refieres a la señorita Bellingham? —Cassie alzó las cejas, confundida—. ¿Quién va a casarse con ella? —Ahogó un grito—. ¿No será Leo?

—Reggie. —En el momento en que Cassie dijo su nombre aquello se volvió real, y la desesperación arremetió contra ella con la fuerza de una venganza. Le era difícil respirar y aún más difícil hablar—. Reggie. Ella dice que va a casarse con Reggie.

—Oh, pero sin duda…

—Dice que él le ha dejado claras sus intenciones. Dice que él y ella… —Cassie luchó por respirar y no logró más que un jadeo—. Delia, qué me está pasando, no puedo respirar.

—Cálmate, Cassie, cálmate. —Delia agarró a su hermana y miró frenéticamente en torno a la habitación—. ¡No hay ningún sitio donde sentarse!

—No hay muebles. —¿Qué le estaba pasando?—. Todavía no. —Cuanto más se esforzaba por respirar más le costaba—. Ayúdame. —Trató de sujetarse a su hermana y las dos cayeron al suelo.

—Cassie. —La voz de Delia era severa—. Esto te pasó una vez cuando éramos muy jóvenes. Por algo que te disgustó, no puedo recordar qué. No recuerdo lo que hizo mamá… Cassie —le espetó Delia—. Cúbrete con las manos la nariz y la boca. ¡Hazlo!

Cassie lo hizo, y Delia cubrió las manos de su hermana con las suyas.

—Ahora, respira profundamente. Intenta calmarte. —La voz de Delia era suave y alentadora—. Despacio, Cassie. Todo saldrá bien.

Al cabo de un momento, la respiración de Cassie se normalizó.

—¿Te encuentras mejor?

Cassie asintió, y Delia apartó las manos.

—Estoy bien. —Cassie tragó saliva con dificultad y se encontró con la mirada preocupada de su hermana—. No, estoy muy lejos de estar bien. —Sus ojos se llenaron de lágrimas—. ¡Reggie va a casarse con la señorita Bellingham!

—No me lo creo.

—Yo tampoco me lo creí al principio. —Las lágrimas resbalaban por las mejillas de Cassie—. Pero su madre desde luego se lo cree. Está organizando una boda. Una madre no se pone a organizar una boda por una pura especulación.

—Supongo que eso le confiere bastante verdad al asunto. —Delia arrugó la frente—. Incluso aunque, por la razón que sea, la señorita Bellingham, te esté engañando, lady Bellingham no me parece el tipo de mujer capaz cargar con una mentira de esta magnitud.

—Pasaron mucho tiempo juntos en el campo, mientras que yo apenas estuve una vez a solas con él desde el primer día hasta que entré en su habitación. Puede haber pasado de todo entre ellos. Él le dijo cosas, Delia, que ella no podía saber de ninguna otra manera. No quiero creerlo, pero…

—Pero él te hizo promesas.

—No. En realidad no. —Cassie negó con la cabeza—. Dijo que estaba dispuesto a reformarse, pero nunca dijo que me amara. Nunca mencionó el matrimonio. Es verdad que no me echó de su cama, pero un hombre como él... —Miró a su hermana comprendiéndolo todo cada vez más—. He sido tan estúpida.

—Claro que no. Simplemente te enamoraste de ese hombre.

—Por eso soy una estúpida. Sabía desde el principio que no podía confiar en un hombre de su reputación. Él me convenció de que no era el hombre que yo creía que era. Fue tan condenadamente bueno y encantador y considerado, y me hizo sentir... maravillosamente bien. —Cassie sollozó y se lanzó a los brazos de su hermana.

—También me engañó a mí, querida, y a Tony, aunque no entiendo cómo —murmuró Delia—. Obviamente Berkley ha ocultado su verdadera naturaleza durante años. Ese hombre es una bestia mucho más inteligente de lo que nadie había imaginado.

—Debería haberlo imaginado cuando se mostró tan complacido al saber que yo nunca sería capaz de obligar a un hombre al matrimonio para evitar el escándalo.

—Eso es bastante incriminatorio. Sin embargo, yo estaba segura de que tú le importabas. —Delia suspiró—. Quizás deberías hablar con él.

—¡No! ¡Nunca! —Cassie levantó la cabeza de golpe—. No añadiré a todo esto la humillación. No quiero volver a verlo nunca más. —Contuvo un sollozo—. Debería haberme dado cuenta desde... —Una idea la asaltó y la hizo alzar ambas cejas—. ¿Crees que planeó todo esto desde el principio?

—Seguro que no. Eso lo convertiría en un...

—Infame. —Una horrenda sospecha asaltó la mente de Cassie—. ¿Crees que yo he representado una especie de desafío para él? El primer día que nos conocimos le dije que no me interesaba. Dije que no encajábamos. —Sus ojos se abrieron más grandes al comprender—. ¡Y él estuvo de acuerdo conmigo!

—Sí, pero eso no significa...

—Significa que tenía la intención de seducirme desde el

principio. El infame lord Berkley probablemente no es capaz de entender que una mujer, cualquier mujer, pueda no estar interesada por él. —Se puso en pie con dificultad—. Es obvio que tenía planificado hacer exactamente todo lo que hizo. ¡Y yo le ayudé! Prácticamente fui yo quien lo seduje. Oh, sí, me manipuló de forma muy inteligente. ¡Ahora que ha tenido su dosis de diversión va a casarse con la señorita Maravillosa y me va a dejar a mí arruinada!

Alargó una mano y ayudó a levantarse a su hermana.

—Al menos puedes evitar un escándalo —dijo Delia con la intención de ayudar—. Después de todo, nadie sabe lo que pasó entre vosotros.

—Oh, pero yo quiero que lo sepan. —Cassie dio un giro y cruzó con paso airado la habitación—. Quiero que lo sepa todo el mundo. Quiero provocar el mayor escándalo que se haya visto nunca en Inglaterra. —Se volvió y miró a su hermana gemela con la mirada llena de ira—. ¡Quiero que el mundo entero sepa el tipo de diablo que es!

—Ciertamente puedo entenderlo, pero —Delia hizo una mueca—, un escándalo así te hará un daño irreparable y simplemente vendrá a sumarse a la reputación que él ya tiene.

—¡Y probablemente eso le encantará! —resopló Cassie—. ¿Sabías que cada vez que yo lo hacía confrontarse con alguno de sus pecados parecía complacido?

—Sí, es algo que mencionaste. —Delia negó con la cabeza—. Todo esto realmente no tiene sentido.

—Aunque tienes razón. —Cassie caminaba arriba y abajo por la habitación—. Un escándalo de inmensas proporciones sólo me destruiría a mí y lo haría a él aún más engreído de lo que es. No, ésa no es la manera de conseguir mi venganza.

—¿Venganza? —Delia abrió los ojos con asombro—. ¿Pretendes buscar venganza?

—Desde luego que sí. Lo mataría con mis propias manos si tuviera la oportunidad, aunque eso sería demasiado rápido. Quiero hacerlo pagar por su… por su… placer. Deseo destrozarlo, pero no estoy segura de cómo puedo conseguirlo. —Entrecerró los ojos—. Me ha roto el corazón, y no permitiré que se escape ileso.

—¿Qué es lo que vas a hacer?

—No lo sé. Todavía. —Cassie juntó las manos detrás de la espalda y siguió caminando, evitando los baldes, herramientas y todos los escombros que había esparcidos por la habitación en esa etapa—. Tiene que ser algo en sintonía con su crimen. O mejor, con sus crímenes, debería decir, pues no hay duda de que ya ha hecho esto antes a otras mujeres.

Delia examinó a su hermana.

—Debo decirte que en este momento me das un poco de miedo.

—Quiero dar bastante más que un poco de miedo. Quiero ser aterradora. —Era realmente sorprendente la forma en que la ira y la maldad habían reemplazado su angustia, aunque Cassie sospechaba que ésta volvería renovada en el momento en que dejara de moverse—. Ahora ayúdame a pensar algo apropiado para el infame lord Berkley.

—No tengo ni idea. No soy nada buena con este tipo de cosas. —Delia pensó durante un momento—. Supongo que puedes suspender tu trabajo aquí. Está todo a medias y desprovisto de muebles en este momento.

—Oh, no tengo ninguna intención de acabar mi trabajo aquí para la nueva lady Berkley. —Cassie arrugó la nariz y trató de ignorar la aguda puñalada de dolor al darse cuenta de quién sería la nueva lady Berkley—. Le enviaré una factura con el coste de mis servicios hasta ahora. Como siempre, ordené una línea de crédito para los materiales y para pagar a los trabajadores. Asciende a una cantidad bastante importante, en realidad, ya que el coste no era algo que preocupara especialmente al vizconde. Se me dio mucha libertad, tanto en términos de los gastos como del diseño. Efectivamente, podía haber hecho prácticamente todo lo que deseara.

—Te has ganado una excelente y bien merecida reputación. —Los ojos de Delia reflejaban orgullo—. Todas las personas que aceptas como clientes saben que harás un trabajo extraordinario. Lleno de gusto, clásico y elegante.

—¿Y qué pasaría —Cassie miró a su hermana a los ojos—, si no fuera así?

Delia se burló.

—No puedo imaginar…

—¿Qué pasaría si hiciera un trabajo espantoso?

—¿Qué quieres decir con «espantoso»?

—No lo sé exactamente. —Cassie examinó la habitación con aire pensativo—. Supongo que lo de espantoso es relativo. Quiero decir que lo que una persona considera horrible otra podría considerarlo maravilloso.

Delia estudió a su hermana, luego sonrió lentamente.

—Cassandra Effington, ¿qué es lo que tienes en la cabeza?

—Bueno, en un principio acordé redecorar esta habitación para la nueva lady Berkley. Sin embargo, Reg… lord Berkley es en realidad mi cliente. Pretendo diseñar una habitación teniendo en mente a su dueño, ya sabes, como lo hice con la primera habitación que arreglé para ti.

—¿Y qué tipo de habitación te parecería adecuada para lord Berkley?

—Un calabozo es lo primero que me viene a la cabeza, provisto de instrumentos de tortura, pero eso no es lo bastante sutil.

Delia alzó una ceja.

—No creí que la sutileza fuera una posibilidad.

—No lo es. —De golpe la asaltó la respuesta, y era efectivamente brillante—. No, la sutileza definitivamente queda descartada. Pero ya sé lo que busco. —Se dirigió a la puerta—. Vamos, Delia. Necesito hablar con el señor Jacobs sobre el cambio de planes para esta habitación, y después tenemos unas cuantas compras que hacer. Conozco tiendas, importadoras de cosas exóticas, donde podrán procurarme exactamente lo que deseo.

—Me da miedo preguntar —sonrió Delia—, pero suena muy divertido. Una especie de aventura, incluso.

«Aventura, excitación y pasión.»

Cassie apartó a un lado el sonido de la voz de Reggie haciendo eco en su cabeza. Desde el principio, era obvio que no había dicho de verdad nada de lo que dijo.

—Delia. —Cassie se detuvo y miró a su hermana—. Me equivoqué otra vez, lo sabes.

Los ojos de Delia estaban llenos de compasión.

—Berkley te defraudó. Incluso yo me dejé engañar por él.

—No me refiero a eso, aunque evidentemente me equivoqué respecto al hombre que creía que era. Pero estaba equivocada también cuando dije que podría soportar las consecuencias de estar con él. De amarle. —Cassie respiró profundamente—. No se trata del posible escándalo o del hecho de que ahora sea una mujer mancillada. Efectivamente, puedo hacer frente a eso. Pero duele, Delia, duele espantosamente. Nunca imaginé que pudiera doler tanto.

—Lo sé, querida. —Delia le cogió la mano—. Se aliviará con el tiempo, te lo prometo. Y francamente, estar ocupada puede ayudarte mucho.

—Oh, esto me mantendrá muy ocupada. —Cassie echó un vistazo en torno a la habitación y afiló la mirada—. Voy a crear el lugar perfecto para el infame lord Berkley. El hombre que me ha roto el corazón.

—Y va a costarle una pequeña fortuna.

Capítulo dieciséis

No hay nada tan delicioso como una mujer que reconoce estar equivocada. Y tampoco nada tan insólito.

THOMAS, MARQUÉS DE HELMSEY

—*B*uenas tardes, Higgins. ¿Gran día, verdad? El jueves ha sido siempre mi día favorito. —Reggie entregó al mayordomo su sombrero y sus guantes sin disimular su entusiasmo—. ¿Está aquí la señorita Effington?

—Ha ido a un recado. Regresará en cualquier minuto. —Higgins hizo una pausa—. Sin embargo, no le esperábamos a usted hasta mañana.

—Lo sé. —Reggie bajó la voz con actitud confidencial—. Quería dar una sorpresa a la señorita Effington.

—Oh, no me cabe duda de que se sorprenderá —murmuró Higgins—. ¿Está con usted lady Berkley?

—Creo que llegará enseguida, junto con Lucy. Y con los demás.

—¿Los demás, milord?

—Ah, sí. Tenía que haberte enviado una nota sobre eso. No importa. Es suficiente con decir que tendremos un pequeño número de invitados, sobre una docena, creo, en poco menos de una hora. Llego un poco tarde. —Reggie sonrió—. Vamos a tener una boda, Higgins.

—Felicidades, señor —dijo suavemente el mayordomo—. Estoy seguro de que usted y la señorita Bellingham van a ser muy felices.

—¿La señorita Bellingham? —Reggie alzó las cejas—. No

323

tengo ninguna intención de ser feliz con la señorita Bellingham.

—He oído decir que se casa uno para ser feliz, señor.

—No me refiero a eso. —Reggie negó con la cabeza—. Me
refiero a que no voy a casarme con la señorita Bellingham. Voy
a casarme con la señorita Effington.

—Oh, cielos. —Una débil contracción nerviosa que podía
ser entendida como una expresión de sorpresa apareció en el
rostro del mayordomo—. Eso hace considerar las cosas a una
luz totalmente diferente, milord.

—¿Qué cosas? Higgins. —Reggie estudió al mayordomo—.
¿Sabes algo que yo no sepa?

—Sin duda, señor.

—Higgins. —Reggie escogió las palabras con cuidado—.
¿Por qué creías que iba a casarme con la señorita Bellingham?

—Eso es lo que dijo la señorita Bellingham, señor. Estuvo
aquí hace unos días.

—¿Qué? —Reggie lo miraba sin poder dar crédito—. ¿Estás seguro?

—Definitivamente, señor.

—¡Dios santo! ¿Por qué diablos diría la señorita Bellingham una cosa así?

—Yo opino, señor, que el propósito de la señorita Bellingham era eliminar a la señorita Effington como posible candi-
data y de ese modo despejar el camino para casarse con usted.

Reggie arrugó la frente.

—¿Por qué?

—Creo, milord, que ella… —Higgins se aclaró la garganta— le desea.

—¿En serio? ¿La señorita Bellingham? ¿A mí? —Reggie
sonrió, luego negó con la cabeza—. Es muy halagador, pero no
tiene ninguna importancia. Por muy deliciosa que sea, no es a
ella a quien yo deseo.

Se dirigió hacia el salón. Higgins lo adelantó y se colocó
delante de la puerta, con los brazos abiertos para impedirle el
paso. Reggie no recordaba haber visto nunca al mayordomo
moverse tan rápido.

—No creo que le guste entrar ahí, señor. —Higgins negó

con la cabeza—. Puede que el trabajo de la señorita Effington no sea exactamente lo que usted esperaba.

—No seas absurdo, Higgins. —Reggie se rio—. Sus bocetos eran excelentes, e incluso aunque se haya apartado en algo de los diseños no creo que eso... —de pronto creyó comprender y ahogó un grito—. ¿Debo entender que la señorita Bellingham le dijo a la señorita Effington que íbamos a casarnos?

Higgins hizo una mueca.

—Me temo que sí.

—¿Y la señorita Effington la creyó? —A Reggie se le empezó a revolver el estómago.

—La señorita Bellingham fue muy convincente, milord. —Higgins hizo una pausa—. No es que yo haya escuchado intencionadamente la conversación a escondidas, ni que alguien del servicio me haya pasado la información, pero sé gran parte de lo que ocurrió. Y no tengo ninguna duda de que la señorita Effington cree que usted planea casarse con la señorita Bellingham.

—¿Está muy enfadada, Higgins? —dijo Reggie lentamente.

Higgins escogió las palabras con cuidado.

—El día que la señorita Bellingham vino aquí, la señorita Effington estaba furiosa. De hecho, creo que yo nunca había visto a nadie tan furioso.

—Maldita sea.

—El segundo día todavía estaba enfadada, pero también se la veía decidida. Su hermana desempeñó en este sentido un gran papel, y debo advertirle que oí palabras como «bestia, demonio, venganza y matarlo con mis propias manos».

Reggie gimió.

—Eso suena prometedor.

—Sin embargo, ayer, y también hoy, parecía pensativa, milord —Higgins miró a un lado y a otro como para asegurarse de que estaban a solas, y bajó la voz—, y también bastante tranquila.

—¿Tranquila? —Reggie alzó una ceja—. ¿La señorita Effington? ¿Mi señorita Effington?

Higgins asintió.

—Maldición, ésa es una mala señal. —Reggie reflexionó durante un momento. ¿Cómo diablos iba a reparar el daño que había hecho la señorita Bellingham?—. ¿Sin embargo, ha dicho que hoy estará aquí?

—En cualquier momento, señor. Dijo que le faltaba el toque final para el salón. Creía que usted no regresaría hasta mañana.

—Excelente. Entonces recibirá la sorpresa —dijo él sonriente—. Y ahora, hazte a un lado Higgins.

Higgins hizo una pausa, luego levantó la barbilla.

—No, señor.

—¿Qué?

—He servido a su familia con total lealtad durante la mayor parte de mi vida y le he protegido cuando ha estado en mi poder hacerlo. —El anciano miró a Reggie directamente a los ojos—. No le fallaré ahora.

—Creo que puedo manejarme con esto yo solo, Higgins —dijo Reggie con ironía—. Aprecio su oferta, pero no puede ser para tanto.

Higgins resopló y, luego, a regañadientes, se apartó a un lado.

Reggie respiró profundamente, abrió las puertas, y se adentró en un mundo completamente extraño.

Se quedó contemplándolo conmocionado y sin poder dar crédito a lo que veía.

—En el nombre de todos los santos, ¿qué es lo que ha hecho?

Las paredes habían desaparecido, ocultas por metros y metros de seda en colores que se alternaban, rojos dorados, rosas y amarillos, extendiéndose desde el techo hasta el suelo. El techo también estaba completamente cubierto con las mismas franjas de seda, que se juntaban en el centro de la habitación. El efecto, en conjunto, era el de una enorme tienda exótica. Donde antes colgaba una lámpara de araña con ornamentados cristales, ahora había una enorme lámpara de latón agujereado que evocaba noches sensuales en lugares como Marruecos o Argelia. Una infinidad de alfombras persas se superponían las unas a las otras cubriendo todo el suelo. Había altos candelabros de latón que tenían la anchura del antebrazo de un hombre colocados entre mesas de madera talladas y cubiertas de mosaico. Había grandes fuentes de latón de un metro de anchura apoyadas contra las paredes. Y ollas de latón y anticuadas lámparas de aceite esparcidas por todas partes. En un rincón de la habitación se hallaban varias palmeras en macetas que llegaban hasta el techo. Al otro lado...

Alargó un dedo tembloroso para señalar.

—¿Eso es lo que creo que es?

—En efecto, señor. —Había un matiz de pavor en la voz de Higgins.

—Es un camello. —Reggie miraba fijamente a la enorme bestia, gracias a Dios disecada, pero totalmente sobrecogedora, ataviada con todos los atributos del desierto—. ¿De dónde diablos ha sacado eso?

—No tengo ni idea —murmuró Higgins—, pero su tenacidad es digna de admiración.

—Sí, desde luego que sí. —Reggie no podía apartar la mirada de la habitación.

Los cojines se apilaban en el centro del suelo. Un aroma de otras tierras, una especie de incienso, supuso él, flotaba en el aire y contribuía a la impresión general de un lugar exótico, opulento y, lo pretendiese Cassie o no, bastante erótico.

—Parece una especie de cruce entre el Museo Británico y un burdel de Marruecos.

—Un harén, milord.

—¿Qué?

—Creo que el propósito era construir un harén para... —Higgins se mordió los labios— el infame lord Berkley.

—Es realmente... notable. —Reggie respiró profundamente—. Es simplemente que no encaja con mi casa y posiblemente tampoco con mi país.

—Ella estaba extremadamente enfadada, milord.

—Si duda me doy cuenta. —La mirada de Reggie se deslizaba en torno a la habitación, de las palmeras al camello y a los cojines—. Esto le tiene que haber supuesto un gran esfuerzo.

—En efecto, milord.

—Me parece de lo más interesante —dijo Reggie pensativo—. Uno podría pensar que, presa de la ira, lo que haría ella es abandonar completamente el proyecto.

—Disculpe, señor, pero sospecho que la señorita Effington no es de las que huyen ante las dificultades.

—No, se las toma como un desafío. —Ahí estaba la respuesta, aunque aún no era capaz de descifrarla del todo—. Higgins, por lo que has observado, parece que ella ha llevado adelante toda esta empresa incluso aunque su ira se había aplacado.

—Yo no apostaría por eso.

—Yo sí lo haría. —De pronto comprendió lo que había sabido desde el principio—. Y en efecto lo voy a hacer. Reggie se rio con una sensación de completo alivio.

Higgins lo contemplaba como si el estado de la habitación lo hubiera conducido al borde de a locura.

—¿No lo ves? —Reggie agitaba las manos señalando a su alrededor—. Sólo una mujer enamorada se tomaría todo este esfuerzo.

—No quiero imaginarme lo que sería capaz de hacer entonces una mujer llena de odio —murmuró Higgins.

—Ella me ama, Higgins, ahora lo sé. —Reggie sonrió—. Ésta es simplemente su manera de demostrarlo.

—Me cuesta ver…

—En realidad, sus acciones encajan perfectamente con mi plan.

Higgins consiguió reprimir un grito involuntario.

—¿Hay un plan, milord?

—En efecto, lo hay. Y esto hará que salga mejor. —Se inclinó hacia el mayordomo con actitud confidencial—. Voy a sorprenderla con una boda, rodeada de su familia y sus amigos.

—Oh, eso será toda una sorpresa, señor —murmuró Higgins—. Entonces, ¿la ceremonia será aquí?

—¿Por qué no? —Reggie se rio—. Será sin duda memorable.

—Milord —dijo Higgins con cuidado—. ¿Ha considerado la posibilidad de que ella no quiera casarse con usted?

Reggie pensó durante un momento, luego sonrió.

—No.

—Tal vez debería hacerlo.

—No puedo, Higgins. —Se encogió de hombros con impotencia—. Verás, la señorita Effington se ha apoderado de mi alma. No puedo ni tan siquiera considerar la posibilidad de que no corresponda a mi afecto.

—Entiendo.

—Conozco ese tono, Higgins, pero esta vez no es como las otras. Esto es diferente. Esto es —sofocó una risita—, para siempre.

—Bueno, nunca antes había hablado de matrimonio.

—Ya lo ves. Ahora ve a decirle al servicio que se preparen para la boda y nuestros invitados.

—Inmediatamente, milord. —Higgins se dirigió hacia la puerta murmurando por lo bajo—. Tal vez la cocinera pueda asar un cordero.

Reggie avanzó a grandes pasos hasta la pila de cojines y se colocó allí para esperar a Cassandra.

Por muy confiado que se hubiera mostrado ante Higgins, no podía ignorar un diminuto temor de estar equivocado respecto a los sentimientos de Cassandra. Sin embargo, se negaba a considerar esa posibilidad.

Cassandra Effington era el último amor de su vida. Y no estaba dispuesto a perderlo sin luchar. Aunque tuviera que ser contra ella.

Cassie cruzó a grandes pasos la entrada principal de Berkley House y comenzó a dirigirse hacia el salón.

—¿Puedo ayudarla con eso, señorita? —Uno de los lacayos de Reggie se adelantó hacia ella.

—No, gracias —dijo Cassie por encima del hombro—. Puedo arreglármelas. —La cimitarra era extremadamente pesada, pero se trataba del toque final para el salón de Reggie. En cuanto la colocara en su lugar, habría terminado. Con la habitación y con el vizconde.

Aquel pensamiento le produjo una punzada de dolor, pero consiguió ignorarla. Justo como había ignorado casi cada momento de angustia durante esos últimos días. Igual que había ignorado el pensamiento recurrente de que tal vez podía estar cometiendo un terrible error.

Sin embargo, ¿cómo iba a mentir la señorita Bellingham, y sobre todo su madre, en algo tan importante como el matrimonio?

Entró en el salón y sonrió satisfecha. Era perfecto. Evocaba la sensación de una enorme tienda ondeando en el viento del desierto. Delia la había ayudado, naturalmente, ya que había leído más historias que Cassie sobre las arenas de Arabia. Probablemente no era para nada real, sino que correspondía simplemente a la imagen que Cassie se hacía del harén de un jefe beduino. En cualquier caso, en esta ocasión la exactitud no era tan importante como el efecto. Lástima que nunca sabría la reacción de Reggie.

—Veo que te has desviado un poco de tus bocetos. —Una voz familiar sonó desde la pila de cojines.

El corazón le dio un vuelco. Trató de ignorarlo y afiló la mirada.

—No te había visto.

—Puedo entender que te cueste verme en medio de todo esto.

—¿Qué estás haciendo aquí?

—Vivo aquí. —Reggie se puso en pie con actitud relajada—. O al menos eso creo. Realmente esto no se parece a nada de lo que recuerdo.

Ella se cuadró de hombros.

—Simplemente he creado una habitación que encajara más con su dueño.

Él alzó una ceja.

—¿Un harén?

—Exacto.

Él miró la cimitarra.

—¿Piensas atravesarme con esa espada?

—No de momento, pero ciertamente no descarto la posibilidad. —Levantó el arma con una mano—. Y es una cimitarra, no una espada. —Cruzó hasta el otro extremo de la habitación y colocó la cimitarra de un modo artístico en medio de los cazos y candelabros.

—Todo esto debe de haber costado muchísimo.

—Oh, sí. Una pequeña fortuna, de hecho. —Su voz sonaba

desafiante—. Aunque me hubiera gustado gastar bastante más.

—¿De dónde sacaste el camello?

Ella sonrió satisfecha.

—Has dado una sustancial donación a un pequeño museo. Te están muy agradecidos. Incluso puede que le pongan tu nombre a una sala.

—Podrían tener una como ésta. ¿Te gusta lo que has hecho? —Hizo un gesto señalando la sala—. Con la habitación, me refiero.

—Encaja contigo —dijo ella bruscamente.

—No, no es cierto. —Avanzó a grandes pasos hacia las puertas y las cerró de un portazo. Luego giró la llave.

Ella se sobresaltó y retrocedió unos pasos.

—¿Qué estás haciendo?

Él ignoró la pregunta y comenzó a avanzar hacia ella.

—La habitación no encaja conmigo en absoluto. —Su mirada de acero se clavó en la de ella—. Tú, sin embargo, sí.

—Entonces, ¿por qué vas a casarte con la señorita Bellingham? —Ella advirtió con irritación el dolor que subyacía a su pregunta, y se movió para que la pila de cojines de brillantes colores se interpusiera entre ellos. Escasa protección, desde luego, pero era mejor que nada.

—No tengo ninguna intención de casarme con la señorita Bellingham. —Se movió en torno a la pila de cojines, dirigiéndose hacia ella.

Ella dio unos pasos en la dirección opuesta.

—Ella parece convencida de que lo harás, y su madre también.

—No le he dado absolutamente ninguna razón para pensar eso. —Se encogió de hombros y continuó avanzando—. ¿Por qué la creíste?

Cassie consiguió mantener la distancia, pero no consiguió ocultar el matiz de duda que aumentaba en su voz.

—Por una razón, sabía todo tipo de cosas privadas que tenían que ver con nosotros dos. Sabía lo de nuestra apuesta.

Él sacudió la cabeza.

—Yo no soy el único que pudo hablarle de eso. Creo que podría haber sido tu hermana.

—¡Ah! —Cassie arrugó la frente. ¿Podía Delia haberle contado lo de la apuesta a la señorita Bellingham? Por supuesto que no, a menos que hubiera estado ayudando a Reggie todo el tiempo. Ridículo. Aunque… ¿no había dicho Delia que ella también se había dejado engañar?—. Es posible, supongo, pero tú le dijiste que te alegrabas de que yo no estuviera dispuesta a casarme con un hombre sólo por evitar un escándalo.

—Yo no le dije eso tampoco. Pero dado que tu hermano lo sabía, y pasó mucho tiempo con ella, apostaría a que fue él quien se lo dijo.

Eso también era perfectamente concebible. Leo nunca había sido muy bueno en mantener la boca cerrada. Especialmente cuando había por medio una hermosa mujer.

—Me dijo que tú no volverías hasta mañana para que yo pudiera terminar la habitación y estuviera fuera a tu regreso, porque no querías encontrarte conmigo.

—Eso es absurdo —dijo él con tono de burla—. ¿Por qué no iba a querer encontrarme contigo?

—Porque… —Cassie negó con la cabeza—. Eso no importa. En ese momento sonaba lógico.

—Lo dudo. —Él apretó los dientes—. Yo le pedí, y aclaro que se lo pedí a ella porque ella y Drummond eran las únicas personas que todavía estaban en el campo, que te llevara un mensaje. La verdad es que no confié en Drummond…

—¿Por qué no?

—¡Porque es perfecto! Es todo lo que decías que siempre habías querido. Ese maldito hombre es tan condenadamente perfecto que incluso gusta a los otros hombres. Tenía claro que no quería enviarlo deliberadamente ante ti.

Ella contuvo la respiración.

—¿Por qué?

—Porque podrías descubrir que es a él a quien verdaderamente deseas. Maldita sea, Cassandra, eres una mujer irritante. —La miró y trató de calmar su respiración—. Le pedí a la señorita Bellingham que te dijera que yo no regresaría hasta mañana porque deseaba sorprenderte.

—Bueno, desde luego estoy sorprendida —murmuró Cassie. Aquello no era en absoluto lo que esperaba. Él no tenía el aspecto de un hombre que estaba a punto de librarse de ella para casarse con otra.

—Y yo también. —Reggie se detuvo, y ella también—. ¿Eso es todo, entonces? ¿Es por eso que le creíste?

—¿Por que diablos iba a mentir? —Cada vez se hacía más claro que la señorita Bellingham efectivamente había mentido—. No tiene ningún sentido que ella quiera hacerme pensar que va a casarse contigo. Puede tener a cualquier hombre que desee.

Él sonrió.

—Por lo visto me desea a mí.

—Entonces puede tenerte, porque yo no te quiero.

—Está claro que eso, señorita Effington, es una mentira. —Su mirada se endureció—. Lo que me resulta difícil de entender es que, una vez más, a pesar de todo lo que ha ocurrido entre nosotros, pienses mal de mí basándote en mi reputación. Una vez más, ni siquiera me das el beneficio de la duda.

—No lo he hecho, ¿verdad? —Se encogió ante el peso del descubrimiento—. Lo reconozco. Eso puede haber sido un error.

—¿Puede haber sido?

—Sí. Y si has disfrutado con eso, disfrutarás con esto también. Tengo otra cosa que reconocer. —Respiró profundamente—. He pensado mucho estos últimos días…

—Entre adquisiciones de camellos, sin duda.

Ella no le hizo caso.

—Y creo que puede que me haya arrojado a conclusiones precipitadas.

—¿Tú? —Resopló con incredulidad.

—Sí. —Hizo una pausa para ordenar sus pensamientos—. Al menos debí darte la oportunidad de explicarte, pero tienes que entender que estaba terriblemente confundida y había todo tipo de emociones que obviamente enturbiaban mi pensamiento…

—Obviamente.

—Estaba profundamente herida. —Alzó las cejas y se encontró con su mirada—. Me rompiste el corazón. Nunca antes me habían roto el corazón. Eso arruina el pensamiento racional.

—Yo no hice tal cosa —dijo él indignado—. Tú permitiste que se te rompiera el corazón. Yo no tuve nada que ver con eso.

—¿Cómo iba a saberlo?

—Debiste confiar en mí. Debiste tener fe en mí.

—¿Por qué?

—Porque…

—No me diste ninguna razón auténtica para tener fe en ti. —Puso los brazos en jarras—. No me hiciste ninguna promesa. No me juraste amor eterno, ni siquiera me juraste eterna amistad. —Entrecerró los ojos—. En realidad, todo esto es por lo que tú has hecho. La culpa de todo puede ser arrojada a tus pies.

—¿A mis pies? —Él alzó la voz—. ¿Qué es lo que yo he hecho?

—Aparte de ser el infame lord Berkley, absolutamente nada. —Lo miró con rabia—. Nunca me pediste que me casara contigo, ni me declaraste tus sentimientos. Y ahí estaba la señorita Bellingham, la señorita Maravillosa, la mujer perfecta para ti, diciéndome todas esas cosas que no tendría por qué saber. Y pasaste una desmedida cantidad de tiempo con ella…

—¡No lo hice! —Hizo una pausa—. Bueno, tal vez lo hice, pero sólo porque no podía estar contigo.

—¿Qué querías que pensara?

—¡No pensaste!

—¡Eso ya ha quedado claro!

—Te dije que iba a reformarme. ¿Eso no significa algo?

—¡No!

—Tú no lo hiciste mejor, lo sabes.

—¿Qué quieres decir?

Él se cruzó de brazos.

—Nunca me dijiste que me amabas, ni me pediste que me casara contigo.

Ella ahogó un grito.

—Eso no me correspondía a mí.

Él se burló.

—Vamos, esa razón nunca te ha detenido en el pasado.

—De todos modos, por si se te ocurriese preguntar —dijo antes de poder detenerse—, la respuesta es sí.

—¿Por qué, Cassandra? —Fijó la mirada en sus ojos—. ¿Por qué estarías dispuesta a casarte conmigo?

—¡Porque te amo, irritante y maldita bestia humana! Ya está, ya lo he dicho. Espero que te sientas feliz.

—Dichoso.

—Nunca he sentido por ningún hombre lo que siento por ti. —Alzó la voz—. No tienes nada de perfecto. Eres... ¡eres infame! Representas todo lo que nunca he deseado y no puedo creer que te desee, pero así es. A pesar de que pongo todo mi empeño en lo contrario... —se le quebró la voz—, yo te amo.

Sus palabras quedaron colgando del aire entre ellos.

—Nunca había dicho esto a nadie. Ni siquiera lo había pensado. —Resopló ofendida—. Quise decírtelo antes pero no me salían las palabras. —Se cruzó de brazos y miró a todas partes evitando mirarlo a él—. Es irónico, ¿verdad? Soy capaz de decir cualquier cosa, incluso me jacto de ello y, sin embargo, no podía decir algo tan importante como esto.

Él se mantuvo callado durante un largo momento.

Ella contuvo la respiración y lo miró a los ojos.

—¿No vas a decir nada?

—He estado enamorado tantas veces que he perdido la cuenta —dijo él lentamente—. He dicho las palabras tantas veces que han perdido todo significado. —Comenzó a caminar de nuevo en torno a los cojines. Ella no se movió—. Tenía miedo de decirlas de nuevo y de volver a arriesgar mi corazón. —Llegó hasta ella y la miró fijamente—. Y entonces te conocí y no pude decirlas porque nunca antes habían significado tanto. Mi corazón te pertenece, Cassandra Effington.

—Oh, Dios. —Tragó saliva con dificultad por el nudo que tenía en la garganta—. Eso ha estado muy bien.

Sus ojos grises se clavaron en los de ella.

—Te amo, Cassandra. Me encanta tu forma de hablar claro y de seguir tu corazón. Me encanta tu pasión, y tu testarudez, y me encanta la manera en que reconoces que estás equivocada.

Ella levantó la barbilla e ignoró el temblor de su voz.

—Entonces, ¿qué pretendes hacer al respecto?

—Casarme contigo, supongo. —La atrajo hacia sus brazos y le sonrió—. Después de todo, ya has dicho que sí.

—He sido un poco idiota, ¿verdad?

—Sí, lo has sido.

—No quiero que te cases conmigo a menos que realmente lo desees —dijo ella con firmeza—. No quiero un marido motivado por un sentimiento de obligación. Porque me arruinaste.

—¿Que yo te arruiné? —Él se rio—. Yo no fui quien me metí en tu cama.

—Entonces tal vez yo te arruiné a ti. —Ella le sonrió y sintió que lo único que deseaba era ser arruinada otra vez.

—«Arruinada», mi querida Cassandra, es un término relativo. —Le rozó los labios con los suyos—. Mira a tu alrededor.

—Quiero disculparme por esto. —Se sintió invadida por la alegría y se echó a reír—. Sin embargo, es bastante… sugerente, ¿no crees?

—Creo que es el sitio perfecto para empezar —se arrimó a su cuello y ella tembló— una vida de aventuras y excitación y pasión.

—Definitivamente pasión. —Ella suspiró y deslizó las manos en torno a su cuello—. Arruíname otra vez.

—Realmente no es el momento —murmuró él.

—Tenemos todo el tiempo del mundo. —Pasó los dedos por su cabello y apretó su cuerpo contra el de él—. Ahora tengo referencias, sabes.

Él le besó la curva del cuello.

—Esto es un error.

—No será el primero que cometamos.

—Estropearía la sorpresa.

—Cualquier otra sorpresa puede esperar.

—Probablemente tengamos tiempo. —Suspiró rendido—. Soy un hombre débil, Cassandra. Dio unos pasos atrás y la atrajo hacia él. Se tumbaron juntos sobre los cojines enredando sus miembros, sus ropas y sus cuerpos ansiosos—. Y tú eres mi debilidad.

Sus labios se encontraron con los de ella con un hambre

agudizada por la alegría y por la sensación de saber que estarían juntos durante el resto de sus vidas.

Él levantó la cabeza y le sonrió.

—Esto me gusta. Quizás debamos dejar el salón así.

—Quizás —se rio ella.

El dejó escapar un suspiro demasiado dramático.

—Sin embargo, no sé si el camello me está mirando. Es de lo más desconcertante.

—Ignóralo —dijo ella con firmeza, uniendo sus labios a los de él.

Lo deseaba, allí y en aquel mismo momento, y sospechaba que siempre sería así. Él apartó sus labios de los de ella y comenzó a darle besos en el cuello y la garganta. Ella gimió de placer y dejó vagar sus manos por las firmes curvas de sus hombros y los duros músculos de su espalda. Una vez más, tenían demasiada ropa, y había que hacer algo para repararlo.

Se oyeron voces cerca de la puerta y él levantó la cabeza. Ella lo miró fijamente.

—¿Quién diablos…

—La sorpresa —dijo él débilmente.

Ella abrió los ojos con asombro.

—¿A qué sorpresa te refieres?

Alguien llamó a la puerta.

—Un momento —gritó él—. ¿De verdad quieres casarte conmigo? Luchaba por levantarse pero no podía sacar los pies de entre los cojines.

—Sí, por supuesto. —Ella tampoco conseguía levantarse.

Los golpes sonaron de nuevo, esta vez con más insistencia.

—¿Considerarías la posibilidad de hacerlo ahora mismo? —Consiguió ponerse en pie de manera inestable y alargó una mano para ayudarla—. No hemos hablado de eso, pero existe la posibilidad de tener hijos, y yo creo…

—Sí, sí. —Ella se rio y lo rodeó con sus brazos—. Inmediatamente.

Él la agarró de los hombros y la echó hacia atrás para mirarla a los ojos.

—¿Ahora? ¿En este mismo momento?

Sintió el vértigo en su interior y volvió a reírse.

—Sí, en este mismo momento.

Las puertas se abrieron de golpe y Leo irrumpió en la habitación.

—¡Aaahh! —Leo la miraba con la pretensión de un hombre que acaba de demostrar que está en lo cierto—. Lo sabía. Lo he sabido todo el tiempo. Sabía que tú eras la hermana a quien tenía que vigilar. Sabía que en cuanto me diera la vuelta...

—Tranquilízate, Leo. —Delia adelantó a su hermano y se detuvo—. Oh, Dios, esto tiene muy mala pinta.

Cassie se alisó la falda y se arregló un poco el pelo.

—De hecho está muy pero que muy bien.

—Es perfecta, diría yo. —Reggie le cogió la mano y salieron con dificultad de entre los cojines.

De repente, la habitación se llenó de caras conocidas, todas mirando fijamente a la pareja que obviamente había sido sorprendida en una situación comprometida. Los padres de Cassie estaban allí, también dos de sus hermanos, Delia y su marido, lord y lady Pennington, Lucy y lady Berkley y, Dios santo, también el señor Drummond y todos los Bellingham.

Cassie se estremeció. Cualquier esperanza de evitar el escándalo estaba perdida.

Reggie se inclinó hacia ella y dijo suavemente:

—Sorpresa.

—Eso ya lo has dicho. —Se esforzó por sonreír amablemente—. ¿De qué se trata exactamente?

—¡Esto es de lo más escandaloso! Nunca he estado tan conmocionada. —Lady Bellingham los miraba rabiosa con gran indignación—. Puede que me desmaye.

—No te desmayes, mamá —murmuró la señorita Bellingham.

—¡Tú! —Cassie afiló la mirada y avanzó unos pasos hacia la señorita Bellingham—. Tú me mentiste.

—No exactamente —dijo la señorita Bellingham con frialdad—. Puede que te haya llevado a creer ciertas cosas que tal vez no eran completamente ciertas.

—Muy bien —dijo Cassie bruscamente—. Me engañaste.

—¿Sí? —La señorita Bellingham la miraba como si se preguntara de qué estaba hablando.

—¿No crees que esto es… oh, cuál es la palabra? —Cassie le dio un codazo a Reggie.

—¿Incorrecto? —dijo él, tratando de ayudar.

—Exactamente. —Cassie casi escupió la palabra—. ¡Incorrecto!

—Para nada. Lord Berkley es un excelente partido. Vi una oportunidad y la aproveché. —La señorita Bellingham se encogió de hombros—. No creo que haya nada especialmente incorrecto, de hecho pienso que todo es justo en este juego que todos jugamos.

—¿Qué juego? —preguntó lord Pennington por lo bajo a su esposa.

—Calla —le respondió Gwen.

—¿Alguien ha mirado esta habitación? —murmuró el señor Drummond.

La señorita Bellingham estudió a Cassie con curiosidad.

—Esta búsqueda del matrimonio, señorita Effington, no es más que un juego. Naturalmente, uno puede tener esperanzas de encontrar el amor y la felicidad en el camino, pero el matrimonio es la meta principal y todos estamos involucrados en el juego, lo admitamos o no. ¡Por Dios! Usted debería saberlo mejor que nadie, pues ya ha jugado tiempo suficiente.

Leo reprimió la risa.

Christian tosió.

El padre de Cassie contuvo una sonrisa.

Reggie, bendito sea, no tuvo más que una contracción nerviosa.

—¿Qué has dicho? —Cassie se dirigió hacia ella, pero Reggie la detuvo, sujetándola firmemente con un brazo alrededor de la cintura.

—Por lo que yo he contado, lleva usted en sociedad al menos siete temporadas. —La sonrisa de la señorita Bellingham era aparentemente agradable—. ¿Cuántos años tiene?

Cassie balbuceó indignada.

—Desde luego es lo bastante mayor para saberse comportar. —La voz de lady Bellingham sonaba llena de desaprobación—. No puedo creer que una joven respetable, perteneciente a una de las familias mejor consideradas de Inglaterra…

—¿Está hablando de nosotros? —dijo Christian por lo bajo.

—Chist —lo hizo callar su madre.

Lucy se inclinó hacia el señor Drummond, con sus ojos llenos de deleite.

—Es como una tienda. Me gusta. Es tan atrevido y romántico.

—... se arriesgue a ser sorprendida en una situación como ésta. De hecho, para empezar no debería estar en una situación como ésta. —Lady Bellingham se enderezó y la miró con ira—. Sorprendida prácticamente in fraganti. Si saliera a la luz...

—Nadie quiere oír nada de esto, mamá —dijo la señorita Bellingham con firmeza—. Como ya he dicho, se trata de un juego. Además, van a casarse. Por eso estamos aquí, ¿recuerdas? Ella ha ganado, yo he perdido y no voy a permitir que tú le des más importancia de la que tiene. —Lanzó a Cassie una brillante sonrisa—. Eso sí sería incorrecto.

Cassie sacudió la cabeza.

—Lo que hiciste fue incorrecto.

—Eso demuestra una mentalidad muy estrecha por tu parte, y supongo que mucha gente estaría de acuerdo, pero hay que pararse un momento a considerar lo que estaba en juego. Lord Berkley tiene un buen título, una buena fortuna y es sumamente atractivo. Tiene todo lo que una mujer puede desear. Además de eso, hay algo en él que hace que una tenga ganas de despeinarlo y de besarlo largamente.

—Dios santo, llévame contigo —gimió lady Bellingham—. Es una fulana.

—Tranquila, Frances. —La madre de Cassie le dio golpecitos con la mano—. Puede que sea una fulana, pero me atrevería a decir que, siempre que se la mantenga vigilada, puede ser una pareja estupenda.

—Así que ganas de despeinarme... —dijo Reggie con evidente placer.

—En efecto —asintió la señorita Bellingham—. Siempre me han encantado los hombres de reputación peligrosa.

—¡Felicity Bellingham! —Lady Bellingham abrió los ojos con asombro.

—Oh, vamos, mamá, me atrevería a decir que tú sentiste lo mismo en tu juventud.

—Jamás. —La rotunda negación de lady Bellingham no entonaba con el rubor de sus mejillas.

Cassie la observaba incrédula. Por lo visto, la señorita Bellingham tenía tanta tendencia a hablar sin tapujos como Cassie.

El joven lord Bellingham fijó la mirada en Lucy.

—Si a ti te gusta esta habitación, entonces a mí también.

—Bonito camello —dijo Saint Stephens a su esposa con ironía.

Delia sonrió.

—Fue idea mía.

—Yo tengo una reputación bastante peligrosa —dijo Leo distraídamente.

—¿Creéis que va a dejar esto así? —Lady Berkley paseaba la mirada preocupada por la habitación.

—Sí, lo sé. —La señorita Bellingham inclinó la cabeza hacia Leo—. Y me has prestado mucha atención últimamente. Supongo que era para distraerme de mi persecución a lord Berkley.

—Señorita Bellingham, debo puntualizar que todo aquel caballero que ha tenido la fortuna de cruzarse en su camino le ha prestado mucha atención. —Leo esbozó su infame sonrisa—. Al fin y al cabo, yo también soy un simple mortal.

—Me atrevería a decir que no hay nada de simple en usted —murmuró la señorita Bellingham—. Puede que sea precisamente lo que estoy buscando.

Lady Bellingham gimió.

—Una descarada fulana.

—No sé si sus finanzas te convencerán —murmuró Reggie.

Lord Pennington dejó escapar un gruñido.

Inmediatamente, todos los ojos se fijaron en Reggie. Él se aclaró la garganta y se volvió hacia el padre de Cassie.

—Lord William, ya que voy a ser un miembro de su familia, quiero que sepa que estoy preparado para ayudarle financieramente del modo que necesite.

—Eso es muy generoso por su parte, muchacho. —William Effington examinó a Reggie con curiosidad—. Pero puedo asegurarle que mis finanzas son muy respetables.

Reggie alzó las cejas, confundido.

—Pero yo tenía la impresión... —Miró fijamente a Christian—. Yo tuve la impresión de que su familia estaba pasando dificultades financieras.

Christian levantó la mirada hacia el techo con inocencia. Leo resopló.

—Eso es absurdo.

—Todos mis hijos son beneficiarios de un buen fondo de inversiones. En cuanto a mis hijas, ese dinero se le da en forma de dote. Mis hijos lo reciben a los veintisiete años. —La mirada de su padre se deslizó hacia Christian—. Si demuestran, por supuesto, que son capaces de manejarlo de manera responsable.

—Todavía me quedan unos pocos años —dijo Christian por lo bajo.

Lucy le sonrió con picardía.

—Igual que a mí.

—Pero Cassie tiene un negocio. —Reggie negó con la cabeza—. Ya que cobra tanto, supuse que...

—Cobro mucho porque mi trabajo es muy valioso. —Cassie se encogió de hombros con poca modestia—. Además, no me estoy quedando con el dinero.

—Me lo está dando a mí —dijo Gwen con una sonrisa de orgullo.

Lord Pennington alzó las cejas.

—Tú no necesitas dinero.

—No, pero las mujeres como Gwen sí. —Cassie y Gwen intercambiaron miradas—. O mejor dicho, las mujeres que se encuentran en la situación en que Gwen se encontró. Mujeres que han crecido con ciertas expectativas pero, por causa de las leyes de la herencia o desagradables giros del destino, de pronto se quedan con pocas opciones en la vida, más que la de vivir de la generosidad de sus parientes.

—Vamos a fundar una academia para ayudar a ese tipo de mujeres. —La voz de Gwen estaba llena de excitación—. Todavía no hemos decidido todos los detalles. Puede que sea una academia donde se las enseñe a desarrollar habilidades para ganarse la vida.

—O, para aquellas que lo prefieran, respaldarlas económicamente durante un año o dos y procurarles incluso una pequeña dote para que puedan casarse bien —añadió Cassie—. Después de todo, han sido educadas para hacer precisamente eso.

—Se trataría de una especie de... escuela. —Delia sonrió—. Para la búsqueda del matrimonio.

—Exacto. —Gwen sonrió—. Fue idea de Cassie, y creo que es brillante.

—Yo también lo creo. —La madre de Cassie sonreía satisfecha—. Estoy muy orgullosa de ti, Cassandra.

—Yo también estoy de acuerdo, y encuentro que es una causa admirable. —Drummond asintió—. Estaré encantado de hacer una donación para semejante empresa.

—Dios, es usted perfecto. —Delia lo miraba con admiración.

—Para nada. —Drummond sonreía con una humildad que era, por supuesto, perfecta. Se volvió hacia la señorita Bellingham—. Señorita Bellingham, me gustaría pedirle permiso para ir a visitarla.

—Puede hacerlo, naturalmente. Sin embargo —la señorita Bellingham lo estudió durante un momento—, no estoy especialmente interesada en la perfección. Y me temo que usted no tiene en absoluto mala reputación.

Drummond sonrió de una manera pícara y decididamente nada perfecta.

—Todavía hay tiempo, señorita Bellingham.

—Sin embargo, aunque he oído que es heredero de una significativa fortuna, no tiene usted título. —La señorita Bellingham sacudió la cabeza con pesar—. El señor Effington por lo menos pertenece a una familia noble y prestigiosa.

—Es extremadamente mercenaria. —Leo sonrió—. Pero me gusta.

—Quizás la ayude saber que aunque mi padre era el segundo hijo de un conde, su hermano murió hace poco sin descendencia. —Drummond se encogió de hombros con modestia—. Por lo tanto, parece que sí voy a tener un título algún día.

—Perfecto —murmuró Reggie.

—Un conde estaría bien —murmuró lady Bellingham.

—Sin embargo, si esas alternativas no funcionaran —la madre de Cassie intercambió una mirada con la madre de Reggie, quien asintió animándola— nosotras tenemos un grupo de damas, una sociedad, si se quiere llamarla así, que podría ayudar…

—Odio interrumpir, ya que todo esto es de lo más entretenido. —Un caballero en quien Cassie no había reparado permanecía de pie junto a la puerta, levantando una mano—. Pero creo que fui requerido para una ceremonia de boda.

Reggie lanzó una mirada a lord Pennington, que murmuró unas palabras.

—Es el vicario.

—¿Y bien? —Reggie tomó a Cassie de las manos y le sonrió—. ¿Está dispuesta a casarse ahora mismo conmigo, señorita Effington?

A ella le dio un vuelco el corazón, y se quedó mirándolo fijamente.

—¿Prometes reformarte, verdad?

—Totalmente.

Miró sus maravillosos ojos grises y supo que podría seguirlos mirando durante el resto de sus días.

—¿No serás ya el infame lord Berkley?

—El infame lord Berkley está definitivamente retirado.

—¿Renunciarás a todas tus perversiones?

—Por ti. —Asintió con la cabeza—. A todas y cada una de ellas.

—Aunque no hace falta precipitarse. —Le lanzó una sonrisa pícara—. Tal vez puedas conservar una o dos.

El se inclinó hacia ella y bajó la voz para que nadie más pudiera oírle.

—Reservaré mis perversiones y propósitos infames para ti y sólo para ti.

—Entonces, efectivamente me casaré contigo. —Tragó saliva y se maravilló ante la sensación de absoluta felicidad que la inundaba—. En este mismo momento.

La ceremonia fue afortunadamente breve; no es que importara, porque Cassie apenas oía las palabras. Tenía la sensación de estar soñando. Un sueño delicioso e inconcebible que esperaba que fuese para siempre, no, que sabía que iba a ser para siempre.

Encaminarse por el sendero del escándalo la había conducido directamente al matrimonio y al futuro que siempre había deseado. Y el hombre de quien al principio estaba convencida que no encajaba con ella había resultado ser el hombre perfecto para ella. Él no era quien ella creía, y le estaría eternamente agradecida al destino por haberlos unido y por haberla obligado a ver al hombre que había más allá de su reputación. El hombre que era y sería para siempre su amor. Su vida. Su lord Perfecto.

En el momento en que fueron declarados marido y mujer, Higgins y varios de los lacayos rodearon la habitación con bandejas de champán.

—Ésta es una ocasión favorable, lo sabes. —Reggie la miró y le dedicó una sonrisa íntima que le prometía que más tarde acabarían lo que habían empezado sobre los cojines. La emoción ante la expectativa la embargó.

—¿Cómo podría ser de otro modo? Es nuestra boda. —Lo miraba con descarada ansia y deseo—. Y nuestra noche de bodas.

Él se inclinó para darle un suave beso en los labios.

—En efecto, lo es. Y además —sonrió y señaló en dirección a Higgins—, Higgins está sonriendo.

Cassie se rio. Efectivamente había en el rostro del mayordomo algo que tenía cierta similitud con una sonrisa. Una sonrisa bastante satisfecha.

—Si podéis atenderme un momento, me gustaría proponer un brindis. —Lord Pennington alzó su copa—. Por la excéntrica señorita Effington y el infame lord Berkley, que ahora se han convertido en lord y lady Berkley. —Sonrió a su viejo amigo—. Puede que vuelen para siempre y puede que sus pies no toquen jamás el suelo.

Reggie tomó la mano de su esposa y se la llevó a los labios. Se miraron a los ojos, y Cassie supo que habían saltado juntos, cogidos de la mano, hacia el precipicio, y que juntos volarían durante el resto de sus vidas.

—Y —Leo alzó su copa—, por el juego que la señorita Bellingham tan elegantemente ha detallado y que, lo reconozcamos o no, todos jugamos. —Dedicó una sonrisa a su hermana y su marido—. Por la búsqueda del amor, la búsqueda de la felicidad y la búsqueda del matrimonio. Y que Dios nos asista a todos.

Victoria Alexander

Victoria Alexander es una conocida y galardonada reportera televisiva, que desarrolló su trabajo durante años hasta que descubrió que la ficción era más divertida que la vida real. Fue entonces cuando se decidió a emplear todo su tiempo en la escritura.

En la actualidad, y tras haber recorrido todo el país, está asentada en una casa centenaria de Nebraska donde reside con su esposo y sus dos hijos adolescentes.